Las tres vidas de Alix St. Pierre

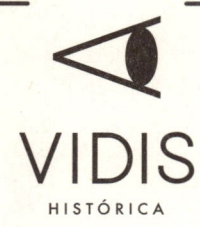

VIDIS

HISTÓRICA

Es posible que de todo lo que despierta nuestra curiosidad, nuestro pasado sea lo más intrigante. Porque es real, aunque poco sepamos de esos hechos y esas personas que vivieron años o siglos antes que nosotros.

Nos fascinan las películas históricas porque durante dos horas somos verdaderos testigos, vemos hasta el detalle lo que pudo ser, en un auténtico viaje al pasado. Hemos visto, eso quiere decir VIDIS, nuestro sello de novela histórica.

Cada libro te transportará desde la Antigua Grecia a la Segunda Guerra Mundial. Descubrirás hechos, personajes, costumbres, tragedias y emociones que pudieron ser reales. Si te llegan como un relato imaginario, es porque *la Historia, para ser contada, debe ser imaginada.*

Cuando acabes la última página, sentirás que además de haber recorrido un viaje lleno de aventuras, emociones y puro entretenimiento, habrás descubierto un episodio de la Historia que no conocías, y estarás feliz por haberte enriquecido.

Te damos la bienvenida a VIDIS, sabemos que ocupará un importante lugar en tu biblioteca.

¡Que lo disfrutes!

Únete al grupo escaneando el código QR:

Título original: *The Three Lives of Alix St. Pierre*
Edición original: En Australia y Nueva Zelanda por Hachette Australia y
en Reino Unido por Sphere, un sello de Little Brown Book Group.

Diseño de cubierta: Laura Lagunas

Traducción: Graciela Rapaport
Corrección de estilo: Sara Moreno Yunta

© 2022 Natasha Lester

© 2022 Little Brown Book Group Limited

© 2024 Trini Vergara Ediciones
www.trinivergaraediciones.com

© 2024 Vidis Histórica
www.vidishistorica.com

España · México · Argentina

ISBN: 978-84-19767-22-6
Depósito legal: M-3182-2024

Primera edición en España: abril 2024
Impresión y encuadernación: NORPRINT - Portugal
Impreso en la UE - *Printed in EU*

LAS TRES VIDAS DE ALIX ST. PIERRE

NATASHA LESTER

Traducción: Graciela Rapaport

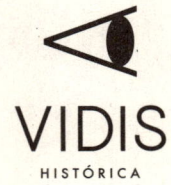

VIDIS

HISTÓRICA

Para Kevan Lyon.
Gracias por darme la bienvenida al orgullo, por
ser la agente de mis sueños y por amar este libro
desde el primer momento de su existencia.

PRÓLOGO

París, 1937

*Siempre me atrajo lo que, en virtud de
cierta clarividencia irlandesa,
soy capaz de predecir en un artista...*

Carmel Snow, *Harper's Bazaar*

—No voy a ir contigo —le dijo Lillie a Alix el día que las dos se graduaban en la escuela suiza de buenos modales y viajaban a París para empezar la verdadera aventura llamada vida.

—¿Estás diciendo que eres demasiado perezosa para hacer las maletas y quieres que las haga yo por ti? —se rio Alix.

Buscó la maleta de Lillie bajo la cama de la habitación que compartían en Le Manoir. Pero Lillie negó con la cabeza.

—Antes de irnos de Los Ángeles, le prometí a mamá que volvería a casa en un año. Me escribió para recordármelo.

—Pero me hiciste creer que... —Alix se calló y se dejó caer sobre la cama.

Lillie estaba tumbada bocarriba mirando el techo. En la mano —apretada con tanta fuerza que estaba empezando a

9

arrugarse—, sostenía una fotografía de ella, Alix y su amigo Bobby en la feria del condado de Los Ángeles, tomada una semana antes de viajar a Suiza. Por el estado penoso de esa imagen tan querida de los tres, Alix entendió que, en ese momento, Lillie estaba sufriendo más que ella.

Alix se deslizó por la cama y se puso de rodillas en el suelo para acariciar el cabello de su amiga.

—Lo siento —susurró.

Al escucharla, Lillie se puso a llorar; no, a sollozar.

—Yo también lo siento.

—Todo va a ir bien —dijo Alix con dulzura, y se tragó el resto de las palabras.

"Estuviste todo el año haciéndome creer que ibas a venir a París, pero siempre supiste que no ibas a hacerlo". Porque vio en las lágrimas de Lillie que los planes de alquilar juntas una habitación en alguna pensión y tener amantes franceses, y pasar caminando junto a la Torre Eiffel al volver a casa después de una noche en Montmartre, fue un deseo en el que Lillie se había obligado a creer, como si una hechicera fuera a dividirla en dos y a mandar una mitad de vuelta con su madre y Peter Brooks —el hombre con el que su madre quería casarla— y la otra a París con Alix.

Por primera vez, Alix se alegró de que nadie, esperara nunca nada de ella, de que el único camino que tuviera que seguir fuera el que ella se había trazado para sí misma. Afecto, las caricias de una madre, el orgullo de un padre, esas eran sus pérdidas, pero las de Lillie —la capacidad de creer en sí misma y de elegir— también eran sustanciales y dolorosas.

—Voy a echarte mucho de menos —fue lo único que dijo.

Era cierto. Había visto a Lillie todos los días de su vida desde que tenía trece años. Pero cuando Alix fuera a París y Lillie a su casa en Los Ángeles, ¿quién sabía cuándo iban a volver a verse?

—Llévate esto. —Lillie puso la foto arrugada de las tres

personas sonrientes, felices, en la mano de Alix—. Tengo otra en casa. Y Bobby también. Siempre quise darte una a ti porque… —Se calló y Alix supo lo que su amiga no quería decir en voz alta: "Porque tú no podrías pagarla".

—Los tres mosqueteros —dijo Alix, en un intento de hacer sonreír a Lillie.

—No. —Lillie se mantuvo inflexible—. Las personas de un grupo pueden cambiar lo que piensan unas de otras. Nosotros nunca. Somos… —Pensó un instante—. Los tres vértices de un triángulo. Sin uno de ellos, el triángulo no existe.

Con eso, Alix se levantó del suelo y se tiró sobre la cama, donde todo se fundió en un abrazo lagrimoso y húmedo.

Entonces, Lillie se apartó y le sonrió.

—Eres como la actriz secundaria de las películas —dijo, lo que no sonó particularmente halagador hasta que agregó—: Todos piensan que la protagonista es a la que hay que mirar, a la que hay que querer. Pero a veces, la actriz secundaria se lleva toda la atención. Y todos se preguntan por qué nadie la había visto antes. Esa eres tú —le dijo, convencida a Alix, que no creía para nada en esa profecía—. Tú eres a quien vale la pena ver.

Solo una verdadera amiga diría algo así mientras mete sus sueños en una maleta y ve que la persona a quien siempre llamará hermana coge su equipaje y se va a vivir los suyos propios.

—Te quiero —dijo Alix; las lágrimas volvían a caer de los ojos.

—Hasta que los triángulos dejen de existir —dijo Lillie con una sonrisa que las dejó moqueando de una forma bastante impropia para haberse graduado en esa escuela de buenos modales.

Dos días después, Alix St. Pierre estaba de pie en el mismísimo centro del puente Alejandro III, entre dos ninfas listas para sumergirse en el agua con total abandono. Sobre su cabeza, las farolas esféricas estilo *art nouveau* iluminadas le ponían un collar de lunas llenas al amanecer. Adornaban el puente a su izquierda y a su derecha querubines y caballos alados y leones y conchas marinas con bordes festoneados, todo lo que era ardiente, apasionado, impulsivo, imposible. Pero todo estaba allí, frente a ella, entonces no era imposible, ya no.

Una sonrisa se dibujó en su rostro y Alix se inclinó hacia delante como las ninfas y extendió el torso sobre el Sena todo lo que pudo. Abrió los brazos todo lo que pudo, para abrazar a París; sentía demasiada alegría como para contenerla dentro de sí. Y se echó a reír.

¿Cómo iba a dejar de reír, ahora que estaba en París?

Cuando el amanecer se volvió mañana, se irguió, abrió su bolso, sacó la lista de nombres que los padres de Lillie le habían enviado desde Los Ángeles y la tiró al cubo de basura más cercano. Tal vez, Alix no tuviera más que su educación secundaria para acceder los contactos que la familia de Lillie quería facilitarle con esa lista, pero ella no podía vivir de la generosidad de los Van der Meer para siempre, y no lo haría. Además, los nombres de la lista eran de los de la alta sociedad, que hacían poco pero gastaban mucho, y Alix siempre sería una extraña entre esa gente. Aquí en París —en el país donde nacieron sus padres— iba a encontrar quienes le hicieran sentir que era una más.

Caminó decidida hacia el norte, llegó a los almacenes Printemps y pasó diez minutos boquiabierta frente a la grandiosa fachada: las Cuatro Estaciones, imponentes, esculpidas en la pared, sobre la cabeza de los clientes que entraban y salían constantemente con las bolsas de compras adornándoles los brazos como si fueran brazaletes. ¿Cómo no los conmovía el arte omnipresente, la belleza que los rodeaba, París?

Alix estuvo a punto de agarrar a la mujer que pasaba junto a ella por el elegante escote y exclamar: "¡Mire!". Pero se contuvo y, en vez de eso, prometió que nunca iba a ser tan insensible a la belleza, ni tan mayor como para olvidar que existe el asombro.

Dentro, compró la coctelera más grande que encontró. En una tienda, compró ginebra, Vermut y aceitunas, retrocedió sobre sus pasos hacia el sur y se sentó en un banco del jardín de los Campos Elíseos; si caminaba tanto todos los días, pronto podría orientarse sin necesidad de su ejemplar incansable de la guía ¡Así que vas *a París!*

Mezcló la ginebra y el Vermut en la coctelera, agregó seis aceitunas y miró el reloj. Doce y media. Tiempo suficiente para retocarse el pintalabios, cerciorarse de que su cabello se estuviera comportando como debía en París —con elegancia y sin imperfecciones—, y enderezar el pulcro sombrerito verde azulado, que —se alegró de comprobar— era la última moda allí, no como en Estados Unidos, donde el aburrido y pesado sombrero fedora tenía aspiraciones de estar à la *mode*. Para terminar, adoptó la postura que, según insistía la mamá de Lillie, era la lección más importante que cualquier chica debía aprender: Alix tenía que imaginar que llevaba un lápiz extremadamente largo atado detrás de la cabeza y tratar de dibujar en el techo con él. Este ejercicio estaba pensado para levantar la barbilla, sacar pecho —pero sin llevarlo atrevidamente hacia delante— y también afinar un poco la cintura. La única parte del consejo que ignoró fue la de mirar pudorosamente hacia abajo todo el tiempo; Alix dirigió los ojos al cielo.

La coctelera la acompañó hasta la rue Jean Goujon 18 y al estudio parisino de *Harper's Bazaar*, donde esperó en la recepción con los ojos fijos en el ruidoso ascensor con jaula de hierro. Pasada la una, salió de allí una mujer con cabello y gafas azules y esa silueta que se consigue —como la de la madre de Lillie— gracias a no comer nunca o, al menos, a una dependencia estudiada de cierto tipo de almuerzo líquido. Era Carmel Snow, la editora de *Harper's Bazaar*; estaba en París por las colecciones y era la decana de los almuerzos líquidos, o eso había oído Alix.

—*Bonjour* —dijo con una gran sonrisa; ese era su mejor atributo, según Lillie, que lo decía con buenas intenciones, y también según la madre de Lillie, que pretendía que Alix se cuestionara las imperfecciones de todos sus rasgos.

Levantó la coctelera.

—Oí que le gusta almorzar tres martinis. Por eso le traje uno hasta aquí. Espero que, a cambio de una tarde de martinis, usted mire mi porfolio.

Carmel rio con un sonido grande y efervescente.

Para Alix, eso fue un gesto de aprobación y sacó una copa para martinis muy cara de la bolsa de compras.

—¿Le sirvo uno?

—Más te vale —dijo Carmel, las vocales envolvían su acento irlandés y les infundían calidez a sus palabras—. Pero en mi oficina.

Una vez allí, Carmel miró las preciadas ilustraciones de Alix con rapidez y las depositó en la papelera.

—Tu destino son las relaciones públicas —dijo—. Dibujas como si los vestidos fueran grilletes, no como si estuvieran hechos para moverse con el cuerpo. Deja de hacer ilustraciones, por ahora.

Alix trató de reprimir un gesto de pena, pero no tenía la fortaleza del Vermut, hacía solo dieciocho años que estaba en la Tierra y soñaba con trabajar en el mundo de la moda en París, así que era imposible no inmutarse.

Carmel no retiró la mirada y no le dio la oportunidad de mostrar su herida. Entonces, señaló la coctelera.

—Sabes cómo atraer la atención de las personas y darles lo que quieren. La mejor manera de aprender relaciones públicas es escribir, así entenderás cómo funciona la prensa antes de intentar seducirla. Empiezas esta noche en los jueves de Marie-Louise, donde vas a conocer *le tout-Paris*, y mañana, más formalmente, aquí, en *Harper's Bazaar* como editora de moda júnior.

Alix no pudo evitar ponerse a gritar como una animadora. Carmel levantó su copa.

—Ojalá embotellaran y sirvieran tu entusiasmo como una bebida en el Ritz. Sería mejor para mí que tres martinis... y su efecto, más duradero.

Y de pronto, Alix estaba riendo junto a Carmel Snow en su oficina de París, una situación inaudita que, por primera vez en su vida, la hizo creer que no importaba que fuera una huérfana que se había abierto camino en la vida desde los trece, una chica que dependió de la culpa y la caridad de los padres de Lillie durante los últimos cinco años y que había gastado hasta el último dólar para llegar a París. También le hizo creer que por fin iba a ser la Alix St. Pierre que debía ser, aquella a la que tuvo que reprimir en la mansión silenciosa y refinada de Lillie. Esa Alix, podía, al fin, dejar caer los grilletes.

PARTE UNO

París, diciembre 1946 a enero 1957

Esta es mi hora cero.
Pasan diez minutos.
Depende de mí dar la señal para que se abran las puertas.
El show está a punto de empezar.

Christian Dior

CAPÍTULO 1

SOLO SI LAS PARISINAS ELEGANTES SE VISTIERAN CON ES-
caleras y latas de pintura, sería posible que Alix estuviera de
pie en el umbral de una casa de alta costura. Se inclinó para
esquivar una tabla que pasaba y se preguntó —al menos
por centésima vez desde que rompió su contrato y subió a
bordo del barco en Manhattan, con un escueto telegrama
de Suzanne Luling como único incentivo— si había hecho
lo correcto. El salón estaba completamente vacío, sin siquiera un vestido o una modelo a la vista, y el primer temor
de Alix, un temor abrumador, era que la nueva casa de alta
costura se desplomara durante su primer desfile.

Era el momento justo para dar la media vuelta y huir.
Pero una lámpara de araña estaba tratando de abrirse paso
detrás de ella y bloqueaba la salida. Estaba atrapada.

—¡Alix! —Por la escalera bajaba Suzanne Luling, quien
con un dedo imperioso les indicaba que avanzaran a los
hombres que estaban cargando la araña. Entonces, siguió
hasta la planta baja y le dio un beso delicado pero afectuoso
en cada una de las mejillas de Alix—. ¡Cuánto tiempo!

—Así es —dijo Alix con calidez, antes de agregar—: Estabas tan ocupada convenciéndome de que trabajara para
esta casa nueva que olvidaste decirme que la propia casa
aún no había terminado de vestirse.

18

—Monsieur Dior quería que todo fuera nuevo —explicó Suzanne e hizo un ademán expresivo con el brazo que abarcó todo el espacio, de modo que Alix vio la elegante curva de la escalera y no que le faltaba la alfombra—. Hasta la casa. Creo que es la mejor manera de empezar, ¿no te parece? No traer nada antiguo contigo.

"No traer nada antiguo contigo". Alix empezó a quitarse el sombrero para contener el estremecimiento que, definitivamente, venía de antes, del pasado que creía haber dejado atrás, solo para descubrir, en momentos como este, que todavía estaba allí: un vestido con la cremallera atascada que no iba a poder quitarse nunca.

A juzgar por la cara seria de Suzanne —una expresión atípica en ella—, Alix estaba segura de que también estaba recordando la última vez que se habían visto, una noche inaudita de abril de 1945 en el lujoso apartamento de Suzanne, en el quai Malaquais. Fue una escala en el viaje de Alix desde Suiza a su casa en Nueva York, y Alix habló muy poco, pero sabía que el temblor incontrolable de sus manos dijo mucho.

—¿Me lo enseñas? —preguntó entonces, deseando concentrarse solo en lo nuevo y en el presente.

—*Bien sûr, chérie.*

Suzanne enlazó un brazo con el de Alix y subieron las escaleras. La mujer de más edad llevaba su típico uniforme, que consistía en una falda negra y una chaqueta que, combinadas con su presencia imponente, parecía una armadura que repelía todos los tablones y las brochas. Alix, cuya paciencia para los trajes se había agotado con los años del racionamiento de la guerra, llevaba unos pantalones anchos de tweed color crema y verde, con cintura alta, y una blusa de seda roja. El único indicio de que iba a conocer al homónimo de la casa de alta costura fue lo que murmuró Suzanne:

—Me encargaré de que *le patron* te perdone lo de los pantalones.

Entonces, Suzanne se esfumó y Alix se encontró de pie, frente a un hombre sentado en el escalón más alto, con montones de papeles desparramados a su alrededor.

Le patron, monsieur Christian Dior, el nuevo jefe de Alix. La primera impresión fue la de una redondez adorable. La cabeza era esférica como la cúpula de los Inválidos; la boca, un círculo concentrado. Tenía puesta una bata blanca que cubría unos pantalones, una camisa y una corbata comunes y corrientes. No había ninguna señal de que fuera alguien que entendía tan bien la mente y el corazón de las mujeres que podía conquistarlas con sus vestidos. Pero Dior había trabajado junto a Lucien Lelong, presidenta de la Cámara Sindical de la Alta Costura, y su vestido Café Anglais para Piguet, de la preguerra, fue uno de los más comentados de esa temporada. Tenía talento. Y, evidentemente, no era reacio a hacer su trabajo en cualquier espacio disponible, teniendo en cuenta dónde estaba sentado en ese momento.

—¿Le gusta la vista que hay desde aquí? —preguntó ella, y señaló la curva de la balaustrada de hierro forjado que descendía hacia el caos de la obra en la planta baja.

Monsieur Dior miró consternado sus pantalones. Alix no se acobardó ni se disculpó; para entonces, estaba muy acostumbrada a los juicios masculinos y había aprendido a resistirlos, o al menos a que pareciera que lo hacía.

—Me gusta que haya espacio —dijo Dior al fin—. En el estudio no hay lugar suficiente para mis pensamientos. Eso lo verá por sí misma muy pronto.

—¿La escalera también va a ser mi oficina? ¿O hay algún armario por ahí donde pueda meterme? —dijo ella, arriesgando un chiste porque, tal vez, un hombre que trabajaba en una escalera fuera diferente a todos sus jefes anteriores, sin contar a Carmel Snow.

La respuesta de *le patron* se desbordó en un torrente de palabras tal, que Alix se preguntó, desconcertada por la idea, si en realidad no sería un poco tímido.

—Va a necesitar ese sentido del humor para las próximas semanas —dijo—. Sobre todo, cuando se entere de que fue una adivina la que me convenció de montar la Maison Christian Dior. *J'ai la frousse*, iba a abandonar. —Hizo una pausa—. Ahora que ya sabe que confío en adivinas, supongo que volverá a Nueva York.

Estaba trabajando para un hombre que no solo no necesitaba una oficina del tamaño de su ego, sino que también consultaba a adivinas. Sonrió y se sentó junto a él.

—La adivina debe de haber dicho algo alentador, de otro modo, usted no estaría aquí. Así que creo que voy a quedarme. Solo para averiguar lo precisas que son las adivinas.

La boca de Dior se ensanchó en una leve sonrisa.

—A pesar de sus pantalones, usted me cae bien, como dijo madame Luling que pasaría. Pero ¿qué diría usted si le cuento que programé el primer desfile de la Casa de Christian Dior para el 12 de febrero?

La respuesta de Alix fue directa.

—Los editores de moda estadounidenses siempre se van de París antes de esa fecha, usted sabe que los desfiles se programan para que terminen la semana anterior. Y si quiere ser algo más que un modisto especializado con una pequeña clientela fiel, va a necesitar a la prensa estadounidense.

—Si eso es así —dijo *le patron* pensativo—, entonces usted va a tener que convencer a los editores de moda estadounidenses de que se queden para mi desfile.

Lo que sería una tarea más difícil que convencerlos de no volver a beber champán.

A esas alturas, todos tendrían reservado su pasaje a París para finales de enero, un viaje que se los llevaría de Francia antes del 12 de febrero. Alix debía convencerlos de pedirles a sus jefes de redacción el pago de varios días más de alojamiento, también el coste de reprogramar sus billetes en los transatlánticos, todo por un engreído al que no le importaban los inconvenientes que provocaba por desfilar casi en el cierre de la temporada.

Salvo que Dior no era ni engreído ni descuidado, pensó ella. Lo observó con el mismo grado de perspicacia con que él estaba observando la expresión de ella.

—Usted eligió organizar el desfile tarde a propósito —fue su hipótesis—. Hacerlo cuando lo hace todo el mundo es arriesgarse a perderse en la multitud o a que los editores exhaustos lo pasen por alto. Un desfile tardío podría ser la prueba de que el suyo es un espectáculo por el que vale la pena quedarse, o, por el contrario, que usted es un ignorante o un egoísta. Mi trabajo es conseguir que todos crean lo primero. Y si no puedo, bueno, entonces seré yo la ignorante y usted el diseñador con una directora de prensa que fracasó porque no logró que descubrieran su talento. Es una suerte que yo disfrute de los desafíos.

—Fue lo que me dijo Suzanne.

—Suzanne me debe una copa —murmuró Alix.

Pero un desafío como este —persuadir a todos y cada uno de los editores de moda de que se quedaran una semana más en París a presenciar el primer desfile de Dior— iba a consumir todo su tiempo y energía, no iba a dejarle ninguna hora libre para reflexionar. Que era lo que le gustaba hacer, y la razón por la que había venido a París: para empezar de nuevo, igual que la Maison Christian Dior. Eso los convertía en almas gemelas.

Así que Alix asintió con la cabeza; como si pudiera hacer otra cosa, ahora que en su bolso solo había unos pocos francos y que había gastado todos sus ahorros en comprar un billete en tercera clase de un vapor para llegar hasta allí.

—Tómese el día para instalarse y mañana por la mañana reúnase conmigo aquí a las diez, le mostraré el estudio —dijo Dior.

Tal vez porque nunca había tenido un jefe que se sentara a su lado en un escalón, Alix no pudo resistir hacer una broma para despedirse, ese tipo de comentario que hubiera hecho casi diez años atrás, cuando era una chica entusiasta de dieciocho.

—Volveré a ponerme pantalones, porque no creo que las faldas y los escalones altos sean una combinación muy elegante.

Con ese sexto sentido que la hacía estar al tanto de todo, Suzanne volvió a aparecer para acompañar a Alix; por el modo en que pestañaba, Alix se dio cuenta de que había escuchado toda la conversación a escondidas. Siguieron por la escalera y, una vez arriba, los sonidos específicos del movimiento de una casa de modas empezaron a filtrarse en los oídos de Alix: el murmullo de la seda desplegada sobre una mesa de trabajo, la tijera que se deslizaba por el percal, el tintineo de los alfileres que caen al suelo.

—Los talleres están en el ático —dijo Suzanne.

Alix vio los rollos de tela amontonados en el rellano, inclinados hacia el ático como si estuviera desesperados por que los dejaran entrar. Los sonidos que oía salían de allí y, en cuestión de segundos, rodeó las desencantadas piezas de tafetán y llegó a un taller tan rebosante de energía que casi pudo ver las ideas bailar en el aire.

Las *petites mains* —las costureras— estaban sentadas en fila en banquitos junto a pupitres de colegio, y de abajo de las tapas sacaban un dedal o un abridor de costuras o un alfiletero. Trabajaban codo con codo, las cabezas inclinadas sobre las agujas; con los dedos manipulaban telas que llegaban a sus manos planas y sin vida y salían transformadas en una manga, una faja, una voluta a la espera de una falda.

—Esta habitación es para el *flou* —dijo Suzanne—. Los vestidos de noche de seda y chifón y lana fina. Mientras que esta —entró por otra puerta— es para el *tailleur*, las telas más pesadas para los trajes y la ropa de día.

Alix giró la cabeza desde el rojo audaz de un rollo de seda satinada que descansaba sobre una mesa de trabajo a la silueta ondulante de un vestido a medio terminar, colgado teatralmente a un lado, como si esperara el pie para entrar en escena. Un conjunto fantasmal de muestras permanecía expectante, listo para que le infundieran vida; en realidad, había chispas de magia en todos los rincones. Incrédula, Alix extendió la mano para tocarlo todo: la seda satinada, los bocetos, los vestidos… y su propia sonrisa maravillada.

Para la medianoche, el espacio diminuto junto al vestíbulo que ahora ocupaba Alix —y que, de hecho, en algún momento debió de haber sido un armario— se parecía un poco más a una oficina. La mitad de Suzanne tenía una pulcra y estilizada elegancia como la de su dueña, a pesar de que albergaba una asistente, una docena de ficheros con los números telefónicos de los diseñadores de París, dos teléfonos, una muda de ropa para cambiarse al final del día, una botella de brandy y varias copas de cristal. En cambio, el sector de Alix tenía solo un escritorio, dos sillas, un estante, y ningún objeto decorativo. Había sido un día de trabajo satisfactorio, de despejar un gran desorden.

A pesar de la hora avanzada, todavía había trabajo por hacer, pero no en la *maison*. Alix y Suzanne atravesaron la efervescencia de los Campos Elíseos, el silencio excesivo de la plaza de la Concordia, donde la escasez de automóviles que sobrevino tras la guerra era más evidente, después se dirigieron hacia el norte, al glamour sin mengua del Ritz, que había sobrevivido a la guerra como un auténtico diplomático, haciendo feliz a todas las partes.

Al caminar por la Galería de las Tentaciones, Alix ignoró los exhibidores llenos de objetos que no podía pagar, y sonrió al llegar al Little Bar, que era discreto y tranquilo o eufórico y lleno de vida, según cómo estuvieran los ánimos. Esa noche, Alix quería la euforia: un brindis por haber venido a París, su tercera oportunidad de hacer las cosas bien.

—Voy a buscar las copas —le dijo Alix a Suzanne, aunque así se redujera aún más su pequeña reserva de francos—. Para agradecerte por el puesto.

—Entonces yo voy a buscar dónde sentarnos —respondió Suzanne, señalando con un gesto una mesita atestada de editores y periodistas parisinos a los que Alix tendría que seducir para que escribiesen sobre la Casa de Christian Dior.

—Siempre es mejor empezar el trabajo casi a la una de la mañana y con una copa en la mano.

—Tal vez sí —se rio Alix.

Cuando estuvo segura de que Suzanne no la escuchaba, se volvió a Frank, el barman estadounidense.

Él le sonrió.

—*Bonsoir*, mademoiselle. Cuánto tiempo.

—Así es.

—¿Lo de siempre?

—Sí, y un coñac para Suzanne.

Se quedó mirándolo mientras buscaba la ginebra, el jarabe y un limón y sacudía un poco la coctelera, servía la preparación en una *coupe* y la coronaba con champán.

—*Voilà* —le dijo a Alix—. Un *soixante-quinze*.

—Tienes una memoria excelente, Frank —dijo ella con una sonrisa.

—Funciona bastante bien para lo que hay que recordar, pero no tanto para lo que no. Sobre todo, las cosas de la guerra. Y la casa invita. Siempre.

Su respuesta era todo lo que necesitaba oír. Quería decir que estaba lista para reencontrarse con *le tout-Paris*.

Se sentó junto a Suzanne, cuyo talento siempre había sido saber no solo quién era quién, sino también la historia personal de cada uno. Le dio un informe útil y preciso a Alix.

Alix ya conocía a muchos —a Michel de Brunnof de *Vogue*, al ilustrador de modas Christian Bérard—, pero había algunas caras nuevas entre los británicos y los estadounidenses; de hecho, dos de ellos estaban haciendo todo lo que estaba a su alcance para mantener en buenos términos las relaciones internacionales, a juzgar por el brazo del hombre que rodeaba los hombros de la mujer y las risitas de ella.

—La chica es Becky Gordon —dijo Suzanne—. Inglesa. Es tan nueva que parece recién salida de fábrica. Está en *The Times*, es la ahijada de alguno de los dueños del periódico. Y el que parece que está por bebérsela como si fuera su licor digestivo es Anthony March, hombre despilfarrador y tercer hijo de Montgomery March, el magnate de la prensa estadounidense. Ahora que sus dos hermanos mayores están enterrados en algún lugar de Francia, Anthony tuvo que limitar un poco sus diversiones y ponerse a trabajar de verdad. Es el responsable de la edición internacional del *New York Journal* y es muy atractivo y seductor, como puedes ver.

Alix arrugó la nariz, observó que Becky seguía a Anthony al ascensor.

—Es demasiado… —Buscó la palabra justa para describir el aire de hombre bien parecido pero impostado—. Artificial —decidió—. Como si todo el tiempo estuviera pensando que van a fotografiarlo.

En el otro extremo del local, Becky se arreglaba el cabello, luego se colocaba el puño de la chaqueta.

—Ella cree que lo va a decepcionar —adivinó Alix.

—A un hombre como ese, es posible.

Alix quiso tomar a Becky del brazo y susurrarle una advertencia al oído porque, alguna vez, ella había sido tan novata como esa chica. Pero no había ninguna posibilidad de que Becky escuchara a Alix, una completa extraña. Así que se despidió de Suzanne, y dejó atrás la copa sin terminar y el recuerdo de una novata que tenía mucho por aprender.

Fuera, vio a un hombre apoyado en la pared, fumando un cigarrillo como si necesitara tanto la bofetada del aire nocturno de diciembre como el placer solitario de un Gauloise. Era Anthony March, y era imposible que hubiera terminado con Becky tan pronto. Tal vez, ella era más inteligente de lo que parecía y había subido a su habitación.

Ese pensamiento volvió a poner una sonrisa en el rostro de Alix, que pronto llegó a su pequeña pensión en la rue du Cirque y se hundió en la cama. Había vuelto a empezar, había andado un día y una noche por Europa, había bebido solo un trago de champán y se iría a descansar a tiempo para dormir alrededor cuatro horas; ya había aprendido que con eso era suficiente.

Al día siguiente, Alix eligió cuidadosamente la ropa para su reunión con Christian Dior. Nada de pantalones, a pesar de lo que había dicho. En cambio, optó por un traje de Schiaparelli que tenía muchos años; se lo había comprado a Carmel Snow, que vendía su guardarropa casi sin usar a sus "chicas" de *Harper's Bazaar* por un precio que Alix podía pagar a duras penas. El traje era negro, y tenía el péplum de rigor y hombreras, pero lo realzaba una faja roja en relieve. Schiaparelli lo había concebido para combinarlo con guantes y sombrero rojos, pero Alix sabía que eso era demasiado. Optó por el negro para ambos, y cruzó los dedos en un gesto infantil detrás de la espalda.

Le patron hizo un gesto de extrañeza más pronunciado que cuando la vio el día anterior.

—Una de las *premières* será hacerle un traje, para que no tenga que depender de mi competencia.

Alix sonrió. Era lo que esperaba, y por el modo en que sonrió Dior, se dio cuenta de que lo había adivinado. Eso significaba que no iba a poder volver a usar un truco como ese. Pero una chica con el salario mínimo en una ciudad como París —donde la inflación era más alta que la Torre Eiffel— tenía que aprovechar todas las oportunidades a su disposición.

Dior la llevó a recorrer las habitaciones de la *maison* que no había visto el día anterior: la *cabine* donde se cambiarían las modelos, los seis pequeños probadores para *les femmes,* o las clientas —ese era el territorio de Suzanne, la directora de ventas— y el estudio, que competía directamente con la mismísima oficina de Alix por ser el espacio más pequeño del edificio.

—Como pudo ver ayer, los salones son pequeños. La *maison* es pequeña —dijo Dior, mientras la hacía pasar—. ¿Por qué? Porque quiero poner en práctica las mejores tradiciones de la industria de la moda y con los estándares más altos. Y para que me asistan, tengo a las "tres madres".

Con esas palabras, entraron tres mujeres.

—Ella es madame Raymond —dijo *le patron*, señalando a la más severa del grupo, una mujer que había venido con Dior de Lucien Lelong. Tenía la apariencia de una persona que hablaba poco, pero siempre con precisión estudiada.

—Yo no coso —explicó monsieur Dior—. Pero necesito bocetar solo lo que pueda materializarse. Madame Raymonde es la Razón—sonrió—. Hace posible lo que imagino.

Pasó a la siguiente, madame Bricard, que parecía exhalar seducción en vez de aire. Tenía un turbante con estampado de leopardo y una bufanda con el mismo diseño atada a la muñeca, no en el cuello; por ella se había inventado la palabra "extravagante".

—Madame Bricard vive solo para la elegancia —dijo Dior—. Ella es mi inspiración.

"La musa, entonces". Los hombres parecían incapaces de existir sin ellas, ¿por qué Dior sería diferente?

La última era madame Carré, la directora técnica de la casa. Le entregó un boceto a *le patron*, que lo puso en manos de Alix.

Lo primero que le llamó la atención fue la línea de los hombros, suavemente inclinada y sin costura, que describía una curva leve sobre el cuerpo. Le hizo ver que todas las chaquetas que venían usando las mujeres durante los últimos años —muchas de ellas eran trajes de hombre reformados debido al racionamiento de tela— les daban un aspecto cuadrado, con ángulos rectos. Pero las mujeres no eran así. La parte superior del vestido bocetado no cambiaba la silueta de las mujeres, la revelaba.

—Casi puedo sentir cómo se mueve —dijo ella, recorriendo con la mano el volumen maravilloso de la falda dibujada a lápiz, con forma parecida a la *coupe* de la que había bebido en el Ritz.

Madame Bricard, a la que obviamente no habían convencido las referencias de Alix, la interrogó con frialdad:

—¿Dónde lo usaría usted?

—¿Dónde no lo usaría? En el Ritz, para ir a tomar una copa, para ir a cenar en Le Méditerranèe, hasta para pasear por los Jardines de Luxemburgo. No es que yo sea de pasear demasiado —enmendó Alix.

—En cualquier lugar donde una quiera estar elegante —dijo madame Bricard, concisa—. Es decir, en todas partes.

Entonces habló madame Carré.

—¿Ve que la falda cae como una…?

—*Coupe* —Alix expresó su pensamiento en voz alta.

Madame Carré se rio.

—Exactamente, como una *coupe*. Cuando vi el boceto por primera vez, pensé que no podía hacerse. Tuvimos que volver a aprender antiguas técnicas de costura que nos había robado el tiempo. Usamos todo el ancho del rollo de seda, de orillo a orillo, pero en posición horizontal alrededor del maniquí. La parte redondeada de la *coupe* tiene esa forma porque, plisado bajo la cintura, hay un margen de costura de doce metros.

Alix abrió mucho los ojos al comprender que no era ningún sistema intrincado de enaguas lo que le daba a la falda esa amplitud maravillosa, como había creído, ni nada por el estilo; sino el plisado oculto, que hacía que el vestido floreciera con esa forma extraordinaria. Alix deseó ese vestido como nunca había deseado nada en su vida.

—Suzanne lo llama "su vestido". Me dijeron que las costureras hacen lo mismo —dijo *le patron*—. Decidí llamarlo Chérie. Ayer oí que Suzanne la llamó *chérie*. Eso significa que el vestido le pertenece. Pero —agregó, ahora con tono severo—, no hasta el 12 de febrero.

Era imposible no sonreír como lo había hecho el día anterior en el taller. Dior le señaló el rostro.

—Esa es la razón por la que hago esto —dijo—. Aspiro a hacer felices a las mujeres.

El torrente de lágrimas que le fluyó a los ojos fue inesperado. Alix no sabía que todavía podía llorar, o que un modisto, justamente, fuera quien pudiera provocarle el llanto. Pero ¿qué hombre quería hacer felices a las mujeres? Los hombres querían demasiadas cosas de las mujeres. Alix lo había aprendido en Suiza, durante la guerra, y la mayoría de ellos tenía como objetivo robarles la felicidad, no regalarles alegría. Ese era el motivo por el que, en ese momento, casi se puso a llorar frente a un vestido.

Esa noche, Alix no fue al Ritz. Volvió a la pensión, tomó papel y lápiz y se puso a escribir.

Para Lillie,
desde París

Hay muchos pensamientos que me revolotean en la cabeza como faldas al viento. Si estuviera en casa, iríamos a cenar y para la hora del helado, todo tendría sentido. Estas cartas tendrán que servir como sustituto.

Solamente llevo dos días en Dior, pero ya noto las diferencias con todos los trabajos que tuve en Manhattan después de la guerra. Como el del Departamento de Guerra, donde tenía que hacer carteles para decirles a las mujeres que les cedieran sus puestos de trabajo a los hombres que volvían del extranjero —las mujeres podían encontrar maridos y ser completamente felices asando la cena, decían ellos. Nunca te conté que renuncié por eso—. Tú deseabas casarte con Peter y yo no quería que pensaras que estaba criticando tu elección. En realidad, no renuncié. Le dije a mi jefe que lo único que pensaba asar era a él y me despidió. Después de eso, Carmel Snow me ofreció trabajo, pero yo sabía que la cercanía cotidiana con los martinis sería demasiado tentadora. Tampoco te conté eso.

Así que acepté el trabajo en *Glamour*, donde descubrí que haber negociado con hombres durante dos años y medio me dejó una imagen avasallante; terca y obstinada eran las palabras que usaban. Por eso volví al mundo de los hombres; pensaba que ese era el único lugar donde encajaba. Y usé mi talento para ser obstinada todos los días en Goldman y Sachs, un mundo donde las mujeres estaban destinadas a ser secretarias o esposas, y me fui porque mi jefe apareció, a última hora de la tarde, en mi oficina, con una botella de brandy en la mano y la propuesta nada sutil de prepararme un cóctel bajo las sábanas. Para entonces, yo ya estaba tan cansada de usar todo mi ingenio para escapar de las distintas versiones de esa escena, que le dije que tenía una pistola en el bolso y que era capaz de disparar en una línea más recta que las de la tela de su traje, y que lo único que yo iba a hacer con su brandy era derramarlo sobre mi contrato y prenderle fuego.

Aquí, en Dior, nunca va a pasar nada de eso. Me aprecian, Lillie. No tienes idea de lo bonito que es eso. Y por fin, tengo un objetivo que va más allá de la supervivencia y el olvido. Dior es un genio. Nunca he visto a un diseñador como él, que con su lápiz captura lo divino. Solo espera a ver sus vestidos de noche. Suzanne cree que va a dejar marcas a fuego. Y yo voy a tirarme de cabeza en ese incendio.

Cariños y *bisous*,
Alix

Escribir esa carta conjuró aquella noche de hacía casi dos semanas en la que, a las tres de la madrugada, Alix decidió huir a París. Se vio a sí misma escapando de su jefe y volviendo a su apartamento, donde la recibió un periódico con la noticia de que, en Nuremberg, los juicios a los principales criminales de guerra por fin habían terminado y que se dictaría sentencia en un par de semanas.

Y sabía que, en poco más de dos semanas, se iba a hacer justicia y que ella iba a sentir cómo la culpa se desprendía sola; quizás, hasta desaparecería. Pero se anudó con más fuerza, como si le estuviera diciendo que ni la justicia iba a liberarla, algo que no había tenido en cuenta hasta ese momento. No, la justicia debía ponerle fin a todo.

Así que fue a encontrarse con Carmel Snow en el Club Colony y trató de seguirla copa a copa. Pero la pena de Carmel debía de ser más resistente a los martinis que la de Alix y la noche terminó con Carmel rodeando la muñeca de Alix con dedos flácidos y presentándole a alguien como mi *"protégé"*. Y Alix vio, a través de una bruma de ginebra que daba vueltas, con qué facilidad podía llegar a convertirse en Carmel. A anestesiarse tanto que el corazón dejara de dolerle.

Por un instante, estuvo muy tentada de ceder.

Eso fue lo peor de todo.

Volvió a su apartamento tan rápido como pudo y releyó el telegrama de Suzanne; comprobó que lo que había ahorrado de su magro salario alcanzaba para comprar un billete en un barco de vapor. Al día siguiente, fue al muelle.

Pero no podía contarle nada de eso a Lillie, no quería revivir ese momento de tentación en el que quiso sucumbir a la insensibilidad, no quería que Lillie se avergonzara de Alix como se había avergonzado Alix de sí misma.

CAPÍTULO 2

LLEGÓ LA MAÑANA Y LA HORA EN QUE ALIX DEBÍA enfrentarse a la prensa. Pero primero, tenía que descongelarse. El carbón todavía estaba racionado y la pequeña estufa a queroseno de su pensión era tan inútil para generarle calor en el cuerpo como una persona nonagenaria desnuda en la cama. Una caminata rápida al Ritz la haría entrar en calor y, quizás, en el camino encontrara la inspiración que necesitaba para bordar las frases de un comunicado de prensa tan convincente que los editores de moda no quisieran perderse el desfile de la Casa de Christian Dior.

Pero cuanto más caminaba, más sentía que su ánimo empezaba a desfallecer, como los fatigados abrigos de los parisinos que la rodeaban. En vez de la procesión de mangas elegantes y escotes audaces y botones insinuantes que habían adornado los bulevares a finales de la década de 1930, lo único que vio Alix fueron faldas harapientas y los ojos de las mujeres lánguidos por la guerra, en los que las heridas aún no habían terminado de cicatrizar.

Alix sabía, mejor que la mayoría, que casi todas ellas habían sido valientes heroínas durante la ocupación alemana. Tal vez, la mujer que pasó deprisa junto a ella tuvo una casa segura para los pilotos derribados, refugió a un chico judío, fue mensajera de miembros de la Resistencia. ¿Qué le había quedado a esa mujer, ahora que la guerra había terminado? Sabañones en los dedos. Una canasta medio vacía colgada del brazo, vacía de comida, que todavía estaba racionada.

Esa mujer, como tantas otras parisinas, merecía mucho más que quedar atrapada en ese crepúsculo extraño, un momento en que el color y la alegría y la confianza no eran sino recuerdos, posesiones de una vida pasada y una época diferente. Dior podía cambiar todo aquello, pero solo si Alix hacía su trabajo.

Así que se sentó en una mesa en el jardín de invierno del Ritz y fingió que no se había dado cuenta del momento en que Estelle Charpentier, la editora de modas de *Le Monde*, llegó más de veinte minutos tarde a la reunión.

Afortunadamente, Alix había aprendido a jugar durante la guerra. Concluidas las cortesías, tiró el dado.

—No sé cómo voy a arreglar esto —le dijo a Estelle con consternación simulada y arrugando el entrecejo frente al plano de los asientos para el desfile de Dior—. Quedan muy pocos sitios. Todos los estadounidenses han reservado uno.

Se encogió de hombros con un gesto de impotencia para acompañar la mentira. No, era una estrategia. Su objetivo era que empezara a correr una ola de rumores sobre el especial interés que tenían los estadounidenses por estar en ese desfile y que, con suerte, todos creyeran los chismes sobre sus competidores y cambiaran sus reservas en los transatlánticos.

Estelle llamó al camarero y pidió un café sin esperar a que Alix se lo ofreciera.

—Pero los estadounidenses siempre se van de París para esa fecha. Además, Pierre Balmain abrió una *maison*. Balenciaga está llenando el vacío que dejó Chanel. ¿Para qué necesitamos la Maison Christian Dior?

Alex se negó a validar ese comentario con una respuesta y simuló que volvía a consultar el plano de los asientos, lo que le permitió a Estelle espiar los nombres que, supuestamente, tenían un lugar asignado en la escalera. Abrió mucho los ojos cuando, según el plano inventado de Alix, ni siquiera las celebridades del periodismo de la moda tenían un asiento asegurado en el salón principal. En ese momento, Alix fingió que se le iluminaba el rostro al vislumbrar un lugar en la tercera fila del salón donde se podría hacer entrar una silla más.

—Pero no se lo cuentes a nadie —dijo, con tono cómplice—. Si descubren que te he hecho un hueco ahí, pero que a ellos los he relegado a la escalera…

Antes de irse, Estelle se encogió de hombros con ese estilo francés tan irritante y Alix entendió que tenía mucho trabajo por hacer antes de que Estelle, y muy probablemente el resto de los editores de moda, creyeran que la Maison Christian Dior era la mejor opción para ellos. Y aún más trabajo si iba convertir su planificación de las localidades en algo más que una fantasía.

Una voz inglesa y aniñada interrumpió sus pensamientos.

—¡Aquí estoy!

Becky Gordon, la periodista inglesa de *The Times*, llegó veinte minutos antes. Alix se alegró en parte.

—¡Cuánto me alegra conocerte! —continuó Becky ansiosa—. Pensé que no sabrías quién era yo. No hace mucho que estoy en *The Times*, ¿sabes?

Olvidó quitarse el abrigo y tuvo que volver a ponerse de pie para hacerlo, y buscó con la mirada, torpemente y por todos lados, a alguien que viniera a llevarse su gabardina Burberry empapada antes de que se formara una laguna en el salón.

—Me preocupaba quedarme sin entradas para el desfile —agregó, mientras el camarero se colgaba la ofensiva gabardina de un dedo despectivo y la sacaba de allí.

Alix se dio cuenta de que, si le ofrecía un hueco en la

parte superior de la escalera, desde donde casi no podría ver nada, Becky sería capaz de ponerse a llorar de gratitud. Entonces…

—Este es tu asiento —dijo, señalando una de las mejores ubicaciones, y al hacerlo, sintió que se le derretía el corazón.

—¿Para mí? —exclamó Becky con un gritito ahogado.

Alix sonrió y sintió que se le volvía a derretir el corazón.

—Sí.

Se pusieron a conversar y Alix le preguntó a Becky cuándo había llegado a París: hacía poco más de dos semanas.

—Mi padrino es dueño de *The Times*. —Becky hizo una pausa y Alix se dio cuenta de que sus pensamientos estaban tropezando con diferentes maneras de decir lo que seguía. Becky se decidió—: Me está ayudando.

Ella también debía de tener una historia dolorosa. La guerra había deshecho el destino de todos, según parecía.

—¿Cómo?

—Bueno… —Juguetéo tímidamente con la taza de café, se colocó el pelo detrás de la oreja—. De pronto, mi familia se encontró con un nombre aristocrático, una mansión en ruinas, ningún personal de servicio y muchas deudas. Como tantas familias en Inglaterra, en realidad. No somos tan raros en estos días —se apresuró a agregar.

Y así, hablando poco y escuchando mucho, Alix descubrió el talón de Aquiles de Becky.

Se estremeció y lo disimuló levantando la taza. ¿Nunca más volvería a tener una conversación normal? ¿Nunca olvidaría el entrenamiento que recibió durante la guerra para hacer que las personas revelaran cosas que ella pudiera utilizar después?

Sí. Lo haría. Preguntas mundanas y respuestas triviales, ese era el cimiento de una conversación común y corriente. Así que preguntó:

—¿Estás disfrutando París?

—Muchísimo —dijo Becky con entusiasmo—. Aunque…
—Se le borró la sonrisa —. Las personas de París son diferentes de las de Inglaterra. Más experimentadas, supongo.

—¿Los hombres? —preguntó Alix, con la esperanza de que lo que ella había presenciado entre Becky y Anthony March aquella noche en el Ritz no fuera lo que le había rasgado el optimismo.

El silencio que siguió le dijo a Alix todo lo que necesitaba saber y reaccionó al instante, porque era una oportunidad para evitar que alguien cayera, sin querer, en un futuro desastroso.

—Dime crees que me estoy entrometiendo —dijo—, pero no es tan malo equivocarse con alguien. Una vez. No lo conviertas en la norma. Aprende de esto, y la próxima vez, sé tú la experimentada.

Becky se quedó mirándola y Alix notó el impacto que le había provocado su franqueza y también un reflejo de algo que no estaba allí antes.

—Es un buen consejo —dijo Becky y agregó, como si ya hubiera aprendido un par de lecciones—: Ahora te debo dos. Una por la ubicación en el desfile y otra por el consejo. Voy a hablar con mi editor para hacerle una entrevista a monsieur Dior para el periódico.

Ahora las cosas iban como seda, pensó Alix con una sonrisa mientras caminaba hacia su trabajo varios días después, vestida con el traje nuevo que le había hecho una de las costureras. Y había conseguido un triunfo con Becky. Eso quería decir que esa semana solo podía ser *magnifique*.

Pero los ánimos en el gran salón todavía sin terminar eran más malos que buenos. Dior estaba entrevistando a modelos para que desfilasen con sus vestidos. Las chicas vestidas con ropa humilde se amontonaban junto a los andamios de los albañiles cuchicheaban y miraban a una mujer que sabía qué ponerse para lucir todas las curvas de su cuerpo. Tenía los ojos décadas más envejecidos que la cara, pero era la actitud provocativa la causa del chismorreo, nadie notaba su dolor casi camuflado.

—*Une pute* —murmuró sonoramente una de las chicas, antes de echarse a reír con sus amigas.

Alix no había abandonado la costumbre de leer atentamente los periódicos todas las mañanas, a la espera de noticias de Nuremberg, y había leído sobre una nueva ley que clausuraba algunos prostíbulos de la ciudad. Algunas damas de la noche, ahora desempleadas, debieron de haber visto el aviso de monsieur Dior, y tuvieron la esperanza de conseguir un trabajo en el que pudieran dejarse la ropa puesta; había varias mujeres vestidas provocativamente escondidas por los rincones de la sala.

—Puedes irte —le dijo Alix a la chica malintencionada que se reía—. *Au revoir* —agregó con firmeza, porque la chica pensó que estaba bromeando—. Y tú, ven conmigo —dijo a la mujer con dolor en la mirada, después de que la primera se retirara disimuladamente—. Por favor.

La mujer escudriñó a Alix, luego la siguió.

—Nunca has trabajado como modelo, ¿verdad? —preguntó Alix cuando llegaron a su oficina.

La mujer sacó pecho, como una cobra a punto de escupir.

—He desfilado frente a más personas en mi vida que cualquiera de las otras chicas.

Alix sonrió. Otra mujer a la que no le habían desollado el espíritu.

—Para conseguir el trabajo, tienes que caminar menos como si fueras a quitarte la ropa en una alcoba y más como si no quisieras quitarte nunca lo que llevas puesto. Así.

Alix, que había visto cientos de desfiles de moda durante sus casi tres años en *Harper's Bazaar*, hizo una demostración de la caminata serena y controlada propia de una modelo.

—Te contoneas demasiado —explicó—. No es necesario. Podrías quedarte completamente quieta y te mirarían todos. Soy Alix, por cierto.

La mujer sonrió por primera vez.

—Fortunée. Y sí, ese es mi nombre verdadero. Una de las pocas chicas de la calle que no tuvo que cambiar un aburrido Juliane por un *nom de chambre* más exótico.

Alix se rio.

—Entonces, espero que sea un buen augurio para hoy.

Todo el reconocimiento fue para Dior, que entrevistó a cada una de las mujeres reunidas en la planta baja, y eligió a seis modelos, incluida Fortunée.

"Para Lillie, desde París", redactó Alix mientras terminaba su día en el Little Bar, bebiendo solamente un french 75. "Hoy he ayudado a alguien. Igual que la semana pasada. Y me siento tan bien…".

Alix empezó a reunirse con los editores masculinos de París en el Little Bar, porque sabía que el alcohol los motivaría, aunque ella y Dior no bebieran. A pesar de la ley que prohibía que las mujeres parisinas llevaran pantalones en lugares públicos, ella se puso los suyos; Frank no la echaría nunca y necesitaba que las reuniones fueran memorables. Combinó los pantalones con su blusa roja, sin obedecer la máxima de que las pelirrojas no deben usar color rojo. Además, su cabello era de un color claro indefinido, con tantos reflejos rojos, caramelo y dorados que la habían llamado de todas las maneras posibles, desde pelirroja, hasta rubia y castaña. Ese día, lo llevaba suelto, ondulado, y de un largo pasado de moda, que caía hasta la mitad de la espalda.

El primer caballero, Henri Paquet, de *Jardins des Modes*, era divertidísimo, y ya en 1937 le dio a conocer a Alix el cóctel Champán Hemingway en ese mismo bar, lo que terminó en que los dos abandonaran la literatura estadounidense y la absenta por mucho tiempo. Él todavía se vestía como en 1920, notó Alix con alegría, pero él no se alegró tanto cuando vio que ella había bebido una sola *coupe* de su botella.

—Trata de no sentarte junto a Carmel cuando llegue al desfile, *ma chérie* —dijo él, mientras se ponía de pie para irse—. O va a ser todavía más evidente que ahora te controlas en exceso con la bebida. Hay quienes podrían pensar que es una debilidad explotable.

Ella pidió un café, y todavía no había terminado de digerir el consejo cuando llegó Anthony March, temprano.

—Alix St. Pierre —dijo ella, tendiéndole la mano—. ¿Qué puedo ofrecerle para beber?

—Alix St. Pierre —repitió él—. Suena como si usted fuera el nombre de una copa.

Estaba coqueteando con ella en una reunión de negocios. No quedaban dudas de por qué le había roto el corazón a Becky.

—Soy demasiado avinagrada —dijo con frescura—. ¿Café?

—¿Le preocupa que el alcohol pueda volverme más odioso? —Su tono era menos autocrítico que provocador.

Alix tuvo que hacer un gran esfuerzo para conservar la sonrisa profesional intacta.

—Puede ser tan odioso como quiera. Es usted el que tiene que vivir con las consecuencias. Pero yo no ofrezco más que tres veces. Dígame qué le gustaría tomar o comenzamos ya.

—Yo pensaba que las princesas de las relaciones públicas tenían que ser amables. ¿No debería estar endulzándome para que yo diga cosas bonitas de…? —Se encogió de hombros—. De quien sea.

"No seas terca", se recordó a sí misma, pero lo que oyó salir de su boca fue:

—En Francia, las princesas van a la guillotina con mucha frecuencia. Y la miel es para el pan. Dicho esto, ¿usted sabe algo de moda?

Para su sorpresa, él se rio del chiste y se sentó. Alix creyó que se había librado del personaje libertino; de hecho, de pronto le pareció más joven, como si solo fuera uno o dos años mayor que ella. Finalmente, vio el porte que había entusiasmado a Suzanne, y no al mujeriego exageradamente rico y aburrido. Pero después, él dijo:

—Bueno, sé cómo ponerme un traje y también cómo...

Alix sintió que los ojos no solo iban a salírsele de las órbitas, sino a hacer un salto mortal. Antes de que él pudiera decir "quitármelo", lo interrumpió.

—La moda es mucho más que la capacidad de gastar una herencia colosal en trajes excelentes, hechos a medida, que le quedarían bien a cualquiera. ¿Por qué no se dedica a gastar el dinero y a usar trajes y le deja el trabajo a quienes lo disfrutan?

—Porque entonces, me convertiría en un cliché.

—Sí —dijo ella poniéndose de pie—. Solo en ese caso sería un cliché. Llámeme cuando esté listo para tener una reunión profesional sin toda esta charla de adolescente.

—¿Las reuniones profesionales se hacen en bares? —contratacó él.

Touché. Ella había jugado con los clichés al organizar las reuniones con hombres en el bar. Otra costumbre que no había perdido, pero ya no estaba en Suiza y no estaba espiando a los nazis. En realidad, tenía una oficina donde tratar negocios legítimos.

Estaba tan decepcionada consigo misma por haber vuelto a caer en trucos del pasado que por poco se levantó y se retiró enfadada. Pero entonces, la irritación le abrió paso a la risa que le burbujeaba dentro, por los dos, porque ambos querían jugar su propio juego, pero no les gustaba cuando era el otro quien jugaba.

La risa se desbordó y ella vio una ráfaga de sorpresa en su cara.

—Tiene razón —dijo, entre carcajadas—. Solamente las princesas de las relaciones públicas y los terceros hijos malcriados se reúnen en los bares. Como ninguno de los dos es nada de eso, deberíamos volver a empezar con una reunión en mi oficina.

—Estoy de viaje hasta finales de la semana que viene —dijo él sin prisa.

Y la semana siguiente era Navidad.

—El lunes siguiente al Año Nuevo, entonces. ¿A las diez?

Él asintió. Pero cuando Alix estaba a punto de irse, dijo con los ojos fijos en ella:

—Conocí a su prometido, Bobby.

La colisión repentina de su vida pasada con la presente le provocó un impacto para el que no podía prepararla todo el entrenamiento del mundo.

Su reacción fue evidente, pero cualquiera se sobresaltaría al recordar de manera tan abrupta a su prometido ya fallecido.

Bobby: su amor de juventud, de la época en la que su corazón era puro.

—Bueno, —dijo con el tono ecuánime que había aprendido a imponer a sus palabras durante toda la guerra—. Podemos hablar de él en nuestra próxima reunión.

Todos los músculos del cuerpo de Alix se concentraron en mantener un andar indiferente y una expresión neutral al salir del bar. De algún modo, Anthony March, uno de los hombres más pedantes que había conocido —y a quien no iba a poder evitar porque tratarlo bien era parte de su trabajo— había conocido a Bobby. "Sigue caminando", se dijo a sí misma, al sentir que le vacilaba el paso. "Y sigue sonriendo".

Tal vez Anthony había conocido a Bobby antes de la guerra. Los dos venían de familias excesivamente adineradas. Y

Alix St. Pierre era un nombre como el ópalo negro, único y memorable. Si Bobby lo había mencionado alguna vez, era lógico que él lo recordara.

Pero su instinto —que había entrenado para que funcionara como un sentido más poderoso incluso que el olfato— se aguzó al recordar el modo en el que Anthony había nombrado a Bobby, arrojando su nombre en la conversación como una granada, para que cayera exactamente donde él quería. La relación con su Bobby no era solo palabrerío.

En el mismo momento, su instinto registró algo aún más atroz. El titular de un periódico en el puesto de la esquina gritaba: "GENERAL DE LAS SS CONOCIDO COMO EL CUERVO BLANCO - WOLFF SALE EN LIBERTAD". Sus ojos tenían que estar jugándole la peor de las pasadas. Wolff era el más negro de los cuervos de las SS.

Se acercó, pero las palabras se negaron tenazmente a cambiar.

En ese momento, lo único que le importó fue comprar un ejemplar del periódico. Cuando lo tuvo entre las manos, solo pudo torcer hacia una calle más tranquila; lo que acababa de comprender casi la hace caer al suelo.

Karl Wolff, general de las SS y *Obergruppenführer*, comandante en jefe del norte de Italia durante la guerra, había quedado libre al finalizar los Juicios de Nuremberg. Inconcebible.

Era un asesino.

—*Non*— susurró, moviendo la cabeza de un lado a otro con vehemencia, en un gesto de inútil protesta.

Si habían dejado libre al hombre responsable del norte de Italia, entonces, ¿qué había pasado con los hombres que trabajaron para él? ¿No los habían capturado y encerrado y habían tirados las llaves? ¿Los daños inconmensurables que habían causado aún estaban impunes?

La noticia confirmó sus miedos:

Es difícil imaginar cómo se sentirían los partisanos italianos que perdieron la vida por las órdenes de Karl Wolff; sobre todo, porque, durante la última semana de los juicios, también salió a la luz que los asistentes anónimos de Wolff desaparecieron poco antes de la rendición italiana y no se los volvió a encontrar. El comando nazi de Italia, lejos de sufrir como sufrieron los que ellos mataron, llevan una vida en libertad.

"Los asistentes anónimos de Wolff". Entonces, el hombre que había destrozado a Alix, una sombra que, según creía ella, saldría a la luz en los juicios para ser destruida de una vez por todas, seguía deambulando por ahí, sin castigo.

La justicia en la que había confiado desde abril de 1945 había fracasado.

Y si él estaba en libertad, entonces Alix, la única persona que podía identificarlo, corría tanto peligro ahora como durante la guerra.

CAPÍTULO 3

Alix llegó corriendo a la oficina de correos, alcanzó a entrar justo antes de la hora de cierre, buscó su libreta de direcciones en el bolso, cogió el formulario requerido y, con mano temblorosa, escribió un telegrama a Mary Bancroft, con quien había trabajado en Suiza: ¿LO ATRAPARON? STOP DULLES NO ME LO DIRÁ STOP.

Allen Dulles había sido jefe de Alix en Suiza, también de Mary, aunque "jefe" no era la palabra correcta para describirlo. Sin duda, Dulles no volvería a hablar con Alix, no después de que ella hubiera huido de Berna, abandonado su trabajo y tal vez su país, en abril de 1945. Pero quizás sí hablaría con Mary, si ella era capaz de usar todas sus artimañas —y tenía muchas— para hacerle esa pregunta de modo que él no notara que era Alix quien quería saberlo.

Era un disparo muy largo, como pretender hacer blanco en la luna, pero ¿no merecía ella una mota de polvo lunar?

Cada día que pasaba sin novedades le dejaba la sensación de que la respuesta a esa pregunta era un "no" rotundo. La mejor distracción, como siempre, era el trabajo. Así que el día de las telas, Alix tomó asiento en el estudio detrás de las tres madres; madame Bricard estaba a la derecha de Dior. *Le patron* sostenía una batuta como si estuviera listo para dirigir:

un dúo de seda soprano y tafetán contralto, una música que iba a fundirse con las suaves notas finales del chifón.

—Monsieur, *une modèle* —llamó una voz desde fuera.

Entró una modelo vestida de blanco crema. Ningún color. Ninguna variedad de telas. Solo la muselina más simple, más sencilla, para que nada distrajera la atención del corte. Estas muestras eran la primera materialización de las *petites gravures* —sus bocetos— y flotaban como fantasmas sobre las modelos, había una belleza extraña en su blanco puro.

—¡Parfait! —fue el juicio para el primero, que recibió la autorización para que se lo volviera a confeccionar en organdí.

Madame Bricard protestó un poco con el segundo, lo recortó, le modificó el escote, le alargó las mangas un poco, y solo entonces se le permitió volver al taller, ahora, más ángel que fantasma; el percal revoloteó su propio aplauso.

Del siguiente —un vestido de día con falda estrecha y los hombros con la curvatura sutil que Alix había llegado a esperar de *le patron*—, madame Bricard declaró que era un horror. Su dedo aterrador lo exilió de la habitación.

Y Alix comprobó que las muestras eran sombras de verdad, que revelaban solo contornos y promesas, una silueta sobre la que se iba a confeccionar el vestido real, y que la muestra se cortaría para descartarla y olvidarla. Solamente Alix la vio irse, con el deseo de salvarla del pelotón de fusilamiento.

Sintió que una mirada se posaba sobre ella y se dio cuenta de que Dior había visto la tristeza que era la sombra característica de Alix.

—Son como dioses —trató de explicar ella— decidiendo el destino de lo que pudo ser un vestido.

—¿No le gustan los dioses? —le preguntó Dior.

—¿Cómo puede alguien, después de la guerra, admirar a los dioses? Son tan crueles como los humanos.

La declaración de Alix quedó flotando en el aire como el barro que mancha una nevada color blanco puro el día después. Se recuperó rápidamente.

—No me refiero a todos los humanos. Pero, en este momento, creo más en las adivinas que en los dioses. —Esbozó una sonrisa para acompañar la broma.

Pero *le patron* estaba contemplando los ojos de Alix y no se distrajo con sus palabras. "Por eso lo acompañan tantas mujeres", pensó ella. Lo que parecía timidez tal vez fuera una forma profunda de empatía. Generalmente, los hombres buscaban la respuesta rápida —broma y reacción—, pero Dior dialogaba con las almas. ¿Cómo se había dado cuenta de que su alma no la había dejado dormir en toda la noche haciéndole preguntas cuyas respuestas eran demasiado aterradoras para enfrentarse sola a ellas en una habitación a oscuras?

—Las adivinas son para los que solo quieren avanzar —dijo él, por fin—. Los dioses son para los que miran hacia atrás para ver qué hicieron y creen en la penitencia como una forma de absolución. No sé a quién deberían recurrir los que están atrapados en el medio.

Frunció la frente y se miró las manos como si estuviera decepcionado, por ella, de su ignorancia. Entonces dijo, como si hubiera tenido un ataque de inspiración:

—Tal vez, esa era la idea que quería expresar en la línea de la colección. Vi a demasiada gente atrapada en el medio y pensé en esto.

Movió una mano delante de la muestra que estaba frente a él.

Alix la miró con atención, también a la que estaba al lado, y empezó a ver la "línea" de la que Dior hablaba a menudo, un concepto que ella no había comprendido del todo; no era forma ni figura, ni contorno ni curva, tampoco perfil, ni patrón ni tema. Era una silueta similar en todos los modelos y, sin embargo, transformada en un nuevo vestido, un nuevo traje, un nuevo espectáculo. Y era, sin pudores, una silueta de mujer. La curva del busto y la cadera. La concavidad de la cintura. Vestidos que mostraban lo que eran las mujeres en realidad, todo lo que habían estado escondiendo porque la guerra les exigió que taparan su ser y sus formas reales: todo lo que habían olvidado mostrar desde que terminó la guerra.

Pero ahora, Christian Dior decía con sus vestidos: "Vivid".

Alix salió de la habitación decidida. Virginia Pope, editora de moda del *New York Times*, todavía tenía planeado volver a Manhattan antes del desfile de Dior, al igual que muchos otros. El trabajo de Alix consistía en asegurarse de que no lo hicieran; que entendieran el mensaje de Dior y lo transmitieran a todas las lectoras.

Necesitaba inspiración, y la *maison* estaba demasiado llena de genialidad para hacerle sitio a alguna idea más. Así que salió y caminó sin dirección hasta que una sala de cine —un espacio oscuro, donde podía sentarse a solas con sus pensamientos— le llamó la atención. Entró y terminó viendo a Cary Grant, que reclutaba a Ingrid Bergman para espiar a una organización nazi que, al terminar la guerra, se había fugado a Brasil para continuar con sus asesinatos.

"Mierda". Tendría que haber prestado atención a qué película se estaba proyectando. No iba a encontrar inspiración en una Bergman convencida de que ayudaría a su país usando sus ardides femeninos para desabrocharles secretos a los nazis. Alix encendió un cigarrillo y se recordó a sí misma que era una ficción, nada más. No la realidad. Para empezar, Bergman hablaba demasiado. Una espía de verdad nunca sería tan indiscreta.

En el instante en que lo pensó, la sacudió su propia inspiración. Se vio a sí misma no en Suiza ni en el norte de Italia, sino en el jardín de invierno del Ritz, haciendo promesas y diciendo mentiras y hablando demasiado. ¿Y si dejaba de hacerlo? ¿Y si aplicaba a las relaciones públicas las pocas habilidades honestas que había aprendido en Suiza? ¿Y si rescataba algo útil de aquella época, en vez de imaginar que todo había sido un terrible desperdicio?

En la pantalla, frente a ella, Ingrid Bergman cayó en los brazos de Cary Grant. Todas las mujeres de la sala se derritieron.

Y el entusiasmo por una idea perfecta y brillante hizo saltar a Alix de su asiento y salir a toda prisa.

Una charla con Suzanne le confirmó que Rita Hayworth iba a ir a París para el estreno de su última película, *Gilda*, en la que ella hacía de seductora, de sirena, de la mujer que todas las mujeres querían ser. Y el estreno de *Gilda* estaba programado no mucho antes que el desfile de Dior.

—Rita Hayworth —le anunció Alix a monsieur Dior el día siguiente, cuando lo abordó en el escalón más alto.

—¿Es una actriz muy buena? —respondió *le patron*, perplejo.

—Es un sueño hecho realidad —continuó Alix—. En los brazos de un hombre como Cary Grant y con un vestido maravilloso.

—Con un vestido maravilloso —repitió Dior lentamente, como si casi pudiera seguirle el hilo, muy enredado, por cierto.

—Tiene que hacerle un vestido. Se lo vamos a enviar y esperemos que, con suerte, lo luzca en el estreno parisino. Y desde ahora hasta ese momento, no voy a tener más reuniones con periodistas. No voy a buscar más promesas de coberturas periodísticas. Lo único que voy a hacer es enviar invitaciones para el desfile.

Por el modo en que la miró Dior, era difícil saber si estaba horrorizado por la idea de que ella dejara de trabajar desde ese momento hasta febrero o si quería que ella continuara.

—Los dos conocemos personas que hablan. Eso significa que yo ya no tengo que hacerlo —se apresuró a decir; sus palabras eran como un rollo de satén que se desenrollaba cada vez más rápido—. Los servicios de prensa de todas las casas de alta costura están hablando sin parar de sus próximas colecciones. Si hacemos lo mismo, nos convertiremos solo en ruido. Imagine que nos quedamos callados. —En ese momento, dejó de hablar, para que sintiera el efecto. Y el cambio repentino fue como un terciopelo magnífico que daban ganas de tocar con ambas manos.

Después de una larga pausa, Alix volvió a hablar.

—Si no decimos nada, nuestros amigos, Carmel Snow y Michel de *Vogue*, y Christian Bérard, no van a poder contenerse. Cuando se den cuenta de que saben más sobre la Maison Christian Dior que todos los demás editores de moda, la posibilidad de publicar lo que saben va a ser irresistible. A partir de ahora, nosotros produciremos un solo hecho extraordinario: enviarle un vestido a Rita. Eso hará que todo el mundo hable aún más. No quiero oír ni un susurro sobre este desfile. Quiero un rugido sordo, atronador, un rugido al que no vamos a aportarle ni un solo sonido, porque no lo vamos a necesitar.

—Está apuntando a las estrellas —observó Dior.

—¿Y usted no?

—*Oui*. Pero es mi nombre el que está en la puerta.

—No hay que tener un nombre en la puerta para querer hacer un buen trabajo.

Habló sin pensar y casi dijo demasiado sobre sí misma. Dior la miró en silencio durante un rato y ella se quedó inmóvil sosteniéndole la mirada, como le habían enseñado.

—Gracias por mirar las estrellas. Revisemos los bocetos y elijamos uno para mademoiselle Hayworth.

—No puede llevar otra cosa más que el Soirée para una velada como esa —dijo madame Bricard cuando le contaron el plan.

Le patron asintió. Y Alix también.

Porque el vestido Soirée tenía un corpiño recto y de escote pronunciado para que la figura curvilínea de Rita desbordara de forma elegante, y una falda de dos niveles de la que el cuerpo sería un único tallo adornado con dos rosetas perfectas de seda plisada azul marino. Rita, con el vestido Soirée, sería inolvidable.

Si Alix pudiera convencerla de ponérselo.

Su arma secreta era Carmel Snow. Le mandó un telegrama, porque hacía poco había publicado una entrevista muy halagadora y una serie de fotografías de Rita. Eso quería decir que Carmel sabía cómo comunicarse con ella, y que Rita ya tenía una disposición favorable hacia Carmel.

En el telegrama, Alix le pedía a Carmel que le enviara una nota a Rita diciéndole que, si usaba el vestido en el estreno, iba a conseguir más publicidad para ella y su película de la que podrían darle mil entrevistas. Y que Dior la vestiría en todos sus estrenos desde ese momento. A cambio, Alix le prometió a Carmel los derechos exclusivos para publicar un boceto del vestido en *Harper's Bazaar*, y que la llevaría al Ritz cuando llegara a París y la invitaría al martini más caro que Frank fuera capaz de preparar.

Carmel sentía fascinación por lo novedoso. Por eso, Alix estaba apostándolo todo, con la esperanza de que a Carmel le encantara la idea de que las estrellas de cine hicieran alianzas con casas de moda, especialmente si ella era la intermediara de la primera vez que ocurría.

Algunos días después, la colaboración de Carmel quedó garantizada en un cable con su típico tono entusiasta. Alix celebró ese acontecimiento y la víspera de Navidad en su oficina, con Suzanne, bebiendo solo un brandy, y con muchas risas y muchos recuerdos de los años de la preguerra, cuando Suzanne trabajaba en publicidad y Alix en *Harper's Bazaar* y, a menudo, eran las últimas en irse del club nocturno a las cinco de la mañana.

No fue hasta el año nuevo cuando, por fin, llegó un telegrama para Alix a la oficina de correos.

PREGUNTÓ SI ERAS TÚ LA QUE QUERÍA SABERLO, rezaba la respuesta de Mary. DESPUÉS DIJO: DILE A ALIX QUE SE VAYA AL INFIERNO. CREO QUE PUEDES LEER ENTRE LÍNEAS.

Alix deseó que Dulles estuviera allí para ser ella la que lo mandara al infierno. Pero sabía tan bien como Mary que Allen Dulles había pasado tanto tiempo tratando con el diablo que el infierno no lo asustaba en absoluto.

Estuvo a punto de no leer el resto del mensaje de Mary, y tal vez, debería de haberlo ignorado, porque decía: DEJA TODO ATRÁS, ALIX. LO HECHO, HECHO ESTÁ. HAGAS LO QUE HAGAS, LOS QUE MURIERON EN ESOS AÑOS DE GUERRA SEGUIRÁN MUERTOS. AHORA NO PUEDES SALVAR A NADIE.

"Salvo a mí misma", pensó, casi como en una plegaria. Ella era la única persona a la que había querido salvar al venir a París. Y ahora, esa persona volvía a estar en peligro, tal vez en uno más grave que el anterior. Porque el trasfondo de la respuesta de Dulles era: "No. No lo han atrapado".

De vuelta a su habitación de la pensión, el artículo del periódico que había empezado todo tembló en la mano de Alix.

"Rómpelo en pedazos", se instó a sí misma.

Pero eso sería una cobardía.

Lo volvió a leer; tal vez, con toda la agitación del mes anterior había entendido mal. Pero no. Estaba perfectamente claro que Wolff y sus cómplices habían quedado impunes.

Entonces, al pie del artículo vio el nombre del periodista: Anthony March.

Anthony March había conocido al prometido de Alix, Bobby. Bobby había trabajado para una agencia secreta de inteligencia estadounidense en Italia durante la guerra. Ahora, Anthony estaba escribiendo sobre la guerra en Italia.

Dios, necesitaba una copa. Cogió su bolso. Estaba segura de que iba a encontrarse con alguien en el Ritz. Tal vez, Carmel estuviera en París por Año Nuevo. Carmel, que dependía de la ginebra y el Vermut para pasar el día, tónicos que hacían que el mundo cayera como el chifón, aunque fuera más pesado que el plomo y más puntiagudo que los alfileres. Salvo que esos tónicos no solo alteraban el mundo, la alteraban a una. Alix simplemente tenía que acordarse de sí misma en Manhattan, dos meses atrás, para saber lo dura y dolorosa que podía ser la verdad.

Así que no salió de la pensión ni buscó la bendición de un french 75. En cambio, cogió su bolígrafo.

Para Lillie,
desde París

Yo pensaba que olvidar era no recordar. Como tú, no quiero recordar. Al hacerlo, siento que el corazón se me va desenrollando poco a poco, como si fuera un trozo de cinta raída. Pero ¿y si, en realidad, olvidar significa encontrar a un hombre a quien creo que nadie más puede encontrar?

El bolígrafo repiqueteaba sobre el escritorio y Alix apoyó la frente en la mano. ¿Qué había pasado con las preguntas cotidianas? Con "¿Cómo estás? y "¿Qué haces?".

Todo eso había muerto en abril de 1945, cuando un informante nazi convirtió a Alix en asesina.

Alix fue su enlace. Nunca le vio la cara, pero habló con él, la única agente aliada que lo había hecho. Y había confiado en la información que él le dio para organizar una misión clandestina en Italia que terminó con la muerte de nueve hombres, incluidos ocho de los mejores agentes secretos estadounidenses. Uno de ellos fue su prometido, Bobby.

Y era posible que ese informante nazi, del que casi lo único que conocía era el sonido de su voz y que trabajaba para Karl Wolff en algún cargo, hubiera escapado de la justicia. Y si lo había hecho, seguramente estaría viviendo en París. Alguna vez le dijo que iría allí después de la guerra; en ese momento, ella pensó: "No, no va a ir. Porque nunca van a ganar".

Pero Alix estaba muy equivocada.

La visión de una cabeza rubia. Bobby la llevó a cenar cuando tuvo que renunciar a *Harper's Bazaar* y volver a Estados Unidos desde París en 1939, después del estallido de la guerra. "No conoces a nadie en Nueva York", le había dicho. Y cenó con ella todas las noches durante una semana, así que conoció siete lugares de Manhattan en los que servían buena comida. "Comida que no me puedo permitir", decía ella con ironía, y él solo se encogía de hombros y sonría. Bobby nunca entendería lo que era no tener dinero para comer en el *Rainbow Room* todas las noches.

Pero Bobby nunca volvería a llevarla a cenar. Ella nunca volvería a buscar su cabello rubio como los rayos del sol en un salón, nunca volvería a comer en esos siete restaurantes, siempre palidecería ante un solomillo a la pimienta, porque era lo que le gustaba pedir a Bobby. Nada de eso volvería a pasar por culpa de un informante nazi traidor… y por culpa de Alix. Esa misión nunca se hubiera llevado a cabo de no ser por Alix y su supuesta información infalible.

El resultado: las vidas de nueve jóvenes encontraron su final. Esos hombres irían a visitarla en sueños esa noche y también iban a condenarla porque nadie había recibido castigo.

Pero encontrar a alguien —un nazi con más muertes en su conciencia que las de esos nueve hombres— ¿era la respuesta a las pesadillas y a los fantasmas que la perseguían todo el tiempo? Recordó el sonido de la voz del nazi y sintió escalofríos. Después de casi dos años, todavía le provocaba un terror real y absoluto.

Al día siguiente, Alix se despertó con resaca de odio a sí misma y deseando que hubiera sido por el alcohol, porque así se le pasaría para el mediodía. Pero la cura era la misma: aplicarse colorete y pintalabios cuidadosamente, tomar un café solo y aire fresco. Pero sintió que los efectos del café pasaban rápidamente cuando llegó a la *maison* y vio, en un montón de telegramas, que al menos seis de los editores de moda más importantes de Manhattan todavía no habían decidido si quedarse o no en París para el desfile.

—*Chérie! Mon Dieu.* ¿Te has pasado celebrando el Año Nuevo? Deja que le ponga esto a tu café. —Suzanne levantó una botella de brandy que guardaba en su escritorio.

—No. —lo dijo con firmeza y, Dios, qué bien sentaba ser terca en ese aspecto.

El brandy solo estimularía las pesadillas y ella necesitaba tener la cabeza despejada para pensar cómo cumplir el obstinado deseo de justicia que la acompañaba desde abril de 1945, ahora que era evidente que las autoridades habían fracasado. Y también para pensar qué hacer para no terminar siendo la directora de prensa que frustró el surgimiento del talento de Dior.

Suzanne volvió a guardar la botella en el cajón, observó a Alix durante varios segundos y preguntó:

—¿Cómo van tus reuniones con los editores? La reunión con monsieur March, por ejemplo. ¿Te fue bien?

Ese recuerdo fue suficiente para que el ánimo de Alix se turbara un poco más.

—No. Él es como una novela de Hemingway, tiene la misma agresividad masculina y no vale la pena el esfuerzo.

Suzanne se rio por lo bajo, apoyó un codo en el escritorio y sujetó un cigarrillo entre los dedos.

—Esta se parece más a la Alix St. Pierre que conozco. La *petite orpheline* que conocí y que me maravilló hace casi diez años, porque ¿cuántas jóvenes que perdieron a sus padres a los trece años tienen el coraje de hacer todo lo que se les mete en la cabeza, como siempre hiciste tú? Como ya has visto, *le patron* tiene el talento suficiente para llegar a ser el modisto más famoso de todos, alguien capaz de dejar en el olvido hasta a Chanel y Schiaparelli. Pero no va a llegar a nada sin ti y sin mí. Por eso te pedí que volvieras a París.

"No va a llegar nada sin ti y sin mí". ¿No era eso también cierto sobre tantas otras cosas, con guerra o sin ella? Incluso un hombre que trabajaba en las escaleras estaba apuntalado por mujeres en un proyecto por el que solo él sería reconocido. Pero ¿no significaba eso también que Alix tenía talento para trabajar en las sombras, para hacer las cosas sin que nadie supiera que las estaba haciendo?

La llama de su ánimo se elevó de un salto. El nazi que la había traicionado la asustaba más que nada en el mundo, y la noche anterior, ese miedo la despojó de todo su coraje y su razón. Pero ¿y si volvía a trabajar en las sombras? ¿Y si, de algún modo, pudiera buscar sin que se notara y darles a esos nueve hombres muertos la reparación que se les había arrebatado? El informante de Alix no sabía que ella estaba en París o que lo estaba buscando, eso le aplacó un poco el miedo.

Alix se quedó mirando a Suzanne que en ese momento, era como una adivina personal que buscaba para ella posibilidades en la desesperanza. Y Suzanne dijo:

—Me pregunto si no deberías ser honesta contigo misma y confesarte el motivo que te trajo a París después de decirme que no volverías nunca más.

Ante la mirada sabia de Suzanne, todo lo que no era honestidad salía huyendo. Las palabras se le agolparon en la punta de la lengua.

—Pensaba que había venido a encontrarme a mí misma. Aunque tal vez, vine a encontrar a alguien más. Pero… —dudó y bajó la mirada—. Estoy asustada.

—Nunca rechaces nada porque estés asustada —dijo Suzanne cariñosamente—. Solo se rechaza algo porque está mal.

Comprender traía serenidad y dolor. Era doloroso, igual que la culpa y la vergüenza. El pasado no era una serie de hechos que ocurrieron alguna vez, era el material de los huesos de Alix. Encontrar al nazi que la había convertido en la asesina de nueve hombres era lo que correspondía, la única opción. Porque… "Vive". Ese era el mensaje que había visto en los vestidos de Dior. Cuánto deseaba volver a vivir de verdad.

Alix levantó una copa imaginaria, sintió que algo bueno se agitaba dentro de ella por primera vez desde que presenció las victorias que se extendían por Italia, sabiendo que ella tenía algo que ver con eso.

—Por nosotras. Por las mujeres invisibles detrás del hombre.

Esa noche, Alix se sentó en su escritorio y meditó sobre cómo narices iba a hacer una mujer sin recursos, que había gastado todos sus ahorros en un billete en un barco a vapor a París, para encontrar a un nazi que había evadido a los cazadores de nazis, a la policía y a los ejércitos.

"Recuerda tu entrenamiento", se dijo a sí misma. Ser espía era como tirar minuciosamente de cada delgado hilo de una prenda hasta encontrar, entre un millón, ese que lo descosiera todo. Era una gran coincidencia que Anthony March hubiera nombrado a Bobby el mismo día que iba a publicar un artículo sobre los hombres que escaparon de la justicia por lo que habían hecho en Italia. La guerra le había enseñado a Alix a no creer en coincidencias. Por suerte, Anthony March iba a ir a verla el lunes. Era hora de tirar un poco de sus hilos.

CAPÍTULO 4

Anthony March apareció en la oficina de Alix a la hora acordada, diciendo:

—Ya sé que usted no pregunta más de tres veces, por eso voy a ser grosero y voy a pedir café, sin esperar a que me lo ofrezcan.

Alix se rio, a pesar de sí misma.

—Vuelvo en un minuto.

Fue a buscar dos cafés a la cafetería y volvió para escucharle decir:

—¿No le han puesto a nadie para que le haga el café?

Así de fácilmente, volvía a ser un cretino. Tal vez pensaba que eso la pondría nerviosa, o que la pedantería era atractiva y que ella saldría corriendo a convertirse en una muesca más de su ya muy marcado cinturón. Lo que Anthony no entendía era que ella era una experta en tratar con hombres hostiles, por lo que esto podía llegar a ser casi divertido.

—Si hubiera alguien que hiciera el café por mí, no sabría que al suyo hay que ponerle sal en vez de azúcar —dijo dulcemente—. ¿Hablamos sobre la Maison Christian Dior? Imagino que no ha traído ninguna pregunta preparada.

—En realidad, sí —dijo, mirando el café, como si no terminara de decidirse por beberlo de todos modos solo para contrariarla y dudar de que realmente hubiera hecho lo que había insinuado—. Empecemos por aclarar si esta casa de alta costura es solo una fachada para que Boussac incremente sus ventas de tela. Se rumorea que tiene sesenta millones invertidos en Maison Christian Dior. —El grado de desdén de las últimas tres palabras las hizo sonar como si el nombre de la casa fuera el de un vagabundo—. Hay quienes hablan de que el número llega hasta los mil millones, pero no soy tan crédulo cuando se trata de rumores difundidos por princesas de las relaciones públicas.

Bebió un sorbo de café e hizo una mueca al darse cuenta de que tenía muchísima azúcar en vez de sal. Alix no lo había hecho por maldad, sino porque quería tener una excusa para salir de la habitación y traerle otra taza en caso de que fuera necesario; si se trataba de descoserle las costuras a alguien, siempre convenía tener una ruta de escape.

Ella respondió con frialdad, ignorando la mueca.

—Cuando venga al desfile, hasta usted va a caer bajo el hechizo de lo que verá, y va a comprobar que esta es una excelente casa de alta costura, no una fachada para vender tela.

Él hacía bien en preguntar, aunque los demás no habían abordado el tema tan seriamente. Pierre Boussac era el soporte financiero principal de Dior, y también uno de los fabricantes de tela más importantes del país. Era posible que la Maison Christian Dior hubiera empezado como un escaparate para las telas de Boussac. Pero lo que Alix había visto durante ese último mes la había convencido de que ahora no era nada de eso.

—Algo que me haga caer bajo el hechizo incluso a mí —repitió—. ¿Es que no cree que me pueda encantar fácilmente?

Ella bebió un sorbo de café para tragarse la respuesta, pero se le escapó de todos modos, aunque con voz de seda, para que no se notara su falta de *politesse*.

—Tengo la sensación de que está tan acostumbrado a

que traten de encantarlo que se cree inmune. Además, estoy segura de que, para usted, la moda femenina es perder el tiempo en frivolidades en una ciudad que todavía tiene balas disparadas hace dos años alojadas en sus edificios y en la que el Consejo de Control Aliado ni siquiera puede ponerse de acuerdo en qué hora es a la medianoche.

Él reaccionó a la broma con una breve carcajada, pero al instante, y con una versatilidad deslumbrante, preguntó:

—¿Hace cuánto trabaja en relaciones públicas?

—Desde que me fui de París, en 1939. —Lo dejó seguir preguntando; aquello que quisiera saber iba a poner en evidencia si él era una pista falsa y nada más, o un botón que había que abrochar en algún ojal.

—¿Y durante la guerra? —Él encendió un cigarrillo y exhaló el humo ruidosamente, de modo irritante, tenía los párpados pesados como si acabara de salir de la cama y tuviera planeado volver a ella o a alguna otra práctica hedonista en cuanto terminara la reunión.

Por un momento, Alix se preguntó qué información dejaría en evidencia la sutileza de su propia exhalación y decidió no fumar mientras Anthony estuviera en la habitación.

—Trabajaba para el Gobierno —respondió, indiferente—. Era la encargada de la campaña para reclutar mujeres como mano de obra.

Era una verdad a medias. Pero mientras estuvo en el Departamento de Guerra, ella y su conocimiento de idiomas —sus padres habían emigrado a Estados Unidos desde la Alsacia francesa, por eso le enseñaron alemán y francés a Alix antes de morir— habían llamado la atención de otros funcionarios del Gobierno, a través de una misteriosa red de rumores. Después de una serie laberíntica de entrevistas, y de un entrenamiento más que peculiar —para qué tenía que aprender reconocimiento de voz en este trabajo nuevo fue una de las tantas preguntas que hizo—, fue enviada a

Suiza por la Oficina de Servicios Estratégicos, una organización para espías y sus líderes, una organización de la que, supuestamente, nadie debía saber nada. Pero Alix la conoció, porque fue parte de ella desde finales de 1942 hasta 1945, e hizo cosas de las que tenía prohibido hablar.

Ya estaba claro que ninguno de los dos tenía interés en hablar de Dior.

—¿Y usted? —preguntó ella—. ¿Qué hacía hasta que se metió en el negocio de la prensa?

—Estuve de servicio en Europa, como la mayoría de los hombres. Así conocí a Bobby Du Pont.

Una posibilidad era que Anthony hubiera sido soldado raso en Italia, y que se cruzara con Bobby en un bar durante un permiso. O... que Anthony también perteneciera a la OSE, igual que Bobby y Alix. "Estuve de servicio en Europa" era el tipo de respuesta vaga, propia de un exagente de la OSE. Y pensar en esos términos la ayudó a apaciguar la necesidad de pestañear ante esta segunda mención displicente del nombre de Bobby, como si mereciera solo un encogimiento de hombros y un rápido "Ah, bueno"; como si no valiera infinitamente más que el hombre que estaba frente a ella en ese momento. Pero si no pestañeaba, ese brillo repentino de los ojos se le derramaría sobre las mejillas.

Su determinación se hizo añicos. Sacó un cigarrillo, para que el humo le nublara la cara.

Él aprovechó la oportunidad.

—Y, digamos, ¿entre 1943 y 1945? —presionó, con los ojos fijos en ella—. Hablé con algunos tipos de Manhattan que habían oído hablar de la prodigio de las relaciones públicas, Alix St. Pierre, que salvó el pellejo de Bergdorf Goodman en 1940, y que rescató a Goldman Sachs de un papelón después de la guerra. Pero no pude encontrar a nadie que supiera qué hizo usted durante esos dos años. Por eso me surgió la pregunta: ¿será que no quiere que nadie lo sepa?

El único motivo por el que alguien podía estar tan interesado en lo que ella había hecho entre 1943 y 1945 era que ya supiera que había trabajado para la OSE y quisiera desenmascararla y averiguar qué escondía.

—¿Me encuentra tan atractiva que ha desperdiciado todo ese tiempo en cables transatlánticos sobre mí? —Su voz era tan dulce como el café de Anthony —. Qué extraño, dado que no soy yo el tema de esta reunión.

—No. Usted quiso adularme con lugares en primera fila para un desfile que es una de las noticias menos importantes de Europa, para que yo, a cambio, escribiera un artículo diciendo que las mujeres deberían vestirse en Dior —fue su respuesta.

Era un milagro que él pudiera mantenerse en pie con el peso de ese rencor sobre los hombros. Todos lo llevaban en esos días, o al menos cualquiera que hubiera estado en Europa entre 1940 y 1945. La de Alix era una astilla enterrada en lo profundo del corazón. Pero aunque Anthony llevara enterrada su propia esquirla, ella no iba a retroceder con sonrisa de publicista mientras él insultaba a Dior y a la moda y a todo el sexo femenino. Era ese el momento, que conocía tan bien, en el que ahogar las palabras equivalía a ahogar su integridad y entonces, lo soltaba todo, y terminaba amenazada, insultada o despedida.

"No pierdas el trabajo por Anthony March", le rogaba su cerebro racional. "No seas una más de las que le permiten salirse con la suya a este cretino", le suplicaba la parte luchadora de su cerebro. Fue la que ganó.

—No iba a adularlo —dijo, poniéndose de pie, con la espalda recta y sin pedir disculpas—. Y tampoco le iba a ofrecer un lugar en la primera fila. Tal vez, le consiga un lugar fuera, en la escalera de la entrada, desde donde pueda contemplar cómo el *New York Times* tiene un artículo a doble página sobre la Maison Christian Dior y usted, nada.

No va a haber balas en el desfile de Dior, se lo aseguro. Pero las personas no leen los periódicos solo para enterarse de todo lo malo que está pasando. También buscan un atisbo de luz que los ayude a hacer frente a lo malo, la lentejuela escondida en la tela de saco. Usted vende esperanza tanto como yo, y no va a vender ningún periódico si sus titulares solo hablan de armas.

Alix se dirigió a la puerta.

—Tengo otra reunión.

Esperaba que él saliera corriendo a decirle a Dior que su nueva publicista necesitaba que le lavaran la boca con jabón. Pero se levantó con una lentitud irritante colocándose la corbata; era muchísimo más alto que ella, medía más de dos metros. Llevaba un traje azul marino, no gastado y raído, que hubiera sobrevivido al racionamiento de la guerra, sino uno nuevo y cortado con la precisión de un sastre experto. La camisa era de un blanco prístino, igual que el bolsillo cuadrado, y la corbata tenía un patrón geométrico en oro pálido y diamantes ocre que hacían un contraste maravilloso con el azul del traje. Quizás no le interesara la moda femenina, pero estaba bien abastecido.

Por eso, no se pudo resistir y agregó:

—¿Qué estaba tratando de olvidar cuando compró ese traje?

La rabia brilló en los ojos de Anthony.

—Solo la cantidad de tiempo que se puede perder en París.

Salió dando grandes zancadas.

Acto seguido, Alix se quedó de pie junto al ventanuco que daba a la calle, a una pequeña plaza cuadrada. Después de un momento, divisó a un hombre alto de pelo oscuro que, al llegar a la rue François, se giró y sacó un cigarrillo, encendió un mechero y, con el ceño fruncido, volvió la vista a la *maison*; con la mirada recorrió cada una de las ventanas, como si supiera cómo memorizar los planos internos de las plantas y extrapolarlos al exterior, para descifrar desde qué ventana lo estaba observando Alix St. Pierre.

Ella no se apartó de la ventana. No creía que él pudiera verla, pero si podía hacerlo, quería hacerle entender que ella sabía interpretar cómo se retiraba alguien, y que era tan inteligente como para descifrar lo que Anthony March le estaba escondiendo. Él no informó de su comportamiento grosero a Dior. Eso fue un alivio y, a la vez, una pista.

No era un nazi, tampoco el hombre que ella estaba buscando, su voz no era la que había oído en Suiza. Pero, definitivamente, era un nudo más en la enredada cinta que señalaba el camino de vuelta a todo lo que había pasado en la guerra.

Lo que más necesitaba después de ese encuentro era aire fresco. Cogió su bolso, pero antes de salir de la *maison*, sonó el teléfono. Una voz ronca, conocida de la pantalla grande, dijo:

—Me gusta el vestido.

Era imposible que Rita Hayworth estuviera en la línea en ese momento, pero o bien era Rita, o su doble de voz. Así que Alix apostó por la primera opción y dijo:

—Pensé que le gustaría. Y vendrá al desfile de Dior, ¿verdad? Le he reservado un asiento en la primera fila para que esta vez sea usted la que elija sus regalos y no que los elijamos nosotros por usted.

—Creo que iré. —Y Alix casi se pone a gritar.

Contener su entusiasmo durante el siguiente minuto de conversación no fue fácil. Dejó que sus pies bailaran, pero solo después de colgar permitió que saliera un muy sentido *"Mon Dieu"* de su boca y que estallara en una sonrisa grande como la de su primer día en París, en 1937.

¡Estaba funcionando! Rita había dicho que se pondría el Soirée para el estreno de su nueva película. ¿Debía contárselo a Dior? ¿Y si Rita cambiaba de idea por la noche y usaba otro vestido? *Le patron* se derrumbaría por la desilusión, sobre todo con el desfile tan próximo. No, por ahora era mejor guardar el secreto, hasta que el estreno estuviera más cerca y los planes de Rita fueran definitivos.

Pero Alix tampoco podía quedarse en la *maison*, porque seguramente, alguien iba a notar esa sonrisa, ridícula de grande, y pensaría que estaba borracha. Salió rápidamente y cumplió su primer deseo de aire fresco; hacía tanto frío fuera que podría no volver a usar pendientes, porque tenía los lóbulos de las orejas adornados con estalactitas. Hundió las manos en los bolsillos del abrigo de visón usado que le dio Mary en Suiza y avanzó, sin dejar de sonreír.

En los Campos Elíseos, la calle estaba atestada de estadounidenses cargados de bolsas con el logo de Chanel. Coco seguía regalando perfume a los soldados aliados que estaban en París como fuerzas de paz, y ellos se los enviaban a sus novias; un frasco de oro líquido a cambio de una fidelidad que, muy probablemente, ellos mismos no practicaran. Pero el perfume era una moneda con la que muchos estaban dispuestos a comerciar, igual que lo habían sido las latas de conservas del Ejército estadounidense en Italia durante la guerra. Siempre había algo que se podía intercambiar: cigarrillos, cuerpos, secretos.

Secretos. Alix se detuvo de golpe. Ella era una experta en traficar con ellos. Y ahora mismo, tenía un secreto demasiado apetitoso para guardarlo bajo su sombrerito chic. ¿Y si los editores estadounidenses averiguaran lo de Rita Hayworth y el Soirée en ese momento? Con seguridad, eso los convencería de ir al desfile de Dior.

Volvió a ponerse en marcha, ahora más rápidamente, hacia el hotel Scribe, el que, desde hacía mucho, frecuentaba la prensa estadounidense. Se quedó fuera, encendió un cigarrillo y se preguntó cuántos más tendría que encender.

Fueron cuatro. No fue tan malo, en cuanto a vigilancia se refiere.

La señora Perkins, de *Women's Wear Daily*, que siempre llegaba antes a París y a quien Alix no conocía en persona —en el pasado había trabajado en revistas especializadas, no en revistas comerciales—, salió del hotel. En cuanto la vio, Alix le dio unos francos al portero para que desapareciera durante diez minutos mientras la señora Perkins intentaba encontrar un taxi en una ciudad en la que los taxis escaseaban tanto como el carbón.

—Me di cuenta, cuando llegué la semana pasada que es tan difícil encontrar un taxi como a un hombre bueno —dijo Alix, exagerando el tono de su acento estadounidense y ocultando la cadencia francesa—. He tenido que a ir andando hasta el Ritz para encontrar uno tantas veces, que el portero piensa que soy una huésped, pero no puede entender por qué siempre me estoy yendo y nunca estoy llegando.

La señora Perkins se rio.

—¿Va hacia allí?

—Sí —dijo Alix.

Mientras caminaban, la señora Perkins le preguntó a Alix por qué estaba en París. Alix le empezó a contar, que acababa de empezar a trabajar como asistente de publicidad en una nueva casa de alta costura, y había pasado algo de lo más emocionante esta mañana: había contestado al teléfono y del otro lado ¡estaba la mismísima Rita Hayworth! Y Rita iba a llevar un vestido de Christian Dior para el estreno de su última película, de verdad, pero, ¡ay, Dios! Eso todavía era un secreto y ella no tendría que haber dicho nada.

Alix puso cara de criatura inocente incapaz de identificar a una editora de moda aunque estuviera en las oficinas de *Vogue*. Por supuesto, en febrero Perkins descubriría quién era Alix en realidad, pero con suerte, para entonces la magia de Dior habría hecho su efecto sobre el mundo.

—Ni se me ocurriría contárselo a nadie —respondió la señora Perkins, su sonrisa delataba que no se podía confiar en ella, y en eso, precisamente, confiaba Alix.

Con un poco de suerte, Perkins iba a publicar, en la revista más importante de la industria de la moda de Estados Unidos, la noticia de que Rita Hayworth iba a llevar un vestido de Christian Dior, el modisto nuevo, al estreno de su nueva película.

Solo cuando Alix volvió a la pensión, casi a medianoche, se desvaneció la alegría y se encontró envuelta en algo más parecido a la contemplación, o tal vez, a la inquietud. La hora de las brujas era el único momento que le pertenecía solo a ella, y por eso podía emplearlo en su búsqueda. Pero ¿cómo encontrar a un nazi que se había evadido de todos?

Nadie conocía el nombre de las sombras que trabajaban para hombres como Karl Wolff, al igual que nadie sabía quién era Karl Wolff cuando él mismo era una sombra que trabajaba para Himmler. Siempre hubo hombres que se especializaban en acechar desde puertas traseras, y en todo lo que fuera intriga y espionaje en la guerra. La Voce —el nombre en clave que ella le había dado a su informante— era uno de esos hombres sin nombre ni rostro. Ahora, Alix necesitaba averiguar su nombre y sus movimientos, dónde vivía y trabajaba; una ubicación que pudiera darles a las autoridades para que, por fin, pudieran atraparlo y encerrarlo.

Tenía exactamente cinco pistas. Una: alguna vez, la Voce le contó a Alix que la Brasserie Lipp era su lugar favorito de París. Dos: su contacto inicial con los aliados fue a través de Frank, en el Ritz. Tres: Esmée Archambault fue el correo que pasó el mensaje entre Frank y Alix. Cuatro: Chiara Romano, uno de los correos de Alix en Italia, podría conocer los nombres de los asistentes de Karl Wolff. Eso era improbable, como lo era que Chiara respondiera alguna de las cartas que le enviara Alix. Cinco: era más que probable que Anthony March hubiera trabajado para la OSE y, además, quería algo de Alix.

Iba a empezar con la primera. Iría a la Brasserie Lipp para ver si era lugar para quedarse a rastrear el sonido de la voz que conocía aterradoramente bien, o si era un ambiente demasiado expuesto como para montar vigilancia. También iría a visitar a Frank cuando el bar estuviera más tranquilo, un domingo por la mañana. Anthony March tenía una suite en el Ritz, así que también podía preguntarle a Frank sobre él. Y le escribiría a Chiara, y también iría a visitar a Esmée, pero también tenía que atender una casa de modas que se precipitaba, vertiginosamente, hacia su primer desfile. Eso quería decir que Alix estaría más liada que nunca y que tendría que hacer entrar todo eso en los límites de sus días ya demasiado ocupados.

La Brasserie Lipp resultó poco ideal para esperar en la oscuridad y oír voces. Tenía las paredes cubiertas con espejos que reflejaban a los clientes en todos los rincones del salón, y mesas en la calle, a plena vista de todos los transeúntes del concurrido boulevard Saint-Germain. Y cuando llegó al Ritz, descubrió que ese era el fin de semana libre de Frank, y Esmée Archambault estaba fuera de la ciudad.

Pero aunque su misión personal se hubiera frustrado, la profesional —dudó en decirlo, por temor a condenarla también— estaba acercándose al éxito. Sobre su escritorio estaba el último ejemplar de *Women's Wear Daily* con un artículo sobre los planes de Rita Hayworth de lucir un vestido de Christian Dior en el estreno de su película.

¡Sí! Esa era la prueba de que, tal vez, Alix no terminara como la *directrice* que no logró mostrarle la genialidad de *le patron* al mundo. Incluso, *le patron* hasta podría esbozar una enorme sonrisa cuando se lo dijera, una idea que le hacía sentir cada poro de la piel como una diminuta lentejuela de alegría.

Con una sonrisa en su propia cara, siguió leyendo el correo. De un sobre cayó una hoja de papel blanco, sencilla, escrita con tinta roja.

Vete de París.

Se le encogió el corazón como si la Voce acabara de decir esas palabras en voz alta. No podía ser nadie más que él.

¿Cuándo se la habían enviado? No había ningún sello en el sobre. Ningún logotipo, ni membrete, ni distintivo en el papel de carta. Solo tres palabras escritas en rojo.

Él quería asustarla. Quería que huyera.

Sabía quién era ella.

A pesar de todo su entrenamiento, se le paralizaron las piernas. También la respiración. Hasta la sangre.

La Voce solo podía mandarle una nota a su lugar de trabajo si conocía su nombre.

La conmoción fue un puñetazo que la dobló en dos, la bilis y el terror le subieron por la garganta.

Un nazi que había arrebatado no solo nueve vidas, sino, tal vez, novecientas o nueve mil, le estaba dando a Alix una sola oportunidad para irse de París.

Tenía que ponerse de pie. Coger un taxi a su pensión. Una vez allí, cualquier mujer inteligente prepararía su maleta, cogería un tren o un barco y se iría lejos.

Eso significaría dejar a Dior y la oportunidad de que alguien estuviera orgulloso de ella. Significaría no presenciar el desfile en el que había trabajado tanto para que fuera un éxito. Volvería enseguida a enfundarse en el traje usado de la Alix que esquivaba botellas de brandy y la tentación.

Volvió a mirar el artículo de Women's Wear Daily. Se levantó de la silla.

Caminó hacia la pared en la que había pinchado una copia de su plano de los asientos. En vez de arrancarlo y tirarlo a la basura y volver a huir, cogió un bolígrafo y empezó a escribir los nombres de todos los editores que esperaba que fueran al desfile después de leer el artículo sobre Rita Hayworth y Dior.

Este momento era como estar al borde de un abismo y saber que saltar era peligroso y estúpido y terriblemente doloroso, pero había que hacerlo de todos modos. Así que saltó… a la vida que quería para ella en París. A la vida que merecía.

"A la mierda con la Voce". No iba a irse de París. De hecho, él acababa de empujarla a trabajar más y más rápidamente que nunca para encontrarlo, antes de que él la encontrara a ella.

CAPÍTULO 5

Cuando se cerró la puerta de la *maison* y estuvo dentro y a salvo, Alix se sacudió de encima el estado de alerta y el miedo que la habían acompañado todo el camino por la acera más transitada hasta la avenue Montaigne. "Piensa en el estreno de la película de Rita Hayworth", se dijo. No en que podría correr un peligro extremo cada vez que saliera, ni en que, los últimos días, había ido a todos lados sin su pistola.

Pero algo también iba mal en la casa de alta costura. Faltaban tres semanas para el desfile, el salón tendría que estar lleno de trabajadores revistiendo las paredes con papel gris y blanco. Las aprendices deberían estar peleando por un lugar entre las sombrillas, los sombreros y los guantes. Pero la ausencia de ruido era tan absoluta que Alix podría haber oído la proverbial caída de un alfiler, con la salvedad de que, en semejante ambiente, nadie hubiera osado dejar caer uno en ese momento.

Al subir la escalera, todos apartaron la mirada.

Suzanne esperaba arriba.

—Tienes que ir a ver a *le patron* ya mismo.

—¿Por qué?

La respuesta de Suzanne fue una expresión de decepción tan grande, que Alix se sintió tan descompuesta y asfixiada como cuando leyó la nota de la Voce. ¿Cómo había conseguido estropear esto también?

Apoyó un pie, después el otro, hasta llegar al estudio.

Monsieur Dior deslizó una copia de *The Times* sobre el escritorio.

Alix reconoció enseguida la imagen en la sección de moda. Soirée. El vestido que le había enviado a Rita Hayworth. El boceto que le había prometido a Carmel Snow. Por algún motivo, ya lo habían publicado en *The Times*. Y no era un boceto de un copista, ni del ilustrador del estudio. Ese boceto era el más confidencial y codiciado de todos, el del mismísimo *patron*.

No era posible que hubiera aparecido en el periódico. Nadie tenía que verlo hasta que Rita se pusiera el vestido. A monsieur Dior no le importaba la impagable publicidad en *Women's Wear Daily* si sus secretos comerciales quedaban expuestos.

Y Alix supo que ella iba a cargar con la responsabilidad de esto. Iba a perder su trabajo, aunque, esta vez, ella no hubiera hecho nada mal.

Las lágrimas amenazaron con asomar. Pero era raro cómo funcionaba la memoria muscular. Cuando el cuerpo estaba entrenado para no reaccionar por nada frente a otra persona u objeto —una pistola, el aliento con olor a coñac de un nazi en el cuello—, recordaba qué hacer. No quedarse quieta, porque eso decía mucho en sí. Pero tampoco palidecer ni sonrojarse, no temblar ni alardear, no permitirse el más mínimo temblor en la voz. Y por supuesto, no dejar nunca que brotaran ni que cayeran las lágrimas.

No, Alix había aprendido a ser como el hilo, capaz de ser urdida y trenzada para conformar la tela que hiciera falta en cualquier momento en particular. En ese momento, era un tafetán rojo, desafiante.

—Yo no le he dado el boceto a nadie —dijo, furiosa.

—Hablé por teléfono con la periodista, mademoiselle Gordon. Me dijo que el boceto llegó con una nota suya. Ella no sabía que era robado, ni que estaba comprometido —respondió monsieur Dior con tranquilidad—. Creyó que tenía autorización para publicarlo.

Suzanne y mesdames Carré, Bricard y Raymonde —las personas seleccionadas por Dior en persona— estaban más allá de toda sospecha. Pero Alix había tenido acceso a los bocetos y a la prensa y, si bien parecía la estupidez más grande —congraciarse con una periodista inglesa tan públicamente que perder su empleo fuera el único resultado posible—, probablemente todos creyeran que le habían pagado lo suficiente para que no se preocupara por su trabajo. Que había vuelto a Manhattan con la paga, y se estaba riendo con los pies en alto.

—Yo no se lo mandé —insistió Alix.

En su favor, Dior no desvió la mirada ni se quejó de que hubiera abusado de su generosidad.

—Hasta que aparezca otra explicación, usted no puede seguir trabajando aquí.

Alix estaba tan cansada de ser como el hilo…

—No voy a subirme a un barco con destino a Manhattan —dijo—. Voy a descubrir quién hizo esto, y en el mismo momento en que lo haga, usted va a devolverme mi trabajo, con un aumento.

Alix volvió rápidamente a la pensión, impulsada por varias sensaciones: furia, escepticismo, obsesión. .

No era la primera vez, desde que llegó a París, que se despertaba la autoestima que solía tener. Era muy frágil y no quería mirarla demasiado por si llegaba a salir huyendo, pero también la quería como estímulo. Si la hubieran despedido de ese trabajo dos meses atrás, tal vez hubiera pensado que era más fácil renunciar que presentar batalla.

Ahora no.

Empezó a trabajar, y se puso un viejo traje gris oscuro de la guerra. Se recogió el pelo en un moño sencillo y se quitó el maquillaje para suavizar el rostro. No porque pensara que fuera una belleza deslumbrante, pero Suiza le había enseñado que maquillada y con la ropa apropiada, los ojos —alargados y verdes como los de un gato nocturno— y los labios carnosos y las cejas arqueadas podían llegar a deslumbrar a algunos.

Se encasquetó un detestable sombrero fedora, lo inclinó hacia un lado y lo empujó hacia abajo, para que quedara apoyado justo sobre un ojo; no quería que nadie la reconociera.

Tenía un día completo a su disposición y dos acertijos por resolver: quién era el hombre al que ella conocía únicamente como la Voce, un hombre que quería expulsarla de París antes de que ella lo expulsara a él; y qué malnacido había usado ese boceto para tenderle una trampa. En la OSE había aprendido que, frente a mil problemas por resolver, lo mejor era empezar por el que permitiera avanzar un paso y de ese modo, a veces, se desenredaba un nudo de otro hilo.

El Ritz. Frank estaba allí. Anthony March ocupaba una suite allí. Y Becky Gordon, la destinataria del boceto, también se alojaba allí. Alix se ocuparía de Frank y la Voce mientras esperaba a que Becky —y tal vez Anthony— terminaran su día de trabajo.

Se sentó en el extremo más alejado de la barra, levantó un poco el sombrero para llamar la atención de Frank. Él limpió una copa, se echó el paño al hombro y se acercó a ella para preguntar, como si no la hubiera visto nunca:

—¿Qué va a tomar?

—Algo italiano —dijo ella—. Me gustaría vagar por los caminos de la memoria.

—¿Bellini?

—¿Por qué no?

Abrió un periódico, con el fedora inclinado en dirección al salón principal, y la esperanza de que, al ser tan temprano, no hubiera nadie allí que la conociera. Mientras fingía leer, estaba pendiente de Frank, que mezclaba pulpa de melocotón y zumo de frambuesa con un prosecco —Dios, odiaba los bellinis— y les aconsejaba a los clientes sentados junto a la barra que se trasladaran a las sillas, para estar más cómodos, consejo que ellos parecieron seguir contentos. Cuando la barra estuvo vacía, le alcanzó el cóctel y empezó a pulir otras copas, silbando por lo bajo.

Alix bebió un sorbo, hizo un gran esfuerzo para reprimir un gesto de disgusto y dijo en voz muy baja:

—Háblame sobre Anthony March.

Frank se rio, por lo que Alix dijo, exasperada:

—No tiene nada que ver con el corazón ni con el deseo.

Frente a esa respuesta, Frank se rio más aún.

—Ya sabes que un barman nunca habla de sus clientes preferidos.

La primera reacción de Alix fue de suspicacia.

—¿Anthony March es uno de tus clientes preferidos?

Pero la segunda reacción, le pareció que Frank ya había tenido una conversación muy parecida, fue la más astuta.

—Te ha peguntado por mí.

—Tal vez deberíais hablar entre vosotros —dijo Frank sagazmente.

—¿Por qué…?

Frank la interrumpió.

—Se conoce a un hombre cuando prefiere sentarse solo en una mesa a las tres de la madrugada a los encantos de admiradoras desilusionadas. Y a él le dije que se conoce a una mujer cuando salta detrás de una barra a medianoche al ver que hay demasiado trabajo y que los bármanes no dan abasto y se pone a hacer Bloody Marys, el cóctel más difícil, en el momento justo.

Alix sonrió. Había hecho eso algunas veces en 1937 y 1938, echando mano de todas las habilidades que había aprendido en un año de trabajo como camarera a tiempo parcial mientras estaba en la escuela suiza de buenos modales.

—Vale. No me vas a decir nada sobre monsieur March, pero puedes decirme… —Se aseguró de que no la oyera nadie—. ¿Quién se puso en contacto contigo por lo de Italia?

Frank silbó un estribillo sonoro, después meneó la cabeza.

—No lo sé. El mensaje llegó a través de un agente de inteligencia militar alemán que solía venir aquí, uno de los que arrestaron y mataron después de la Operación Valquiria.

Alix sabía que los arabescos del empapelado del Little Bar estaban llenos de secretos, que había sido el abrevadero de un grupo de nazis desleales durante la guerra. Según lo que acababa de decir Frank, algunos de ellos participaron en la conspiración fallida para matar a Hitler. Eso significaba que podía descartar al hombre que le había pasado el mensaje a Frank: si lo habían matado en 1944 por su participación en Valquiria, no fue el informante de Alix en 1945. Fue solo un conducto.

Frank se puso a silbar otra vez, así que Alix fingió que leía un artículo en el periódico.

—Él ya había entregado información real, así que se la mandé a Esmée. Después, no supe nada más, así que di por sentado que estaba en manos de algún responsable.

—Lo estaba. En las mías. Estoy tratando de averiguar de quién fui responsable.

Alix volvió a fijar los ojos en el periódico, porque dos clientes se acercaron a Frank y le preguntaron con voz animada qué tenía para ofrecerles. Lamentablemente, no estaban dispuestos a sentarse en las sillas; no, eran turistas que querían conversar con el barman.

Tenía que esperar a que Frank volviera, después de disponer de un momento para escarbar en su memoria en busca de alguna conexión que pudiera servir. Mientras tanto, como ya había supuesto, Esmée Archambault podía ayudar. Y otro paso adelante estaba entrando al bar en ese momento en la forma de Anthony March, vestido de punta en blanco, como siempre. Con algo de suerte, Becky no estaría lejos.

Alix inclinó su fedora hacia el otro lado, para que se le viera el perfil. A pesar de su apariencia discreta, Anthony la reconoció. Frunció el ceño y repiqueteó con los dedos sobre la barra, miró a Frank y caminó hacia ella.

—Oí que la habían despedido —dijo, cruzando los brazos sobre el pecho—. ¿Por qué querría alguien tenderle una trampa que le costara el trabajo?

Tal vez se pusiera en ridículo, o tal vez simplemente fuera tan humana que podía recordar cómo era sentarse sola en bares a las tres de la madrugada, a pensar en cómo había llegado a eso. En vez de contratacar, dijo la verdad.

—Esta vez, no lo sé.

Esperaba una burla en respuesta a ese momento de honestidad, pero Anthony puso cara de preocupación.

—No mire a sus enemigos. Mire a sus amigos. Personas a las que les haya hecho algún favor. A quienes tuvieron que depender de favores, en general, eso se los vuelve odioso con el tiempo.

"Personas a las que les haya hecho un favor".

Le habían enviado el boceto a Becky. Nadie sospechaba que Becky pudiera ser parte de esa canallada; era demasiado obvio, un crimen no se expone publicándolo en el periódico en el que se trabaja. Becky era el más improbable de los sospechosos, una inocente involucrada en un fraude. Pero ¿no pasaba con mucha frecuencia que la respuesta estaba escondida a la vista de todos?

Alix le había dado consejos y un asiento en primera fila.

Pero también había aconsejado a Fortunée, y le enseñó a posar y a caminar.

—Gracias —le dijo a Anthony con una sonrisa sincera y salió deprisa del bar.

En lo que duran tres cigarrillos, Fortunée salió de la Casa de Christian Dior. Alix, que esperaba en la acera opuesta, empezó a seguirla, pero, en realidad, estaba volviendo sobre sus pasos hasta el Ritz. Fortunée entró en el bar principal y se sentó como si estuviera esperando a alguien. Y Alix supuso que ese alguien sería Becky Gordon. De hecho, cuando volvió a salir, vio a Becky, que se acercaba por la place Vendôme. Eso implicaba que tenía alrededor de tres minutos para hacer que Fortunée saliera del bar antes de que Becky la viera y pensar un plan; no tenía margen para ser demasiado quisquillosa con los detalles, tampoco para elegir con quién llevarlo adelante.

Frank fue la primera persona a quien recurrió. Cuando le dijo que necesitaba que el jefe de la recepción retuviera a Fortunée en una oficina durante media hora; simplemente asintió.

La segunda persona, no iba a acceder tan fácilmente.

Pero ella había tenido que pedir favores más grandes a peores personas en el pasado y sobrevivió al intercambio con sus principios solo un poco arrugados. Los plancharía al día siguiente en la *maison*, cuando recuperara su trabajo.

Se acercó a la recepción con una sonrisa, una mirada rápida a la identificación del hombre, y un "*Bonjour*, monsieur Charles", porque había aprendido que tomarse el trabajo de averiguar el nombre de las personas nunca era una pérdida de tiempo. Pidió papel para escribir, garabateó una nota y le pidió a Charles que la enviaran de inmediato a la habitación de Anthony March. Rogó que Becky no se fuera hasta que Anthony contestara, y rogó que él estuviera en su suite, porque en ese momento ya no estaba en el Little Bar.

Unos cinco minutos después, el conserje le tocó el hombro.

—Monsieur March pidió que la acompañara a su suite —dijo en voz baja.

—*Merci,* Jean-Luc —dijo ella.

En el ascensor recordó que no estaba maquillada; nunca había hecho algo así sin una máscara. Se quitó el sombrero, se soltó el pelo y trató de peinarse con los dedos, pero el viaje en el ascensor fue demasiado corto para hacer milagros.

Enseguida llegó a una puerta que se abrió para dejar ver a Anthony March con un aspecto más informal que de costumbre. No llevaba corbata, tenía el primer botón desabrochado y las mangas de la camisa arremangadas; Alix vio unos brazos bronceados, musculosos, como si pasara tiempo al aire libre, o como si levantar vasos de whisky con soda y hielo desde la barra a la boca no fuera el único ejercicio que practicaba.

—Dos veces en el mismo día —dijo él, apoyándose en la pared. Sostenía un vaso con la punta de los dedos, un vaso más lleno de lo que debería con algo que olía a Vermut—. ¿A qué debo el placer?

Lo mejor era encararlo como si fuera un martini seco, con coraje y sin miedo.

—Aunque antes haya dicho que las personas que dependen de favores terminan encontrándolos odiosos, necesito pedirle un favor. Ya somos odiosos el uno para el otro, así que las cosas no van a cambiar demasiado.

Anthony se rio a carcajadas.

—No esperaba encontrar sentido del humor al acecho por aquí, en el sexto piso —dijo Alix con las cejas levantadas.

Anthony meneó la cabeza como si también él se hubiera sorprendido, entonces se volvió a poner serio y esperó a que ella continuara.

—Necesito saber si Becky Gordon lleva una suma

grande de dinero en el bolso. La única forma de hacerlo sin que ella sospeche y esconda la prueba antes de que yo la vea es traerla a un lugar como este, donde ella espera algo, pero… —Se detuvo y meneó la cabeza, al oír cómo sonaba.

Tenía que haber una forma mejor. Pero ¿cuál? Si Anthony también había trabajado para la OSE, entonces sabría cómo convencer a alguien de entrar en una habitación mejor que cualquiera de sus conocidos cercanos y actuales.

—Quiere que seduzca a Becky —dijo Anthony, y esbozó una sonrisa, como si estuviera disfrutando mucho la incomodidad de Alix, algo que tal vez mereciera, después del ardid del café.

Alix resopló.

—Lo que hagan después de que yo termine es asunto de ella. Solo necesito que suba aquí. Puedo suplicar, si eso le hace sentir mejor. Y si quiere poner precio a sus servicios, adelante. Pero preferiría hablar de eso dentro de la habitación, no aquí, en el pasillo.

Lo miró a la cara, y él le miró los ojos fugazmente antes de apartarse de la pared; se hizo a un lado para dejarla pasar, levantó el vaso, echó la cabeza hacia atrás y bebió más licor.

—¿Cuántos años tiene usted? —preguntó—. Bobby era muy joven. Pero si usted era su prometida…

—Entonces usted pensaba que debería ser también muy joven —concluyó ella—. Si le sirve de consuelo, en este momento me siento así. ¿Va a ayudarme o no?

Él se dirigió a la ventana, miró hacia fuera.

—A pesar de su falta de educación atroz…

Alix hizo un gesto al recordar que le acababa de pedir un gran favor. El de dio la vuelta en ese mismo instante y la sorprendió en medio de la mueca, pero ella creyó verlo sonreír, como si el enfado no fuera real.

—Voy a ayudarla. Y esta noche, mis servicios serán gratuitos.

—Gracias —dijo Alix—. ¿Ve? Soy educada.

Entró lentamente en la habitación, y se quedó cerca del sillón Luis XVI, extravagante por lo delicado. Anthony dejó el vaso ahora vacío sobre la mesa de café, se colocó las mangas de la camisa, y cogió una corbata que estaba extendida sobre una silla. Alix se volvió, ver cómo se ponía la corbata le pareció demasiada intimidad para ese vínculo tenso y pasajero que tenían.

—Me estoy poniendo ropa, no quitándomela —dijo él con ironía.

Ella se dio cuenta de que se había ruborizado —era una desventaja específica de las pieles claras— y se obligó a darse la vuelta otra vez para mirarlo de frente, se obligó a recordar cómo era en Suiza y en Italia en 1945. Entonces, ver a un hombre ponerse una corbata era algo que hubiera hecho con gusto, en comparación con todo lo que había tenido que hacer.

—No me ha contestado —dijo él, mirándola en el espejo, mientras se anudaba la corbata, ponía cara de desagrado y se la volvía a anudar.

—Veintisiete. La misma edad que tendría Bobby.

—Parece que tiene veintiuno.

Mientras él hablaba, Alix se miró en el espejo y pudo ver que sí, que aquel día parecía especialmente joven: la cara lavada y el pelo sin pretensiones daban la impresión de que todavía conservaba una pizca de inocencia.

—La primera vez que la vi, en el Ritz, parecía que usted venía de otro mundo a buscar a Bobby. Pero hoy… —Anthony se interrumpió, volvió a fruncir el ceño, luego se puso la chaqueta y caminó hacia la puerta—. Intentaré volver pronto.

Ella se recompuso y dijo con una sonrisa pícara:

—No tengo ninguna duda de que esta es una misión que va a poder completar en tiempo récord.

Oyó que él se reía al salir de la suite.

Alix inspeccionó la habitación. Reflejaba la opulencia sutil del Ritz: jarrones orientales curvilíneos con flores de invernadero, un delicado *chaise longue* color azul plomizo cerca de la chimenea y varias sillas antiguas en gamas de peltre, canela y pedernal. Parecía que no se hubieran usado; los almohadones todavía estaban acomodados en el ángulo exacto, como los había dejado el personal de limpieza.

A su derecha había un escritorio grande. La silla que estaba detrás era de cuero marrón, suavizado por el uso. La superficie del escritorio estaba desprovista de todo, salvo de un bolígrafo, una lámpara y una o dos gotas de agua, depositadas allí por la condensación de un vaso.

Alix se detuvo en seco antes de extender un dedo hacia las gotas. Así había revisado todas las habitaciones desde finales de 1942, cuando le enseñaron a conocer al dueño de un espacio por los rastros que dejaba tras de sí. Pero había poco de Anthony allí. Solamente llegó a apreciar que el tiempo que él había estado allí, lo había pasado en el escritorio; eso significaba que, tal vez, trabajaba más de lo que ella creía.

Estaría a salvo durante al menos diez minutos, a pesar del comentario de Anthony sobre la rapidez con que llevaría a cabo su misión. Abrió la puerta del dormitorio. Pero allí, los detalles personales estaban igual de ausentes. En el baño, lo único que había a la vista era jabón del Ritz, un cepillo de dientes, una brocha y una navaja de afeitar.

Se lavó las manos, porque si Anthony llegaba antes de lo que esperaba, podía fingir que estaba usando el baño. Y justo en ese momento, la vio. Detrás del espejo de afeitar había una navaja que ella reconoció, porque se la había regalado a Bobby cuando cumplió los veintiún años. Se quedó mirándola mucho tiempo antes de cogerla y pasar la mano sobre el grabado. *Para B. Con amor A.*

La metió dentro de su bolso.

Anthony sabría quién se la había llevado. El precio que debería pagar de recuperarla sería la explicación de por qué la tenía él.

"Váyase de París", decía la nota. Cerró los ojos, vólvió a oír la voz de la Voce y se apoyó con las dos manos en el lavabo. La Voce quería que se fuera, pero ella no lo había hecho caso, tenía la tonta idea de que podría seguir caminando por las calles de la ciudad y, de algún modo, evadir a un nazi asesino. Aparentemente, Becky estaba tramando algo que incluía asegurarse de que Alix perdiera su trabajo. Y Anthony March también tenía algún asunto con Alix.

Pero ¿para bien o para mal?

Si se trataba de la segunda opción, entonces había entrado directamente en la cueva del león. Por suerte, ella no era una oveja. Pasó la mano por el contorno de la pistola Beretta reglamentaria que llevaba en el bolso. "Primero resuelve lo de Anthony y Becky", se dijo a sí misma. La Voce no podía alcanzarla en una suite privada del Ritz.

Regresó a la sala y casi no se había sentado en una silla antes de que se abriera la puerta. Anthony debía de ser un seductor de primera.

Becky se volvió hacia Anthony, buscando pasión, pero él giró la cara y miró a Alix.

—Os dejo —dijo.

—Si pudiera quedarse —dijo Alix, con voz firme, como la que necesitó con Dulles en Suiza —, un testigo sería útil.

Becky giró la cabeza de Alix a Anthony, y Alix vio el momento exacto en que la verdad le abofeteó la mejilla.

—¿Fue idea tuya o de Fortunée? —preguntó; quería averiguar quién había sido la instigadora y quién la tonta.

—No sé de qué hablas —dijo Becky, con los ojos muy abiertos, una expresión ingenua que, imaginó Alix, funcionaría con su papi, pero nunca con ella.

—Entonces, no te importará si reviso tu bolso.

—¿Mi bolso? —chilló Becky.

—El objeto negro y rectangular que tienes en la mano —dijo Alix, sabiendo que terminaría pronto si se mantenía fría y lograba no levantarse de un salto y ponerse a implorar: "Dime: ¿por qué? ¿Por qué lo hiciste?".

Detrás de Becky, apoyado en la pared, estaba Anthony en su papel de testigo, como le había pedido Alix, pero también tenía un gesto de extrañeza, como si ella fuera una obra de teatro surrealista que él estaba tratando de entender.

—El dinero que llevo es para…

—¿Un vestido de Dior? —la interrumpió Alix.

La voz de Becky se fue perdiendo y ahí estaba. El momento en que la presa se rendía. Puede que no lo admitiera, que embistiera algunas veces más, pero todo había terminado y, de pronto, Alix se sintió muy cansada.

Becky se volvió hacia Anthony, como si esperara que él la salvara, y Alix estuvo tentada de decir: "Sálvate a ti misma siempre, no confíes nunca en los hombres", pero sabía que la iba ignorar igual que el último consejo que le había dado. Anthony inclinó la cabeza hacia Alix y la cara de Becky se transfiguró en la de una niña pedante. Abrió el bolso, sacó un sobre repleto de los billetes que, obviamente, planeaba darle a Fortunée en pago por robar el boceto.

—Ahí está. Ya lo has visto.

Pero Alix vio algo más. Se levantó de la silla, cruzó la habitación y le quitó el sobre de la mano a Becky.

En la parte delantera, había unas palabras escritas a mano. Alix ya había visto antes esa caligrafía.

Clavó la mirada en la de Becky y se esfumó toda simulación de inocencia y de capitulación con los ojos muy abiertos. Los ojos de Becky se habían endurecido como diamantes por el odio.

Ella había escrito la nota que decía "Váyase de París".

Entonces, Becky se inclinó hacia delante y habló con el susurro más suave y frío del que fue capaz, para que solamente lo oyera Alix.

—Tendrías que seguir mi consejo.

—¿Qué...? —Alix se detuvo antes de parecer o sonar aún más estúpida y sorprendida.

El triunfo brilló en la sonrisa cruel y fugaz de Becky. Alix acababa de dar a entender que Becky era la ganadora de ese asalto y, también, que no tenía la más mínima idea de a qué juego estaban jugando.

Becky recompuso su expresión y para cuando volvió a mirar a Anthony, había vuelto la falsa inocente. Señaló la puerta con un ademán.

—¿Puedo? —dijo, malhumorada.

—Puedes —respondió Alix, recomponiéndose por fin, con el cerebro operativo como en la guerra.

Si presionaba a Becky ahora, sin duda Alix sería la perdedora, porque, al parecer, Becky sabía muchísimo más sobre Alix que Alix sobre Becky. Lo único que pudo deducir fue que el odio de Becky era profundamente personal, y también que no quería que Anthony descubriera que había algo más detrás de su actuación, que había interpretado muy, muy bien; Alix tenía que admitirlo. Si se mostraba derrotada, Becky se confiaría demasiado, las personas demasiado confiadas siempre cometían errores. Mientras tanto, Alix la seguiría muy de cerca y haría todo lo posible para investigar a la nada inocente Becky Gordon y así, en su próximo encuentro, iba a ser ella la derrotada, no Alix.

—Dile a Fortunée que gaste el dinero con inteligencia —dijo, en un intento de recuperar, aunque fuera un poco, a la Alix ingeniosa e impenetrable de siempre.

Antes de irse, Becky le disparó un tiro de despedida a Anthony.

—De todos modos, no estaba tan interesada en ti —dijo.

La mezquindad abierta y contundente en su tono de voz le provocó un ataque de risa incontenible a Alix. Y fue maravilloso, era la certeza de que su fachada estaba intacta para abordar a la siguiente persona con intenciones secretas.

Todavía tenía la sonrisa dibujada en el rostro cuando le dijo a Anthony:

—Puede que lamente haberme ayudado cuando caiga en la cuenta de que ahora voy a volver a la Maison Christian Dior y va a tener que seguir peleándose conmigo.

—Desde luego no echaría de menos que me dijeran cínico y criticaran mis trajes. —Anthony invocó una breve sonrisa.

—Gracias por ayudarme esta noche. —Era tan alto que ella necesitó inclinar la cabeza hacia atrás para mirarlo a los ojos, y tuvo la sensación maravillosa de volver a ser joven otra vez. ¿Qué haría él ahora? ¿Más preguntas sobre Bobby? ¿Decirle quién era en realidad y qué quería?

Anthony abrió la puerta.

—Como dije, no quiero nada a cambio de esto. Saber que alguien que lo merecía ha tenido su escarmiento es pago suficiente.

Pero ella no aprovechó la oportunidad de irse, porque las palabras de él se hundieron como piedras dentro de ella: "Saber que alguien que lo merecía tuvo su escarmiento".

—Sabe que no escarmentó; Becky va a seguir como antes. Los que tienen dinero siempre ganan, hasta cuando pierden.

—Y eso los vuelve más peligrosos. Y cada vez se hace más merecido su justo castigo.

Él lo sabía. Sabía que había alguien allí fuera que no se había enfrentado al destino que merecía. ¿Sabía que era La Voce?, ¿o que La Voce existía, siquiera? ¿O pensaba que esa persona era ella? Porque, de algún modo, era ella. ¿Qué castigo justo había recibido por mandar a nueve hombres a las montañas para que los mataran? Un vestido de seda de Dior. Un trabajo en París. Una vida todavía vivida.

Estaba claro que ella y Anthony March habían llegado al momento de la verdad. Pero no aquí, en su suite del Ritz, donde él tenía el control.

—Venga a verme cuando esté listo para hablar —dijo, y notó la sorpresa que él no llegó a disimular—. Rue du Cirque número cinco.

CAPÍTULO 6

Anthony puso cara de extrañeza cuando salió al balcón que daba a la place Vendôme. No la vio. Debió de haberse ido por la salida de la rue Cambon. Estaba casi seguro de que ella ya no tendría ese aspecto tan despreocupado una vez que estuviera fuera de su vista, pero tampoco estaba del todo convencido. De una pelirroja con pantalones y nombre de marca de champán del bar del Ritz —estaba seguro de que, en París, a las mujeres no se les permitía usar pantalones en bares y restaurantes, entonces ¿por qué ella podía llevarlos? —, a una tigresa cubierta de seda en una casa de alta costura que lo acusaba de usar trajes a medida para tapar sus penas a... ¿qué? ¿Qué había sido ella esa noche? Astuta; tal vez, hasta embustera.

Dentro, se quedó mirando la silla en la que Alix había hecho temblar a Becky Gordon. Dios, hubiera querido reírse al final, como lo hizo ella. O aplaudir. Pero también hubiera querido...

Fue hasta la habitación y al baño. La navaja no estaba donde él la había dejado cuando recibió la nota de Alix. Había estado husmeando.

Lo sobresaltó el sonido del teléfono. De la recepción le avisaron que una mujer llamada Anjelica quería verlo.

—Que suba.

Encendió un cigarrillo y se sirvió otro Vermut; sabía que también debería prepararle una copa a Anjelica, pero la idea de tener compañía en ese momento lo disgustaba intensamente. Además, los dos habían trabajado tanto tiempo juntos, que ella notaría que él quería estar solo.

Abrió la puerta un segundo ante de que Anjelica llamara. Entró como lo hacía siempre, ocupando todo el espacio de la habitación con su presencia. No solo superaba la realidad, superaba al puto universo.

—Me parece que me van a despedir de Dior mañana —dijo.

Anthony se pasó la mano por la frente y preguntó, quizás con demasiada rudeza:

—¿Os van a despedir a todos?

Anjelica hizo una mueca.

Nada de esto era culpa suya, se recordó Anthony a sí mismo, y ella lo estaba ayudando.

—No importa —dijo, para apaciguar los ánimos—. De todas formas, era una posibilidad remota que consiguieras trabajo allí, y lo hiciste admirablemente. Logró esbozar una leve sonrisa; sabía que nunca tendría que haber dudado de su talento—. Espero tener toda la información que necesito sobre Alix St. Pierre mañana mismo, así que ya no vas a tener que seguirla más.

Sacó la cartera del escritorio y le entregó un buen fajo de francos. Cuando ella abrió su bolso, él vio que ya tenía una suma importante guardada dentro.

—¿París es tan rentable como Nápoles?

—Por ahora, todo va bien. Pero ¿no quieres saber por qué me van a despedir?

Anthony se rio.

—Supongo que habrás dicho algo que no debías. Aunque parece que Dior tiene algunas mujeres impulsivas y francas trabajando para él.

—¿Ella es impulsiva? —dijo Anjelica, astuta, esa era la razón por la que le gustaba trabajar con ella: había visto casi todos los temperamentos y podía interpretarlos con facilidad.

Anthony se encogió de hombros.

—Pero podrías pensar que lo que hice yo también fue impulsivo. —Anjelica apoyó una mano en la cadera, e hizo una pausa teatral antes de continuar—: Becky Gordon está en algo que tiene que ver con tu Alix St. Pierre. Yo soy quien la ayudó a robar el boceto, por eso llevo el bolso lleno de francos. Esa es una pista que pasaste por alto. Te voy a dejar pagarme por seguir investigándola. Y voy a dejarte a mademoiselle St. Pierre a ti.

Entonces, el pequeño enfrentamiento de antes no fue solo por espionaje industrial. Pero ¿por qué diantres Becky estaba metida en todo? Anthony sacó más dinero del cajón y se lo entregó a Anjelica.

—Hazme saber lo que averigües.

Ella le mandó un beso y se dirigió a la puerta, pero se detuvo al llegar.

—No creo que Alix sea la culpable.

Apoyó una mano en el picaporte, como si fuera a salir, que es lo que él quería hace unos momentos; pero ahora, quería que se quedara y se lo explicara. Pero, claro, ella ya lo sabía porque, justo antes de que la puerta se cerrara y cuando él ya no pudo disimular que tenía una enorme curiosidad y no podía dejarlo pasar, dijo:

—¿Por qué?

—Porque... —dijo ella al mismo tiempo, y los dos rieron.

—Olvidas que en Italia te vi fingir que eras un millón de cosas diferentes —apuntó Anjelica—. Por eso, me doy cuenta de que te estás haciendo el desinteresado.

—Estaba tratando de olvidar Italia —explicó él, pero en un sentido un poco diferente.

Y tal vez, ella lo percibió porque lo dijo directamente:

—Cuando una mujer ha visto el lado oscuro de la especie humana, los ojos le quedan cubiertos por una sombra. Yo no estoy hecha para la poesía ni para eso de que las almas tienen ventanas, pero tampoco soy ciega. Alix St. Pierre tiene toda una noche sin luna en los ojos.

Luego, Anjelica se fue, y él se sirvió otro Vermut, es decir, que el personal iba a tener que reponer la botella por segunda vez esa semana. Se sentó en el escritorio, recordando el extraño verde esmeralda —no el negro sin luna— de los ojos de Alix cuando vio lo que había dentro del bolso de Becky.

Mañana por la noche, decidió. Alix volvería a Dior con su explicación de quién estaba detrás del boceto que había publicado Becky. Es decir que, al anochecer, ella estaría alegre y relajada. Así que él iría a la rue du Cirque 5 en ese momento y la obligaría a explicar su participación en lo que había pasado en la montaña, en Italia, esa noche de abril de 1945, y si había sido ella la culpable o alguien más.

Con respecto a Becky Gordon, gracias a Dios nunca se había acostado con ella. Pero tendría que haberse dado cuenta de que su interés en él era demasiado entusiasta, y no haber aceptado su atención como un narcisista.

Bebió un sorbo de Vermut. En realidad, no importaba. A pesar de eso, tendría la respuesta de Alix mañana por la noche. Y tal vez, esperar que las personas fueran sinceras en esos días era como esperar que un nazi se arrepintiera. Pero, Dios, sería tan agradable si el mundo no fuera un lugar donde todo estaba a la venta, listo para ser comprado, negociado y vendido; si el mundo no fuera un lugar donde la confianza fuera una noción más anticuada que la justicia.

Al día siguiente, en la *maison*, el portero, dejó pasar a Alix.

—*Je vous ai manqué!* —exclamó.

—Yo también te he echado de menos —respondió Alix, devolviéndole la sonrisa.

Le había enviado una explicación a monsieur Dior esa mañana, diciéndole que podía telefonear a Anthony March para corroborarla, y se le había indicado que se presentara otra vez a trabajar esa tarde.

—*Chérie!* —dijo Suzanne, antes de llenarle las dos mejillas de besos y de cubrirla de la cabeza a los pies con disculpas.

—Para —dijo Alix, entre risas —. No voy a poder subir las escaleras con el peso de todo este remordimiento. Invítame a una copa y quedamos en paz.

Las interrumpió el mismísimo Dior.

—Mademoiselle St. Pierre —dijo, serio, antes de que el botón redondo que tenía por boca se transformara en lo más parecido a una sonrisa que Alix le había visto en la cara.

Fue lo mejor que vio en toda la semana.

La primera tarea de Alix era telefonear a Carmel Snow, que acababa de llegar a París para los desfiles anteriores, y disculparse porque *The Times* ya había publicado el boceto de Rita Hayworth que Alix había prometido para *Harper's Bazaar*.

—Invítame a almorzar y cuenta saldada —dijo Carmel, afectuosa—. Sé que no fue culpa tuya.

Así que Alix llegó al Ritz esa tarde y Carmel la envolvió en un abrazo sentido. El pelo de Carmel estaba más azul que de costumbre, estaba claro que se lo acababa de revitalizar su querida peluquera parisina. Llevaba unas gafas azules haciendo juego, y el sombrero *pillbox*, en la posición de siempre, igual que el broche y el anillo de compromiso de Jean Schlumberger. Llamó al camarero y pidió un martini. Alix, agua mineral.

Alix no había terminado de prometerle a Carmel una modelo y el vestido Soirée real para unas tomas exclusivas, cuando el primer martini ya se había acabado. Se preguntó, con incomodidad, si el almuerzo habitual de tres martinis había quedado atrás hacía mucho tiempo, desplazado por un desborde de Vermut. Por eso, fijó los ojos en Carmel, la brillante Carmel, y le hizo una pregunta que nunca, en diez años de amistad, había hecho.

—¿Cómo está Palen? —dijo, refiriéndose al marido de Carmel, un hombre que vivía una vida entre cacerías y caballos completamente separada de la de su esposa.

Carmel hizo una pausa.

—Cómo está Palen —repitió; la aceituna subía y bajaba, borracha, dentro la ginebra—. No puedo recordar la última vez que alguien me preguntó eso en París.

—¿Lo has visto últimamente? —insistió Alix, sin saber si la estaba ayudando o si la estaba hiriendo, pero la evasión y la bebida tampoco parecían traer ningún alivio.

—Pasé el fin de semana anterior a venir aquí en nuestra casa con las niñas. Palen estaba allí.

Palen estaba allí. No se deducía automáticamente que Carmel lo hubiera visto.

—¿Sabes cómo es tener dos vidas? —dijo Carmel después de beber un trago muy largo, hasta para ella. Una, estimulante y llena de personas como tú —miró a Alix con una sonrisa radiante— y otra, que es la vida que se supone que debería llevar y querer y atesorar, una vida en la que me juzgan mucho más descarnadamente; los oigo en las fiestas, hablan en voz baja, pero saben que los estoy oyendo.

Dos vidas. Sí, Alix sabía cómo era eso. Agente secreta y secretaria de la misión estadounidense en Berna. La prometida de Bobby y la mujer consciente de que nunca iba a casarse con él. La directora del Service de la Presse y la mujer que se esperaba que fuera cuando hacía lo que dictaban la costumbre y la convención y renunciaba a todo y se dedicaba a quitar caparazones de langostas para hacer sopa para la cena de una fiesta, y no metáforas de su imaginación para redactar comunicados de prensa convincentes.

—Me alegra que tengas París —fue lo único que le dijo a Carmel, porque entendía que ella no iba a decir nada más del hombre con el que se había casado veinte años atrás y que, puesto junto a ella, era como una tela común y corriente cosida a un paño de oro. Tampoco iba a hablar de las tres hijas criadas entre amas de llaves y ausencias, porque no quería que Alix la juzgara por eso también; algo que Alix no haría nunca. La vida era un sacrificio constante; renunciar a algo que creemos menos valioso a cambio de una opción mejor, pero, hasta el final, no hay manera de saber si elegimos bien o si dejamos a un lado lo que deberíamos haber atesorado.

No se fue de la *maison* hasta casi media noche; el artículo de *Women's Wear Daily* había provocado un revuelo más grande que una falda de miriñaque y tenía cables y llamadas telefónicas que iba a tardar más de un día en contestar. En cuanto puso un pie en la acera, elevó el rostro y se quedó así un momento, bañada en el brillo de las estrellas y la luz de farolas, indiferente al frío de una noche de finales de enero, preguntándose si la helada dejaría caer algún que otro copo de nieve del cielo. Se quedó quieta un momento, disfrutando la alegría de no estar buscando nazis en todas las esquinas y los huecos, en todas las intersecciones y las sombras. Notó toda la tensión que se le había ovillado en las sienes durante los últimos días y dejó que se desovillara, como cuando el cabello se libera de un moño demasiado apretado.

Avanzó por la acera y se detuvo frente a una sastrería, le llamó la atención una corbata de *jacquard* de seda pintada a mano con una espiral roja que la dividía en dos, tres hojas tropicales en verde azulado, marfil y rojo formando un ramillete perfecto en el centro. Era el tipo de corbata que, en algún momento, hubiera comprado para Bobby; no tenía permitido escribirle cuando estaba en Suiza, entonces, cada de vez en cuando le enviaba una corbata. Le gustaba imaginarlo desenvolviendo el paquete y riéndose; los dos sabían que él nunca usaría la que ella elegía —su paleta preferida era más suave—, pero también sabían que él iba a usarla cuando se vieran, en el momento que fuera.

Sonrió ante el recuerdo en vez de intentar perderlo para siempre. Después siguió su camino, quiso quedarse con la promesa de los copos de nieve y los recuerdos que eran más dulces que amargos, pero como siempre, sus pensamientos volvieron a la Voce, el hombre al que deseaba rodearle el cuello con todas las corbatas de Bobby hasta que suplicara que se detuviera.

¿Se detendría? La idea la paralizó, la obligó a mirar en lo más profundo de su alma y a preguntarse: ¿era tan despiadada como para estrangular con seda el cuello de la Voce? ¿Y con cuál de las Alix podría vivir después? ¿Con la que se detuvo o con la que no lo hizo?

Lo que más odiaba de todo era que alguien, allí fuera, la estaba forzando a hacerse esas preguntas.

Y ahora había que tener en cuenta a Becky. Aunque Alix trabajara a tiempo completo como agente secreta, no le alcanzarían las horas para encajar todas las piezas de un rompecabezas que estaba creciendo demasiado para que entrara en la cabeza de una sola mujer, y menos aún para que lo resolviera. Sin embargo, todavía había grandes posibilidades de que Esmée Archambault pudiera ayudarla con Becky; por eso, hacerle una visita pasó al primer lugar de la lista de Alix. Esa noche ya era demasiado tarde para seguir a Becky. También tendría que dedicarle sus fines de semana.

El frío del aire cambió y se convirtió en una helada desagradable. Apresuró el paso y casi no vio al hombre que esperaba en los escalones de la pensión, con el codo apoyado en la rodilla flexionada y fumando un cigarrillo.

—¿Anthony? —dijo incrédula, después se acordó: había sido ella quien había arrojado el guante. Momento de recomponerse, ya no con guantes de acero, pero sí con ingenio.

Él se puso de pie y le dio una botella de champán.

—Una ofrenda de paz —dijo—. Para celebrar que recuperó su trabajo. Y para agradecerle el asiento en el salón, en vez de los escalones de la entrada.

—Su entrada —dijo ella, incapaz de reprimir una sonrisa— no solo está dentro del salón. Es en la primera fila, junto a Becky. Si su padrino es dueño del periódico, yo no puedo hacer nada para obligarla a enmendar sus trucos sucios. Pero puedo restregarle en la nariz que logré descubrirlos. Pensé que a usted le haría gracia la broma, y estoy segura de que a Becky le va a sentar fatal.

Y provocar a Becky sería tentarla a salir a la luz, donde Alix podría descubrir sus motivos verdaderos más fácilmente.

Resguardó la botella de champán bajo el brazo y subió las escaleras, Anthony la siguió. Alix abrió la puerta, buscó un vaso de agua y una taza de té, abrió el champán y lo sirvió, mientras él se quedaba mirando el cuartito diminuto.

—¿Por qué vive aquí? —preguntó él; claramente, estaba un poco asombrado.

Era tentador ponerse furiosa. Pero le dio el vaso, se sentó en el único sofá y acurrucó las piernas detrás de sí.

—Es evidente que esto es una sorpresa para usted, pero como una vez me dijo que los asuntos serios del mundo le interesaban más que los frívolos, voy a explicárselo. A las mujeres les pagan, en el mejor de los casos, la mitad de lo que les pagan a los hombres. Cuando tomé las riendas de la publicidad en Goldman y Sachs, mi salario equivalía al cuarenta por ciento del salario de mi antecesor…, un hombre, por supuesto. Además —dijo, con la intención de volver a traer la conversación a un terreno menos personal—, es un derroche gastar dinero en cuartos lujosos si casi nunca estoy aquí. Y la transitoriedad es algo a lo que me acostumbré hace mucho. Siéntese. —Señaló la tosca silla que había sobrevivido a la guerra como tantas cosas en París: a duras penas y con marcas visibles.

Él se sentó con reservas, bebió un sorbo y se observaron el uno a otro por encima de los vasos diferentes.

—Usted también fue de la OSE —dijo ella.

—¿También?

—Sí, también.

Los dos habían confesado. Pero detrás de esa confesión había mucho más. Una organización que no existía: la Oficina de Servicios Estratégicos, una agencia ultrasecreta, dedicada al espionaje bélico, que reclutó a algunas mujeres en sus filas para descodificar mensajes, se manejaban los cables telegráficos y recrear la topografía de países extranjeros en yeso, y en la que solo a unas pocas mujeres se las envió a obtener información sobre los nazis.

—Usted no trabajó en Italia —dijo él mientras se terminaba el vaso, que era realmente pequeño, y volvía a llenar ambos recipientes, ya que la taza de ella también estaba vacía.

—En Suiza —dijo Alix, apoyando la cabeza en la mano—. Pero usted ya lo sabe.

—Está bien —dijo a regañadientes—. Pero sé que usted no vino a París solo para…

Ella se preparó para que él le dijera algo despectivo como "vender vestidos".

—Para llevar las relaciones públicas de Dior —dijo, en cambio.

—Vine por Bobby —respondió, lo que era en parte verdad y en parte mentira.

—¿Le quería?

—Era mi prometido.

—Raramente las personas se casan por amor.

Alix se sorprendió a sí misma soltando una breve carcajada.

—Cierto. Pero yo quería a Bobby. —Estuvo a punto de dejar de hablar, pero si iban a llegar a algo esa noche, tenía que sumergirse en la oscuridad con la esperanza de no tropezar demasiado.

Así que le ofreció algunas piezas muy pequeñas de sí misma a Anthony para observar su reacción.

—Bobby fue una parte muy preciada de mi vida durante años. Lo conocí cuando yo tenía trece y estaba viviendo en Los Ángeles con mi amiga Lillie y sus padres... durante un tiempo —agregó, como si ese arreglo hubiera sido algo temporal y no algo necesario—. Me acompañó al baile de graduación del instituto porque yo no tenía pareja; me dejó llorar sobre su hombro en ese mismo baile cuando...

Hizo una pausa. ¿Podía decirle esto al hombre que tenía enfrente ahora? Cada palabra era un riesgo, porque la gran pregunta era: ¿iba a usarlas en su contra de algún modo? ¿O hablar podía favorecerla? Dios, necesitaba ayuda, aunque odiara admitirlo.

—¿Cuándo? —presionó él, bebiendo más champán.

—Cuando la madre de Lillie me dijo que el vestido que llevaba, color rojo brillante, era demasiado llamativo y que no era apropiado para una joven. Lo que no dijo Alix fue que el vestido había sido de su madre y que lloraba porque no tenía una madre que le dijera que estaba hermosa en su noche de graduación.

Siguió adelante, pasó por la más profunda de todas las heridas y llegó a una distinta, o tal vez, a algún otro secreto vergonzoso.

—Bobby era bueno del principio al fin y yo lo quería por eso, aunque sabía que el matrimonio con él nunca habría funcionado. —Se encogió de hombros—. Se supone que las ambiciones de las mujeres tienen que limitarse a tener hijos, planear menús para la cena y ser un objeto decorativo que sus maridos llevan del brazo. Es muy fácil ser decorativa con este Dior puesto —señaló su vestido—, así que eso no es algo de qué preocuparse.

—Creo que, si se quita el Dior, seguirá siendo hermosa.

Ella sonrió levemente.

—No me voy a quitar mi Dior.

—Valió la pena intentarlo. —Él sonrió, y ella no pudo evitar echarse a reír.

La tensión cedió ligeramente en la habitación, eso la movió a decir una verdad contundente. Habló en voz baja y Anthony tuvo que inclinarse para oírla.

—Todos, los padres de Lillie, tal vez Lillie también, piensan que, si Bobby viviera, yo no habría venido a París para aceptar este trabajo. Pero hubiera venido de todos modos. Y Bobby habría venido a visitarme después de seis meses y se habría enterado de que todo había terminado: de que quería una chica completamente buena que pasara sus días pensando en él, no en su trabajo. Con su muerte, me convertí en la prometida de luto que compadecen todos, en vez de la mujer que rompió su compromiso con él por Dior.

Anthony se trasladó al sofá, y se sentó en el extremo opuesto.

—No puede castigarse por lo que podría haber pasado. Hitler podría haber ganado la guerra, por el amor de Cristo. Bobby está muerto. Usted no tuvo que romper su compromiso. Son cosas dolorosas, claro, pero no son sentencias de muerte.

Se estremeció, como si esperara que ella le arrojara su taza después de esa franca síntesis de los hechos. En cambio, Alix dijo:

—Tiene razón.

El silencio que siguió fue transparente, un trozo de gasa a través del que ella vio el momento en el que él volvería a hablar. Cuando lo hizo, formuló la pregunta que estaba esperando, la confirmación de que él sabía que alguien tenía que pagar, y muy caro.

—¿Usted organizó la misión a las montañas aquella noche?

—Sí. —Alix vació la taza de té—. Pero a usted, ¿por qué le importa?

Él la miró, los ojos tenían un extraño color negro plateado.

—Se nos ha acabado el champán.

—Entonces, vamos a tener que averiguar cómo es hablar del pasado sin apoyarnos en el alcohol.

Más silencio. Esa fracción de segundo definiría toda la conversación. Ella había revelado cierta información sobre sí misma y su pasado y le había contestado a la pregunta sobre sus funciones en Suiza. A cambio, Anthony había confesado muy poco sobre sí mismo. En ese momento, él tenía que decirle qué estaba buscando, porque solamente había dos razones para que él estuviera en la pensión, para buscar al mismo hombre que ella quería encontrar o para buscarla a ella. La primera quería decir que estaba de su lado. La segunda, que definitivamente no.

Anthony se frotó la cara y por un instante, dejó a un lado el personaje vestido de punta en blanco, demasiado rico y licencioso, que interpretaba a la perfección. Se convirtió en alguien que sentía tanto dolor como ella y que intentaba taparlo con una sonrisa de champán. Entonces, él extendió la mano y presionó el hombro contrario con la punta de los dedos haciendo una mueca, como si le doliera.

Con ese gesto, Alix supo exactamente quién era Anthony March.

—¿Por qué le importa a usted? —preguntó él al mismo tiempo.

Una pregunta, no un ofrecimiento.

Alix casi suelta una carcajada, pero el sonido malicioso

de la decepción iba a traicionarla, y necesitaba un momento. La noche anterior, en el Ritz, él había estado estudiándola y planeando esto. Por eso había aceptado ayudarla con Becky. Y al estudiarla, había llegado a la conclusión de que un hombre apuesto con una botella de champán, que alternara entre una broma seductora, un estremecimiento deliberado y algunos consejos de vida era lo que necesitaba para que se rindiera.

Ella dejó la taza de té.

—Usted pretende mucho de mí, Anthony. Y pensó que dejar la navaja de mi prometido en su baño y aparecer en mi edificio con champán iba a ser suficiente para conseguirlo. Pero no es suficiente. No olvide que si yo también fui una agente de la OSE, entonces, debería de ser tan inteligente como usted, aunque después de este pobre intento de seducirme, debería decir que mi inteligencia es superior a la suya.

Esta vez, tuvo la certeza de que él se estremeció de verdad.

—No me interesa que alguien coja lo que sé y salga de la habitación para embarcarse en una cruzada individual para perseguir a un nazi sin mí. No voy a permitir que se me interrogue, se me use y se me aparte. Si es eso para lo que usted está aquí.

Alix se puso de pie y caminó hasta la puerta mientras hablaba.

—O quizás usted venía con algún otro plan más despiadado en mente, y tendría que llevarlo a cabo de una vez por todas. Los dos estamos entrenados para matar, pero yo soy más baja que usted, y estoy sola. Físicamente, tiene ventaja. Así que, si busca revancha por la Operación Licaón, entonces hágalo lo mejor que pueda… o lo peor.

El insulto que murmuró él fue obsceno. También se puso de pie y las miradas de los dos chocaron, la de ella acusadora y la de él… ¿triste? Imposible.

—Lo mío no es atacar mujeres —dijo, con voz áspera.

Y Alix pensó, durante lo que dura una inspiración, que él iba a ceder. Qué diría que sí, que también quería encontrar al hombre que ella estaba buscando y que dos mentes templadas en la piedra de afilar del espionaje bélico encontrarían la forma de eliminar al nazi que la había involucrado en la masacre de nueve hombres.

Pero él pasó junto a ella y supo que nunca cedería. Era el pistolero solitario, el tipo de hombre que nunca confiaría en una simple mujer con un vestido de Dior.

Alix cerró la puerta con fuerza y se quedó detrás de ella. Entonces, dejó correr todos los recuerdos, no los anuló ni huyó de ellos. Dejó que la atormentaran…; no, dejó que la impulsaran.

Un vestido de seda blanco. Una habitación en el hotel Bellevue Palace. Una frontera marcada con alambre de espino. Humo y mucho fuego. Ella, sentada en el suelo de un refugio de montaña, esperando con una desesperación pagana, salvaje, que llegara Matteo.

Volvió a sentirlo todo, dolor por dolor y una de las escasas puntadas que todavía mantenían su corazón entero se soltó. Y se dio cuenta de que, si bien encontrar a la Voce y entregarlo a las autoridades para que lo acusaran y lo encerraran sería la definición de justicia, eso no era suficiente para ella. Bobby y los demás seguirían mortificando a la Alix St. Pierre que hizo todo dentro de la legalidad, porque la cobardía hacía las cosas así.

La venganza por los que habían muerto consistía en plantarse frente a la Voce y decir algo que atravesara la parte más profunda y preciada de su alma. La única forma de desatar los nudos de culpa y vergüenza que la aprisionaban dentro de una piel demasiado tensa era convertirlo a él también en una ruina.

Desde abril de 1945, ella fue una Alix St. Pierre que no

merecía perdón, temerosa, fue menos de lo que siempre quiso ser. Solo si le preguntaba a la Voce por qué la había elegido para ser el arma con la que él había matado a esos hombres, llegaría a ser algo más.

Atravesó la habitación, tomó unas hojas de papel y empezó a anotarlo todo: lo que ya sabía, es decir, que Becky era un hilo suelto al que había que coser donde correspondía, también Fortunée; que Anthony March estuvo en la montaña con Matteo y Bobby aquella noche.

Pegó los papeles en la pared. Conectó con líneas las pocas piezas que tenían una relación clara. En el centro, escribió: "Lo que conozco de la Voce: el sonido de su voz. Y: Lo que la Voce conoce de mí: mi aspecto físico".

Trabajó hasta que llegó la mañana porque no importaba que estuviera sola en la búsqueda; no importaba que estuviera asustada. Este era su momento de venganza.

Ya no estaba buscando: estaba cazando.

Y Anthony March podía irse a la mierda.

PARTE DOS

Washington D. C. y Berna, Suiza, 1942-1943

Desde esa oficina salían las órdenes para enviar hombres y mujeres de la OSE a campos de entrenamiento secretos, donde aprendían a falsificar documentos, a encubrir, a matar.

Elizabeth P. McIntosh, *Sisterhood of Spies: The Women of the OSS*

CAPÍTULO 7

—¿FUE USTED A LA ESCUELA EN SUIZA? —LE PREGUNTA A Alix el hombre anónimo antes de cortar el extremo de un puro para llevárselo a la boca y saborearlo antes de encenderlo, luego enciende una cerilla para tostar el pie, y quema los bordes de forma uniforme y experta. Rota el puro, como parte de la rutina de la calada preliminar, luego vuelve el pie hacia sí, la comisura de la boca se levanta de placer al ver que no queda ninguna mancha oscura: una ceremonia bien ejecutada.

Un hombre que dedica tanto tiempo y esfuerzo a encender un puro es un hombre rico, influyente, comprendió Alix. Por qué se le pide que viaje de Manhattan a D. C., que coja un taxi hasta donde termina Constitution Avenue y entre al edificio que está detrás del mástil, donde guardias armados merodean por las intersecciones de todos los pasillos, es un misterio, pero sospecha que no es para introducirla en el arte de fumar puros.

Él espera.

Ella espera.

—No ha respondido mi pregunta —dice él, por fin.

—No me ha preguntado nada. Me dijo que yo había ido a la escuela en Suiza.

Una chispa de algo parecido al interés le ilumina los ojos

al hombre y la nube de humo que deja salir de su boca la cubre. Es el tipo de fumador que chupa los cigarros. Y el tipo de hombre que, como el padre de Lillie, piensa que si se le da a cualquier mujer una habitación silenciosa, saldrá corriendo a decorarla con palabras. Hubo un tiempo en que Alix lo hubiera hecho. Efectivamente, la primera vez que el señor Van der Meer la llamó a su oficina, en su casa de Beverly Hills, se condenó a sí misma en ese tribunal silencioso.

"Lo pasaste bien en la fiesta", fue lo único que dijo Van der Meer, y Alix dio por sentado que la ausencia de palabras que siguió significaba que ella se había encerrado en un armario con un chico, en busca de cualquier tipo de contacto humano que compensara el hecho de que sus padres no volverían a abrazarla nunca más, pero solo había encontrado tristeza. La segunda vez, echaba tanto de menos a su madre, que no pudo abrir la boca para hablar, y él la despachó sin haber confesado nada.

—Muy bien —dice el hombre ahora—. Usted cursó su último año de secundaria en Le Manoir de Suiza, con su amiga Lillie Marie Van der Meer. Usted era la única estudiante becada.

Alix asiente.

El hombre anota algo en un pedazo de papel y, a pesar de sí misma, Alix se inclina hacia delante, intenta ver qué dice. Corrige su postura casi inmediatamente; se ha sentado frente a tantos jefes en entrevistas de trabajo, que sabe que es mejor tranquilizarse. El interés demostrado y el salario ofrecido son inversamente proporcionales.

—Le gustaría saber qué es lo que he escrito —dice el hombre, dejando el puro en el cenicero.

Alix mataría por un cigarrillo.

—Me gustaría tener una pista de por qué estoy aquí —responde.

Toda esta situación es ridícula. Tal vez, él pertenece a

la mafia y quiere usar sus conocimientos sobre relaciones públicas para conseguir la aprobación del público y poner drogas en circulación. Eso explicaría el entorno intrigante y los puros. Se le dibuja una sonrisa en la boca.

—Esto la divierte —es la respuesta inexpresiva de él.

—Sí. —Ella accede a cambiar de tema. De otro modo, todavía estarán allí a medianoche.

Pero apresurarse no es el estilo del hombre.

—Debe de haberse esforzado mucho para conseguir esa beca.

—Cuando se es pobre y huérfana, hay que esforzarse mucho. —Y no agrega mil veces más que los demás, porque este hombre no tiene ni idea de lo que es estar bajo la tutela de alguien, saber que le estás costando dinero, sentir mucha gratitud por tener un hogar, pero también querer escapar de la opresión de la caridad en cuanto sea posible.

—¿Cómo aprendió francés, alemán e italiano? —es la siguiente pregunta—. No enseñan idiomas precisamente en Le Manoir.

"Vamos, que ha hecho los deberes".

—Para enterarse de lo que murmuran las chicas en la cama cuando se apagan las luces hay que aprender idiomas muy rápidamente —responde ella, preguntándose si no tendría que insultarlo en francés, italiano o alemán para demostrar su competencia, pero él ya tiene lista otra pregunta.

—La escuela se trasladaba del lago de Ginebra a Gstaad, cerca de Berna, todos los inviernos. Entonces, ¿conoce bien Berna? —pregunta ahora.

—Sí.

Él levanta su puro, vuelve dar varias caladas.

—Usted habla menos de lo que hubiera esperado de alguien que se gana la vida persuadiendo.

—Escuchar y observar son habilidades imprescindibles a la hora de persuadir. Creo que usted lo sabe. —Por fin, sucumbe, abre su bolso y saca un cigarrillo, inhala el humo como si fuera lo mejor que hubiera probado en todo el año.

—¿Qué ha observado? —Él se cruza de brazos.

Si no le hubieran dicho que la entrevista tenía que ver con algo fundamental para la guerra y que su actual jefe del Departamento de Guerra —donde organiza la propaganda nacional— prácticamente le ordenó que se presentara, se iría.

Ella exhala el humo enérgicamente.

—Que usted querría intimidarme. Que tiene mucho dinero y una gran experiencia con los puros. Que, por algún motivo, cómo viví mi vida es importante. Y que usted está tan intrigado que le está dedicando más tiempo a esta entrevista del que había previsto.

Él casi sonríe, pero interrumpe la acción con otra pregunta.

—Usted se mudó a París después de Le Manoir. ¿Los Van der Meer pagaron su realojamiento?

El orgullo le tensa la mano, y aprieta tanto el cigarrillo que se ve obligada a aplastarlo en el cenicero.

—Lo pagué yo —dice, escueta.

—¿Cómo? —Él finge sorpresa, pero, con seguridad, sabe la respuesta. Lo único que quiere escuchar es cómo lo relataría ella.

—Trabajé de camarera en un hotel, cerca de la escuela. Los turistas dejan buenas propinas.

—Debe de haber sido buena camarera.

Ella le dice la verdad tal como es, sin adornos.

—Tenía que serlo. No podía llegar a París sin dinero.

Hay un temblor mortificante en la última palabra, porque le aprieta la garganta esa presión horrible que sintió desde que se quedó huérfana a los trece años, sin un centavo, hasta que se convirtió en una joven de dieciocho, libre y asalariada. La desesperación por no ser una carga para los Van der Meer, porque no la echaran y se convirtiera en una de esas chicas perturbadas que rondaban el Strip de Los Ángeles, el miedo de saber que el permiso para ser amiga de la hija de los Van der Meer estaba a una transgresión de ser revocado.

Él percibe debilidad y se pone en posición para rematarla.

—¿Cómo conoció a Bobby Du Pont? Su prometido desde... ¿cuándo? —Consulta sus notas—. ¿Tres meses?

—Los Du Pont son amigos de los Van der Meer —dice, quizá con demasiada frialdad.

Alix se imagina a Lillie y a Bobby en una fiesta en el jardín de la mansión de algún magnate de Hollywood, hace casi diez años, conversando y bebiendo unos Shirley Temples en el área asignada a los niños, mientras los adultos se pavonean junto a la piscina.

"Ella es mi hermana, Alix" le anunció Lillie a Bobby. Lillie siempre creyó que, si decía algo en voz alta las veces necesarias, ese algo se volvería realidad. Y al señor Van der Meer le gustaba conceder deseos, eso era más fácil que dar afecto. Así que, después de que los padres de Alix, dos inmigrantes franceses que trabajaban como diseñadores de vestuario en Hollywood, murieran de un modo trágico y romántico —según Alix se convenció a sí misma a los trece años— al derrumbarse la escenografía en un set, los padres de Lillie la adoptaron a medias. Lillie les suplicó y los engatusó, y también le recordó a su padre que los padres de Alix estaban trabajando para él cuando murieron, así que toda la situación era, en parte, culpa suya.

—Es sorprendente la capacidad que tuvo para superar sus orígenes. Casi podría hacer una película con eso. —El hombre se reclina en la silla y desplaza la mano por el aire al sintetizar lo que piensa sobre su vida—. Una chica crece en un apartamento de dos habitaciones en un barrio peligroso, se hace amiga de la hija de un magnate de Hollywood y pasa el resto de su vida en una mansión de Beverly Hills.

—Muy poco del resto de mi vida —dice ella, sabiendo que él está tratando de hacer que se enfade con la insinuación de que llegó a tener una vida que no se había ganado mediante manipulaciones. Si a los diez años, ella y Lillie no se hubieran roto un brazo, cada una en su escuela, nunca hubieran llegado al estudio de Hollywood de los Van der Meer. Alix se había escondido bajo una montaña de organdí mientras sus padres confeccionaban vestuarios; Lillie había huido de la secretaria de su padre para explorar. Las unió el yeso que le pusieron a cada una en el mismo brazo, y la unión ya había fraguado en algo indestructible para cuando Alix le mostró a Lillie su castillo secreto de gasa y tules.

—No vivo con los Van der Meer desde que me fui al instituto.

Él le otorga esa concesión a la película color de rosa sobre su vida con estas palabras:

—Sin embargo, usted sabe vivir en todos los mundos. El pobre y el rico. Aunque, en realidad, Bobby pertenecía a una rama menor de los Du Pont. Menor en términos de dinero, digo.

—Solo alguien con una fortuna desorbitada pensaría que fortuna la de Bobby era menor.

—Así que se va a casar con él por su dinero.

—Gano mi propio dinero desde que fui a Le Manoir. Me voy a casar con Bobby porque él me lo ha pedido.

"Ay, Dios". Esa es una explicación mucho más cruel que la que quería dar. Él la deja que se revuelque en lo que ha quedado resonando durante un minuto muy largo.

Pero ¿cómo se le dice que no a un hombre que está de rodillas en una fiesta organizada por Lillie? En teoría, por el cumpleaños de Alix; pero en realidad, para celebrar el compromiso que todos creen que va a concretarse. ¿Cómo se le dice que no, mientras Lillie, recién comprometida, le está sonriendo, con el brazo alrededor de la cintura de su prometido, Peter, y grita, antes de que Alix pueda reaccionar: "¡Sí! ¡Claro que dice que sí!"?

¿Cómo se rechaza al hombre que ha sido su novio desde que ella volvió de París a finales de 1939 y descubrió que él se había mudado a Manhattan, donde también viviría ella? El hombre que la había enamorado con cenas donde hablaban sobre esas fiestas hollywoodenses de hacía mucho, llenas de jóvenes ricos de Hollywood, seguros dentro de sus capullos de privilegio. Ella era la única que no podía esperar a salir de la crisálida. Pero ahora, había quedado atrapada allí, porque ¿cómo se rechaza a un amigo que te está pidiendo algo con lágrimas en los ojos? Un amigo que pensaba que iban a embarcarlo y llevarlo a Europa, a altamar, para atacar submarinos… o para ser atacado por ellos.

La única opción era decir "sí" y abrazarlo hasta que se le fuera el brillo de los ojos y empezara a sonreír.

Pero Alix no iba a decirle nada de eso al hombre que tenía enfrente.

Por suerte, él se pone de pie.

—Haga el favor de volver a presentarse aquí mañana.

—¿Y si quisiera quedarme en Manhattan? —pregunta ella con escepticismo.

—Para mañana, el Departamento de Guerra ya le habrá dado el trabajo a alguien más.

Las mujeres la llaman la Oficina de Secretos Exagerados; los hombres, la Oficina de la Sociedad Elegante, porque muchos de los reclutas de la Oficina de Servicios Estratégicos provienen de las fortunas tradicionales, y pertenecen a un grupo exclusivo. La madre de Lille finge que pertenece a ese grupo, como si aceptaran a su familia de nuevos ricos de Hollywood, pero sabe que nunca va a ser una de ellos hasta que Lillie logre acceder por su matrimonio con Peter Brooks. Alix la llama la Oficina Super Espontánea: todo se inventa sobre la marcha y parece que hablar francés, tener algunos esmóquines y regalar billetes de cien dólares como si fueran cigarrillos es suficiente para conseguir un puesto en esta presunta agencia de espionaje novel.

Durante seis semanas acude al Club de Campo del Congreso, en Maryland, donde le enseñan a disparar armas, que le resulta fácil; a abrir cartas con vapor, una habilidad que a la madre de Lillie le encantaría dominar; a mandar mensajes cifrados; a seguir a la gente a pie y en coche —para esto, tiene que aprender a conducir—; a reconocer los tonos y los patrones de voz; a orientarse a pie con las estrellas como guía.

Y a beber.

La primera noche, al ver la cantidad de alcohol suministrado para un número reducido de reclutas de la OSE, sabe que es una prueba y no acepta ninguna cita personal con jóvenes que la invitan a entrar en diversos armarios. Tampoco habla demasiado de sí misma. No tiene que hacerlo, esos hombres y mujeres adinerados están tan inmersos en la importancia de sus propias palabras que solo son necesarios un par de tragos para que se desborden de un modo caótico y difícil de limpiar después.

La noche siguiente, algunas caras de la noche anterior ya no están, aparecen otras nuevas, pero la cantidad de alcohol se mantiene estable. Todas las mañanas, Alix aprende a subir cuestas corriendo y a atravesar una pista de obstáculos con dolor de cabeza y náuseas; la única señal de la resaca, es la palidez de sus mejillas.

Después, a esperar dos meses en la sala de teletipos que está en el edificio Q, donde tuvo su primera entrevista. Allí, en la sala de teletipos, donde llegan los mensajes de toda Europa y África, empieza a entender el sentido de la OSE: aprender todo lo posible sobre el poder del Eje. Los estadounidenses saben poco o nada, ni siquiera la ubicación exacta de accidentes geográficos como lagos y cadenas montañosas en los diversos países del Eje. No saben con precisión qué hace la policía secreta alemana, qué uniformes usan, en quién pueden confiar en el Gobierno francés de Vichy, cuántas tropas tienen los alemanes concretamente y en qué países están desplegadas. Su ignorancia es asombrosa.

A ese paso, los aliados nunca van a ganar la guerra.

Va pensando en eso mientras vuelve caminando al apartamento que le asignaron y por poco no ve a la hermosa rubia con ojos rojos y mejillas manchadas de lágrimas que la espera en el escalón superior.

—¡Lillie! —exclama Alix, al abrazar a su amiga—. ¿Qué estás haciendo aquí?

Lillie la abraza con tanta fuerza que Alix se da cuenta de que trae malas noticias.

—Papá lo ha perdido todo —dice en voz baja y con amargura.

El miedo se le hace un nudo en el estómago. La última carta de Lillie hablaba de dificultades financieras, pero Alix pensaba que los Van der Meer tenían tanto dinero que las "dificultades financieras" consistían en tener que salir de vacaciones dos veces por año en vez de cuatro. Retrocede y observa a Lillie: la inmaculada Lillie, la consentida Lillie, la leal Lillie; ahora, una Lillie muy triste, una versión que Alix no había visto nunca.

—Vayamos a cenar —dice, y caminan hasta el Trianon, donde hay comida francesa auténtica y no la versión censurada, sin grasa de pato ni salchicha de Toulouse.

Ya sentadas y con una bebida en la mano, Lillie se explica con un sollozo encerrado en cada palabra:

—Nos han embargado la casa y los Warner compraron el estudio. Eso nos ha proporcionado dinero suficiente para venir a Manhattan (mamá no iba a quedarse en Hollywood, donde todos saben lo que ha perdido) y alquilar un apartamento en Park Avenue.

"Entonces, no se han quedado en la completa indigencia", piensa Alix con ironía.

—¿Están bien?

Lillie se deshace en llanto.

El hombre de la mesa de al lado los invita a una copa. Lillie lo acepta con una sonrisa húmeda y lágrimas frescas.

Alix abraza a su amiga mientras llora. Ni siquiera antes de esto había querido ser Lillie en ningún momento. La madre de Lillie persiguió a Peter Brooks incansablemente, nunca le dio espacio a su hija para que se preguntara si estaba enamorada; en cambio, le decía que cualquier chica se enamorarían de un hombre como Peter, que era de sangre estadounidense tradicional, esa que, si no es propietaria de la mitad del país, la administra. La vida de Lillie quedaba desplegada frente a ella como un camino que conducía a un único destino: ser igual a su madre, pero más rica.

Alix saca un pañuelo del bolso de Lillie y se lo ofrece.

—Tienes que conseguir trabajo. Ve a ver a Bobby mañana. El dinero es tu preocupación más inmediata. Pero ahora, tienes que volver a casa con tu madre.

Lillie sacude la cabeza.

—No deja de pensar a quien contactar en Manhattan; no tiene tiempo para llorar. Me dice continuamente que tengo los ojos tan rojos que voy a espantar a Peter.

—Ese es su modo de quererte. Y cuando estamos tristes, necesitamos a alguien a nuestro lado. Ella te necesita.

—Pero yo te necesito a ti.

—Necesitas a alguien que te mime —dice Alix con una sonrisa—, igual que aquel día, cuando fuimos de picnic en Hollywood Hills y te dio una insolación. ¿Te acuerdas de que Bobby nos llevó a casa en su coche a paso de tortuga para que no volvieras a marearte y yo te conté chistes malos todo el camino para animarte? Bobby y yo siempre vamos a mimarte, pero a veces, tienes que mimar a otros a cambio.

Lillie, que siempre admitía sus defectos cuando se los señalaban, hace una mueca y suspira. Luego le pasa a Alix la copa que el hombre les había invitado.

—Tú nunca necesitas mimos —dice, y se le vuelven a llenar los ojos de lágrimas—. No puedo perderte. Sé que tienes un trabajo importante y que, en realidad, no me necesitas, pero… —Se seca la cara con el pañuelo, y en las palabras que siguen Alix oye el sonido del amor, una aspereza exquisita, porque a veces, el amor es demasiado para las prosaicas palabras humanas—. Siempre vas a ser mi hermana.

—Lillie —dice Alix, y ahora ella también está llorando. Entonces, se ríe de las dos: están en un buen restaurante con bebidas gratis y lágrimas de tristeza y felicidad—. Tú me mimaste cuando yo más lo necesitaba —dice también con voz áspera—. En septiembre de 1933, te sentaste en mi cama y me cepillaste el pelo; eso fue lo único por lo que me levanté de la cama y fui a la escuela.

Lillie sonríe levemente.

—Así fue —dice—. Y me alegro de haberlo hecho.

—Yo también —coincide Alix, y se abrazan, tal vez con mucha fuerza por parte de Alix, porque no sabe cuándo volverá a ver a su mejor amiga.

La única persona del mundo que, en los días posteriores a la muerte de los padres de Alix, percibió que la caricia suave de un cepillo por el pelo, con el potencial para traer consuelo y tranquilidad de un gesto tan mundano, iba a volver a encaminar los pasitos de la vida cotidiana de Alix hacia el futuro, que, en ese entonces, parecía inexistente.

Así que Alix envía a Lillie de vuelta a casa con su madre. Tal vez, a Alix no le gustaran los métodos de la señora Van der Meer; el mismo día que Lillie se cogió una insolación, su madre le dijo a Bobby que le daba permiso para empezar a salir con Alix, que entonces tenía dieciséis años. Ahora sabe que fue por miedo: miedo de esta otra joven que, de pronto, estaba viviendo en su casa y cuyo futuro le tocaba resolver a ella, una joven que competía con Lillie por los maridos. La madre de Lillie pensaba que Bobby era perfecto: con fortuna suficiente para Alix, pero mucho menor de la que quería para Lillie. Y con la ventaja que le daba la distancia, Alix podía agradecer esa manipulación, porque la señora Van der Meer podría haberle puesto un uniforme de criada y haberle prohibido cualquier contacto con nadie. En definitiva, le había enseñado mucho sobre lo que, en realidad, era mejor. A ser capaz de cuidarse a sí misma siempre. A seguir el instinto y la aventura. A no caer nunca en la trampa de pensar que el matrimonio equivalía al amor y que el amor lo conquistaba todo: solo conquistaba a las mujeres, no a los hombres.

La madrugada del día siguiente encuentra a Alix escribiendo una carta para Bobby, a quien el reclutamiento no lo llevó a altamar para perseguir submarinos, sino que lo puso a hacer alguna tarea esencial para la guerra en Nueva York. Ella quiere creer que no fue el apellido Du Pont que lo relevó del campo de entrenamiento militar y de la vida en los barracones. No lo ha visto desde que ella llegó a Washington y tiene prohibido contarle lo que está haciendo. Cae en la cuenta de que solo le ha escrito una carta y que él no ha contestado.

Se pregunta si la guerra y la ausencia los irá separando poco a poco para volver a ser amigos. Quiere a Bobby del mismo modo en que quiere a Lillie, con esa clase de amor de veinticuatro quilates: sólido y genuino y ceremonial. Bobby y ella no pueden planificar un picnic sin revisar dos veces que todos tengan un sombrero para protegerse de la insolación; a veces beben Shirley Temples cuando van a cenar, solo por nostalgia. Un montón de personas viven con muchísimo menos amor, por lo que tal vez puedan hacer que el matrimonio funcione relativamente bien. Pero relativamente bien es mucho menos de lo que quiere. Y también es menos de lo que quiere para Bobby. Pero en este momento, tiene que resolver el problema de Lillie, no el suyo.

Coge un bolígrafo.

Querido Bobby,
Desde Washington D. C.

Esta carta va a llegar después que Lillie, pero por si ella no es tan convincente, solo deja que te diga esto, por favor…, por favor, ayúdala a encontrar trabajo. Sé que la idea de que una mujer trabaje te resulta casi intolerable, pero también sabes que, en este momento, Estados Unidos necesita que las mujeres trabajen. Y Lillie necesita trabajar. No confío en Peter. La boda va a ser el año que viene y temo que tres Van der Meer en bancarrota terminen por enfriar su pasión.

Gracias, Bobby. Espero que estés bien. Y espero que la corbata te haga sonreír.

Amor y bisous,
Alix

Envuelve una corbata de seda del mismo color que su vestido de graduación y se va a trabajar.

Cuando llega al edificio Q, un hombre la está esperando y le dice que no la necesitan en la sala de teletipos. La acompaña a la oficina donde tuvo la primera entrevista. El señor Puro está esperando. Prepara su puro y va al grano.

—Usted habrá notado en los últimos tres meses que si bien se dice que la OSE es una organización de inteligencia, la inteligencia es algo de lo que carecemos —dice, un poco sombrío—. Necesitamos averiguar todo sobre los países ocupados por el Eje, desde la ubicación de fábricas de aviones y de infraestructura ferroviaria, hasta la de los focos de combatientes de la Resistencia dispuestos a cooperar con los aliados. También información sobre la organización del ejército y a quiénes se puede persuadir para trabajar contra el Führer en Alemania. Suecia y Suiza, por ser neutrales y estar apadrinadas por alemanes, italianos, búlgaros, húngaros —por todos—, son lugares ideales para instalar puestos y enviar agentes para conseguir información. Esa información se enviará a Washington, y de ahí se la despachará al mando militar. Y a usted la quiero en Suiza, obteniendo información de quien pueda. Usted habla todos los idiomas, conoce Berna, es brillante. No podrá revelarle a nadie lo que está haciendo y tendrá que informar a su prometido y a los Van der Meer que va a estar fuera del país por asuntos confidenciales y que las cartas van a ser pocas y espaciadas. Tal vez descubra que su compromiso no sobrevive a un trato tan displicente, pero tal vez eso sea una suerte. Va a ir con Allen Dulles, encubierta como su asistente. La fachada de Dulles es que está trabajando como agregado especial de la Delegación Estadounidense en Berna.

—¿Encubierta como su asistente? ¿O su asistente en los hechos? —es lo único que pregunta mientras su cerebro trabaja frenéticamente para procesar todo lo que acaba de escuchar—. ¿Y me está preguntando si quiero ir a Suiza o me lo está anunciando?

—¿Usted piensa que Roosevelt se pudo dar el lujo de elegir entre declarar la guerra a Japón y Alemania o no? —Una bocanada de humo enfatiza la impaciencia ante preguntas cuyas respuestas parecen obvias.

Se abre la puerta y entra otro hombre. La mirada de sus ojos azules, que llega desde atrás de unas gafas sin montura, es hostil. Mastica su pipa agresivamente.

—Él es Allen Dulles —dice su amigo del puro—. Va a

estar al mando de las operaciones de la OSE en Suiza. El señor Dulles no quiere que usted vaya con él.

Alix no puede evitarlo; se echa a reír. Tiene la sensación de que, en realidad, ella le cae bien al señor Puro y que está ansioso por ver qué va a pasar.

—Dulles es el Agente 110. Nombre en clave, señor Burns —continua el señor Puro—. Se me ocurrió que tal vez usted querría elegir su propio nombre en clave.

La tentación de fastidiar a Dulles es algo que no puede evitar.

—Bisous —dice ella—. Un besito en francés que llega a Suiza.

—Cristo bendito —es la reacción de Dulles.

CAPÍTULO 8

Berna tiene dos cosas: belleza y defectos, como una diosa hollywoodense que siempre se bebe alguna copa de más. Las calles empedradas y angostas del siglo XII serpentean entre edificios encantadores de piedra de arenisca. Pero quienes ocupan esos edificios y transitan esas calles, descubre Alix, son las carreras en las medias de seda bernesas.

Hay espías como ella y Dulles: algunos leales a su país; otros que son dobles o triples agentes, en los que no se puede confiar en absoluto. También hay civiles que acompañan al Ejército, esos tienen información para vender, a menudo de calidad dudosa, pero a Alix le enseñaron a mirar debajo de cada dobladillo embarrado, porque nunca se sabe dónde hay una puntilla de encaje antiguo. Hay muchísimas mujeres ofreciendo su cuerpo a cambio de favores, protección, dinero o algún tipo de padrinazgo.

Hasta en la Berna neutral, la guerra equivale a apagones y racionamiento de comida, pero las vacaciones de esquí siguen siendo de rigor, como lo son el buen comer y el buen beber. Berna tiene la simplicidad indiferente de un lugar en el que la guerra pasa fuera, un lugar donde es seguro burlarse de los nazis sin recibir un disparo, y donde parece que casi nadie está enterado de que lo mismo, a cien kilómetros de distancia, significaría la muerte.

Esas son las observaciones de Alix durante su primera semana en Berna.

Pasado ese tiempo, Dulles se instala en Herrengasse 23. Las ventanas abovedadas, los maceteros y una fuente en el frente no revelan ningún indicio de las actividades poco caballerosas que transcurren dentro. En la parte de atrás, la misma impresión de delicadeza queda preservada; corre la cinta turquesa del río Aare, y el Jungfrau, el Eiger y el Mönch se alzan majestuosos a lo lejos, formando una muralla blanca.

En la oficina de Dulles, Alix instala el radioteléfono, el teléfono codificador, y el teletipo junto a una mesita que Dulles llenó con todas las bebidas alcohólicas que pudo conseguir. Sobre la repisa de la chimenea, junto a la mesita, hay una fotografía de su esposa, Clover, y debajo, crepita el fuego. Pretende que el calor, las cortinas rojas y el alcohol hagan el trabajo por él. Y tal vez lo hagan, piensa Alix mientras envía su primer mensaje a Victor, también conocido como HQ en Washington.

DE BURNS Y BISOUS PARA VICTOR. LLEGAMOS. HERRENGASSE 23.

Dulles, que pasó el día en la sastrería tratando de cambiar su imagen de abogado de Wall Street por la de diplomático suizo informal, vuelve con pantalón de vestir y chaqueta de franela y un sombrero de fieltro que le cubre parte de la cara, como si tratara de parecer jovial o aparentar que está de incógnito; fracasa en ambos intentos.

—Sal de aquí, criatura —le dice a ella—. Encuentra algo que me sirva o busca el camino de vuelta a casa.

Es una amenaza inútil. Con las fronteras cerradas, ahora que los aliados han invadido el norte de África, no hay manera de que Alix vuelva a Estados Unidos, aunque demostrara que es tan inepta como el archienemigo de la Pimpinela Escarlata.

Sin embargo, el instinto largamente arraigado de probarse a sí misma la impulsa hacia delante.

—¿Usted cree que la OSE me hubiera mandado aquí si yo fuera una completa incompetente?

—No puedo responder por la OSE —dice—, pero voy a responder por mí mismo en algunos días. Ir a la escuela en Suiza no es lo mismo que conseguir información de la que depende todo el mundo occidental.

No hay nada que Alix pueda responder a eso. Es cierto, aunque exagerado. Sale del apartamento y recorre las arcadas de la infinita Laupen sin ver los negocios de antigüedades, las librerías y las panaderías por las que deambulaba cuando era estudiante. Desciende a los sótanos de piedra cerrados que esconden teatros y bares, pide una copa y piensa cómo va a hacer una antigua estudiante de secundaria suiza para descubrir algo que pueda cambiar el curso de una guerra que tiñó casi toda Europa de marrón nazi.

Dulles seguramente compartirá puros con todos los hombres importantes de Berna: industriales, políticos, exiliados, extranjeros. Lo que le deja a Alix la otra mitad de la población: las mujeres, las insignificantes, como la propia Alix. Y si hay algo que ella ha aprendido de la vida hasta ahora es que los hombres están en su momento de mayor indefensión cuando están comiendo y bebiendo y, según ha oído —ella misma casi no tienen experiencia en esa materia— cuando están en la cama. Eso equivale a hablar con camareras de piso. Camareras de cabañas de esquí. Bailarinas de clubes nocturnos. Y prostitutas, supone. Si bien ella no puede atribuirse ningún tipo de experiencia en las otras ocupaciones, ha sido camarera con anterioridad. Por eso va a empezar por el hotel Bellevue Palace.

Al final de la herradura que hace el río que rodea el Altstadt, se alza el hotel Bellevue Palace, como una tía soltera, anticuada pero imponente y con una postura impecable. Alix se dirige directamente al restaurante con vistas al río, y llega en el tiempo muerto entre el servicio de la comida y el de la cena, cuando las camareras se sientan a tomar una taza de café y sueñan con no tener que servir a nadie más. Se sienta a una mesa, despliega una o dos viejas ediciones de *Harper's Bazaar* y algunas hojas mecanografiadas y finge que le está haciendo modificaciones al manuscrito que tiene frente a ella.

Menea la cabeza cuando se le acerca la primera camarera; no la conoce. Seguramente Chiara Romano sigue aquí. En cuanto lo pensó, una joven de pelo oscuro, piel aceitunada y expresión pícara emerge de la cocina y Alix sonríe.

La mujer avanza con los brazos abiertos.

—*Bella! Ammazza!* —exclama tan alto que las pocas personas que están sentadas en el restaurante levantan la mirada para verla arrojarse sobre Alix en medio de una tempestad de lágrimas y risas.

Alix emerge del revuelo sonriendo.

—*Ti sono mancato,* Chiara?

Chiara se hunde en una silla y se seca los ojos.

—*Nadie* —hace un hincapié teatral en la palabra— ha sido tan divertido en el trabajo desde que te fuiste. Sobre todo ahora. —Con esas palabras, terminan la teatralidad y la ebullición y una mujer más taciturna ocupa el lugar de la Chiara con la que Alix trabajó alguna vez.

—¿Cómo está tu familia? ¿Todavía en Italia?

—Sí. Rezan todas las noches por la muerte de Mussolini, pero por ahora, ni él ni nuestra Virgen Santa están escuchando. Pero cuéntame, ¿por qué has vuelto a Berna? Pensaba que los estadounidenses se mantenían lo más lejos posible de Europa.

Alix ignora el comentario por la tardía entrada de su país en la guerra y señala con un gesto las revistas que tiene delante de ella, porque sabe que necesita una coartada hasta que vuelva a familiarizarse con su vieja amiga.

—Estoy trabajando en la Delegación Estadounidense. Y ¿recuerdas que, hace un tiempo, yo trabajaba para *Harper's Bazaar* en París?

Chiara asiente; se intercambiaron cartas en la época en la que el correo se entregaba y los submarinos no lo hundían en el fondo del mar.

—Le dije a Carmel Snow que iba a escribir algunos artículos para ella sobre lo que llevan las mujeres en Europa, así que necesito encontrar fiestas y glamour.

Los ojos de Chiara juguetean igual que hace seis años, cuando ella y Alix se quitaban los delantales al final de la noche, se ponían vestidos y se metían en cualquier fiesta divertida en el hotel, a pesar de que Alix tenía diecisiete años y que la escuela la habría expulsado si hubiera descubierto sus escapadas.

Chiara pasa las páginas de las revistas y suspira por los vestidos de una belleza inconcebible que lucen las modelos posando con glamour desenfadado bajo una lámpara de araña en una habitación brillante. Entonces, abre el bolso de Alix y saca un cigarrillo, como si ambas aún tuvieran diecisiete años y compartieran todo.

—El sábado va a haber una fiesta muy grande. Para toda la gente elegante, algunos vienen de Zúrich y de París. Esmée va a estar allí.

—¿Esmée? ¿Tu enemiga acérrima Esmée Archambault? —dice Alix con incredulidad.

—Ahora somos amigas —dice Chiara con una sonrisa.

—Eso es como… —Alix busca una comparación apropiada en las profundidades de su mente y se le ocurre una—: Hitler y Churchill intercambiando cartas de amor.

Chiara se ríe histéricamente y todo es igual a una de esas noches hilarantes, cuando terminaba una fiesta y volvían caminando a la escuela —donde Chiara trabajaba como asistenta durante el día— riéndose del hombre que la había invitado a esquiar a Saint Moritz. Chiara lo había rechazado, consagrada a una vida sin hombres, porque "En Italia, yo no puedo votar como tú en Estados Unidos", le había dicho una vez a Alix, una noche melancólica. "Para ir a la universidad, tengo que pagar el doble que un hombre. Se supone que me tengo que casar y tener un montón de bebés para la patria fascista. En Italia, están asustados de las mujeres", agregó con tristeza, exhalando humo de cigarrillo al aire de la noche.

—¡Chiara! —se oye una voz desde la cocina—. Terminó el descanso.

Alix le aprieta la mano.

—Me alegro de verte.

—Yo también. Te conseguiré entradas para la fiesta, querrás una para tu jefe, ya lo sé. —Chiara sonríe y se va con prisas.

Dulles le había dado unos días, pero resulta que a Alix le bastó con uno solo.

Cuando vuelve a entrar en la oficina de Dulles, lo hace con una sonrisa y un completo control de sí misma, eso la ayuda a no lanzar un "Se lo dije". En vez de eso, dice:

—El sábado por la noche vamos a ir a la fiesta del cónsul de Suiza en el hotel Bellevue Palace.

Él tarda en reaccionar y casi se le nota, pero es capaz de controlarse tan bien como ella.

—Podría haber accedido a esa fiesta por mis propios medios.

—Tal vez —dice ella—, pero no sin que pareciera que quiere ir. Así, todos reconocerán enseguida que usted tiene la influencia y las conexiones necesarias para acceder a la fiesta de la semana llevando solo algunos días en la ciudad. Eso da buena imagen, Dulles. Acéptelo con una sonrisa y no sea rencoroso. Y olvídese de mandarme de vuelta a Manhattan; yo no voy a ningún lado.

Al día siguiente, escucha a escondidas conversaciones en el hotel Bellevue Palace, mientras finge escribir un artículo para *Harper's Bazaar*. No pasa mucho tiempo antes de escuchar que Allen Dulles es un espía estadounidense. Se sobresalta. Solo media hora después, dos italianos dicen las mismas palabras en la mesa que está junto a la suya. Cuando se van, Alix coge su periódico y ve un artículo que anuncia la llegada de Allen Dulles a Suiza como "enviado especial" de Roosevelt. Hasta un idiota puede leer entre líneas.

Está a punto volver corriendo a Herrengasse, pero se le acerca Chiara.

—Tengo un descanso de diez minutos —dice.

Hace salir a Alix del hotel y la conduce a una calle lateral.

—Sabes que el Gobierno suizo tiene oídos en todas partes —dice Chiara presurosa—. En ese hotel, escuchan todas las conversaciones. Y no quiero que el Gobierno suizo sepa que te he preguntado si de verdad estás aquí como secretaria o si también eres una "enviada especial".

Alix saca dos cigarrillos, le pasa uno a Chiara y enciende una cerilla.

—Tú me conoces —dice Alix alegremente, como si estuviera paseando con una amiga y hablando de frivolidades—. Siempre fui especial.

—Entonces, tienes que saberlo. —Los ojos de Chiara son intensos sobre la sonrisa ligera como el aire—. Va a haber un agente de la Abwehr en la fiesta. Hans Gisevius. Su condición de vicecónsul de la misión alemana en Zúrich es solo una fachada.

Un agente de la Abwehr. La Abwehr es el servicio de inteligencia militar de la Wehrmacht. Así como es ilegal que Allen Dulles y Alix St. Pierre estén ejerciendo el espionaje en Berna, también es ilegal que los nazis tengan un agente operando en Suiza, un país neutral.

—¿Cómo lo sabes? —susurra Alix.

—Lo que escucho como camarera vale montones de francos.

Eso quiere decir que empezar con Chiara fue un acierto, ahora será la primera informante de Alix.

—Puedo pagarte —dice.

La respuesta de Chiara es vehemente.

—Con el dinero no es suficiente. Los camisas negras arrestaron a mi padre hace un año. No sabemos si está vivo o muerto. Necesitamos que los aliados hagan algo. Necesito que tú hagas algo.

—Lo haré —se precipita a prometer Alix, con esperanza y, muy probablemente, con insensatez.

Al atravesar la Kornhausplatz hacia Herrengasse, no ve la belleza de Berna, solo la Kindlifresserbrunnen, la Fuente del Devorador de Niños. El ogro está sentado, satisfecho, en un pedestal que se eleva a gran altura sobre su imperio de agua, se llena la boca con un niño, hay más niños entre sus brazos y retorciéndose dentro de su bolsa, listos para ser un plato principal o el postre, como Hitler y Mussolini devorando países, junto con sus ciudadanos y su libertad.

Alix había ido a Suiza por su insaciable necesidad de aventura, y también porque, prácticamente, se lo ordenaron. Pero mientras se queda mirando los dientes blancos del ogro, que se hincan en la cabeza de un infante, se da cuenta de que tendría que haber venido por Chiara y por el padre de Chiara y por todos los que ella no conoce y que se enfrentan a peligros que ella ni siquiera había soñado. ¿Qué le haría a Chiara un agente de la Abwehr si descubriera que ella conoce su verdadera ocupación? ¿Cuántos agentes de la Abwehr hay en las calles de Berna en este momento? ¿Y cuántos padres más van a desaparecer por la noche antes de que todo esto termine?

Mary Bancroft, que tiene el pelo oscuro, los labios pintados de rojo y va por ahí como si creyera que todo el mundo la está mirando, es, sobre todo, llamativa, y en la fiesta del Bellevue, Alix ve que Dulles hace todo lo posible por hacerse notar. Alix ya oyó hablar de Mary —la hija del dueño del *Wall Street Journal*— y no pasa mucho tiempo antes de que Mary y Dulles estén acurrucados, la mano de ella sobre el brazo de él, el cuerpo de él inclinado hacia ella. El marido de Mary, Jean, desde el otro extremo del salón, no los ve, o no le importa.

Alix quisiera estar sorprendida. Con quién elige dormir Dulles mientras su mujer espera en Manhattan no es asunto suyo, pero es un recordatorio de que nunca hay que ser la mujer de un hombre rico y fingir ignorancia ante las indiscreciones de su marido; y nunca hay que ser como Mary, tan visiblemente infeliz en su matrimonio que su reputación la precede en los salones como un estandarte.

De pronto, Alix desea poder escribirle a Bobby. Pero, ¿cómo decirle que ya ha visto un futuro en el que él la va a engañar? Él lo va a negar, pero su padre es igualito a Dulles, su hermano mayor también. Está en los genes.

Pero no es momento para estar pensando en Bobby. Así que empieza a deambular y descubre que obtener información de los caballeros que están en el salón no es difícil en la medida en que no pretenda proteger su escote de miradas lascivas o su trasero de manos atrevidas. Veinte minutos en la proximidad incómoda de un hombre y se entera de que los húngaros están tratando de retirar sus tropas de Rusia, y una mano en su trasero la lleva a descubrir que los rumanos están sublevados. En Washington van a querer saber todo esto, igual que Alix quiere saber ahora es si el señor Puro la eligió más por su habilidad para lucir una buena figura con un vestido que por su habilidad para los idiomas.

En el otro extremo de la habitación, ve a un hombre que es excepcionalmente alto y apuesto de ese modo alemán tan distante y que coincide con la descripción que hizo Chiara del agente de la Abwehr. Dulles se acerca a él y Alix está cruzando la habitación para unirse a ellos cuando Dulles, firme pero sutil, le dice que no con la cabeza y le hace un gesto a Mary para que se acerque.

Dulles se ha asociado con Mary, no con Alix, para embaucar al agente de la Abwehr. Eso significa que, de algún modo, Alix tiene que encontrar una pista aún más importante que un oficial del espionaje militar alemán si quiere ser algo más que la secretaria de Dulles.

Maldice y se da la vuelta para evitar otro ataque de una mano a su trasero, pero encuentra a Esmée Archambault, una compañera —pero nunca una amiga— de Le Manoir.

—Alix St. Pierre —dice Esmée sonriendo—. Si nos ponemos a charlar aquí, van a mirarnos todos, porque somos las mujeres más atractivas del salón. Sugeriría que fuéramos a un lugar más tranquilo.

A pesar de que casi no había hablado con Esmée en su vida y de que recuerda haberle hecho una broma pesada a la reina de Le Manoir, Alix se escucha decir:

—El ascensor de servicio. —La curiosidad puede con ella—. Que Chiara te enseñe dónde está.

Esmée asiente y Alix sale del bar y se escabulle por los pasillos del hotel. El ascensor de servicio llega un momento después. Esmée y las mujeres suben en él y Alix pulsa el botón de parada de emergencia.

—Así que —dice Alix, sonriendo un poco— la reina se mezcla con la plebe.

Esmée ríe.

—Puede ser que yo fuera la reina, pero tú, desde luego, eras la emperatriz del misterio. Demasiado ocupada con Lillie Van der Meer para hablar con las demás, y cuando no estabas con Lillie, estabas fumando en los establos con los palafreneros o te escabullías dentro de la habitación después de que hubieran apagado la luz. Nunca supe si eras una esnob o una libertina.

Ahora le toca a Alix ponerse a reírse a carcajadas.

—Te aseguro que ninguna de las dos cosas.

—Y yo no era ninguna reina —responde Esmée, también sonriendo—. Mi amigo Anthony dice que cuando nací, seguramente le dije a la partera cómo quería exactamente que fuera mi nacimiento, lo que es ridículo, porque él es igual de mandón que yo. Lo que pasa es que algunas personalidades son más grandes que los cuerpos que se les dieron para contenerlas. La mía hace saltar los botones y rompe las costuras todo el tiempo.

Esta explicación no calma la risa de Alix ni un poco, porque es exactamente así. Pero no puede tener el ascensor bloqueado toda la noche.

—Chiara me dice que puedo confiar en ti —dice, conteniendo la risa—. Necesito información.

—Resulta que tú y yo tenemos un amigo en común: Frank, del Ritz. El hotel está ocupado por los alemanes, y ellos hablan mucho en el bar. Frank oye todo. —Esmée habla rápidamente y Alix está impresionada porque esta mujer, a la que ella ignoraba en la escuela por rica e insustancial, probablemente tuviera más experiencia en este tipo de reuniones que ella, y también algún tipo de participación en la Resistencia francesa—. No sé cuánto tiempo más voy a poder seguir viajando a Suiza —continúa Esmée—. Mi familia tiene intereses comerciales aquí, y por ahora, he conseguido que los alemanes me otorgaran un *Ausweis*, un permiso de viaje. Pero vamos a tener que recurrir a la correspondencia, si las cosas se complican. Por eso, tenemos que escribir de un modo que entendamos solo nosotras.

—Recuerdos de la escuela —interrumpe Alix—. Si visualizamos la escuela como a un mapa, el comedor sería Francia; los establos, Inglaterra y los jardines del frente, Italia.

—Eso servirá. Vamos a asignarles los nombres de las chicas a algunas de las personas sobre las que te voy a escribir.

—Y la cuarta frase, o la cuarta palabra de una lista, serán siempre las importantes —remata Alix, recordando cómo le habían enseñado a camuflar información en medio de trivialidades.

Solo cuando suelta el botón de parada de emergencia, Alix mira con atención a Esmée y le nota un cansancio sutil en los ojos, la cara más delgada, más angulosa, que cuando era una heredera de diecisiete años.

—¿Eres cautelosa? Hacer esto debe de ser…

—Créeme, cualquiera que viva en la casa vecina a la de un Oberführer sabe que esto es peligroso —dice Esmée con los modos majestuosos que Alix recuerda de la escuela—. Pero preferiría no ser vecina de un Oberführer. Así que…

Se abre la puerta del ascensor y Esmée se marcha.

CAPÍTULO 9

Al día siguiente, Dulles está exultante cuando le dice a Alix:

—Mary va a trabajar con nosotros.

Alix no puede evitar quedarse boquiabierta.

—¿La cotilla más conocida de Suiza?

—Exactamente —dice él, sonriendo como los hombres que acaban de pasar una noche en vela por buenas razones—. Ella va a ser la encargada de seducir a Hans Gisevius para que le diga si es un doble agente o no. Él dice que quiere que Hitler sea derrotado. Eso lo convierte en alguien valioso… si no está mintiendo.

Estaba claro que le habían arrebatado la fruta más jugosa a Alix antes de poder darle un mordisco siquiera. Y Dulles había demostrado que era el tipo de hombre que está de acuerdo con que haya mujeres haciendo parte del trabajo, pero solo si, además, duermen con él.

Esa noche, en el hotel Bellevue coquetea tan abiertamente con todos que corre el riesgo de tener que dar a los hombres que la merodean más de lo que quiere entregar. Pero el padre de Chiara está en prisión y Esmée es vecina de un Oberführer, así que, los problemas de Alix no son importantes.

Alguien ocupa el asiento que está junto a ella y se prepara para otra ronda de coqueteo. Pero es Mary.

—No pierdes el tiempo —dice Mary, con tono burlón, mirando al italiano que se aleja y con el que Alix tuvo que usar todo su ingenio para negarle el cóctel del que se creía merecedor.

—¿Acaso Dulles no nos quiere ocupadas? —Alix no logra vestir sus vocales con la misma cadencia burlona; suena apesadumbrada.

Mary asiente.

—Solo quiero estar segura de que lo entiendes. Es todo más fácil si, desde el principio, sabes que te están usando y no que te enteres después.

Un ataque de ira. Hace demasiado calor en el bar. El fuego está ardiendo y el olor a queso *raclette* derretido, a caviar y salchichas vuelven el aire acre, salado y masculino. Por el mareo, el mundo exterior no existe y Alix se pierde la vista de la nieve suavizada por la luz artificial.

Mary llama al camarero y pide una copa.

—Seamos honestas. Tú me ves como a una ricachona a la que Dulles quiere por motivos personales y piensas que voy a ser un estorbo. ¿Hay algo de eso?

Alix deja escapar una carcajada por la sorpresa. Siempre consideró que había ido de frente, pero Mary es brutal.

—Sí —dice, y encuentra alivio en la honestidad después de haber estado simulando desde hace dos horas—. Aunque —agrega, y su propia franqueza hace que se juzgue a sí misma con los mismos estándares que a Mary— yo no estoy haciendo nada especialmente útil, salvo enviar cables para Dulles.

El "ah" que exclama Mary como respuesta puede ser tanto condescendiente como divertido.

—Washington no tendría nada si Dulles no te tuviera a ti para enviar esos cables —dice—. Entonces, eres útil. Pero nadie reconoce tu utilidad. Eso es lo que te mortifica, en realidad.

Mary la está provocando para descubrir si Alix va a elegir ofenderse o endurecer la piel y aceptar los hechos. Alix comprende que, quizás, pueda aprender algo de Mary sobre el mundo del espionaje; una mujer que ha tenido relaciones clandestinas durante años debe de saber alguna que otra cosa sobre hombres y discreción.

Así que decide quitarles el cerrojo a algunas verdades.

—Lo que me mortifica —dice, dejando su vaso— es que si Dulles fuera mujer, nadie entraría en su oficina para decirle nada. Le tocarían el culo a él, no a mí.

—Sabes que —dice Mary con indiferencia, mientras sacude la ceniza del cigarrillo— el poder es lo contrario del amor.

—El poder es lo contrario del amor —repite Alix, tratando de entender qué quiere decir Mary. ¿Es el amor de Alix por Bobby una rara fuerza que se oponía a que ella tuviera algún tipo de control?—. Yo siempre pensé que lo contrario del poder eran las mujeres, no el amor —dice con sobriedad.

Mary se ríe con ganas.

—Supongo que eso también es cierto. Pero lo que quiero decir es… —Suspira, aplasta el cigarrillo y con un gesto, le indica al camarero que traiga otra copa—. Lo que quiero decir es que quiero que nunca entiendas lo que quiero decir. Creo que es hora de que tu culo descanse del acoso.

Y así, Alix queda relevada.

Los meses siguientes traen más de lo mismo. A veces, los cables con información que Alix envía a Washington provienen de sus propias fuentes: Esmée le suministra actualizaciones excelentes sobre el estado de la Resistencia francesa; Frank le manda los chismes de los nazis del bar del Ritz, donde se reúnen los oficiales del espionaje militar descontentos; y una de las ayudantes de cocina de Le Manoir ahora administra un club de caballeros en Berna y le proporciona un flujo constante de novedades.

Para 1943, Washington quiere información sobre Italia, que Chiara consigue a través de su hermano Matteo, quien le envía cartas escritas en piamontés, por lo que en general, escapan a la comprensión de los censores. Las cartas detallan los efectivos de las tropas y las guarniciones, la ubicación de las fábricas, la geografía y todo lo que los aliados necesitan saber para su objetivo, que Alix espera —por el bien de Chiara— que sea una invasión.

Para el verano, no sucedió nada parecido a una invasión. Las cartas del hermano de Chiara le cuentan que los italianos se están muriendo de hambre y que quieren acciones de los aliados, además del desembarco en la lejana Sicilia, que provocó que los nazis se posicionaran para invadir todo el norte del país, donde vive la familia de Chiara.

—Lo siento —le dice Alix a Chiara, abatida, cuando se sientan junto al río con un helado en la mano.

—No lo sientas —es la triste respuesta de Chiara—. Al menos sé que tú sí quieres hacer algo. Pero no tengo ni idea de si, en verdad, los estadounidenses o los británicos están dispuestos a actuar. En su última carta Matteo dijo que tuvo que esconderse en la montaña porque todos saben que odia a los fascistas. Si los nazis invaden el norte, van a matarlo.

Lo que empieza como furia termina en lágrimas y, por primera vez desde que la conoce, Chiara se pone a llorar. Lo único que puede hacer Alix es abrazarla, como abrazó a Lillie en Washington. En esa época, tenía la certeza de que iba a poder ayudar a su amiga. Ahora, no está tan convencida.

Todos los días, llegaban más cables de Argel, donde se habían instalado el Cuartel General de las Potencias Aliadas, pero ninguno llama la atención de Alix tanto como este: "Alix, sé que eres tú. Reconocí los *bisous*".

Los únicos capaces de reconocer los *bisous* son Lillie y Bobby. Pero la única persona tan insensata sería Lillie.

Alix se sienta en una silla. Para que Lillie vea los *bisous*, tiene que estar trabajando en la oficina de homologación de cables del Cuartel General de las Potencias Aliadas de Argel. No tendría que estar sorprendida. Alix le pasó el nombre de Lillie a la OSE porque ella tiene el pedigrí y el dominio de idiomas que necesitan.

Pero ahora, Lillie ha utilizado el nombre de Alix en una transmisión. Si alguien lo ve, van a despedirla. La OSE depende de que el menor número posible de personas conozca los nombres y la ubicación de sus agentes, para que, si se captura a uno, no haga volar toda la organización por los aires. Alix arruga el papel en el puño y redacta su propio mensaje. "Bisous, y solamente Bisous, te manda *bisous* enormes".

La respuesta, cuando llega, es propia de Lillie. "*Bisous* enormes recibidos con agrado. Trataré de encargarme de Suiza y dejar Francia para las otras chicas. Por favor, envía más *bisous*".

Alix sonríe. Necesita una amiga. No, necesita a Lillie.

Poco tiempo después, llega otro cable: "Operación Avalancha". Este cable es el más importante de todos, trae, por fin, la información sobre la inminente invasión de los ejércitos aliados a la Italia continental.

Es casi imposible esperar al 9 de septiembre para que se concrete, pero en cuanto ocurre, Alix corre al Bellevue, toma a Chiara del brazo, la lleva fuera y dice:

—Han desembarcado en Salerno.

Con seguridad, el grito de Chiara es el sonido más fuerte que se ha oído nunca en Berna.

—*Ammazzo!* —dice una y otra vez, y agradece a la Virgen y a cientos de santos.

—Diles a tus hermanos —dice Alix, resplandeciente— que necesito todo lo que puedan mandar.

—Van a contarte hasta de qué color son los calzoncillos de Mussolini —responde Chiara, y las dos se echan a reír.

Ese momento vale por todos los meses de trabajo agotador. Y también el pensamiento de que, como Alix es la que tiene los contactos en Italia, finalmente va a poder hacer algo más importante que mandar los cables de Dulles por él.

Es octubre cuando Alix, volviendo a su apartamento, siente pasos que se apresuran detrás de ella. Es Chiara; parece asustada y orgullosa a la vez, y Alix sabe que lo que vaya a decir, no puede decirlo allí.

Quizás traiga una carta de su hermano, algo que Alix espera con desesperación. Italia es un caos. Los alemanes sacaron a Mussolini de la prisión y lo trasladaron al norte del país como líder de un nuevo Estado fascista. La familia de Chiara está atrapada dentro de sus violentas fronteras. Los aliados, después de avanzar hacia Nápoles y de obtener el control de las regiones más meridionales del país, ahora están atascados del lado equivocado de la Línea Volturno, muy lejos de Roma y a una distancia tan grande del Piamonte que bien podrían estar en la luna. Los ánimos son sombríos en Washington y en Cuartel General de las Potencias Aliadas de Argel, y la demanda de información —especialmente por saber qué demonios está pasando en el norte de Italia— es ensordecedora.

Alix piensa con rapidez. Necesita llevar a Chiara a algún lugar donde tengan privacidad y se decide por la habitación de Mary Bancroft en el hotel Schweizerhof, que Mary no usa nunca porque prefiere quedarse con Dulles.

—Qué tonta soy —dice Alix, por si hay algún oído activo por allí—. Olvidé que habíamos quedado en el Schweizerhof para tomar una copa.

—Llevaré a un amigo —dice Chiara—. Te veo allí.

En el hotel, Alix va y viene por la habitación con impaciencia. Pasan diez minutos, después otros diez. Finalmente, oye pasos y un golpe en la puerta.

Abre y encuentra a Chiara y a un hombre uno o dos años mayor que ella. Una vez que está del lado seguro de la puerta, el hombre respira enormemente aliviado. Está cansado, tiene manchada la piel morena y su pelo no ha visto un peine en varios días. Los labios, cuando le sonríe a Alix, son deliciosos.

—Este es Matteo —dice Chiara, con un temblor amoroso en la voz—. Mi hermano. Anoche cruzó la frontera a escondidas porque tiene una propuesta para ti.

—¿Cruzó la frontera a escondidas? Pero… —las palabras de Alix se desvanecen en su asombro.

¿Cómo hizo un joven italiano, indudablemente sin papeles, para escapar de las patrullas fascistas y de los guardias suizos de frontera y llegar a Berna?

En el silencio absoluto, la aprensión invade el rostro de Matteo, y también el de Chiara.

—Bueno —bromea Alix, tratando de aflojar la tensión creciente—. Siempre he tenido debilidad por las propuestas de jóvenes guapos.

Aunque Matteo debe de estar exhausto por haber caminado o esquiado clandestinamente desde Italia hasta Suiza, no se sienta. Camina mientras habla sobre todo lo que pasó el mes anterior, desde que las tropas alemanas ocuparon la mayor parte de Italia y el avance aliado se estancó cerca de Nápoles.

—No soy el único que está escondido en las montañas —dice, tan animado que los ojos marrones echan chispas de oro—. El ejército italiano, en el desastre anterior a la ocupación alemana, dejó las armas abandonadas. Así que nosotros estuvimos juntando cañones y pistolas y municiones.

—Matteo, ¿quiénes son "nosotros"?

Se detiene; ahora los ojos no son dorados, sino que cargan las sombras de alguien que padeció un gobierno fascista la mayor parte de su vida —un gobierno contra el que se rebela abiertamente—, un hombre que se expuso a un gran peligro para llegar allí.

—Hombres como yo —dice, y la pasión se va, llega la rabia para dar énfasis a la idea: veinteañeros, con toda la vida por delante, que no tendrían que estar peinando la campiña en busca de armas—. Unos diez mil, esparcidos por el Val Pellice, el Germanasca, el Val di Susa. Y estamos escondiendo alrededor de dos mil prisioneros de guerra británicos.

—¿Diez mil partisanos y dos mil prisioneros de guerra aliados? —repite Alix, porque quiere estar segura de que ha oído bien, los números son sorprendentes. Semejante cantidad de hombres con armas y municiones en el, aparentemente, impenetrable norte de Italia es una fuerza con la que ella tiene que poder hacer algo. Y también prisioneros de guerra. Como mínimo, los aliados querrán recuperar a sus soldados.

—Por favor, siéntate —le ruega. Está exhausto, parece que va a quedarse dormido de pie—. Voy a pedir que suban vino y comida.

—*Grazie* —dice él con una sonrisa, sentado en el borde de la cama, después se desliza hacia atrás, se apoya en la pared y cierra los ojos por un momento.

No tardan mucho en traer Vermut de Turín, salchichón y tarta de cebolla. Alix le da una bebida a Matteo, que bebe de un trago. Después, se abalanza sobre la tarta, que devora con pocos mordiscos.

Mientras Matteo come, el cerebro de Alix trabaja con furia. Italia es una incógnita. El gobierno de Mussolini duró años y aisló al país del mundo. Las cartas de Matteo siempre expresaron su apoyo al Partito d'Azione. Estados Unidos quizás apoyaría al Partido de la Acción, especialmente si están asociados a los partisanos refugiados en las montañas que están dispuestos a combatir a los nazis y a los fascistas. Pero…

¿Qué va a decir Dulles? Va a querer pruebas de su lealtad.

—Matteo —pregunta ella, sentada en el extremo de la cama desde donde puede verle la cara—, tú quieres liberarte de los fascistas y de los nazis, pero ¿qué más quieres?

Matteo se levanta y camina, inquieto, hacia la ventana, contempla Berna en otoño, la estación más bella en la ciudad. Las hojas de los árboles son de un marrón rojizo brillante, hacen juego con los tejados de las casas, de modo que las copas de los árboles de toda la ciudad parecen estar suspendidas en el aire, a la espera de caer aleteando al suelo.

Pero lo que va a decir Mateo está completamente desprovisto de encanto.

—En un pueblo, no muy lejos del Val di Susa, donde vive mi familia —empieza a decir, y Alix se da cuenta, por el modo en que Chiara se tensa ante la mención de su familia, que él no le ha contado lo que sea que vaya a decir—, los nazis empezaron a incendiar casas. Dos de mis primos tenían armas antiguas de la Gran Guerra. Les dispararon a los alemanes para proteger sus hogares, pero ¿qué puede hacer una vieja pistola frente a una ametralladora?

Se vuelve para mirar a Alix y ella siente náuseas ante la idea de que lo está obligando a entregar pruebas de violencia extrema antes de darle ayuda.

—Esa noche, los nazis mataron a veintitrés personas que conozco, incluidos mis primos. Destruyeron quinientas casas. Rociaron con gasolina al cura de la parroquia y lo quemaron vivo. Lo que quiero —dice Matteo en voz baja, después de otro trago de Vermut— es que eso no vuelva a pasar.

—*Madonna mía* —suspira Chiara, y se echa sobre su hermano para abrazarlo.

Matteo abraza a su hermana y se queda mirando la belleza desgarradora de la ciudad libre, sin incendios, que se extiende detrás del cristal. Tiene la mandíbula apretada, pero la cabeza alta, a pesar de la fatiga y la desesperación.

No solo ha presenciado el horror, sino que lo trajo hasta allí y lo puso delante de Alix porque cree que ella tiene el poder de hacer algo. Es un poder que ella ruega a Dios poseer.

—La campaña de sabotaje que llevó a adelante la Resistencia francesa fue un gran disgusto para los alemanes —le dice Alix a Matteo un momento después, pensando en todo lo que había aprendido colaborando con Esmée durante los últimos meses—. Los nazis están usando las fábricas de los alrededores de Turín para hacer armas. Así que tienen que destruir los puentes y las vías ferroviarias que ellos usan para transporte. Yo podría conseguirles explosivos y armas. Pero —se dirige a la ventana y se para junto a Matteo— ellos podrían tomar represalias y seguir quemando casas. Y…

—Seguir matando personas —Matteo completa la frase que ella no ha podido terminar—. No tengo miedo. —Los ojos le brillan con un castaño rabioso.

"Eso es el coraje", se dice Alix, para poder recordarlo después, cuando le pida a Dulles el equipo que necesita Matteo. El impulso de prometerle todo es abrumador, pero no está en sus manos. Sin embargo, le da una visión esperanzadora, algo que ella cree que va a poder organizar.

—Puedo conseguir que los aliados envíen radios, municiones y hombres entrenados en tácticas de resistencia —le dice—. Ese es el camino para que tú y tus amigos os convirtáis en un ejército capaz de proteger los pueblos, hostigar a los nazis y prepararos para combatir junto a los aliados cuando lleguen al norte de Italia.

Matteo sonríe como si pudiera saborear el sueño del futuro en libertad que ella le está prometiendo. Pero hay cuestiones prácticas; eso es algo que Alix, también, aprendió de Esmée.

—Hasta que podamos enviar radios, necesitas alguna forma de comunicarte conmigo y con los partisanos de los otros valles —dice ella—. Los franceses tienen correos que circulan por todo el país. Pero vosotros estáis refugiados en las montañas, así que ¿cómo vais a hacerlo? —Esa parte es crucial. Ella sabe que el precio que va a pedir Washington por armas, radios y liderazgo va a ser información.

—Tenemos *staffette* —dice él—. Nuestras hermanas, madres, novias. Nos pasan mensajes y nos traen comida. Los nazis piensan que salen a hacer compras, no piensan que las mujeres sean una amenaza.

Mientras él habla, una idea toma forma en la mente de Alix. Es perfecta, y también egoísta.

—Chiara —le dice a su amiga—, nos hemos quedado sin Vermut y no hay servicio de habitaciones después de medianoche. Pero tú conoces al barman, ¿puedes pedirle más? Tengo la sensación de que vamos a estar aquí un buen rato.

Chiara asiente y sale de la habitación.

Matteo le sonríe a Alix con descaro. Tiene un solo hoyuelo en la mejilla derecha y una sonrisa que, a la vez, es magnética y tiene el encanto de tiempos antiguos.

—Bastaba con que le dijeras que querías estar a solas conmigo —dice él.

Alix se ríe.

—Hice que se fuera porque tengo una idea. Pero quiero estar segura de que no me vas a arrancar la cabeza de un mordisco. Me gusta tener la cabeza sobre los hombros.

—A mí también me gusta cómo te queda la cabeza sobre los hombros. Es una cabeza preciosa.

Ahora su sonrisa es afable y, tal vez, un poco triste, como si entendiera que hasta que no expulsen a los nazis de Italia, lo único que va a tener con las mujeres son coqueteos breves. Es imposible pensar en algo más si su vida es esconderse en chozas de montaña y en los graneros de los pastores, una vida en la que hacer volar puentes está a punto de convertirse en algo normal y las caminatas bajo la luna y las cenas románticas serán solo el material de las pesadillas, porque ¿quién sabe cuándo volverán a pasar?

Tal vez pronto. Si Alix lo hace todo bien. Se prepara para la furia de Matteo —Chiara le contó que todos los hombres de su familia tienen valores tradicionales— y dice:

—Chiara va a ser la *staffetta* perfecta para hacer de enlace entre tú y tus partisanos y yo. Solo hasta que te pueda conseguir una radio.

Eso significa poner en peligro a Chiara —va a tener que cruzar la frontera varias veces—, y volver a Italia le haría perder el visado suizo que consiguió en los años de entreguerras, pero Chiara haría el sacrificio con alegría.

Matteo frunce el ceño.

Alix añade con dulzura:

—Es decisión de Chiara. Pero quiero que estés de su lado. Va a tener que volver al Piamonte contigo y no quiero que la pierdas en la frontera para que no tenga otra opción que volver a Berna.

La risa de Matteo es cálida y envolvente, como el abrazo de terciopelo burdeos que envuelve el corazón de Alix. Entonces, la puerta se abre y aparece Chiara con vino en la mano.

Matteo coge la botella y la abre.

—Alix piensa que deberías volver conmigo a Italia. Para hacer de enlace entre ella y los partisanos. —Levanta su copa, a la espera de la respuesta de su hermana.

La sonrisa de Chiara es ancha y decidida.

—*Alla nostra.* —No solo brinda con su hermano, también le besa la mejilla.

Alix se pregunta si no se va a arrepentir de esto, y sospecha que, muy probablemente, sí.

—Es una puta broma, ¿no? —Como era de esperar, Dulles reacciona con escepticismo cuando Alix le dice que quiere financiar y equipar a una banda de partisanos italianos.

—No —responde ella—. El Comité de Control Aliado está en Bríndisi, en la otra punta de Italia. Los partisanos no pueden transmitir información a Bríndisi. Pero sí pueden hacer llegar todo eso y más a Suiza.

—¿Un italiano encantador cruza la frontera y tú crees que puedes organizar un circuito de la Resistencia? ¿Te ha besado? ¿O es que ha habido más? Debe de haber sido bueno.

La tentación de arrojarle a Dulles una de las licoreras de cristal es fuerte. Porque ahora la hace dudar de sí misma. Matteo sí había coqueteado con ella. Y lo hacía muy bien. Pero también había visto morir a veintitrés personas.

—Ese italiano encantador ha estado enviándonos información todo el año a través de sus cartas, información que usted consideró tan valiosa que me autorizó a enviarla a Washington —reacciona Alix, y espera que sus instintos sean acertados—. Él fue el primero que nos habló del CLN —agrega, refiriéndose al Comitato di Liberazione Nazionale, conformado por los principales grupos políticos opositores de Italia para combatir el fascismo y resistir a los nazis—. A través del italiano encantador, ahora tenemos contacto directo con el CLN. Y contacto directo con los partisanos que son independientes, no están coordinados y no tienen dirigentes. ¿Usted quiere tener alguna influencia sobre quien llegue al poder en Italia cuando expulsen a los alemanes? Esta es su oportunidad.

—Mi oportunidad. No te he oído decir nada de que yo estuviera involucrado. —Dulles se sirve un whisky.

Alix enciende un cigarrillo y se dirige hacia el mueble bar.

—¿Cómo haría usted para mandarme de vuelta a Washington si, de pronto, me volviera incompetente para codificar sus cables? —pregunta ella inocentemente.

La risa de él es un ladrido.

—No hay vuelta a Washington. Estamos rodeados de territorio enemigo. No tienes otra opción que hacer tu trabajo.

Ella coge un a licorera y llena una copa. Dulles tuerce la boca con disgusto. Él es el que sirve las bebidas, no ella.

—Entonces, estoy atrapada aquí mientras dure —dice, después de beber—. Podemos hacer que ese tiempo sea productivo y que yo siga encargándome de toda la codificación, de mandar los cables y la organización a cambio de que usted me autorice para llevar esto adelante; o puedo no hacer nada, salvo ser parte de la decoración. —Sonríe con su sonrisa más decorativa y se apoltrona en una silla.

—Por Dios, podría despedirla ahora mismo —estalla él, masticando su pipa como quisiera masticarla a ella.

—Podría —coincide ella—, pero usted sabe que no encontraría a nadie ni la mitad de eficiente para reemplazarme. Así que, usted decide. Está en sus manos.

Otra carcajada como un ladrido.

—No está en mis manos y lo sabes. Está bien, empieza a trabajar con Italia. Si lo estropeas, yo no sé nada y tú lo estabas haciendo sin mi autorización.

Ella levanta la copa.

—Y si tengo éxito, ¿lo estaba haciendo bajo sus órdenes?

—Exactamente.

CAPÍTULO 10

En el diminuto apartamento de Alix, que está sobre un restaurante italiano en el casco antiguo, frente a la Kornhausplatz, y da a la Fuente del Devorador de Niños —un telón de fondo macabro—, Alix somete a Matteo y Chiara a una sesión de entrenamiento intensivo. No puede llevar a Matteo a la oficina, porque él no tiene papeles y los funcionarios suizos que visitan a Dulles de vez en cuando detendrían a un partisano italiano sin papeles.

Empiezan por analizar la red de correos que van a necesitar para enviar mensajes y provisiones hasta que lleguen los paracaídas y que los colegas de la OSE en Bríndisi puedan instalar una radio. Alix nunca había tenido que organizar la entrega de provisiones por el aire; Esmée trata con los agentes británicos que cumplen servicio en Francia para todo eso, pero Alix no cree que sea difícil de coordinar. Obviamente, los partisanos necesitan radios y armas para ser eficaces.

—Vais a tener que volver a cruzar la frontera al menos una vez más, para poder informaros cuando esté funcionando la mitad de la línea en la frontera con Berna —le dice a Chiara— y para que vosotros también me informéis sobre vuestra propia mitad.

Es el turno de Matteo para suspirar.

—*Porca miseria*. Si algún día mi madre llega a descubrir

que permití que mi hermana fuera una *staffetta*, va a matarme con más crueldad que cualquier alemán.

—¿Ves? —le dice Chiara a Alix—. Sobreprotector.

—Veo que tu hermano te quiere.

El corazón de Alix se le encoge un poco de envidia. Qué bonito que alguien se preocupe así por una.

Busca la botella de Vermut, pero está vacía. Matteo le quita el vaso a su hermana y se lo da a Alix. Ella se dirige hacia la ventana, apoya la cadera contra el marco, la fuente, detrás de ella, oscurecida por la negrura, la trae de vuelta de los sentimientos a la practicidad.

—Hay dinero suficiente en ese sobre para pagar a todos los que reclutéis. —Señala un paquete sobre la mesa que Dulles le dio antes a regañadientes.

—Gracias, Alix. Aunque los cigarrillos y el whisky serán mejor incentivo que el dinero. Prometo no bebérmelo ni fumármelo todo yo solo. —Matteo sonríe y se le vuelve a formar el hoyuelo en la mejilla.

Alix se ríe.

—No voy a contarle a Dulles lo que has dicho, aunque sea una broma.

La sonrisa de él no desaparece.

—También necesitamos abrigos, especialmente para cruzar la frontera en invierno.

—¿De piel o de lana? —pregunta ella, también sonríe, antes de marcar el último elemento de su lista—. Tengo algunas granadas y pequeños explosivos para ti. Os enviaremos más por la red de correos cuando esté establecida y también mucho más por paracaídas.

—¿Sabes? —dice Matteo, mientras se estira en el sofá y apoya la cabeza en el apoyabrazos—, no tienes pinta de ser una persona que pueda pasar de hacer bromas sobre abrigos de lana a hablar de entregas de granadas. Pero, —se encoge de hombros— ¿quién tiene pinta de eso?

Desaparece la sonrisa y su expresión lo hace parecer más joven e inseguro que en cualquier otro momento de los últimos tres días. Se ha convertido, de pronto, en un joven vulnerable poco más de veinte años. Es tarea de Alix que lo olvide, aunque su vulnerabilidad lo vuelva humano y no un engranaje de la maquinaria de la guerra pagada y controlada por los estadounidenses y los nazis.

—Matteo... —Tiene que advertirle, pero ¿qué podría decirle ella, que vive en Suiza, sobre el peligro a un hombre cuyo hogar es un granero en medio de las montañas de un país ocupado?—. Necesitáis nombres en clave —dice en cambio, después de beber el último trago de Vermut—. No puedo usar vuestros nombres verdaderos en los cables y los mensajes. Elegidlos vosotros.

—¿Cuál es el tuyo? —pregunta Matteo.

Ella se sonroja.

—Bisous — se sonroja Alix.

—Entonces, yo voy a ser Bacio —dice él—. Los besos italianos son muy superiores. —Su mirada se posa en ella, burlona y también interesada.

Chiara protesta.

—Está comprometida —le dice a su hermano—. Con un estadounidense millonario.

—Espero que tu estadounidense millonario sepa lo afortunado que es —dice Matteo con dulzura.

Alix se gira y ve que fuera caen copos de nieve —precoces para la estación del año— de un blanco nupcial, que brillan en el aire como estrellas fugaces antes de derretirse y convertirse en nada. Matteo la conoce desde hace tres días, y para él, el coqueteo es un reflejo equivalente a la respiración, sin embargo, sus palabras la sacuden.

Ella es la afortunada. Eso es lo que siempre decía la señora Van der Meer, y Lillie también. Hasta el año pasado, Alix les creyó. Nadie hubiera pensado que Bobby estaba recibiendo una bendición equivalente; no, él estaba descendiendo para igualarse con Alix.

—¿Qué nombre vas a elegir? —le pregunta a Chiara mientras desaparece otro copo de nieve.

—Sorella —dice Chiara, mirando a su Matteo—. Hermana.

Chiara se queda dormida poco después de que Matteo se una a Alix junto a la ventana.

—Es nieve de la buena suerte —dice él, indicando el mundo lejano, cubierto de nieve—. Suficiente para tapar mis rastros, pero no para volverme más lento.

—Me alegra que la nieve sea una bendición para ti. —Ella no puede evitar sonreír ante su hoyuelo incontenible.

—¿Qué hay de ti, Alix St. Pierre? ¿Tú también me bendices? —El hoyuelo se hace más profundo.

—Sí. —La sonrisa se convierte en una carcajada. Matteo es todo energía desbocada por la perspectiva de volver a cruzar la frontera con Italia, algo que acobardaría a la mayoría. Entonces, la sonrisa de Alix se esfuma y la seriedad toma el control—. Anoche soñé con un cura en llamas. Sé que es ridículo, porque yo no estuve allí, pero… —Ahora su voz es apasionada—. Esto tiene que funcionar, Matteo. Este no puede ser el mundo en que vivimos.

Él le toca la mejilla rápidamente, ahora tiene los ojos oscuros como un café expreso.

—Cuando Chiara me dijo que había alguien en Berna que podía ayudarnos, casi tiro la carta a la basura. Si los aliados pierden tanto tiempo culpando a los italianos por ser la causa de nuestro propio desastre, es porque en realidad no quieren ayudar. Cuando lo hacen, es una ayuda a regañadientes para una nación de tontos. No somos tontos, Alix. Yo nunca apoyé a Mussolini. Tampoco nadie que yo conozca.

El hoyuelo ya no está, lo ha reemplazado el temple de un hombre que ha visto la muerte y que quiere proteger a su familia y que no tiene otras certezas, más que la guerra. Apoya la palma contra el cristal.

—Hay miles de hombres en las montañas que quieren luchar para salir de este lío. Lo único que necesitamos es alguien que confíe en nosotros. Y tú lo estás haciendo. Así que no pienso que este sea el mundo en que vivimos. Más allá de las fuerzas que tengan los alemanes, no tienen confianza. ¿Y eso no vale más que el fuego, y la violencia y la muerte?

Retira la mano del cristal y Alix se queda mirando la marca sutil que ha dejado el calor de su piel, quiere saber más de este hombre que, en tres días, se ha convertido en una parte importante de su vida.

—Cuéntame qué hacías antes de todo esto.

No debería preguntar; es mejor conservar la distancia con los informantes. Pero eso lo aprendió en Washington, cuando los informantes eran más una idea que hombres dispuestos a organizar una fuerza de combate con bandas dispares de muchachos del norte de Italia, a pesar del peligro personal.

—Estaba estudiando para ser médico. Vamos a necesitar médicos para los tiempos que vienen. —Se pone a su lado, están de espaldas a la nieve, los hombros pegados—. Yo también soñé con *madonnas* de pelo oscuro que me veneraban, pero veo —señala el pelo de Alix—, mi falta de imaginación.

Ella no puede evitar sonreír otra vez.

—Entonces, esta noche voy a soñar que, en un futuro no tan lejano, no tendrás que soñar con *madonnas* de pelo oscuro porque vas a tener la tuya de verdad, y también una pandilla de hijos, y serás médico, y todos hablarán del médico apuesto que luchó con valor en la guerra y que dedicó su vida a curar.

A él se le ve el brillo en los ojos, igual que, seguramente, a ella.

—Me gusta tu sueño —dice con suavidad—. Y tal vez te lo pida prestado de vez en cuando. Pero no pienses muy mal de mí si algunas veces la Madonna tiene el pelo rojo con reflejos dorados y una sonrisa hermosa.

Una vez que los hermanos Romano desaparecen en la frontera, Alix empieza a trabajar. Se pone un vestido que hace honor a su figura, guarda dinero en su bolso y se dirige al puesto fronterizo, cerca de Lugano, donde el paisaje hace que pasar a Italia sea más sencillo y donde el alambre de espino bajo el que Chiara va a tener que arrastrarse entra en el campo visual de los puestos de guardia.

—*Bonjour* y *ciao* —dice a los guardias, con una sonrisa luminosa, rodeando petacas de bebidas y tratando de adivinar qué guardias estarán más dispuestos, a cambio de dinero, a hacer la vista gorda si alguien levanta el alambre de espino.

Después toma el tren a Zermatt, que está cerca de la frontera y es donde viven algunas personas que conoce de la escuela y que, tal vez, puedan ayudarla a montar la red de correos para pasar mensajes entre Alix y los partisanos. Los hermanos Keller, que trabajaban en Le Manoir —uno como instructor de esquí y el otro como cuidador de caballos— procedían de un albergue para esquiadores en ese lugar. Se encuentra con que, ahora, es su hermana la que está a cargo del albergue, una ubicación casi perfecta, con una vista a la frontera italiana. El corazón de Alix se acelera con la esperanza de que la hermana de Keller sea tan buena persona como sus hermanos.

Lo es.

—¡Yo me acuerdo de usted! —exclama la mujer

Y Alix recuerda una versión más joven de ella —Nina, se llamaba—, de cuando iba a visitar a sus hermanos a la escuela. Alix le había dado una lista de los mejores clubes nocturnos para visitar en Ginebra, una experiencia de la que Nina regresó con una sonrisa radiante.

Nina prepara café y le habla a Alix sobre sus hermanos.

—Rafael maneja los trenes interurbanos entre Francia e Italia. —Gracias a esa noticia, ahora es Alix la de la sonrisa radiante.

Sabe que ha tenido una reacción exagerada para una noticia tan trivial, y que Nina lo ha notado.

—Recibimos a muy diversos visitantes en el albergue —continúa Nina, mientras sirve pastel y le pone un chorrito de brandy al café—. Empresarios alemanes. Italianos. Y Rafael ve a un montón de personas diferentes en los trenes. Siempre he dicho que la Delegación Estadounidense estaría fascinada con algunas de las cosas que escuchamos por aquí.

Es el pie para Alix y ella lo aprovecha. El maquinista de un tren que va a Italia es el comienzo ideal para su red de correos. Agradece a Dios, a quien nunca le había agradecido nada, que su amistad con todo tipo de personas, desde cuidadores de caballos hasta asistentas, haya dado semejantes frutos.

Porque cuando se encuentra a una sola persona dispuesta a ayudar, de pronto hay docenas. Nina tiene un primo que reparte comida en los mercados y que estará encantado de llevar mensajes. Su hijo tiene una tienda en Lugano y puede recibir allí cualquier cosa que llegue por la frontera. Todos esos primos y esos hijos y amigos se convierten en los recursos con los que cuenta Alix para poner a funcionar su red de correos.

Hasta Dulles está impresionado con el informe que le entrega ella y en el que detalla todo lo que le ha contado Matteo: la ubicación de los cuarteles nazis en el Piamonte y Milán; un panorama de la situación política en el norte de Italia; nombres de italianos influyentes que no apoyan a los nazis. Él lo lee hasta el final, el vaso de whisky que tiene a su lado queda casi intacto, su pipa también.

Entonces, se quita las gafas y dice:

—Necesitas dinero. Provisiones. Pero los británicos, que se creen los dueños del circo cuando se trata de paracaídas con equipamiento para las células de la Resistencia, no se van a dejar convencer tan fácilmente. Piensan que el norte de Italia es un semillero de comunistas y que colaborar con los partisanos va a llevar a Italia del fascismo al comunismo en menos de lo que se dice *ciao*. Pero pronto van a traer a Parri para negociar. Tendrías que venir.

Alix quiere gritar de alegría. Ferruccio Parri es el líder clandestino del Partido de la Acción en Italia, y el presidente del CLN. Con hombres de la talla de Parri reunidos con los aliados y hombres como Matteo trabajando con las bases, además de mujeres como Chiara y los informes de inteligencia como el que Alix acaba de escribir, van a convencer a los británicos fácilmente.

En la reunión, Parri recibe a Alix con una sonrisa que es imposible no devolver. Tiene unos cincuenta años, bigote cuidado y gafas tras las que se ven unos ojos brillantes. Posee el espíritu y el aire de alguien impulsado por principios y propósitos.

—Nuestro amigo Matteo me pidió que le dijese que ha recibido su mensaje —le dice Parri—. Cris Cross está funcionando.

La sonrisa de Alix se ensancha. Cris Cross es el nombre en clave para la red de correos. Ella mandó sus primeros mensajes a través de la red la semana pasada y ¡Matteo ya los había recibido!

Pero la sonrisa se le borra pronto. Parri suplica que le den equipos para su ejército partisano, pero John McCaffery, el equivalente de Dulles del lado británico, se atraganta con el café y dice:

—Lo único que quiero de los italianos son focos

guerrilleros en las zonas a las que no tenemos acceso. Ningún ejército partisano. De eso, ustedes son los únicos responsables.

"Las zonas a las que no tenemos acceso". Como si fuera un pedacito de tierra, nada más. Como si los aliados controlaran la mayor parte de Italia, lo que es una mentira más gorda que un dirigible.

Los aliados están bloqueados muy al sur de Roma. Son los nazis quienes ocupan el país. Pero los británicos no están dispuestos a negociar con un hombre que podría ayudarles a controlar el norte con un ejército de partisanos. Alix no tiene personal en Suiza, así que no puede simplemente buscar un piloto y cargar un avión con suministros. Sus colegas de la OSE en el sur de Italia disponen de efectivos, pero ahora no son autónomos: como le advirtió Dulles, los británicos tienen el papel principal en el trato con los grupos partisanos.

Es un atolladero político, pero están quemando a los curas. Y les prometió a Chiara y Matteo que les lanzarían en paracaídas radios, explosivos, armas y más cosas. Ella se lo prometió.

—Un grupo de partisanos —le interrumpe —voló el puente de Arnodera la semana pasada. Para hacerlo, tuvieron que robar tres mil kilos de explosivos de la fábrica Nobel y utilizaron mulas para llevarlos hasta la base del puente. Cuando el camino se terminó, los hombres avanzaron sobre el hielo, cada uno con cuarenta kilos de explosivos a la espalda. El puente fue una vez la ruta principal de entrada y salida de Turín. Ahora los nazis no pueden transportar los suministros que necesitan para contener a los aliados. Incluso los alemanes dijeron que el sabotaje había sido una obra de arte. ¿Se imagina cuántas obras maestras podría hacer la Resistencia si los partisanos estuvieran adecuadamente armados con equipos que les hicieran llegar paracaidistas?

—¿Quién es? —le bufa McCaffery a Dulles—. Mantén a tus secretarias calladas.

Dulles golpea su pipa sobre el escritorio con una especie de enfado silencioso que podría dirigirse tanto a Alix como a McCaffery.

—Es la mujer que escribió el muy elogiado informe sobre Italia que llegó a la mesa de Roosevelt hace quince días.

—No me importa si Roosevelt ha empapelado la Casa Blanca con su informe —dice McCaffery mirando a Alix con el ceño fruncido—. No voy a enviar suministros a un ejército partisano que bien podría convertirse en la próxima Rusia y finalmente atacarnos.

Así que van a dejar a los partisanos de Matteo casi indefensos frente a los alemanes, que, en represalia por el sabotaje al puente, localizarán sus escondites en la montaña y van a barrerlos armados con un solo tanque. Y Matteo va a pensar que Alix es una mentirosa que no puede cumplir nada de lo que le prometió.

Para aplacar su furia, Alix arrastra a Mary al bar del Bellevue, lo que, tal vez, sea una mala elección —pedirle a la amante de Dulles que se apiade de ella por algo que Dulles no defendió como hubiera debido—, pero no están allí ni Lillie ni Bobby para beber con ellos, y Esmée no ha conseguido un *Ausweis* en meses. Tal vez, una mujer con la experiencia del mundo que tiene Mary sea lo que necesita Alix.

Mary se reclina lánguidamente en una silla.

—¿Va a ser una conversación para beber algo fuerte?

Alix asiente.

—Dos whiskies, por favor —le dice Mary al camarero.

¿Qué haría Mary si fuera Alix? Alix no tiene ni idea porque, comparada con Mary, es una ingenua. Alix nunca ha estado casada, ni ha tenido hijos, ni aventuras; solo se ha acostado con un hombre, una sola vez.

—¿Todo se reduce a poder o seducción? —le pregunta a Mary ahora—. ¿Eso es lo que tratabas de decirme la primera vez que estuvimos aquí? Incluso si pudiera tolerarlo, no creo que dormir con McCaffery me ayude a mí ni a los italianos.

—El mes pasado, Hans me pidió que viajara con él un fin de semana —dice Mary, refiriéndose al agente del Abwehr cuyas confidencias todavía está recopilando—. Dije que no podía; me pareció una deslealtad hacia Allen.

No menciona a su marido, por el que, tal vez, no sienta ningún tipo de lealtad.

—Cuando se lo conté a Allen se enfadó no con Hans, por querer llevarme con él un fin de semana, sino conmigo por haber perdido una oportunidad para conseguir información. —Busca su vaso de whisky. El tono es trivial y, tal vez, eso es peor que lo que está diciendo: que Allen está dispuesto a compartir a Mary a cambio de información.

¿Qué estaría dispuesto a hacer con Alix para obtener el mismo resultado? Acostarse con ella, desde luego que no. Pero ¿usarla? Examina a Mary, una mujer que no es su amiga, ni su conciencia, ni su futuro…, o al menos eso espera. ¿Qué es Mary, entonces? ¿Una advertencia para Alix?

—Yo… —No termina la frase. ¿Qué consejo podría darle una inocente a Mary?

—¿Sabes? —dice Mary, con una sonrisa tenue—. Tú eres una de las personas más reservadas, o tal vez más cuidadosas, que conozco. Allen me dijo una vez que si uno comparte una sola cuestión personal con alguien, y esa persona está de tu parte, también va a compartir algo contigo. Esa es la forma de saber si tienes un aliado de verdad o no.

Alix repasa todas sus conversaciones. Le ha contado a Mary que creció en Los Ángeles y que está comprometida, pero muy poco más. Y Mary le ha contado que Dulles es feliz haciéndole daño, y que, a pesar de eso, se acuesta con él.

—Tengo miedo de fallarles a los partisanos —dice mirándose las manos—. Que yo sea su derrota y no su salvación. Ellos depositaron su confianza en mí y yo…

Alix está buscando palabras y Mary la está mirando con… ¿qué? ¿Impaciencia? Desearía no haber dicho nada.

—¿No es curioso —dice Mary— que nuestro trabajo dependa de ganarnos la confianza de la gente? Y, sin embargo, las personas para las que trabajamos…

"No son de fiar". Tal vez, esa sea la verdad que Mary ha estado tratando de revelarle. Esa mirada presupone que la vida siempre va a doler.

Alix bebe un trago demasiado largo de whisky. Le arde la garganta y le lagrimean los ojos. ¿Eso significa que se equivocó al confiar en Matteo y Chiara? ¿Por quién van a pelear cuando llegue el final? Y ella, ¿por quién lo hará? Una cosa es cierta, no va a pelear por una vida como la de Mary, una vida que, probablemente, Mary no merezca.

—Es difícil de creer, a los veinte años, que tu vida se va a convertir en esto —continúa Mary, con la voz más suave que le haya oído Alix; melancólica, los ojos fijos en los de ella, que ahora están húmedos no solo por el fuego del whisky—. De pronto, tienes cuarenta y tantos años y ya es demasiado tarde para hacer nada.

Mary termina su whisky y deja a Alix con sus pensamientos.

Alix vuelve a la oficina poco después. Ha estado esperando que les entregaran radios y mejores armas a los partisanos antes de que intentaran cruzar la frontera italiana con los prisioneros de guerra aliados. Pero, tal vez, esos prisioneros de guerra sean la moneda de cambio que necesita para negociar. El consejo de Mary —parecerse más a Dulles y menos a sí misma— es doloroso, pero con seguridad, cierto.

Su plan tiene dos partes y los prisioneros de guerra son la segunda. La primera es un cable que redacta ella misma.

Cuando termina, llama a la puerta de las habitaciones privadas de Dulles, donde ahora Mary está acurrucada en una silla y Dulles se está riendo. Alix le hace un gesto a Mary y ella se va al tocador.

Entonces, le muestra a Dulles el cable que ha escrito para la estación de la OSE en Bríndisi: ADEMÁS DEL ACUERDO CON MCCAFFERY SOBRE LA FUNCIÓN DE LOS PARTISANOS COMO SABOTEADORES, NECESITAMOS UN AGENTE, PROVISIONES Y UN OPERADOR DE RADIO EN PIAMONTE URGENTE. BISOUS.

Todo lo que dice en el cable es cierto. McCaffery sí estuvo de acuerdo con que los partisanos cumplieran la función de saboteadores. Tal vez, ella haya juntado los hechos para dar a entender que McCaffery aprobó las entregas con paracaídas, pero es una cuestión de la interpretación, no en las palabras que ella ha escrito. Para cuando todos se den cuenta de que ha mentido, con suerte habrá rescatado algunos prisioneros de guerra para ofrecer como prueba de la valía de los partisanos.

Dulles la examina, con la pipa en una mano, la copa en otra, las mejillas rosadas por el calor y la comida y el vino y Mary.

—¿Por qué complicarse tanto? —pregunta—. ¿Por qué no dedicarse al resto del trabajo? Hay mucho que hacer. —Se encoge de hombros y dice, como si la conociera—: Me parece que a los dos nos gusta andar por el borde del precipicio.

En parte, es cierto. Dulles envía largos cables sobre guerra psicológica y política y cuestiones que, casi con seguridad, están fuera de su jurisdicción y hieren algunas sensibilidades en Washington. Pero mientras su camino de hombre nacido en el mismo círculo que aquellos que administran el país de vez en cuando lo lleva al borde del precipicio, porque le gusta dar opiniones que nadie ha pedido, el de Alix todavía se está abriendo desde el fondo del valle.

—Voy a tomar eso como una autorización —es todo lo que dice ella.

Después espera, nerviosa, que el cable haga su trabajo, que se organice el aprovisionamiento por aire y que McCaffery lo descubra y llame a Dulles, furioso con su secretaria mentirosa, a la que querrá ver despedida como mínimo.

CAPÍTULO 11

Mientras espera, Alix pone en marcha la segunda parte de su plan, la parte que va a salvarla… si funciona. Envía una tanda de paquetes a Chiara vía Cris Cross con documentos de identidad falsos para los prisioneros de guerra aliados, instrucciones sobre cómo seleccionar a alguien para que los acompañe sin tener que hablar con ninguna patrulla alemana y también información sobre el mejor lugar para cruzar la frontera. Se asegura de que sus correos suizos no solo puedan transportar mensajes a Berna, sino también seres humanos.

Pronto, llega un cable de la OSE de Bríndisi anunciando que han organizado una entrega aérea de equipos para sabotaje, municiones, un operador de radio y una radio para el mes siguiente. Siente que se le encoge el estómago, se pregunta si llegarán volar y a completar la misión antes de que McCaffery descubra lo que ha hecho.

Marzo de 1944 está casi terminado cuando recibe el mensaje que estuvo esperando de Cris Cross. Está a punto mostrárselo a Dulles cuando la puerta de Herrengasse, 23 se abre de golpe y aparece McCaffery, con la cara roja y enfurecido. Avanza hacia Alix, sigue caminando aunque lo tiene justo frente a ella, así que no le queda otra opción que retroceder hasta la pared.

—Mentirosa de mierda —grita él, con la cara a dos centímetros de la suya—. Yo no autoricé ninguna entrega aérea. Te sometería a un consejo de guerra si fueras una militar de verdad.

Le suelta la siguiente frase a Dulles.

—¿Sabe lo que ha hecho?

Y Alix recuerda lo que le dijo Dulles: "Si lo estropeas, yo no sé nada y tú lo estabas haciendo sin mi autorización".

Él no la va a salvar. Va a tener que salvarse sola, si puede.

Dulles enciende la pipa. Se toma su tiempo y McCaffery no puede soportarlo.

—Joder, ¿necesita que la despida yo por usted?

En ese momento, Alix lo oye: el sonido de la puerta trasera que se abre, la que los protege de las miradas de la calle. La puerta que deja entrar secretos.

Da un paso hacia delante, aunque signifique que su cuerpo choque con el de McCaffery, y él levanta la mano como si fuera a empujarla contra la pared otra vez.

—Es esa entrega especial de la que le hablé —le dice Alix a Dulles, sintiendo una felicidad ridícula porque la agresión física y verbal de McCaffery la hicieron odiarlo, y ese odio hace que no le tiemble la voz ante su amenaza.

"Sígame el juego, Dulles", piensa ella desesperada. Necesita solamente cinco minutos más. Y si deja que Dulles comparta lo que ella espera sea la llegada de una victoria, habría una pequeña posibilidad de que no la despida.

Su esperanza es tan ridícula como el deseo de un niño de que Papá Noel sea real.

De hecho, Dulles no le dice a McCaffery que se aparte a un lado. Sigue encendiendo la pipa, aspirando humo, para bombearlo como un dragón y dice:

—Bien. —Mira a McCaffery, no a Alix.

Entonces, se abre la puerta de la oficina y Alix los ve. Uno, dos, tres, más. Tal vez veinte. Incluso treinta.

—¿Quiénes mierdas son estos? —exige saber McCaffery.

—Prisioneros de guerra británicos —dice Alix tratando de parecer tranquila, pero el triunfo resuena, quizás demasiado pedante, en todas las vocales—. Han salido del norte de Italia clandestinamente, con la ayuda de los partisanos que usted se negó a...

"Se negó a ayudar", es lo que quiere decir.

Dulles la interrumpe y probablemente sea lo mejor.

—¿Quiere a esos treinta soldados y a todos los que están esperando volver de Italia? —le pregunta a McCaffery con tranquilidad—. Yo no tengo tiempo para todo. Parece que ella puede ser útil. —Señala a Alix.

En lo que a cumplidos respecta, este es el más tibio que ha recibido en su vida. Pero está tan contenta de que no vayan a despedirla, de tener esta prueba de que Matteo y Chiara pueden hacer cosas, incluso con el mínimo de ayuda, que no le importa.

—Los estadounidenses preferimos tener un poquito más de espacio personal de lo que, obviamente, necesitan los británicos —dice Alix con mucha seriedad, y McCaffery, por fin, se aparta a un lado.

Ella siente que los hombros se relajan, que la mandíbula se le afloja.

—Si vuelve a mandar un cable con órdenes que yo no haya autorizado... —empieza McCaffery.

—Te voy a despedir —termina Dulles.

Le indican a Alix que salga de la habitación para organizar casas seguras para los prisioneros de guerra. Los suizos querrán ubicarlos en campos de internamiento hasta que termine la guerra si los descubren, pero McCaffery quiere llevarlos clandestinamente a Gran Bretaña. Alix le lanza una mirada a Dulles porque espera que transmita el precio que pide por su colaboración: entregas aéreas para los partisanos.

Alix consigue sus entregas aéreas. Bueno, consigue que las programen. Tiene la estúpida creencia de que con eso basta, y entonces no solo invita a Mary a unas copas, sino también a una comida para celebrarlo. No se lo agradece a Dulles, que encendió su pipa en vez de pedirle a un hombre que no la acorralara contra una pared. Él espera agradecimientos, pero cuando no los recibe, está de mal humor durante varios días.

Pero su entusiasmo por las entregas es prematuro. Sus colegas de la OSE de Bríndisi dependen de los aviones británicos. O bien los pilotos son incompetentes, o no tienen suerte, o McCaffery les ordenó que no se esforzaran demasiado. La primera entrega se cancela por mal tiempo. La segunda, pasa de largo el área por muchos kilómetros y vuelve a la base. La tercera vez, hay un problema con los motores. Así que tienen que esperar hasta el mes siguiente porque hay luna menguante y los pilotos no pueden ver la zona de entrega. Sin un maldito operador de radio en tierra, Alix solo puede seguir mandando mensajes por la red de correos y todo se hace mucho más lento de lo que su impaciencia puede tolerar.

El mes siguiente, junio de 1944, su impaciencia aumenta cuando llegan noticias increíbles. Se ha roto la Línea Gustav y los aliados han liberado Roma. Pero Roma está a más de seiscientos kilómetros de Matteo y Chiara, demasiado lejos para tener algún impacto en su propia lucha por la supervivencia en el norte. Y los alemanes se indignarán por la victoria aliada, y aún más, se desespera ella, cuando dos días después, los aliados también invadan Francia. ¿Qué van a hacerles los encolerizados nazis a los partisanos que se están convirtiendo en una espada más que en una espina clavada?

Vuelve a ocuparse personalmente del tema; empieza por enviar un cable al Cuartel General de las Fuerzas Aliadas, que ahora tiene su base en Caserta, en el sur de Italia, y hace algo que no había hecho nunca antes: dirige el cable específicamente a Shirley Temple, con la esperanza de que no sea Lillie quien lo reciba y que quien lo haga grite el nombre de Shirley, para que su amiga se dé cuenta de que Alix necesita ayuda. Le pide que averigüe quién es el responsable de la OSE de Bríndisi para mandarle cables directamente, en vez de hacerlo a personas anónimas que no tienen ninguna autoridad sobre lo que ella necesita.

Espera un día y nada. Pasa otro día esperando, así que vuelve a mandar un cable.

SHIRLEY TEMPLE, NECESITO ESA INFORMACIÓN. URGENTE. BISOUS.

Recibe una respuesta casi de inmediato.

PERDÓN. QUISE RESPONDER AYER, ¡PERO ME DISTRAJERON GRANDES NOTICIAS! EL TERCER VÉRTICE DEL TRIÁNGULO ESTÁ EN ITALIA. PASÓ POR CASERTA DE CAMINO A SU PUESTO. ÉL TAMBIÉN ES UN OFICINA SUPERESPONTÁNEA. TU CONTACTO EN BRÍNDISI ES LEONE.

El tercer vértice del triángulo, Bobby.

Los dedos de Alix vuelan. No puede creer que, por segunda vez, Lillie sea tan indiscreta. Y no hay excusas para olvidarse de responder.

BASTA DE INFORMACIÓN SECRETA, escribe. Y NO VUELVAS A OLVIDARTE DE MANDAR CABLES. HAY VIDAS QUE DEPENDEN DE ESO. BISOUS.

Alix descarga con Leone el enfado que tiene con Lillie haciendo una mueca. ¿Qué clase de hombre elige el nombre del rey de la selva?

Escribe el cable como lo haría un hombre, con palabrotas adornando todas las frases, exigiendo que ponga su mierda en orden y envíe un transmisor inalámbrico, un operador de radio y algunas putas provisiones. Anexa al cable un informe con las últimas informaciones que le entregaron Matteo y Chiara sobre el movimiento de las tropas nazis en el norte.

Leone responde casi inmediatamente diciendo que lo mejor que puede hacer es conseguir que envíen un agente británico, pero si Bisous puede mandarle información más detallada, tal vez Bisous consiga lo que quiere. Leone piensa que ella es un hombre, por supuesto. Su cable termina con: YO TAMBIÉN QUIERO MÁS HOMBRES EN EL NORTE DE ITALIA. ASÍ QUE DAME LO QUE QUIERO Y HARÉ QUE SUCEDA. ¿Y QUIÉN COJONES SE HACE LLAMAR BISOUS?

"Información más detallada". ¿Cómo hacerlo sin un operador de radio en el territorio? Mientras le está dando vueltas al asunto, Leone demuestra que cumple lo que promete y un par de semanas después oye, vía Cris Cross, que ha llegado un agente. Es un comienzo, una pequeña victoria. Pero como a toda pequeña victoria, la sigue una derrota colosal. El mes siguiente, llega a Herrengasse un solo prisionero de guerra aliado, lo pasó por la frontera el hombre al que ella le había pagado para vigilar. Tiene la cara gris.

—Los nazis nos descubrieron —le dice el prisionero de guerra—. Le dispararon al guía. Yo escapé por poco. Pero ahora, nadie puede usar esa ruta para cruzar la frontera. La han volado.

También le pasa una nota en clave. Es la caligrafía de Chiara. "Medidas enérgicas contra los partisanos anunciadas por Wolff".

El insulto de Alix es explícito.

—Los nazis que nos interceptaron estaban regodeándose —concluye el prisionero de guerra—. Dijeron que habían atrapado al mando militar partisano completo.

"No". Después de haber hecho cruzar la frontera con éxito a casi doscientos prisioneros de guerra, hicieron volar su ruta. Le dispararon al guía. Karl Wolff, *Obergruppenführer* y general de la SS, comandante militar para todo el norte de Italia, está cazando partisanos. Y ya ha atrapado a casi todo el mando militar. Ahora nunca conseguirá información más detallada.

Alix toma el tren a Zermatt. La alternativa para Chiara y Matteo siempre fue que, si llegaban a destruir la ruta de Lugano, la ruta a la hostería de Nina sería el plan b. Y sabe que, si han arrestado al mando militar partisano, Chiara ya estará en camino de cruzar la frontera.

¿Qué va a decirle a Alix? "Confiamos en ti. Nos has defraudado".

Alix saluda rápidamente a Nina y luego, con unos prismáticos en la mano, se instala en el cobertizo, desde donde se ve la frontera. La segunda noche, aparece una silueta detrás del alambre de espino. Alix cruza la puerta y corre hacia ella de inmediato.

Cuando se acerca, ve que es Matteo, no Chiara. Se detiene en seco. Los partisanos deben de estar furiosos si han enviado a Matteo.

Pero él se precipita en un abrazo.

—¿Puedo besarte? —murmura, y ella quiere decir "sí", porque las manos de él la cogen como si ella fuera valiosa. Las manos de Bobby siempre la tocaron distraídamente, no como si ella fuera una necesidad.

Logra sonreír por primera vez en dos días y menea la cabeza.

—No puedo.

—Pero ¿tú quieres?

Ella asiente, todavía sonríe.

—Con eso me basta —dice él.

Ella lo conduce al cobertizo y a la manta que está en el suelo, donde hay una petaca con licor, un termo con café y un plato con pan, salami y queso. La luz de la lámpara de queroseno es tenue, pero hasta en la penumbra, ella ve que el hoyuelo de Matteo ya no está, se ha perdido en la mandíbula rígida y en las mejillas hundidas. También está más delgado, aunque más musculoso, como si el cuerpo hubiera estado sometido a una exigencia constante por huir de los nazis.

Quisiera haberle permitido que la besara.

—Come —le dice ella—. Y bebe, lo que más te apetezca: Vermut o café.

Matteo se sienta en la manta, junto a Alix, inclina la cabeza y la apoya en la de ella.

—Trato de seguir pensando en las victorias, Alix: la invasión a Francia, la liberación de Roma —dice, cansado—. Pero ayer por la mañana, los nazis asesinaron a todo el mando militar del Piamonte. Perdimos a muchos hombres. Los médicos no pueden curar a los muertos. —Apoya un codo sobre la rodilla y se frota la cara con la mano.

Ella le aferra la otra mano y la aprieta. Es lo único que puede ofrecer, y es tan poco.

Él coge la petaca de Vermut. Cuando vuelve a hablar, lo hace en voz baja, y en ella, todavía arde la rabia.

—Los aliados tardaron casi un año llegar a Roma. A este ritmo, van a llegar al norte en 1950. Mientras tanto, están bombardeando toda Italia; Milán está en ruinas, Alix. La entrega de provisiones llegó hace dos días, pero no teníamos transmisor inalámbrico y el agente que enviaron el mes pasado para enseñarnos a pelear es *un cazzone*, nadie entiende su supuesto italiano.

Los dedos de Alix se ciñen con más fuerza alrededor de los de Matteo. Quiere irrumpir en el Cuartel General de las Fuerzas Aliadas de Caserta y gritar: "Así es como perdéis a un grupo de hombres. Solo hacía falta una entrega para darles esperanzas".

—¿Qué puedes darme? —pregunta él—. Soy miembro del nuevo mando militar y necesito provisiones para mis hombres.

Ella señala un bolso patético junto a la puerta.

—Lo único que tengo son más granadas, dinero, cigarrillos, documentos de identidad. Pero dame una semana y lo conseguiré todo. Todo —repite la palabra como una plegaria que necesita que escuchen los dioses de Caserta—. Voy a encender un fuego bajo el cuartel general que no va a dejar de arder hasta que tengas lo que necesitas.

—*Grazie* —dice, pero ella oye dudas en su voz.

Él le aprieta mano y se pone de pie, se echa la pesada mochila sobre los hombros y se prepara para enfrentarse a los peligros del regreso a la Italia ocupada, llevando solo la promesa vacía de Alix. Ella lo ve caminar, resignado, hacia las bobinas de alambre de espino.

Y ella sabe qué tiene que hacer.

El único modo de conseguir la información que necesita para enviársela a Leone es ir a buscarla ella misma.

—¡Espera! —grita—. Voy contigo. —Echa la comida dentro de su mochila—. Si veo por qué estoy luchando exactamente, voy a luchar mejor.

—No… —Pero Matteo ve la expresión de Alix y esboza su primera sonrisa.

Alrededor de sesenta kilómetros los separan del Val d'Aosta, un recorrido difícil que les va a llevar toda la noche y la mayor parte del día siguiente. Durante varias horas, caminan casi sin hablar. Hay un silencio inquietante en esa tierra de nadie que están atravesando. Alix está acostumbrada a las montañas cuando están cubiertas de nieve y vuela sobre los esquís y todo es vigor y falta de aire y blancura mágica. A mediados del verano, las montañas son más hermosas incluso, se alzan taciturnas sobre ella y forman una pared de roca protectora dentro de cuyos límites los únicos sonidos que se oyen son sus pasos y los de Matteo, sus exhalaciones, el roce de las pestañas al parpadear.

Los abetos se presentan frente a ella desvestidos, sin su

manto de nieve. Y a su modo, Matteo lo hace también, cogiéndole la mano cuando el camino lo permite, enlazando los dedos con los de ella y, a veces, acariciándole la piel con el pulgar. Los pastos de las montañas están moteados con flores que suben y bajan las cabezas coloridas, y los conejos y las águilas les siguen los pasos. En el aire hay olor a trufas y tierra. Cada vez que su mirada se encuentra con la de Matteo, él sonríe y ella siente que el corazón es una de las gencianas alpinas que aparecen en el camino, saturado no con colores ni amor ni romance, sino con una afinidad más profunda y rica. Y sabe que él está contento de que lo acompañe, que necesita mostrarle por qué está luchando.

Es estúpido, ingenuo y peligroso, pero tiene claro, cuando su mirada se vuelve a cruzar con la de Matteo, que es necesario. Si consigue volver a Suiza sana y salva, Dulles va a matarla. Pero ella está preparada para hacer ese sacrificio por todas las personas del norte de Italia, que sacrifican mucho más todos y cada uno de los días de su vida.

Espera estar preparada para lo que sea que encuentre cuando llegue a Italia.

PARTE TRES

París, 1947

Era la encarnación de la mujer, con su coquetería des-
vergonzada y su ignorancia indiferente del revuelo que
provocaba; sensual, sensacional, chic hasta el delirio y,
sobre todo, con una seguridad de sí misma insuperable.
Esa era la imagen largamente esperada del París rena-
cido, un cóctel explosivo, una fantasía extraordinaria.

Marie-France Pochna, *Christian Dior: The Biography*

CAPÍTULO 12

EN EL ESTUDIO ABARROTADO DE LA MAISON CHRISTIAN Dior, el 11 de febrero —un día antes del desfile—, una modelo estaba de pie con una prueba más que con un vestido terminando. Monsieur Dior arrugaba el ceño a su lado. Madame Carré salía corriendo, como un cuervo, y volvía con un tesoro de alfileres, hilo y jaboncillo. Madame Raymonde escarbaba entre los rollos de tela para encontrar el que, de algún modo, sabía que estaba enterrado en el medio. Jeannine —o Boutonnette, como la llamaban todos— estaba cerca de la pared sosteniendo bandejas de botones, a la espera de que la convocaran para elegir los botones planos, de vástago, alargados; nacarados, de cristal tallado o dorados.

Alix intentaba desesperadamente no caminar de aquí para allá, trataba de descargar su energía nerviosa en fumar y comer los caramelos de menta y los dulces que estaban repartidos en platos por el salón. Era imposible que todo estuviera listo. Ni siquiera había podido mandar a imprimir los programas porque los vestidos como este casi ni estaban empezados, mucho menos terminados.

Se probaron treinta o más rollos diferentes de lana negra sobre Margaux Jourdan, la modelo que, a pesar de su innegable belleza, tenía cicatrices en los ojos, y Alix se dio cuenta de que su guerra también había sido de las malas. En ese momento, estaba inmóvil como una estatua, con la vista fija por encima del alboroto, en el centro de un proceso que Alix había presenciado doscientas veces en las dos semanas anteriores: telas arrugadas y estiradas, todas idénticas en el rollo, pero cuando se desplegaban y se colocaban de una manera o de otra, aparecían las sutiles diferencias. Una era más flexible, otra lujosamente pesada, la última era del negro mate más oscuro posible, una noche sin estrellas.

No se dio cuenta de que había hablado en voz alta hasta que Dior apuntó su batuta hacia ella.

—*Répétez, s'il vous plaît* —dijo.

—Una noche sin estrellas —repitió con cautela, cuando madame Bricard, que siempre llegaba tarde a todo, pero justo en el momento en que se la necesitaba, entraba al estudio.

Asintió mirando a Alix y dijo:

—*Exactement*. Así vamos a llamarla en el programa.

Eso era, precisamente, lo que Alix quería oír. Algo concluyente. Se estaban quedando sin tiempo y ella sabía que no había posibilidades de que alguien volviera a casa esa noche.

—¿Y este? —Con el brazo lleno de pulseras, madame Bricard indicó un rollo de color rosa pálido que habían elegido para el vestido anterior.

Alix suspiró, porque era todo inocencia e infancia.

—Rosa suspiro.

La casi sonrisa de Dior empezó a rondarle la boca.

—*Continuez* —dijo, dando golpecitos a la pared de telas con su batuta.

Toda la atención de la habitación se concentró en ella —hasta la de la modelo que antes estaba distraída—, y Alix supo que, si quería terminar de redimirse por su despido ante los ojos de cada *petite main* y *arpette*, ante cada sastre y *première*, y sobre todo, ante los ojos de las tres madres, iba a tener que hacer lo que alguna vez había hecho con Carmel Snow: "Atraer la atención de todos y darles lo que quieren".

Miró el satén de seda y vio el cielo de París que había abrazado cuando tenía solo dieciocho años.

—Rosa boreal —dijo. Otro rosa, en satén duquesa inyectado con plata. Lo bautizó Rose Rêveur porque era una luna al amanecer y una joven amante loca de amor.

—Gris alba —continuó, señalando un anhelante largo de chifón—. Y café de la mañana —terminó, sonriendo frente a un rollo de lana marrón intenso.

Le patron se rio, igual que madame Bricard, cuyo ronco entusiasmo ahogó el más silencioso, pero no menos extraordinario, entusiasmo de Dior. Y Alix sintió que el cansancio desaparecía de la habitación y que ella volvía a ser un pliegue más en el paño de la Maison Christian Dior.

Entonces, madame Bricard se volvió a Margaux Jourdan, todavía envuelta en terciopelo de seda.

—Horrible —exclamó.

Se quitó del medio al rollo ofensivo.

—Pruébelo en rojo —dijo madame Bricard.

Madame Carré derramó una cascada de lana tejida roja sobre Margaux. Las tres madres, Dior y Alix sonrieron a la vez y dijeron.

—¡Un éxito!

El éxito era un vestido con buen corte, color rojo brillante, que hizo sonreír a una habitación llena de mujeres.

El personal, que pudo volver a casa para descansar una o dos horas, volvió a la avenue Montagne, 30. Los obreros todavía estaban alfombrando el gran salón. En el resto del edificio, golpeaban los martillos para acelerar la construcción antes de que las costuras de la casa se pusieran a prueba con la presión de cientos de invitados. Había temperaturas bajo cero fuera y los periódicos acababan de anunciar que las raciones de pan se iban a reducir de trescientos cincuenta gramos a solo doscientos por día, y que el carbón era más escaso que el oro. Alix ignoró todo eso, observando los milagros que se habían forjado dentro de la *maison* la noche anterior mientras ella corría por toda la ciudad para imprimir programas y comunicados de prensa.

La caja de zapatos que ella dudó que, en algún momento, llegara a convertirse en boutique, ahora era el local en miniatura más encantador, las paredes estaban tapizadas con *toile de Jouy*, con rizos gris azulados y blancos. Había cajas de sombreros con la inscripción "Maison Christian Dior" apiladas ingeniosamente sobre los armarios y en los que, de otro modo, hubieran sido rincones muertos, por lo que la vista saltaba de un deleite a otro. Catherine, la hermana de Christian, había dispuesto floreros con flores azules y lirios blancos, sus pétalos se plegaban y se ondulaban como las telas plisadas que pronto iban a inundar el salón.

En la *cabine*, las modelos vestidas con batas blancas y en ropa interior tenían aspecto de estar, al mismo tiempo, muertas de miedo, hambrientas, aburridas y exhaustas mientras las maquillaban y las arreglaban. Varias de ellas bebían de botellitas en miniatura de brandy en esa habitación hecha para doce, y que ahora albergaba a treinta personas, y también sombrillas, sombreros, zapatos y una multitud de nervios.

Dos asistentes seguían a Alix por el gran salón mientras ella iba dejando una tarjeta numerada en cada silla. Le dio un toque final al sofá *Vogue* y también lo hizo con el de Carmel.

Faltando media hora, encontró a monsieur Dior en el estudio con los ojos cerrados y las manos sobre las orejas, tratando de bloquear el barullo.

—Su alma y su corazón están a punto de presentarse al mundo —le dijo ella.

—Y el mundo va a juzgarme por eso —contestó él.

—Afortunadamente, su corazón y su alma son los mejores que he conocido.

Él le besó las mejillas, después la apretó entre sus brazos durante un rato largo y absolutamente sentimental. Había hecho lo mismo dos semanas atrás, cuando Rita Hayworth lució el Soirée para el estreno de su película y, durante días, el periodismo de moda no pudo nombrar a otro modisto que no fuera Dior.

Alix había rechazado todas las peticiones de entrevistas a Dior, y no había publicado ni un solo comunicado de prensa sobre el vestido de Rita, simplemente había comentado, en una nota con Carmel Snow, que Christian adoraba el negro para sus vestidos de noche —una elección insólita en estos tiempos pos-Chanel— y que el Soirée era el ejemplo más desenfadado de la nueva línea de Christian, los otros vestidos serían las sensuales hermanas menores del Soirée. Al día siguiente, cuando Alix pasó frente al Little Bar, vio a Estelle Charpentier de *Le Monde* tratando de sonsacarle a Carmel qué estaba pasando exactamente en la Maison Christian Dior, y los editores de moda estadounidenses intentaban de escuchar a hurtadillas. Como la Casa de Christian Dior no estaba dando información, los rumores empezaron a llenar el silencio, y alcanzaron su gran crescendo la semana anterior. Ahora, el desfile estaba lleno, literalmente, hasta reventar.

Solo entraban doscientas cuarenta personas entre el salón principal y el más pequeño. Pero tantos periodistas habían pedido entradas, que Alix tuvo que crear treinta lugares de pie en los bordes de cada salón y hacer sacar una escalera secundaria para así agrandar el descansillo para que entraran más espectadores. Sin mencionar las cuarenta personas que había colocado en la escalera, incluida ella.

La Maison Christian Dior se había situado en la cúspide de la leyenda. Éxito o fracaso, todo el mundo lo sabría.

Era un pensamiento que la hundía junto a Dior. Esto —ser testigo del fervor que se había despertado, dar los primeros pasos hacia las estrellas, haber hecho bien su trabajo y con honestidad y haber conseguido todo lo que había deseado— era todo.

Dior llevó su mano hasta sus labios y depositó un beso.

—No olvide que hoy también va a ver cómo navega su propia genialidad por el salón.

—Mierda —dijo ella, buscando en su bolso un pañuelo que sabía que no tenía—. ¿Por qué siempre me hace llorar?

Él se rio y le dio su propio pañuelo.

—Yo no la hice llorar. Usted se hizo llorar a sí misma; eso es lo que pasa cuando se está orgulloso de sí mismo con razón.

Eso la hizo llorar aún más. Dior era el primer hombre en su vida, desde su padre, que le decía que estaba orgulloso de ella.

—Gracias —susurró—. No solo por lo que acaba de decir.

Le patron señaló las palabras en la portada del programa. Bajo el título *Coloris dominants* decía: "Una noche sin estrellas, Rosa rêveur y Grito rojo".

—Y gracias, no solo por lo que usted hizo aquí. La mayoría se hubiera negado a volver al lugar de trabajo de donde le pidieron que se retirara, hubiera puesto los sentimientos heridos por sobre todo lo demás. Madame Raymonde es la razón, madame Bricard la elegancia; madame Carré la técnica y Suzanne una libreta negra llena de nombres. Usted es el coraje, y yo me vuelvo un poco más valiente por tenerla a mi lado.

Con eso, Alix se deshizo completamente en llanto.

Cuando se limpió y se recompuso, retrocedió para observar el rostro de *le patron*.

—¿Usted va a ver el desfile?

—No puedo.

—Entonces venga y siéntese en la *cabine*. Se va a dar cuenta de cómo está saliendo por las caras de las modelos.

Y no va a tener que taparse las orejas, no va a oír nada que supere los alaridos de ellas.

Sonrió, algo excepcional en él, y señaló un vestido colgado de un portarropa. Era Chérie, el vestido color zafiro resplandeciente, que ella había admirado una semana atrás.

—Pruébeselo si quiere —dijo.

Ahora fue Alix la del alarido.

—Si el techo se estuviera cayendo, no dejaría de ponérmelo.

Monsieur Dior se llevó una mano horrorizada a la boca, tocó uno de los muchos amuletos que tenía en los bolsillos y la echó de la habitación, no fuera a ser que volviera a decir algo desfavorable.

En su oficina, Alix se quitó los pantalones y se puso el vestido, que era romance y ternura y todo lo que le costaba expresar capturado en tafetán azul marino. Se soltó el pelo y lo dejó caer por la espalda, se puso un toque de rojo en los labios y rímel en las pestañas y vio, en el espejo, a la mujer en la que se hubiera convertido de no ser por la guerra. Vio el asombro y la maravilla y la inocencia que esperaba recuperar cuando se los arrebatara a la Voce el día que lo encontrara.

—¡Alix, ven a ver!

Oír su nombre la despertó de ese desgarrador momento. Salió de la oficina y se quedó con la boca abierta ante la multitud reunida fuera, envuelta en visón y mirando suplicante al pobre Ferdinand.

—Faltan veinte minutos —le oyó decir, y el coro desilusionado fue operístico.

Veinte minutos después entraron todos. Carmel fue a sentarse directamente en el sofá más destacado frente a la chimenea. Bettina Ballard, de *Vogue*, estaba sentada a su derecha. Después, la señora Perkins, de *Women's Wear Daily* y Lucie Noel del *New York Herald Tribune*. Y las mujeres invitadas por su influencia o su estatus social. Lady

Cooper de la embajada británica y Susan Mary Patten de la de Estados Unidos, Liliane de Rothschild, Rita Hayworth, Daisy Fellowes.

Todas le besaron las mejillas a Alix y preguntaron alguna variante de "¿Qué vamos a ver hoy?", a lo que Alix respondía: "Cómo se hace historia".

Becky Gordon llegó casi última. Ignoró su asiento numerado y fue a sentarse en una silla vacía de la parte delantera, que era la silla del fotógrafo. Bostezó teatralmente y le dijo al editor que estaba sentado junto a ella:

—Muy pronto veremos por qué Dior tuvo que irse de Lelong. Se lo digo yo, Dior es un aprendiz que nunca va a estar a la altura de su maestro.

"*Ay, Becky*", pensó Alix mientras cruzaba la habitación. "Atácame a mí todo lo que quieras, pero nunca ataques a mis amigos".

—Necesitas gafas, Becky —dijo—. Tu asiento está por allá.

—Prefiero este —dijo Becky, con una sonrisa arrogante.

Alix también sonrió.

—Tal vez pienses que mi despido significa que mi posición aquí es precaria. Pero te garantizo que a la única persona que monsieur Dior va a echar de aquí hoy es a ti. Si quieres comprobar esa teoría, o mi capacidad para llevarte al asiento que te corresponde por la fuerza, entonces podemos empezar.

Suzanne, alta y de huesos largos, se materializó junto a Alix.

—Estás en el asiento equivocado. —Su voz se oyó en toda la habitación y se empezaron a volver las cabezas.

Becky hizo un gesto de disgusto, se compuso y lanzó una pequeña carcajada.

—No importa dónde me siente. Los mejores modistos ya han desfilado. Tengo todo lo que necesito para *The Times*.

—Me parece que mañana, *The Times* se va a encontrar

con que se ha quedado un poco atrás en el tiempo —dijo Alix, dulce como el azúcar, pero también tratando de no sonar arrogante.

Si Becky tomara su *vendetta* personal contra Alix con la Casa de Christian Dior en su periódico, eso se convertiría rápidamente en un problema. *The Times* era un periódico poderoso en Inglaterra y Dior querría que los clientes ingleses financiaran la casa. La victoria sobre Becky en esta escaramuza significaba muy poco. Especialmente, porque seguirla de cerca no había dado ningún resultado. Becky fue a la oficina, al bar del Ritz y a su suite. A ningún otro lugar.

Pero el desfile estaba a punto empezar. Becky se había sentado donde le correspondía. Anthony March entró mientras Alix estaba ocupada con un Christian Bérard todo salpicado de pintura y su perra, Jacinthe, que aparentemente, no podía perderse el desfile. Alix ocupó su lugar en la escalera, y acomodó su tafetán de seda azul zafiro a su alrededor.

Por algún motivo, se hizo el silencio en la habitación segundos antes de que el *aboyeuse* anunciara *"Numéro Un"*.

Salió Tania, la primera modelo. Llevaba el Soirée, ya famoso, y abrir el desfile con él estaba pensado para garantizar que todos prestaran atención.

De pronto, todos los rostros de la habitación estaban hechizados. Ya no era posible insinuar que el vestido era hermoso solo porque lo había usado Rita Hayworth. Aquí, en el salón, enmarcado por molduras blancas de madera, cortinas grises y espejos que duplicaban y volvían a duplicar el efecto, Soirée floreció, la rosa color azul medianoche más exótica y única.

El estallido de los aplausos fue espontáneo y generoso. Siguió el Corolle, reforzando la línea y la expresión de Soirée, pero en lana de un negro sutil y con escote alto en vez de bajo. Pero el Corolle no necesitaba un escote pronunciado para ser fabuloso, la falda de un largo extravagante, que requirió la desmesurada cantidad de catorce metros de tela para traerla a la vida, hizo que cada par de pantorrillas en el salón añorara la sensación del roce de ese exceso glorioso.

Un cambio repentino a la línea En Huit y a la tela de lana negra y al terciopelo del vestido de noche Maxim atrajo todas las miradas al seductor escote desbordante, oculto tras un moño enorme. Rita lo devoró con los ojos y Alix tomó nota de mandárselo esa misma tarde.

Un vestido tras otro se deslizaron por el salón, todos ellos seres vivos con pasión y corazón y llenos de alegría. Todas las mujeres del salón —salvo Alix, las tres madres, Suzanne y las modelos— tiraban inconscientemente de su falda, ahora, demasiado corta y demasiado recta, o se pasaban los dedos por los hombros cuadrados por las hombreras, entendiendo que todas sus prendas de vestir acababan de pasar de moda y no podrían volver a usarlas nunca más. Y Alix creyó que todos en el salón estaban viendo los vestidos del mismo modo en que los veía ella y que, en dos horas del 12 de febrero de 1947, la moda había cambiado para siempre.

CAPÍTULO 13

"Ocupada" no era la palabra apropiada para describir las horas que siguieron en la vida de Alix. Su oficina inhalaba y exhalaba editores de moda y *coupes* de champán. Una sonrisa se instaló, sin ningún tipo de supervisión, en la cara de *le patron*, que también estaba adornada con pintalabios rojo. La máxima de Carmel —"Dior salvó a París" — y las palabras de Bettina Ballard —"Nunca hubo una conquista tan fácil ni tan completa como la de Christian Dior" — resonaban en toda la *maison*.

Becky había sido expulsada; por ahora, estaba derrotada. No había duda de que Dior era el maestro verdadero y de que Becky iba a tener que reescribir ese informe para el día siguiente. Pero eso solo iba a darle un respiro breve, Becky pronto encontraría otra manera de atacar a Alix.

En medio del movimiento, llegó una tarjeta que Alix casi no abrió por falta de tiempo, pero el membrete le llamó la atención: el *New York Journal*. La abrió recelosa.

"Alix", decía. "Al hablar de moda, Dior es el único nombre que todo el mundo recordará este año, quizás, también los venideros. Felicitaciones. Anthony March".

La volvió a leer una y otra vez. Si no estaba equivocada, eso era una disculpa. O, tal vez, solamente una nueva táctica.

El teléfono chilló, exigiéndole que volviera a programar

más reuniones de las que *le patron* iba a aceptar, a aplacar a editores menos afortunados con los bocetos de Bérard o de sus ilustradores, a reservar la sesión de fotos prometida para Carmel Snow. Alix no comió ni bebió nada hasta que cayó la noche y encontró a Dior en el estudio con las tres madres, tratando de tranquilizarlo.

—¿Qué pasa? —preguntó alarmada.

—Con dos talleres solamente, es imposible que hagamos todo lo que nos han encargado —se lamentó él—. Necesitamos un edificio nuevo.

—Pero acaban de terminar este edificio esta misma mañana —dijo Alix, incapaz de imaginar cómo iban a sobrevivir a más meses de construcción con la presión adicional de tener órdenes que cumplir, si era verdad que se iba a construir una casa nueva.

Entonces, se echó a reír. Porque era ridículo que estuvieran diciendo que esta *maison* hermosa no era suficiente, ridículo que estuvieran lamentándose por el éxito.

Madame Bricard fue la primera que se unió a Alix, inclinó la cabeza hacia atrás y dejó salir esas risitas roncas tan suyas, que se desparramaron por toda la habitación; le siguió la alegría más moderada de mesdames Raymonde y Carré. Y después, Dior sumó su resonante timbre de barítono a la cacofonía. Todo el mundo llegó corriendo al estudio para ver qué pasaba y se quedaron perplejos, al ver que los cinco se estaban secando lágrimas de las mejillas.

Cuando *le patron* se tranquilizó, le ofreció un brazo a Alix.

—Marie-Louise Bousquet, la editora parisina de Carmel, nos ha invitado a cenar, ¿*non*? —dijo.

—Así es —asintió Alix, y bajaron juntos la escalera, recordando el desfile hasta el mínimo detalle—. ¿Vio el tropezón de Tania?

—*Oui*, pensé que nunca iba a volver a salir, estaba tan angustiada...

—¡Lucky salió con un zapato negro y otro beis!

La cena fue muy ruidosa. El más tranquilo de todos fue Monsieur Dior, lo que era habitual. Hubo un solo momento de formalidad: el brindis de Bérard:

—Mi querido Christian. Saborea bien este momento de felicidad, porque es único en tu carrera. Nunca más el éxito volverá a venir a ti tan fácilmente: porque mañana empieza la angustia de estar a la altura de ti mismo y si es posible, de superarte.

Para Lillie,
desde París

Esta noche, me he dado cuenta de que la mayor parte del tiempo estoy pensando en todos esos días y esas noches que pasé sin superarme a mí misma. Por ejemplo: "Nadie se casa por amor", me dijiste una semana después de que yo aceptara la proposición de Bobby y supimos que iba a quedarse en Nueva York y que no lo iban a embarcar con rumbo a ultramar y yo te dije que iba a romper el compromiso. Estábamos en un restaurante tomando helado y tú dijiste: "Te casas por todo lo que Bobby puede darte. Eso es lo que se espera de las mujeres. Bobby lo sabe".

Por primera vez, pensé que hablabas igual que tu madre, y me acuerdo de haber pensado que, tal vez, esas no eran las palabras de tu madre. Tal vez eran las palabras de todas las mujeres.

"¿Qué le queda a Bobby?" te pregunté.

"Bueno", dijiste entre un bocado y otro de salsa de chocolate, "Bobby se queda contigo".

En ese momento, casi me pongo a llorar, porque ya no hablabas como tu madre. Hablabas como Lillie, lo más cercano que tuve a una hermana. Así que dije: "Siempre vinimos juntas en el paquete. Así que Bobby también se queda contigo. Es un tipo con una suerte de la leche".

Y las dos nos reímos hasta las lágrimas.

Volví a casa pensando que estaba bien. Que no necesitaba superarme a mí misma en el matrimonio. Que tenía suerte de casarme con un amigo y no con un extraño.

Pero la noche anterior a irme a Suiza —no podía contarle a ninguno de los dos adónde iba, solo que no iba a comunicarme por un tiempo— fuimos a cenar todos juntos. Tú y Bobby discutisteis, y Peter que le insistía a Bobby con que me hiciera una despedida cariñosa, y yo, que me preguntaba con qué me iba a encontrar en Suiza, Bobby y yo terminamos bajo una colcha de chenilla amarilla en un hotel barato, él terminó en un par de minutos y yo me quedé mirando al techo.

Esa no fue una noche de superación para mí.

Sin embargo, creía que sí me había superado en Suiza, y mira cómo terminó.

Creo que también estoy buscando superarme aquí, en París, pero esta vez quiero que el final sea distinto.

Sé que tú también quieres que el final sea distinto. Pero las dos sabemos que eso es imposible.

Con cariño y *bisous*,
Alix

Arrugó la carta. Había sido muy feliz hasta el brindis de Bérard. Pero había disparadores en todas partes —palabras, gestos insignificantes, sonidos sin sentido—, tan llenos de recuerdos, que la felicidad huía y solo quedaba el eco de su llanto en la habitación de la Voce, la noche que ella se presentó con su vestido blanco para, según creyó, la terrorífica negociación por una deuda, pero que, en realidad, fue el comienzo del horror.

Alix llegó al Ritz temprano, antes de ir a trabajar, y Frank le entregó una lista de las personas que él recordaba haber visto en el bar alrededor de la hora en la que recibió la consulta que la había puesto a Alix en contacto con la Voce.

—Pero no sé si su hombre estuvo por aquí alguna vez —le recordó él—. Usó a terceros para hacerme llegar su mensaje, así que puede ser que no haya estado nunca en Francia.

—Lo sé —dijo Alix—. Pero dispongo de tan poco para empezar que tengo que buscar donde sea. Además —hizo una pausa, se preguntó si no sería una esperanza tonta disfrazada de intuición—, él es el tipo de hombre al que le gustaba mirar. Tal vez no haya entregado el mensaje en persona, pero apuesto a que presenció la entrega.

La lista de Frank tenía alrededor de cincuenta nombres. Necesitó una gran fuerza de voluntad para no pedirle que le preparara un french 75 para ponerse a llorar sobre él. ¿Cuándo iba a tener tiempo de investigar a cincuenta personas para descartarlas o no? Y cuanto más indagaba, más se arriesgaba a llamar la atención. Solamente si su nombre y su búsqueda permanecían en el anonimato podría llevar adelante su estrategia para identificar a la Voce sin que él la identificara a ella. Una persecución se volvía peligrosa si el cazador se convertía en presa.

Ya era bien entrado marzo antes de que Alix pudiera visitar a Esmée Archambault, que había ido a la Costa Azul escapando del invierno. A pesar del montón de trabajo, siempre demandante, Alix se fue de la oficina a las ocho en punto, con dirección noreste, hacia Parc Monceau, temblando en el frío de dieciséis grados bajo cero, deseando que un milagro hiciera aparecer el carbón en su pensión y en cantidad suficiente para calentarle las manos constantemente frías.

En el apartamento de Esmée, que tenía una ubicación espléndida con vistas al parque, Alix llamó a la puerta y dejó escapar un insulto al oír el sonido inconfundible de conversación, música y alegría. No llegó a irse, se abrió la puerta y una criada le preguntó el nombre.

—¿Podría decirle a Esmée que Alix St. Pierre necesita cinco minutos de su tiempo?

—La conduciré a la cena.

—No. —Alix fue enérgica. Llevaba sus pantalones de tweed verde, no era vestuario para una cena. Y no sabía cómo iba a reaccionar Esmée, dado que no se veían desde hacía años—. Esperaré en el vestíbulo.

La criada se fue y volvió un momento después con las palabras:

—Le están preparando un lugar en la mesa.

Alix casi suelta un insulto en voz alta. No se había mirado en el espejo cuando salió de la oficina y no dudaba de que tenía la nariz rojo brillante por el frío y que los invitados de Esmée eran de la alta sociedad; ella parecería un cruce entre el reno Rodolfo y una bohemia inconformista. No eran solo los pantalones; también llevaba una blusa con estampado de leopardo que había hecho el jefe de sastrería de Dior, Pierre Cardin, con un retazo de tela. Todas llevarían vestidos que Alix tardaría un año pagar, y eso si no comiera y viviera en la calle.

Se abrieron las puertas del comedor y la envolvió una bienvenida ráfaga de aire cálido.

—¡Alix St. Pierre! —declamó una mujer de manera teatral—. Cuánto tiempo.

Esmée Archambault, que había estado en prisión y había pasado por interrogatorios y evitado por poco que la deportaran a un campo de concentración a finales de julio de 1944, descendió sobre Alix con un torbellino de besos.

—Me alegro mucho de verte —dijo, con un susurro suave.

El fuerte abrazo hizo que le picasen los ojos a Alix; esta mujer, mejor conocida por su riqueza y su indolencia, en realidad era un emblema de lo bueno que podía salir de la guerra. Y ella sabía que se le había perdonado el silencio posterior a la guerra y que, entre dos mujeres que habían trabajado tanto para salvar a otros, ninguna ausencia atenuaría el afecto.

—Acaban de servir el plato principal, así que nos alcanzarás —dijo Esmée, que, volviendo a su papel de anfitriona, condujo a Alix a una silla junto a —justo tenía que ser él— Anthony March.

Esta vez, Alix sí que insultó.

"Mi amigo Anthony dice que cuando yo nací…". Recordó lo que Esmée le había comentado en el ascensor. Pero ¿cómo podía ser ese Anthony, el mismo Anthony March?

Esmée sonrió.

—Pensé que sería divertido que os sentarais juntos. —Presionó el hombro de Anthony de un modo que sugirió intimidad antes de volver a su silla, también junto a él, al otro lado.

Anthony casi maldijo también. Este *no* era el programa para la noche. ¿Cómo mierda conocía Alix St. Pierre a Esmée?

La conversación volvió a comenzar y los cuchillos y los tenedores volvieron a entrechocarse mientras él veía que Alix cogía la copa de champán con un poco de ansiedad y se ordenó a sí mismo no hacer otro tanto. Porque había algo escondido en lo más profundo del caparazón hueco con el que él se recubría y que lo hacía oír la voz de ella decir: "Yo soy más pequeña que usted, y estoy sola. Me aventaja físicamente. Así que, si busca revancha por la Operación Licaón, entonces haga lo que le parezca mejor… o peor".

Ella había sonado enfadada —furiosa, de hecho— más que asustada. Y, en ese momento, él se sintió el más repugnante de todos los monstruos que había conocido en la guerra. Porque meses atrás, cuando descubrió que una mujer llamada Alix St. Pierre fue quien le hizo llegar la información con la que envió a su equipo a una expedición de reconocimiento fatal en los Alpes, quiso arrancarle la cabeza a esa mujer con sus propias manos. Pero, de pie en la habitación barata y diminuta, con ella invitándolo a hacer justamente eso, supo que nunca podría hacerlo, y que, después de todo, eso lo volvía humano.

—Lo siento —dijo.

Una expresión de sorpresa invadió el rostro de Alix. Entonces, hizo un gesto casi pícaro con los labios y abrió mucho sus ojos verdes.

—¿Por qué? — preguntó ella, y él se dio cuenta de que quería humillarlo un poco.

Y probablemente lo merecía. Cogió su copa.

—Por tratar de usarla. —Dudó, bebió champán, y agregó—: Y por ser un imbécil.

—Como confesó algunos de sus principales defectos, supongo que voy a tener que perdonarlo. —Alix levantó su copa y lo pensó mejor, miró dentro—. ¿Sal? ¿Azúcar? ¿Metralla? ¿Con qué ha decidido envenenarme como represalia?

Él empezó a reír antes de que pudiera darse cuenta de que lo estaba haciendo. En ese mismo instante, Esmée se liberó del hombre que tenía al otro lado y se volvió hacia ellos.

—Las disculpas están tan pasadas de moda —dijo, impostando una voz de anfitriona—, prefiero maneras más novedosas de desagravio. Por ejemplo, si alguien pusiera una rana en tu cama, entonces, deberías servirle a ese alguien una rana disfrazada de *poule* la próxima vez que cenéis juntos.

Él no tenía ni idea de qué quería decir, pero, obviamente, Alix sí, porque pareció que quiso escupir el pollo que estaba masticando y lanzarlo al otro lado de la mesa, que era exactamente como se había sentido él con el café que ella le había preparado. Alix tragó con un escalofrío.

—No serías capaz —dijo.

El regodeo de Esmée fue desmesurado.

—Tal vez, si le cambiara el sitio Esmée, está conversación no tendría que estar teniendo lugar con mi cabeza en el medio —dijo Anthony.

Esmée le apoyó una mano tranquilizadora en el brazo.

—No, querido. Alix y yo fuimos juntas a la escuela en Suiza. Ella estaba allí por…

—Por la buena compañía —interrumpió Alix, disparándole lo que pareció una mirada de advertencia a Esmée, que se encogió de hombros y continuó.

—Una noche hubo un incidente con un anfibio bajo mis mantas —explicó Esmée—. Lo puso ahí una de las criadas a quien yo cometí la estupidez de ofender, pero lo trajo del río mademoiselle St. Pierre, aquí presente.

—La cara que pusiste —dijo Alix conteniendo la risa.

—Estoy segura de que no tuvo precio —dijo Esmée, riendo también.

—Pero ahora son de esas amigas que se visitan sin avisar y… —empezó a decir Anthony.

Alix lo interrumpió.

—Y muy mal vestidas. Sí…, y antes de que salga con alguna ocurrencia de mal gusto, dije "mal vestida", no "desvestida".

Él volvió a reír y la sorprendió tratando de no sonreír también; fue raro, pero le agradó que no lo lograra. Su sonrisa era una acción que le abarcaba toda la cara, de modo tal que hasta el cabello se le iluminaba con un rojo más intenso, más brillante. Y ese fue un pensamiento muy inesperado.

Entonces, Esmée agregó algo aún más inesperado.

—¿Sabías, *mon cher*, que los documentos de identidad

para los pilotos que me pediste que escondiera en Monte Carlo provenían de Alix? Se había hecho amiga de un maquinista de tren que había sido cuidador de caballos de la escuela y lo convenció de construir un compartimento secreto en el tren que iba de Suiza a Lyon, del tamaño justo para guardar documentos de identidad. También hizo que le agregara una palanca para que, en caso de que registraran el tren, pudiera tirar de ella y los documentos cayeran en la caldera. Salvó muchas vidas.

—Sí, logré no matar a todos —la respuesta de Alix fue más que triste. No, triste, no, fue una acusación contra sí misma, como si ella también cargara la culpa como una bola de plomo en el pecho.

Cuando Esmée volvió a hablar, bajó mucho la voz.

—Sabes que te quiero —le dijo a Anthony, enlazando los dedos con los de él—. Pero también quiero a Alix. Y yo solo quiero a personas buenas. No sé por qué le estabas pidiendo disculpas a Alix, pero estoy segura de que fue por tu arrogancia. Y tú —se volvió hacia Alix— por tu autosuficiencia testaruda. Y los dos estáis muy dolidos.

Era muy probable que la expresión en el rostro de Alix fuera una réplica exacta de la del rostro de él, una expresión de perplejidad porque Esmée, en quien confiaba más que en nadie, también confiara tanto en esta otra persona que básicamente los estaba abriendo de un tajo a ambos, y diciendo: "Vamos, mirad dentro".

La mirada de él se encontró con la de Alix. Ella se encabritó como un potrillo asustado, porque lo que menos quería era que él viera su interior. Y, de pronto, él deseó que sus disculpas hubieran sido más sinceras. Si todavía no se odiaba a sí mismo por hacerle pensar que esa noche en la pensión habría sido capaz de hacerle daño, ahora se despreciaba porque entendió que detrás de la fachada de sabelotodo, ella sentía mucha desconfianza.

"Yo nunca podría haber hecho eso", estuvo a punto de decir. Pero Esmée se le adelantó:

—Me parece que Alix quiere hablar conmigo. Volveremos para el postre. Mientras, podrías entretenerlos a todos.

Nunca en su vida había querido tanto colarse en una conversación a la que no había sido invitado. Antes de esa noche —antes de ver juntas— se hubiera quedado sentado con su copa de champán, satisfecho con su papel de anfitrión, confiado en que Esmée le contaría lo que habían hablado más tarde. Pero el modo en que Esmée trataba a Alix —no solo como si fueran amigas cercanas, sino íntimas, como dos personas unidas por una cripta llena de pena— lo hizo dudar de que Esmée fuera a contarle algo a él.

—Anthony puede ser o bien muy difícil de querer o muy fácil de adorar —dijo Esmée, enigmática.

Aceptó agradecida el brandy que le ofreció Esmée, aunque con eso superara en un trago su supuesto límite estricto.

—Él estaba en la montaña la noche que murieron todos —dijo Alix, recordando el momento en que él se llevó la mano al omóplato en la pensión, al recordar el cable que había recibido la mañana siguiente a esa terrible tragedia: NUEVE MUERTOS, INCLUIDO EL GUÍA. UN AGENTE SOBREVIVIÓ CON HERIDA DE BALA EN LA PARTE SUPERIOR DERECHA DE LA ESPALDA—. ¿Tiene algo así como una cicatriz horrible en el omóplato derecho?

Se dio cuenta de lo que le estaba preguntando a Esmée —"¿Has visto a Anthony March desnudo?"— y bebió un largo trago de brandy.

—No respondas eso...

—Sí —la interrumpió Esmée bruscamente—. Y la he visto en playa, no en una habitación. Yo no sabía... —Se sentó frente a Alix y meneó la cabeza—. No sabía que también él estaba metido en todo eso. Tenemos un acuerdo, ¿sabes?

Alix levantó una mano, no quería saber qué acuerdos tenía Anthony con las mujeres, pero Esmée dijo:

—El acuerdo de no hablar sobre la guerra. Yo sabía que él estuvo en Italia, pero eso es todo. —Suspiró, después sonrió un poco—. Me alegro mucho de verte.

—Yo también. Y siento lo de la rana —dijo Alix con dulzura, como si esa fuera la causa de todo.

—Yo lamento mucho más que lo de la rana.

Era el pie para Alix y ella lo aprovechó.

—¿Todavía tienes contactos de la guerra en Inglaterra? Necesito averiguar todo lo posible sobre Becky Gordon, la editora de moda de *The Times*. Y tal vez, también sobre su padrino. Sé que tu circuito de la resistencia estaba protegido por los ingleses, así que esperaba que…

Esmée cayó de rodillas junto a Alix.

—No fue culpa tuya. Y yo también tengo que pensar que tampoco fue mía por acordar el encuentro entre tú y ese hombre en primer lugar. Fue culpa suya, sea quien sea.

—De eso se trata —dijo Alix, desolada—. ¿Quién es? ¿Y cómo mierda lo encuentro? Tengo que encontrarlo, Esmée. Si no… —Tragó el brandy—. Siento que voy a odiarme a mí misma para siempre. —Oyó cómo se le rompía, como seda desgarrada, la voz.

Esmée le rodeó el brazo con dedos suaves.

—*Chérie*, hay demasiadas mujeres intachables que no pueden perdonarse por lo que la guerra les hizo a ellas. Déjame averiguarlo con quien haya quedado de mi red. Es lo menos que puedo hacer por presentarte a alguien que solo quería traicionarte. Y Alix…

La voz de Esmée era la que se rompía ahora.

—Ten cuidado. Mató al menos a nueve personas. Seguramente a más. No quiero… —Otra grieta—. No quiero perderte a ti también a manos de él.

Alix abrazó a su amiga y ese abrazo fue intolerable y

necesario a la vez, le recordó a Alix lo hermosa y también lo dolorosa que puede ser la vida, porque si los amigos más queridos podían hacernos llorar, ¿qué desgracias podían infligirnos los enemigos?

CAPÍTULO 14

—LE AUGURO PROBLEMAS EN EL FUTURO —LE DIJO FRANK a Anthony a las dos de la mañana en el bar del Ritz.

Anthony siguió la mirada de Frank y vio a Esmée, que venía directamente hacia él.

—Supongo que eso significa "buenas noches" —le dijo a Frank, y oyó lo áspera que sonaba su voz, como si se hubiera tragado los cigarrillos y no solo hubiera fumado demasiados.

—¿Puedes mandar, más o menos, una docena de botellas de agua mineral a la suite de monsieur March? —le dijo Esmée a Frank. Y a Anthony—: He visto muchas cosas con los años, pero nunca un Vermut lo suficientemente fuerte ni una mujer lo suficientemente embriagadora para ahogar las penas de nadie.

—Una gran verdad —dijo Frank mientras Anthony seguía a Esmée hacia el ascensor.

Cuando las puertas se cerraron, él dijo:

—Me he tomado tres Vermuts y no estuve con ninguna mujer. Esta noche, no he hecho nada que pueda hundir mi reputación en la cloaca más de lo que ya está. No podía dormir, nada más.

—¿Lo has intentado siquiera? ¿O siempre sales de la cama a esta hora con pantalones, corbata y chaqueta?

—Entonces, sonrió—. En realidad, siempre vas tan bien vestido que no me sorprendería que fuera así.

Él se rio, contento de que ella se hubiera relajado y se odió al pensar que era la causa de su enfado. En la suite, miró la botella de Vermut, pero se contuvo, y miró a Esmée caminar de un lado a otro por un momento antes de decir:

—Becky Gordon está usando el nombre de soltera de su madre.

Él se sentó en la silla que estaba junto a su escritorio y no pudo evitar llevarse la mano al omóplato, ni la mueca de dolor que acompañó el movimiento.

Esmée le dirigió una de sus miradas implacables.

—Te dije que fueras a ver a mi médico. Sabes que eso no te va a ayudar con el insomnio.

—No —coincidió él—. Está demostrado que las pesadillas y los disparos de ametralladora en el hombro son dolores incluso más tiránicos que tú.

El rigor pasó de los ojos a la voz de Esmée.

—Como soy la única persona que intenta darte órdenes, tengo que hacerlo con el doble de energía. Y no creo que mis novedades vayan a ayudarte con el hombro ni con el sueño. El nombre real de Becky es Rebecca Fitzgibbons. Su hermano Francis Fitzgibbons murió en Italia el 10 de abril de 1945.

Anthony levantó la cabeza de golpe.

—El mismo día que… —Se interrumpió. Ellos no hablaban de la guerra. Era su solemne promesa.

—¿El mismo día que el operativo de Alix salió mal y terminó con la masacre de un montón de personas? —preguntó ella en voz baja.

Él se puso de pie y se situó al frente de su escritorio, donde podía verle mejor la cara. Si ella iba a romper su juramento y hablar de la guerra, tenía que haber una muy buena razón. Allí, junto a la lámpara, los ojos de Esmée eran tan oscuros que le recordaron lo que Anjelica había dicho sobre los de Alix —una noche sin luna— y quiso volver a 1944 y sacar a Esmée de París para que no la capturaran y la torturaran los nazis hijos de puta.

Se quitó la chaqueta y la tiró sobre el escritorio.

—Ven aquí —dijo él, y ella debía de sentir que, en serio, el pasado estaba acechando al presente porque se dejó abrazar; de hecho, parecía necesitar ese abrazo, y se aferró a él como si fuera a caerse del ahora a un tiempo lejano si no lo hacía.

—¿Sabes? —dijo él, después de un momento—, debes de ser la única mujer tan embriagadora que puede ahuyentar todos los problemas. De hecho, recuerdo que te hice prometer que te casarías conmigo si seguíamos solteros a los treinta. Lo que a mí no me pilla tan lejos.

Oyó su risa, esa era su intención, y ella se apartó un poco, sonriendo y secándose las lágrimas.

—Sabes que te quiero demasiado para querer casarme contigo alguna vez.

Él sonrió y le besó la frente.

—A mí me pasa lo mismo.

Ella se apartó, dijo un rápido "gracias" y asintió como diciendo que sí, que ya se sentía bien como para retomar la conversación.

Así que él le dijo lo que pensaba.

—Ese día, los británicos enviaron a un agente de la Dirección de Operaciones Especiales a las montañas con mi equipo. Solo lo conocía por su nombre en clave, pero apuesto a que su nombre real era Francis Fitzgibbons.

—Y Becky quiere venganza.

—Dios, ella debería de haber sido la agente de la DOE —dijo Anthony, meneando la cabeza—. Es la mejor actriz que me he cruzado en mucho tiempo. Supongo que piensa que Alix St. Pierre es culpable por la muerte de su hermano. Pero ¿cómo averiguó que Alix tuvo algo que ver?

Esmée fue terminante.

—No sé cómo lo averiguaste tú, pero diría que usó técnicas similares. Mi contacto británico me dijo que su padrino, que está igual de furioso y deseoso de venganza, intimidó a todas las personas que hizo falta para enterarse de que el operativo en el que murió su ahijado se planeó en Suiza. La mayoría de los que estaban allí por negocios tenían una pista de que Allen Dulles no había ido a Berna para esquiar. Averiguas que Suiza es la conexión, entonces encuentras a Dulles. Y una vez que lo has encontrado, en cuanto conozcas a las personas indicadas, hay solo un pequeño salto a su supuesta...

—Secretaria —completó Anthony—. Alix St. Pierre. —Suspiró profundamente—. Medio París la está persiguiendo.

—Y deberías ser tú el que se lo diga.

—No creo que quiera escuchar la noticia de alguien que desprecia.

El tono de Esmée fue implacable.

—Alix está... —Dudó, y Anthony esperó, curioso por saber cómo terminaría la frase. ¿Alix, qué? Tiene una inteligencia endiablada. Y también belleza. Pero ¿está qué?

Entonces, Esmée meneó la cabeza.

—Te dije que no iba a hablar contigo de ella, y no voy a hacerlo.

Él se giró y apoyó las manos sobre el escritorio, necesitaba pensar. Desde que Alix lo echó de la pensión, estuvo haciendo un gran esfuerzo por convencerse de que lo que había pasado en Italia no tenía arreglo, y que, seguramente, él tampoco. Pero también de vez en cuando pensaba en Alix, sobre todo el mes anterior, desde la cena en casa de Esmée, donde le vio tantas facetas diferentes: la mujer que le hizo inverosímiles bromas pesadas a la reina Esmée, justo a ella; la mujer que había hecho tantas cosas en las que él había confiado y de las que se había beneficiado durante la guerra.

El hombro le disparó otra carga de dolor sobre los huesos. Maldijo, se quitó la corbata, hizo una pelota con ella y la tiró sobre una silla. No mejoró nada con eso.

Alix St. Pierre, ahora estaba seguro, no fue la responsable de que la Operación Licaón terminara en ese desastre. No fue porque ella enviase, por pereza, información mediocre y sin verificar de un informante que no hubiera sido investigado, como había pensado en un principio. No, en ese momento, hubiera apostado que fue la persona que le entregó la información a ella quien los engañó a todos. Y si Anthony fue capaz de pisotear a quien hiciera falta para averiguar el nombre de la secretaria de Dulles, entonces ¿no era solo cuestión de tiempo hasta que esa persona también encontrara a Alix?

Dejarle a Esmée la carga de contarle a Alix lo del hermano de Becky era una cobardía.

—Iré a verla mañana —dijo.

Esmée sonrió y le besó las mejillas, y le dijo que se fuera a la cama y que imaginara que estaba recostado en la playa, en la casa que tenía ella en la Costa Azul. Y por Dios, sí que estaba cansado. Tal vez esa noche fuera así de sencillo. Hasta las palpitaciones en el hombro se habían calmado un poco, porque, tal vez, Alix y él buscaran lo mismo. Y tal vez, fuera mucho más fácil si los dos buscaban juntos.

Alix leyó con gesto indignado el último artículo de Becky para *The Times*, en el que deploraba la moda extravagante de Dior, una moda que iba a enviar a todo el mundo directamente al infierno. Estaba segura de que Becky no solo pensaba que las mujeres tenían que contentarse con llevar faldas muy remendadas que les recordaran cuál era su lugar —desaliñadas y sin sueños—, sino que aún quería arruinarla a ella. Lamentablemente, había otros que estaban de acuerdo con la posición de Becky sobre el derroche de seda ofensivo que hacía Dior, y Becky era una experta en inflamar esa furia. Alix iba a tener que hacer algo pronto, pero, mierda, primero necesitaba saber más sobre Becky.

Dejó de seguirla, porque terminó siendo una pérdida de tiempo. Frank espiaba las conversaciones de Becky en el bar, pero no oyó nada que le diera ningún indicio sobre por qué quería hundir a Alix. Alix también pasó fines de semana en la Bibliothèque Nationale buscando información sobre la familia de Becky y su padrino, y también sobre los nombres de la lista de Frank en viejos periódicos, pero esa táctica iba a llevar demasiado tiempo.

Llegó el verano y no había logrado nada en su búsqueda de la Voce o de pistas sobre la motivación de Becky, y el trabajo en Dior se había multiplicado por mil. Necesitaba una estrategia nueva para las dos primeras tareas, pero en ese momento tenía que estar en varias sesiones de fotos y después tenía que llevar corriendo los vestidos al Ritz porque Daisy Fellowes había convocado a Suzanne y a los mismos vestidos a su suite esa misma tarde. Y nadie le decía que no a Daisy Fellowes.

Garabateó una nota para Becky, agradeciéndole la publicidad y esperando con la esperanza de que eso la movilizara a hacer algo. Después hizo cargar los maniquíes y los vestidos en una camioneta y, pasó un par de horas en el Sena con el fotógrafo Willy Maywald y Carmel Snow, antes de partir hacia Montmartre, donde la estupenda falda Corolle iba a rivalizar hasta con la cúpula del Sagrado Corazón.

El vestidor para esta sesión de fotos fue un bar en la rue Lepic, cerca del histórico Moulin. Había un nivel de ruido y actividad que no eran naturales rebotando desde los adoquines, pero estaban en Montmartre. Alix no podía pretender que alguien, ni siquiera Dior, pudiera subyugar a la reina del cancán de París.

No pasó demasiado tiempo hasta que Tania empezó a

balancear el Corolle como si fuera un club de jazz entero; desfilando en la calle, junto a los carteles de la última película de Vivien Leigh, el vestido eclipsaba hasta los ojos de cierva de la actriz. Se oyó un alarido desde atrás, y de pronto, de la nada, una mujer se tiró sobre Tania al grito de "¡*Putain!*".

Otra mujer se abalanzó sobre el Corolle y lo agarró, soltando improperios contra Dior, su prodigalidad y sus ofensas extremas en tiempo de posguerra. Rasgaron, tiraron y atacaron el vestido de Tania como leones a su presa.

—Parad —gritó Alix, y lanzándose a la refriega, trató de cubrir la semidesnudez de Tania, y se ganó un codazo en la cabeza que hizo volar su sombrero. Pero la furia la impulsó a seguir luchando, porque habían llegado los fotógrafos de los periódicos y no estaban ayudando a Tania, sino que estaban fotografiando cómo le arrancaban la ropa, mientras dos mujeres culpaban a la joven de todo, cuando no tenía la culpa de nada.

Una de las mujeres tiró de la falda de Tania con tanta fuerza que se la arrancó. Chocó con Alix, y le hizo perder el equilibrio, de modo que cayó al suelo y se golpeó la cabeza contra el borde de la acera. Maldijo cuando sintió que el dolor le vibraba en los dientes y le provocaba espasmos en el estómago.

Levantó la vista para asegurarse de que estaban acompañando a Tania al bar, que alguien más se estaba llevando a rastras a las dos damas indignadas, y luego se tomó el tiempo para cerrar los ojos y respirar para no marearse...

Merde. Iba a tener dolor de cabeza durante al menos un par de días y ni siquiera había tenido el consuelo de haber bebido unos cuantos french 75 para merecerlo.

—¿Está usted bien? —Una voz masculina le habló al oído; sintió que alguien le ponía un pañuelo en la mano.

Abrió los ojos y se dio cuenta de que el golpe en la cabeza

debía de ser peor de lo que pensaba. Estaba teniendo alucinaciones con Anthony March.

La mujer sentada en la acera era una Alix St. Pierre de mejillas pálidas despojada de sus réplicas sarcásticas.

—¿Eres real? —le preguntó ella tuteándolo por primera vez.

—Probablemente más real de lo que quisieras —admitió tuteándola a su vez. Se agachó junto a ella—. Apóyate en la pared.

Por una vez en su vida, no discutió. La cabeza debía de dolerle muchísimo.

—¿Qué ha pasado? —preguntó débilmente—. ¿Y qué haces aquí?

—Algunas parisinas protestaron porque prefieren que sus vestidos se parezcan más a flores muertas que a rosas frescas. Alguien les dio el chivatazo que estaba pasando algo en Montmartre. Supongo que esos tipos están aquí por eso. —Señaló a los fotógrafos del periódico—. ¿Te traigo un café con mucha azúcar para devolverte el espíritu guerrero o un vaso de agua es suficiente?

Ella sonrió e hizo una mueca de dolor.

—Ay. No puedo ni sonreír. Creo que ni siquiera hablar.

—No sé cómo vas a sobrevivir —dijo él burlón, y Alix lo recompensó con otra sonrisa, seguida de la misma mueca de dolor.

—Deja de intentar animarme —dijo ella, con un poco más de energía en la voz—. En todos nuestros encuentros anteriores te comportaste con una seriedad extrema, así que seguramente también puedes hacerlo ahora. Ayúdame a levantarme.

Había una obstinación en sus palabras que, a pesar de las reservas que tenía Anthony, hizo que la ayudara a levantarse.

En cuanto se puso de pie, pareció que iba a vomitar.

Anthony estaba sorprendido de que no lo hubiera hecho después de semejante golpe. Alix St. Pierre era una mujer menuda vestida de seda, pero, obviamente, era mucho más fuerte de lo que parecía. Él le quitó el pañuelo de la mano y se lo pasó por la sien.

—Tienes sangre en el pelo.

Vio que ella respiraba hondo y volvía a cerrar los ojos, y cuando los abrió lo pilló desprevenido. Lo sorprendió escrutándole el rostro.

Pasaron cinco segundos extraños y silenciosos; con una mano, él le sostuvo la barbilla. Al entrar en contacto con su piel, sintió el flujo de la sangre en la punta de los dedos, fue algo profundamente íntimo.

Anthony retrocedió.

—No es tan grave. Hasta podrías decir que te has pasado con pintalabios.

—Da la impresión de que he bebido demasiado —bromeó, más recuperada. Se alisó el vestido arrugado con la mano—. Tengo que ver cómo está Tania y después tengo que ir al Ritz. Daisy Fellowes está esperando.

—¿Con una herida en la cabeza?

—Me he excedido con el maquillaje, ¿recuerdas?

Él se rio. ¿Cómo lo hacía? Encontrar el humor en una situación y hacerla brillar. Se le cruzó un pensamiento: algunos de sus hombres, en Italia, no hubieran llevado un golpe en la cabeza con tanta clase.

—Gracias por la ayuda —dijo, dándose la vuelta para entrar con cuidado.

No le quedó más remedio que seguirla hasta el bar, donde la modelo lloraba, algunas personas gimoteaban empuñando productos cosméticos imposibles de identificar y Alix se llevaba una mano a la frente por el ruido. Anthony salió a la calle, le hizo señas a un taxi y sacó a la modelo de allí, con la esperanza de bajarle algunos decibelios a la situación.

Volvió al bar meneando la cabeza, divertido. Si alguien le hubiera dicho que ese día iba a limpiar sangre y a asistir modelos, habría pensado que esa persona había bebido demasiado. Se apoyó en el marco de la puerta, vio la sangre que corría por el rostro de Alix, y dijo:

—Tienes que quedarte sentada al menos cinco minutos, con un pañuelo y, si es posible, hielo en la cabeza.

Ella levantó la mirada como si hubiera olvidado que él estaba allí, se pasó los dedos por la frente y los retiró manchados de rojo. Rápidamente, dejó caer el vestido rasgado que tenía en la mano —y que no podía estar más estropeado, aunque estuviera cubierto con la sangre de Alix—, abrió su bolso y hurgó dentro, pero no encontró nada con qué limpiarse.

Anthony atravesó la habitación, la cogió de los hombros y, sin fuerza, pero con firmeza, la hizo sentar en una silla.

—Dime qué tienes qué hacer y lo haré yo por ti, para que no corra el rumor de que te di un golpe en la cabeza y después te abandoné, ensangrentada y desorientada, en Montmartre, con cientos, ¿miles?, de dólares en alta costura a tus pies, esperando a que te los roben.

Ella no discutió. Volvió a aceptar el pañuelo que le ofrecía, se lo presionó contra la frente y empezó a explicarle cómo meter uno de los trajes dentro de una caja.

—Ni siquiera sé qué es un péplum —dijo él, con una sonrisa irónica, pero haciendo todo lo posible para que el vuelo de la chaqueta no se quedara enganchado en la tapa.

Ella logró esbozar una sonrisa, y de pronto se inclinó para coger la caja en el mismo momento en que él la estaba levantando. Recibió un golpe del otro lado de la cabeza y se puso a maldecir, en voz muy alta y muy groseramente, en italiano.

—Eso no lo has aprendido en la Maison Christian Dior —dijo Anthony, intentando ocultar su sonrisa a esta mujer que ignoraba heridas en la cabeza y maldecía con más ímpetu que cualquier hombre con el que hubiera trabajado durante la guerra—. Ahora también tienes una marca del otro lado.

En ese momento, Alix estalló en carcajadas.

—No era así como tenía que terminar mi día —masculló.

—Vamos —dijo él; había decidido que era mejor disfrutar el viaje al que, aparentemente, se había subido—. Voy a llevarte a ti y a tus péplums a la suite de Daisy Fellowes, está en el mismo piso que la mía, y sin ninguna herida más. Lo prometo.

Y como Alix era justo la persona a la que había ido a buscar ese día, agregó:

—Después cenaremos en Brasserie Lipp.

—Está bien —dijo ella.

CAPÍTULO 15

—*LA SOUPE À L'OIGNON, LE CASSOULET, ET PUIS LA TARTE au chocolat, s'il vous plaît* —Alix le devolvió el menú al camarero con un gesto brusco.

Anthony se quedó mirándola como si hubiera pedido gusanos.

—Es mucha comida.

—Voy a pagarla yo —dijo ella, de mal humor.

Aunque, pensó cuando la razón superó al hambre, toda esa comida en un lugar como ese iba a costarle el salario de dos semanas.

Antes de que pudiera decirle al camarero que volviera para cambiar el pedido, Anthony meneó la cabeza exasperado.

—Me importa una mierda lo que cueste tu cena. Es que no me imaginaba que comieses tanto —dijo admirando su figura.

Alix tenía que admitirlo, le favorecía mucho otro de los vestidos de día de *le patron*, de un color verde oscuro esta vez, tan parecido a sus ojos que Dior sonrió frente al rollo de tela y dijo: "Van a pensar que soy un patán si no le hago a usted un vestido con esto". Así, el escaso guardarropa de Alix se llenó un poco más.

—Tiendo al exceso —dijo encendiendo un cigarrillo—.

Pero los caprichos de uno en uno. French 75 una noche, *cassoulet* la siguiente, seda la próxima; aunque de eso parece que esta noche también he tenido una buena dosis. Y de golpes en la cabeza —bromeó, y tomó un sorbo de agua, que era lo único que tenía pensado beber esa noche.

Anthony sonrió y se le relajó el rostro lo suficiente para que sus ojos dejaran entrar un leve resplandor de luz de la lámpara y ella pudiera ver que eran de un color poco común, tan oscuro que podían parecer marrones. Pero en realidad eran de un azul oscuro casi negro, el mismo tono que su vestido Chérie.

—¿Todavía te duele? —preguntó ella, y señaló el hombro de Anthony; estaba tratando de usar la astuta táctica de él, que consistía en buscar maneras de pasar de un tema a otro en la conversación.

Él se estremeció y ella vio que iba a levantar una mano como si fuera a tocarse la espalda, igual que en la pensión. Él se dio cuenta y, en cambio, empezó a mover su copa de vino de un lado a otro antes de decir:

—Tú eras Bisous.

Ella asintió.

—Como ya tienes la peor opinión de mí, no vas a sorprenderte si te digo que yo pensaba que Bisous era hombre. Un joven fanfarrón con pésimo sentido del humor.

—Y yo pensaba que Leone, que asumo eras tú, era un joven fanfarrón con un ego muy inflado.

Ella sonrió y él se rio, y Alix decidió que el sonido de su risa le gustaba mucho. Era un poco como la sonrisa de Dior, poco frecuente pero agradable de ver.

—Después de nuestros encuentros aquí, en París, te habrás convencido de que tenías razón —dijo él.

Ahora fue ella la que se echó a reír.

—Estoy dispuesta a cambiar de opinión.

Tanto Esmée como Frank le habían dado su apoyo. Hoy

podría haberla dejado sangrando en la acera. Y en Italia, como Leone, la había ayudado.

Tal vez fue eso lo que le llevó a preguntar:

—¿Primero las confesiones o el *cassoulet*?

A Alix todavía le dolía la cabeza y estaba muerta de hambre.

—El *cassoulet*. Si no, tal vez, me coma tu confesión.

Otra risa.

—Ahora me doy cuenta de por qué te tenían en la OSE. Puedes ser encantadora cuando te lo propones.

—Ni siquiera me lo estoy proponiendo —dijo ella con una sonrisa.

Él meneó la cabeza en un gesto de ironía.

—Tal vez sí tengas una contusión. Después de nuestro encuentro en tu pensión, jamás pensé que me estaría riendo contigo durante una cena algunos meses más tarde.

Alix apagó su cigarrillo.

—Después del *cassoulet*, ¿recuerdas? Pero ¿de qué vamos a hablar hasta entonces? De vestidos no, obviamente. —Y al decir la palabra "vestidos" comprendió algo que tendría que haber pensado antes, de no ser por el dolor de cabeza—. Si hubo fotógrafos allí —dijo—, entonces hay fotos de la pobre Tania con el vestido rasgado, fotos que se publicarán mañana en algún lado. Mierda —dijo, al mismo tiempo que el camarero puso dos boles de sopa sobre la mesa. —Los miró con pesar—. Voy a tener que contarle a *le patron* lo que ha pasado.

—Cómete la sopa —dijo Anthony—. Voy a usar el teléfono de aquí para ver si puedo averiguar quiénes eran los fotógrafos. Después puedes llamar a Dior con toda la información, no con la mitad. Y además podrás comer tu *cassoulet* y también podemos hablar.

—Otro favor más que añadir al montón.

—Parece que vas a tener que pagar la cena, al final..

La sorpresa de reír una vez más. Tal vez, esta cena iba a ser más divertida de lo que había pensado.

—*Touché*. No voy a volver a hablar de favores. Pero... —dudó, ahora pensativa—. Las mujeres de esta mañana... Lo que le hicieron a Tania. Me recordó a...

Levantó la mirada de la sopa. Anthony esperó.

—Me recordó a *les femmes tondues*, las mujeres acusadas de acostarse con los alemanes. —Se puso a revolver la sopa con la cuchara, quería detenerse, pero las palabras se escaparon solas—. Las mujeres que necesitaban comida o que tenían hijos que proteger, incluso aquellas que, aunque se hubieran negado, no les habrían hecho caso. Los periódicos publicarán la foto de Tania del mismo modo que publicaban las fotos de las mujeres a las que se les escupía junto a fotografías de heroicos soldados norteamericanos de pie junto a sus tanques relucientes. Nunca nadie publicó una foto del Pig Alley, el "callejón del cerdo". ¿Sabías que las mujeres llamaban así a la rue Pigalle?

No esperó respuesta.

—Del mismo modo que nunca se publicó una fotografía de los diez mil soldados estadounidenses que las prostitutas francesas tenían que atender cada día. ¿Por qué no podría usar Tania un vestido que realce su figura? La están denigrando por un comportamiento que ni siquiera se acerca al que a un hombre no solo se le perdonaría, sino que hasta se le elogiaría. A las mujeres se las culpa por todo, y eso es algo que nunca cambia.

Su voz se apagó cuando se dio cuenta de la vehemencia con la que estaba hablando de temas sobre los que, en teoría, no se debía hablar, y ciertamente, no con alguien a quien casi no conocía.

—Yo... —empezó a decir Anthony, y pareció indeciso por primera vez en su vida, como si nunca se hubiera puesto a pensar en nada de esto, y ¿por qué habría de hacerlo?

Por suerte, el camarero volvió a interrumpir para retirar los boles de sopa y poner el *cassoulet* frente a ellos, y Alix recurrió a la comida para escapar de la incomodidad.

—El *cassoulet* está aquí —dijo, cortante—. Así que empecemos a hablar sobre cómo supiste que yo era la prometida de Bobby.

Anthony apoyó los codos en la mesa y la barbilla en el dorso de las manos.

—En el Ritz, una noche de principios de diciembre, oí a un par de editores hablar de una tal Alix St. Pierre que iba a venir a París. El nombre me dejó pensando, pero me dije que debía de haber otra dama con nombre excéntrico por ahí y que seguramente era mayor o más sencilla o que, de todos modos, no sería la misma de la que hablaba Bobby. Entonces, entraste en el Ritz esa noche, con pantalones y blusa roja, y supe que eras tú. A Bobby le gustaba decir que eras hermosa, pero no como todos piensan que es ser hermosa. Decía que eras como el sol, demasiado deslumbrante, y de cerca, peligrosa. Yo le dije: "¿Eso no va a ser una complicación para la vida de casados?" y él me contó lo que habías dicho tú: que no ibais a casaros nunca.

Anthony cogió un cigarrillo.

Ella interpretó la pausa que implicaba el gesto.

—¿Qué? Dime.

Él suspiró.

—¿Quieres saber qué pienso de Bobby? Que, tal vez, pensaba que no ibais a casaros, porque llevaba consigo una foto de alguien que, desde luego, no eras tú.

Alix tardó un rato en entenderlo.

—Joder —dijo ella, porque eso dolió un poco: que los dos tuvieran secretos. Que no hubieran tenido la oportunidad de ser honestos.

Alix cogió el tenedor y buscó consuelo en el *cassoulet*.

—Sigue —dijo sin emoción.

—Bobby pensaba que tú estabas en la sala de teletipos de Londres —continuó Anthony.

—Pero él no sabía que yo era de la OSE.

—Sí lo sabía.

Esta vez, la conmoción fue tan grande que se derramó agua sobre el vestido. Quizá el hecho de que no pudiera decirle a Bobby lo que estaba haciendo le hubiera hecho sospechar. No pudo haber sido Lillie quien se lo dijera, porque entonces, él habría sabido no solo que Alix estaba en Suiza, sino también su dirección y hasta la talla de su corpiño, dado lo derrochadora que era Lillie con la información.

—*Merde* —maldijo mientras se secaba con una servilleta el agua —. No puedo creer que después de decirte a ti que eras una decepción, yo esté aquí enterándome de que, tal vez, me hayan engañado, de que mi exprometido era un mentiroso y de que soy la peor hablada de París. ¿Y dónde cojones está mi tarta de chocolate cuando la necesito?

Anthony se rio más de lo que ella le hubiera visto reír nunca antes, y el sonido fue de un marrón rico y resonante, el mismo color de la tarta de chocolate que estaba esperando.

—Que nos la pongan para llevar —dijo él, poniéndose de pie—. Odio estar sentado tanto tiempo.

—Este no es un puesto callejero con cucuruchos de castañas para llevar —dijo Alix indicando el restaurant con un gesto.

—Entonces compraré el plato y el tenedor. Y si pones un solo centavo sobre la mesa —agregó cuando ella abrió su bolso—, te voy a dar un golpe detrás de la cabeza, para completar los dos de delante. Te he invitado. Puedes quedarte con el plato. A juzgar por la falta de vajilla en tu pensión, lo necesitas.

Ella todavía se estaba riendo cuando fue a buscar el baño.

Fiel a su palabra, Anthony la estaba esperando fuera sosteniendo un plato con tarta de chocolate.

—El paraíso —dijo ella, se le hacía agua la boca.

Los labios de él se arquearon en una sonrisa.

—Si alguna vez miras a un hombre como estás mirando esta tarta, vas a meterte en problemas.

—Nunca he conocido a nadie que tenga un aspecto tan delicioso como este — dijo—. Dámela.

Caminaron en silencio, Anthony con las manos en los bolsillos; Alix, con todos los sentidos alerta a voces y pasos y a sombras provenientes de las calles laterales. No oyó nada en la Brasserie Lipp que la alarmara, pero eso no significaba que fuera momento de relajarse.

—Nadie nos sigue —dijo Anthony—. Estoy seguro. No recuerdo cómo era caminar por la calle sin todas mis facultades operativas al mil por ciento. Echo de menos caminar por caminar. Me gustaría haberlo hecho más.

Ella lo miró y la sorprendió esa reflexión: tal vez, Anthony fuera tan guapo como decían todos. Se había derrumbado su expresión perenne de aburrimiento y arrogancia y, en ese instante, la línea de la mandíbula de ese hombre era una invitación para las manos y los labios.

Mon Dieu. Debió de haberse lastimado la cabeza más de lo que pensaba. De pronto torció por la rue Dauphine.

—Vayamos por aquí.

Al caminar, no existía nada más que ellos dos y sus palabras. Alix necesitaba ambiente y ruido y —la idea fue como una ráfaga que recorrió el cuerpo de la Alix del pasado— un poco de diversión.

Él la siguió hasta un edificio con la palabra "Tabou" sobre la entrada. Un sonido casi inaudible de música de jazz se filtraba por debajo de la puerta.

—¿Vamos a entrar ahí? —dijo Anthony dubitativo, lo que era razonable, viendo la fachada tan poco atractiva.

—Quizás tengas que perder la chaqueta y la corbata. Hay un guardarropa arriba.

—Y lo de "perder", ¿lo dices literalmente? Esto parece el paraíso de los ladrones.

Alix se rio.

—Ay, vamos. Tienes que salir del Ritz de vez en cuando. Y no podríamos haber venido a un lugar así durante la guerra. No hay salidas por ningún lado, así que no hay medio de escape.

—Haces que suene bien. Y yo soy el editor de un periódico, ¿recuerdas? Algunos de los lugares donde me meto hacen que este parezca un palacio.

—Bueno, es un club troglodita, y supongo que eso es todo lo que necesitas saber.

Lo oyó reír cuando abrió la puerta y se encontraron, al mismo tiempo, con una escalera descendente que resignificaba la palabra "precario" y la explosión jubilosa de un saxofón.

—¿Listo?

—Y si digo que no, tampoco va a importar, ¿no? —Pero sonrió, y ella se puso contenta de que estuviera oscuro, porque tenía la sensación de que, si pudiera verlo un poco mejor, vería una de esas sonrisas que provocan incendios forestales.

Llegaron abajo vivos y, de pronto, se encontraron en un sótano donde el aire estaba blanco por el humo, la música era hipnótica y las piernas de los bailarines se balanceaban peligrosamente cerca de los vasos de whisky apoyados en las mesas y también de los parroquianos que estaban sentados junto a esas mesas. Pero todos tenían una coordinación impecable, y levantaban el vaso en el momento preciso en que una mano se acercaba demasiado, y giraban la cabeza cada vez que un cuerpo se agachaba demasiado al hacer una pirueta extravagante.

—Por allí —dijo Alix, que había visto una mesita para dos que se acababa de quedar libre en el extremo opuesto a donde estaba la banda.

Fue necesario que cogiese la mano de Anthony para abrirse camino entre los huecos que iban apareciendo entre la multitud de personas. Sintió que él entrelazaba sus dedos con los de ella, la palma de Alix era la mitad que la suya, pero de algún modo, encajaban perfectamente, como el chorrito de ginebra esencial para el gin-tonic. Y con el mismo toque delicioso.

Ella le soltó la mano en cuanto llegaron a la mesa.

—Ha sobrevivido —dijo ella, con la atención puesta en la tarta de chocolate, que también era deliciosa y, a fin de cuentas, seguramente mucho menos peligrosa para su salud.

Con un trozo de chocolate amargo sobre la lengua, y una cascada de notas cayendo de la trompeta como satén, se relajó. Allí, donde todo lo que los rodeaba era desvergonzado y despreocupado, podría susurrar sus propias preocupaciones y sus vergüenzas en la oscuridad, donde no tendrían eco.

Anthony se aflojó la corbata, se quitó la chaqueta, se arremangó y se agachó para esquivar el brazo de un bailarín, y evitar así la decapitación por muy poco, lo que fue toda una hazaña, dado lo alto que era él.

—¿Cómo descubriste este lugar? —preguntó, mientras una pareja de baile abandonaba el suelo y se ponía a bailar sobre la pared curva del sótano.

—Suzanne me dio el chivatazo. Sus actividades nocturnas siempre fueron más escandalosas que las mías. —Sonrió—. Esa frase se podría malinterpretar de muchas formas.

Él se rio como ella nunca lo había visto reír antes.

—Entonces trataré de no decodificarlas. Pero si vamos a tener ese tipo de conversación para la que hace falta toda esta puesta en escena, yo necesito un Vermut. Ven a buscarme si no vuelvo en media hora. ¿Agua?

Ella asintió.

Cuando Anthony volvió, encendió un cigarrillo y, de forma bastante inesperada, se lo pasó a ella. Le trajo a Alix el recuerdo doloroso de cuando Chiara y ella compartían cigarrillos, y puso cara de extrañeza ante el extremo encendido de un gesto que ella siempre había equiparado con una relación de estrecha amistad.

—No voy a hacerte ninguna pregunta. Ya te he hecho demasiadas antes y me has dicho muy poco —le informó él—. Tienes que saber que fueron los hombres de mi equipo, hombres de los que yo era responsable, los que murieron en la Operación Licaón. Como un estúpido, permití que Bobby tomara el mando, porque me lo había estado pidiendo durante semanas y yo le había prometido que podría hacerlo la próxima vez. Pero con Licaón... —Anthony extendió la mano para pedirle el cigarrillo y ella se lo devolvió—. Dije que no —continuó—. No sé si tu instinto funciona como el mío, que sabe más de lo que, según la lógica, debería. Cuando le dije a Bobby que yo iba a ponerme al frente de Licaón, pensó que yo dudaba de él. Yo estaba a punto de ser trasladado a Francia y necesitaba preparar a mi equipo para que trabajara sin mí. Así que... se lo permití. Pero fui yo el que dio la orden de seguir adelante. Lo que me hace tan responsable como cualquiera de esas muertes. Para mí fue muy oportuno tratar de echarte la culpa a ti, primero porque me la quitaba de encima, y segundo, porque... —Cogió el mechero y empezó a dar golpecitos en la mesa, exhaló el humo y dijo—: Cuando descubrí que fue una mujer la que nos había enviado la información, me puse furioso. Crecí aprendiendo que las mujeres no tenían ni una pizca de inteligencia. Después te conocí, y como una mujer muy inteligente dijo una vez, eres, al menos, tan inteligente como yo.

A Alix se le escapó una carcajada de sorpresa. Y recordó cómo había sido con Matteo, con quien compartió tanto las cosas más terribles como las más bellas: orbes de luz maravillosas en la oscuridad. Por eso, había viajes que era mejor no hacer a solas, a veces hacía falta otra persona para encontrar la única estrella escondida en la tormenta.

El baterista estaba haciendo un enorme esfuerzo para hacerse oír al otro lado del Atlántico, así que Alix acercó su silla a la de Anthony, aunque si se acercaba más, terminaría sentada en sus rodillas. *Merde*. Se llevó un dedo a la sien. ¿Cuál era la cura para los golpes? Hablar.

—Un nazi del mando italiano me dio la información que usamos para planear la Operación Licaón —dijo—. Debía de haber trabajado con Karl Wolff, por todo lo que sabía. Nunca le vi la cara, y no conozco su nombre. Pero era mi informante. Lo que me hace responsable. Si yo no hubiera…

Meneó la cabeza. Los "si yo no hubiera…" eran infinitos. Si no hubiera conocido a la Voce. Si no le hubiera pedido nada. Si no se hubiera acercado demasiado a Matteo y a Chiara. Si no hubiera tenido que salvarlos. Tomó un poco de agua, deseando que fuera el Vermut de Anthony.

—Tu informante es la única persona a la que culpo y a la que quiero encontrar —le dijo Anthony—. Tienes la ventaja de que lo conoces. Y como editor de un periódico, yo tengo la ventaja de que puedo acceder a documentos, personas y recursos. Te invité a cenar porque, como socios, podemos encontrarlo muchísimo más rápido. ¿Qué opinas?

Alix le quitó el Gauloise de la mano, dejó de mirarlo, y concentró toda su atención en el cigarrillo. Pero, aun así, él llegó a ver que ella tenía los ojos muy grandes y muy verdes y fue como mirarse en un espejo. Reflejada allí estaba toda la culpa y el escepticismo que, de algún modo, lo habían convertido en la persona que nunca había querido ser.

Estuvo a punto de alargar la mano para tocarle la

muñeca. Pero se acordó de Esmée —que, después de la guerra y de haber sido prisionera de los nazis, no quería recibir contacto físico si no lo consentía, y, aun así, solo lo admitía de unos pocos elegidos—. Y vio en Alix la misma tendencia a retraerse, reconoció a una persona a la que le habían destrozado la confianza tan violentamente que solo le habían dejado unas esquirlas diminutas, luminosas, demasiado valiosas para entregárselas a alguien como él, solo porque le había propuesto que fueran socios.

Por eso dijo:

—Déjame contarte lo que pasó en la montaña aquella noche.

—Bueno —dijo ella, en voz baja.

Cómo explicar la euforia que se instala antes de una misión, la de saber que se va a hacer algo que puede terminar con la propia muerte, la del miedo mezclado con la adrenalina y que se manifiesta en forma de tic. Bobby siempre movía la rodilla hacia arriba y hacia abajo en el avión, era un temblor irritante, rítmico; otro de los hombres hablaba de caballos sin parar. Anthony siempre fumaba y repasaba el plan en su cabeza una y otra vez.

—Aquella noche, los nervios eran, no sé…, como una tormenta de nieve que se avecina —dijo por fin—. Por eso todas las misiones necesitan un buen líder, alguien que sepa cómo mantener a todos en un estado de alerta tal que hasta los putos poros de los pies puedan percibir el peligro, pero que no estén tan inquietos que eso se vuelva un riesgo. Esa noche estaba pensando que yo iba a tener que intervenir y ponerme al frente, tratando de no desautorizar a Bobby. Después, encontramos al guía —Bacio, pero creo que eso ya lo sabes— y él tranquilizó a todos en unos minutos.

Anthony vio que Alix cerró los ojos por un segundo muy largo. Algo de eso la había sacudido. Se quedó mirando el club, el verde se le escurrió de los ojos y se mezcló con el aire lleno de humo que los rodeaba. Él trató de suavizar la voz para hablar con el mismo tono que usaba para calmar un poco los nervios de sus hombres en misiones pasadas.

—Bobby y Bacio compartieron el mando.

Eso la hizo cerrar los ojos por completo. Entonces, los abrió de golpe, como si hubiera recordado que estaba con un hombre en el que trataba de confiar, pero que todavía no podía hacerlo.

Él cogió el último cigarrillo, lo encendió y dijo:

—Toma.

—Gracias. —Ella inhaló agradecida.

Con ese "gracias", Anthony tuvo la esperanza de que ella estuviera considerando la idea de brindarle una de esas pequeñas esquirlas de su confianza. Así que siguió hablando, allí, en este sótano delirante, donde la música de jazz se filtraba por todos los huequecitos que había entre los cuerpos, sentados tan cerca uno del otro que él sentía la calidez de la pierna de ella a medio centímetro, la delicadeza de su respiración, que flotaba sobre la mejilla de él.

—Yo estaba en la retaguardia —dijo, retomando la historia—. Donde me puso Bobby. Y se lo permití porque nadie quiere al jefe respirándole en la nuca cuando está al mando de una misión. Había empezado a nevar; la verdad es que era muy hermoso. ¿Sabes que cuándo estás haciendo algo horrible se ven reflejos de las cosas más sublimes?

Ella asintió, el verde le volvió a los ojos, los labios se curvaron alrededor del cigarrillo antes de devolvérselo.

—Pero ese fue el último momento de belleza —dijo, le dio una calada al cigarrillo, entonces, cambió de tema repentinamente y preguntó—: ¿Estuviste en Italia? Supongo que no, la OSE no permitía que las mujeres tuvieran misiones activas.

—Fui. Dos veces. Una peor que la otra —fue todo lo que dijo, y eso le dio a Anthony coraje para seguir. Si ella se había enfrentado a Italia, entonces él también podía hacerlo al volver a narrar la historia.

—Nadie oyó nada —dijo él, aferrándose al cigarrillo, que ya se había consumido—. Entonces, sentí algo en el aire, tal vez un olor distinto. Al mismo tiempo, Bacio se giró y yo sentí que los pies me llevaban hacia delante, que necesitaba llegar al frente para alejar a Bobby de lo que mierda fuera aquello, pero explotó el mundo entero. Como ya había empezado a correr, tuve el impulso necesario para arrojarme sobre un montón de nieve, al mismo tiempo que algo me desgarraba el hombro. No sé si puedo describir ese dolor. Es como si se te prendiera fuego el puto corazón.

Era su turno de mirar rabiosamente a la mesa, de levantar el paquete de cigarrillos, porque había olvidado que se habían acabado. Dio un golpecito sobre la mesa y dijo:

—Dios, necesito un cigarrillo.

—Me parece que hoy hemos fumado por toda una semana por lo menos —dijo ella con dulzura—. Podemos dejarlo aquí si quieres. Nunca he estado más convencida de que no eres un fanfarrón con un ego muy inflado.

Él levantó la vista y se encontró con la de Alix. Nunca le había contado esto a nadie, nunca quiso recordarlo siquiera; pero contárselo a ella fue como extirpar un poco del demonio que se le había metido dentro aquella noche.

—Los nazis se estaban riendo, Alix —dijo con amargura—. Se reían de los cadáveres de mis compañeros de equipo. Nunca quise matar a nadie, aunque aquella noche, quise matarlos a todos ellos. Tuve, quizás, diez segundos de consciencia antes de que todo se pusiera negro. Estar inconsciente me salvó la vida, pensaron que estaba muerto. Pero esos pocos segundos que estuve despierto casi me matan, porque ¿qué tipo de persona ríe cuando mata?

—Lo siento —susurró ella, y le acarició muy rápidamente el dorso de la mano con un dedo.

Ese instante de empatía fue lo que más dolió, y él habló para escapar de él.

—Cuando desperté —dijo inexpresivo—, solo había silencio. Eso fue peor que la risa, porque quería decir que todos estaban muertos. Me arrastré por esa montaña de mierda y me desmayé, tal vez, una docena de veces, pero pude volver al punto de encuentro cuatro días después, con el hombro destrozado, porque nadie debería morir escuchando las burlas de un nazi. Durante todas esas horas que tardé en llegar hasta el pie de la montaña fui íntegro. Pero he ido perdiendo esa integridad durante estos dos años que han pasado. Y quiero recuperarla. Para eso, necesito mirarlo a los ojos, porque… ¿No estaría bien quitarnos toda la culpa de los hombros y arrojarla a sus pies?

—Sí —dijo ella, con la misma vehemencia en la voz—. Estaría bien.

Los dos se quedaron muy quietos, y él casi pudo sentir que los ojos de Alix estaban leyendo en los suyos todo lo que no había dicho. La náusea rancia de saber que había recibido un disparo, pero no la gravedad de la herida, y que, tal vez, cada paso, lo acercaba más a la muerte. La vista de esos cuerpos, hombres que él había entrenado, y contenido y persuadido, hombres que le habían contado, en los momentos de temor, lo que ocultaban en lo más profundo de sus almas. Cuánta sangre había allí; la nieve, era un tempestuoso océano rojo.

—Podemos ser socios —dijo ella entonces—. Busquémoslo juntos. Pero eso significa que somos iguales. No soy débil ni estúpida. Si me tratas como si lo fuera, no me voy a limitar a poner demasiado azúcar en tu café o una rana en tu cama. —Sonrió, como si supiera que ambos necesitaban algo de humor en ese momento—. No sé qué voy a hacer, pero si me baso en lo que me han contado en estos dos años, soy una especialista en fastidiar a los hombres.

Él se rio, no solo por sus palabras, si no por su incoherencia, mientras el saxofón soltaba otra ronca hilera de notas y todos los presentes en el club se concentraban cada vez más en los movimientos de su pareja.

—Todos los que nos están mirando ahora deben de pensar que estoy a punto de besarte, y, sin embargo, la verdad es que me estás amenazando.

Evidentemente, fue el comentario equivocado. Ella se cruzó de brazos y lo miró furiosa.

—Por cierto, no somos de esos socios que se besan. No soy tu tipo.

Él la miró con una furia equivalente.

—Iguales significa que no vas a tratarme como si yo fuera mi reputación y solo me interesaran las mujeres y gastar mi herencia en fiestas y trajes nuevos.

—Creo que es justo. Te prometo que no voy a volver a mencionar que tus trajes no tienen comparación cuando se trata de moda—. Entonces, sonrió, brillante y seductora, y Anthony se sintió atravesado por el aire sofocante del club y la fascinante esencia de su perfume, que dejaba atrás un anhelo urgente de más.

Arrastró su silla hacia atrás. No era de extrañar que ella lo tratara como si solo le interesaran las mujeres.

—El hermano de Becky Gordon fue uno de los hombres que mataron esa noche —dijo, mientras ahogaba eficazmente todas las sensaciones espontáneas de su cuerpo.

—Así que tengo que lidiar con un nazi y con una hermana vengativa —dijo ella en voz baja. Luego agregó, con una sonrisa dulce y también muy hermosa—: Podrías habérmelo dicho al principio y no contarme todo el resto. Es el tipo de información que, de todos modos, me hubiera convencido de ser tu socia.

—Lo sé. Pero quería que confiaras en mí, no que aceptaras solo porque yo puedo serte útil.

CAPÍTULO 16

Un golpe seco despertó a Anthony después de solo —abrió un ojo y trató de ver el reloj— diez minutos de sueño. "Joder". Cerró los ojos, pero los golpes continuaron.

Volvió a maldecir en voz alta, se frotó la cara, localizó los pantalones pijama, se los puso.

—¡Voy!

Y decidió que iba a matar a quien estuviera detrás de la puerta. La abrió de un tirón y alguien con una fragancia muy atractiva entró como un rayo, se dirigió con paso firme hacia las cortinas y las abrió, dejando que entrara demasiada luz.

—¿Qué narices estás haciendo aquí? —preguntó Anthony, mirando incrédulamente a Alix St. Maldita Pierre.

—Este va a tener que ser nuestro cuartel general —dijo, haciendo un ademán con el brazo para indicar la sala de su suite—. No hay ningún lugar que tenga la privacidad ni el tamaño que necesitamos. Tenemos que apuntar todo lo que sabemos, estoy despierta desde las cinco, para asegurarme de que mis notas sean legibles, y puedas leerlas antes de irte a Alemania.

La noche anterior, habían estado intercambiando ideas sobre sus próximos pasos y decidieron, dado que él podía conseguir acceso a las transcripciones de los juicios de

Nuremberg, que él iría a Alemania para traer una copia mimeografiada de las transcripciones relacionadas con Wolff e Italia.

—Alguien debía saber su nombre, y tal vez lo haya mencionado en el juicio —razonó él. Y Alix dijo que, tal vez, encontraran un nombre en esas transcripciones que coincidiera con la lista que le había dado Frank.

Pero en ese momento, ella estaba descolgando un cuadro de una doncella del siglo XVIII de la pared y lo dejaba en el suelo.

—Ella no se negará a descansar de esa sonrisa mientras yo uso el espacio en la pared —la escuchó decir Anthony.

—Necesito café. —Su voz sonó oscura, como si hubiera estado bebiendo, o algo peor, toda la noche.

—Está en camino.

—¿Está en camino? —La ironía resonó en cada palabra—. Tómate la libertad de sentirte como en tu casa. Espero que no te moleste esperar a que me tome el café antes de poder tener una conversación civilizada o inteligente.

En cuanto lo dijo, se arrepintió, estaba portándose como un imbécil una vez más. Pero no había dormido, y ahora que Alix estaba en su suite con un vestido con estampado imitación leopardo increíblemente sexy, pensaba que, tal vez, estaba soñando con ella, pero ¿por qué narices estaba soñando con Alix?

—No puedes estar tan cansado. Son las siete y media. Nos fuimos del Tabou a las dos.

Se volvió para mirarlo a la cara y él recordó que llevaba solo los pantalones del pijama, algo que ella también pareció notar por primera vez.

Ella lo miró y enseguida dirigió la vista a la puerta cerrada de la habitación.

—Ay —dijo—. ¿Hay una mujer ahí? —El rubor le quemó las mejillas y pareció que iba a salir corriendo hacia la puerta.

Todavía lo estaba tratando como un mujeriego. Puede ser que él no hubiera dormido, pero no por las razones que ella pensaba y, además, él nunca se quedaba dormido con alguien a su lado.

—No —dijo, malhumorado—. No hay una. Hay tres. Una sola me aburre mucho.

—¿Tres? —Alix se cubrió la boca con la mano como si de verdad creyera que tres mujeres medio vestidas, desnudas o enfadadas iban a salir furiosas de la habitación.

De verdad creía que Anthony no era más que un libertino. Pero él recordó que se había presentado en su pensión con una botella de champán y bonitas palabras sobre lo hermosa que era, le contó que se había dejado tentar por un aluvión de mujeres anónimas en muchas fiestas, con las que entró en habitaciones en penumbras y supo que él era el único culpable. Así que concentró todos sus esfuerzos en recuperar la sangre fría.

Suspiró y vio que a Alix se le retiraba el rubor de las mejillas.

—Casi te sales con la tuya —dijo ella, con una mano sobre la cadera y el atisbo de una sonrisa en la cara; ahora, se reía de sí misma.

Él se esforzó por sonreír, se frotó la mandíbula, sintió que la barba incipiente le raspaba la palma de la mano y cayó en la cuenta de que necesitaba afeitarse y ponerse la ropa.

—Mientras tu transformas mi vivienda en cuartel general, voy a vestirme. Si mi reputación es tan mala como dices, entonces tendría que estar un poco más vestido para reunirme con una mujer en mi suite a las siete de la mañana.

Lo dijo en broma, pero ahora ella lo miraba fijamente y él habría jurado que estaba trazando un camino sobre su torso con los ojos. Dios, todavía debía de estar soñando. Pero las mejillas de Alix habían vuelto a ponerse coloradas.

Por suerte, sonó el timbre.

—¿A quién más tengo que recibir?

—Es el servicio de habitaciones. Tengo hambre.

Por fin, él sonrió y, de pronto, tuvo la misma sensación de la noche anterior.

—Cómo puedes tener hambre después de todo ese *cassoulet*, no me entra en la cabeza, pero a cambio de permitir que reorganices mi sala de estar, ¿podrías, al menos, servirme un café?

—Sí —dijo ella—. Vístete. Te esperaré con un café cuando vuelvas.

Él cerró la puerta del dormitorio, suspiró y se obligó a terminar de despertarse. Si había aprendido algo de Alix era que, con ella, necesitaba conservar la cordura.

Se afeitó y se duchó lo más rápido que pudo, se puso un par de pantalones y una camisa azul claro, y volvió a aparecer en la sala solo quince minutos después. Las paredes estaban empapeladas con listas. Alix estaba trabajando con un cruasán en una mano y cinta adhesiva en la otra, y había dejado un plato con pasteles y café para él sobre la mesa.

—Gracias —dijo Anthony, bebió un sorbo y se acercó para poder leer las notas.

En el medio, había una hojita de papel que decía: "Berna". Alrededor, había varios nombres —Sorella, Esmée, Bacio, Mary, Allen—, resúmenes de las operaciones de inteligencia en las que ella había trabajado y una lista de preguntas que iban de la más importante —"¿Quién era el informante?"— hasta la más pequeña e irrelevante —"¿Por qué quería Bobby ponerse al mando de esta misión en particular?"—.

—A veces, lo que parece que no tiene ninguna relación termina teniéndola, así que lo anoté todo —explicó ella.

Anthony bebió otro sorbo de café y preguntó sintiéndose un imbécil, pero había que decirlo:

—En ese caso, ¿no necesitas agregar otra pregunta sobre Bobby?

—¿Te refieres a quién era la mujer de la foto que llevaba con él? — dijo Alix con voz serena.

—Sí.

Cogió un bolígrafo y escribió tan lentamente que él no pudo evitar el comentario:

—Si te sirve de consuelo, de vez en cuando Bobby podía ser un idiota.

—No estoy enfadada con él. Solo que… —Se encogió de hombros—. Le echo de menos. Era un muy buen amigo. — Se llevó una mano al corazón, como si todos sus muertos vivieran allí, igual que en el corazón de Anthony, pero la retiró enseguida, como si no quisiera que él lo supiera.

Pero entonces, ella comentó, con la voz tan ronca que casi se la oía sangrar:

—Quiero poder mirar a la cara a esos nueve chicos cuando me visiten todas las noches en mis sueños. Quiero decirles: "Aquí está la justicia".

Él inspiró profundamente, porque al oír las mismas palabras que él pensaba cada minuto de cada día, también sintió el impulso de llevarse una mano al corazón. Si bien todo lo que había en la pared señalaba a Alix como la mejor socia, porque era minuciosa y reflexiva e inteligente, lo que acababa de decir también la señalaba como la peor, porque despertaba sentimientos en él, y esa era la primera lección del entrenamiento de la OSE: "No sientas nada".

Pero se oyó decir:

—Perdón por todo lo que dije antes. Necesito café por la mañana, de verdad.

—La próxima vez que me meta en tu habitación tan temprano, me acordaré de mandarte el café antes. —Ella lo miró de reojo, y ahora él se reía.

Alix cogió su bolso.

—Tengo que ir al trabajo. Avísame cuando vuelvas de Alemania.

El incidente del día anterior en las calles de Montmartre provocó que las parisinas formaran una fila de visón, cocodrilo y desesperación que bajaba y subía las escaleras de la *maison*, salía a la calle y daba la vuelta manzana, ignorando el sistema de reservas de Suzanne. Todos los periódicos publicaron fotos de Tania con el vestido desgarrado. Algunos comentaristas —como Becky— se quejaban de que la Casa Christian Dior era lasciva, mientras que otros desbordaban de gratitud porque los habían liberado de los uniformes de trabajo. Aún más (los hombres, no hace falta decirlo) lamentaban el ocultamiento de las piernas femeninas, pero parecían estar a favor del busto más vistoso. Y en otro artículo se afirmaba que Dior era el gran salvador de los matrimonios, ya que los maridos estaban encantados de invertir dinero en los femeninos vestidos de Dior para reemplazar los trajes masculinos de los años anteriores.

De algún modo, Alix era, a la vez, alguien que sometía a las mujeres a la esclavitud de sus maridos y de la tradición, un demonio libertino e inmoral y también la liberadora de la confianza y el deseo femeninos. Su teléfono, que sonaba con insolencia, la salvó de tener que meditar sobre cómo era posible ser todo eso a al mismo tiempo.

Fue Bettina Ballard la que dijo:

—Quiero fotografiar el Cocotte para *Vogue*.

—Solo permitimos que los vestidos salgan de la *maison* si nos pueden garantizar la seguridad de nuestras modelos —respondió Alix.

—La próxima vez vas a decirme que sus vestidos quieren un cuarto propio pintado de verde —fue la respuesta sarcástica de Bettina.

—Ahora que lo dices… —Alix sonrió y Bettina colgó, no fuera a ser que le exigieran cualquier otra extravagancia.

Alix salió de su oficina solo una vez más ese día para

darle forma de vestido al Corolle roto y colocarlo cerca de la entrada del salón, acompañado por un cartel que decía: "Todos quieren ponerle las manos encima a Dior".

"Chúpate esa, Becky", pensó con satisfacción. Había invitado a un fotógrafo del *Daily Telegraph*, el principal competidor de Becky, para que fotografiara la demostración, y estaban muy ansiosos por publicar las primeras imágenes del vestido con cicatrices de guerra en un artículo que, a cambio, sería efusivo con Dior. Así, estaba convirtiendo las maquinaciones de Becky contra ella en una victoria. Por ahora.

Seguramente, ante toda esa atención de la prensa, Becky planearía estrategias nuevas para romperle el cuello a Alix. Pero ahora, Alix sabía qué la motivaba. Y Anthony volvería de Alemania pronto con documentos que les ayudarían a ponerle nombre al hombre que estaban buscando. Hasta entonces, iba a concentrarse en su trabajo.

—Pobre Corolle —dijo, retrocediendo para contemplar el vestido expuesto.

—Así es —llegó la voz de *le patron* desde atrás.

Alix le dio la bienvenida con una sonrisa.

—A partir de ahora, todas las sesiones de fotos van a ser producciones dignas de la pantalla grande. Las modelos van a llevar sábanas blancas sobre la ropa hasta último momento, para que nadie sepa qué inmoralidades esconden debajo, y voy a limitar las sesiones de fotos en exteriores a una por mes. No para que la prensa se enfade, sino para asegurarme de que Suzanne me siga hablando.

—Pero también para enfadar a la prensa —dijo Dior, con su sonrisa insinuada—. Bien, ¿puedo separarla del desafortunado Corolle? ¿O necesito contratar a un guardia solo para hablar con usted?

—Por usted —dijo con descaro—, haré una excepción.

Ella lo siguió al lugar preferido de ambos, en lo alto de la escalera, y casi se cae al suelo cuando él dijo:

—Me han invitado a Estados Unidos para recibir el premio Neiman Marcus, el Óscar de la moda.

—¡Bravo! —exclamó Alix.

Dior posó en ella sus ojos amables y levemente pícaros.

—¿Quién debería acompañar a un modisto que va a un país extranjero para aceptar un premio?

—Va a necesitar que lo ayuden con las relaciones públicas. Conozco a algunas personas en Manhattan —dijo Alix, pensando y descartando nombres por no estar a la altura de *le patron*.

—Por supuesto que voy a necesitar el Service de la Presse. Y usted es el Service de la Presse.

—¿Quiere que yo vaya a Estados Unidos con usted? —Se puso a pensar vertiginosamente en lo que eso significaría para la misión con Anthony—. ¿Cuándo? ¿Por cuánto tiempo?

—Nos vamos en un mes, y volvemos en dos, más o menos.

Eso le dejaba un mes para encontrar a un hombre que no quería ser encontrado, reflexionó Alix cuando volvió a su escritorio para recortar y guardar todos los artículos de periódicos sobre Dior. Se estaba ocupando de la edición internacional del *New York Journal*, cuando vio algo que la detuvo. Un artículo firmado por Anthony March titulado "A las mujeres se las culpa por todo y eso es algo que nunca cambia". Palabras de ella, dichas la noche anterior.

El artículo hacía referencia a la suerte que había corrido el Corolle ayer y a *les tondues* y a la mala fama de los exsoldados estadounidenses que ahora estaban en París con dinero del Estado. Nombraba todo lo que no se nombraba: las parisinas que comerciaban con sus cuerpos a cambio de pan para no morirse de hambre, y las mujeres de Nápoles que hacían lo mismo, y hablaba —indirectamente, para que nadie del Gobierno se enfadara demasiado— de las que habían contribuido tanto como los hombres con el esfuerzo bélico, pero a las que se las había hecho regresar a las tareas domésticas desde entonces y ahora se las trataba como si no tuvieran la inteligencia suficiente para decidir por sí mismas cómo vestirse.

Al final, había una línea que decía: "Gracias a Alix St. Pierre por muchas de las ideas contenidas en este artículo".

Las ideas podían ser de ella, pero las palabras eran de Anthony..., y qué palabras. Anthony era mucho más inteligente de lo que aparentaba y podía presentarle una fuerte competencia a F. Scott Fitzgerald a la hora de escribir una bella frase.

Suzanne irrumpió en su oficina como un corcho de champán, seguida por madame Bricard. Suzanne clavó un dedo en el periódico.

—¡Sales aquí! —gritó mientras lo señalaba.

—Salgo aquí —repitió Alix, mientras procesaba lo que quería decir esto: Anthony no había dormido ni se había entregado a actividades infames. Debió de haber ido a su oficina para escribir este artículo y enviarlo a los tipógrafos, después volvió a su suite con tiempo suficiente para un descanso de diez minutos, que ella interrumpió.

—Es tan encantador —le comentó Suzanne a Madame Bricard—. ¿Lo recuerda del desfile? El estadounidense muy alto. Con esos ojos oscuros.

—*Oui* — asintió Madame Bricard—. *Très charmant*. Hablamos del Biarritz.

—La cuidó cuando se dio un golpe la cabeza —continuó Suzanne.

Alix se tocó distraídamente la herida, que se estaba curando, y, la verdad, todavía debía de tener una conmoción cerebral, porque ahora recordaba que, esa mañana fue incapaz de quitarle los ojos de encima a Anthony por un largo minuto. Tenía el torso musculoso, como si hubiera seguido con el entrenamiento físico de la OSE, y también estaba bronceado, como si pasara tiempo al aire libre, tal vez nadando, reflexionó su mente entrenada por la OSE. Tenía las mejillas cubiertas de una incipiente barba oscura que, combinada con el pelo despeinado, debería de haber menguado su atractivo, pero, por algún motivo, no era así. Y en la suite, pensó que si Anthony era tan guapo recién levantado, lo sorprendente era que tuviera que conformarse con solo tres mujeres en la cama.

Eso fue una broma, se recordó a sí misma. Y, de todos modos, ¿por qué estaba imaginando a Anthony en la cama?

—Tengo trabajo que hacer —les dijo con firmeza antes de echarlas y obligarse a pensar solo en vestidos de Dior el resto del día.

Anthony volvería en tres días, y Alix —sin duda, por esa necesidad de ponerse a prueba a sí misma arraigada en ella desde que quedó huérfana a los trece años— fue a esconderse detrás de unas macetas con palmeras en el vestíbulo del Ritz. Anthony había pasado tres días ocupado con su búsqueda, pero ella no había hecho nada. Ser iguales significaba trabajar a la par, de ahí el plan que tenía para esa noche.

Se fue del trabajo a las siete y le pidió a Frank que le mandara avisar cuando Becky apareciera por el bar. Ahora eran las nueve en punto y el hombre que le había prestado papel para dejar una nota unos meses atrás llegó corriendo.

—Frank le aconseja que vaya ahora. —Le entregó una llave.

—*Merci*, monsieur Charles —susurró Alix, y subió al ascensor para ir a la suite de Becky Gordon, o Becky Fitzgibbon.

Una vez dentro, recorrió la habitación con la mirada. Vestidos sobre el respaldo de las sillas. Polvo de maquillaje derramado sobre el tocador. Colillas de cigarrillos en el suelo. Aquello le llevaría horas, y no sabía cuánto tiempo tenía. Frank haría todo lo que pudiera para mandar a alguien que le avisara en cuanto Becky saliera del bar, pero eso podía pasar en dos minutos o dos horas.

Empezó por el tocador. El cenicero desbordado le indicó que Becky pasaba mucho tiempo allí, arreglándose quizás. Había un par de lápices de labios desparramados, sin tapa. Píldoras azules. Las placas de identificación de Francis Fitzgibbon.

Alix se sentó en una silla. "Mierda, mierda, mierda". No tendría que haber ido. Las píldoras azules le indicaron que Becky no podía dormir sin ayuda y las placas de identificación le indicaron por qué. Todo eso junto exacerbaba la potencial volatilidad de Becky. Pero también sintió pena, y ningún espía que se precie debería compadecerse de su presa. "Levántate", se dijo. "Sigue".

Abrió los cajones y revisó el contenido. Pañuelos. Más píldoras. Un libro con los sonetos de amor de Shakespeare. Una fotografía de Becky rodeando a un hombre con el brazo, junto a otra pareja cogida de la mano. Le dio la vuelta y leyó "El vizconde John Shervington y yo, y Francis con miss Louisa Bagshave". ¿Se habría esfumado el vizconde John Shervington cuando se terminó el dinero, igual que Peter había hecho con Lillie? Más motivos para la amargura de Becky.

Pero algo en esa foto hizo que Alix volviera a sentarse. Becky tenía el pelo claro como el de Lillie. Y miss Louisa tenía el pelo más oscuro. Podría ser una foto de Alix y Bobby, Lillie y Peter. El tocador de Lillie siempre tuvo este aspecto: un reguero de pañuelos de papel y cosméticos y chucherías caras. Y, después, pastillas azules.

Un sonido. Se quedó paralizada, aguzó el oído hacia el pasillo. Solo alguien que pasaba. Se acordó de respirar. Tenía que darse prisa y no andar perdiéndose en el maldito pasado.

Levantó la tapa de un joyero cuyo contenido era deslumbrante. Perlas. Cajitas con pendientes. Incluso una tiara.

Bajo la bandeja superior, una tarjeta. Una invitación al baile veneciano del conde Étienne de Beaumont.

Esta vez no la paralizó un sonido. Detrás del texto escrito en delicada cursiva que indicaba la hora y el lugar —la Piscine Deligny, una piscina a orillas del Sena— alguien había escrito con tinta: *"Piscine. Minuit et quart"*.

Mon Dieu. El duro impacto de la adrenalina en corazón. La respiración como una cinta deshilachada. Había visto esa caligrafía antes. En una nota deslizada dentro de un libro de cantos de una iglesia: "Usted quiere a la hermana de Matteo Romano".

¿Cuánto podía temblar una mano? Más que un océano en una tempestad.

La Voce estaba convocando a Becky a una reunión. Habían unido fuerzas o estaban a punto de hacerlo. Y él estaría en ese baile.

—¿Mademoiselle?

Soltó un sonido que fue entre un jadeo y un grito. Había alguien a su lado y ella no había oído nada. Estaba tan perdida en el horror y el alcance de la amenaza de la Voce, que la podrían haber atacado, entregado a Becky..., cualquier cosa. Por Dios, no era mejor que una mera aficionada.

Afortunadamente, era Jean-Luc, el conserje.

—Ya viene —insistió él—. Dese prisa.

Alix volvió a meter la invitación en la caja, cerró la tapa y huyó hacia la habitación. ¿Dónde iba a esconderse? ¿Y cómo narices iba a salir si Becky estaba subiendo?

Jean-Luc señaló un panel en la pared que se había abierto. Una puerta secreta. El alivio la empujó hacia su refugio. El conserje salió rápidamente del dormitorio y entró en la habitación principal al mismo tiempo que se abrió la puerta. Alix oyó la reacción de Becky.

—¿Qué está haciendo?

—Le traigo un mensaje —respondió el conserje.

Al amparo de la conversación, Alix cerró la puerta secreta tan silenciosamente como pudo, luego se apresuró por un pasillo poco iluminado y bajó dos escaleras antes de llegar a otra puerta. La abrió lentamente, y por fortuna, se encontró en el salón de baile vacío. Desde allí, aunque solo eran las nueve y media y Anthony había dicho que no volvería hasta las diez, cogió el ascensor hasta su suite.

CAPÍTULO 17

ANTHONY ESTABA PEGANDO NOTAS EN LA PARED CUANDO llamaron a la puerta. Frunció el ceño; estaba en mangas de camisa otra vez y, al menos, quería volver a ponerse la corbata antes de que llegara Alix. Aunque, supuso antes de abrir la puerta, tener una camisa puesta era una clara mejora con respecto a lo que llevaba la última vez que la vio.

Alix tenía la cara casi tan pálida como cuando se golpeó la cabeza. Pasó junto a él con la espalda muy erguida y él reconoció la señal: ella cuidaba más la postura cuando más frágil se sentía.

—Deberías dejar de tenerme como socia —dijo, antes de contarle que había estado en la suite de Becky y que casi la atrapan.

"Mierda".

—No voy hacerlo por el mazazo que te ha supuesto descubrir que Becky está asociada con tu informante. Pero sí por entrar en la suite de Becky sin decírmelo. —Anthony trataba de no ser maleducado, pero estaba furioso.

—Lo sé —dijo ella—. Pero tú estabas tratando de conseguir transcripciones de los juicios. Yo no estaba haciendo nada. He aprendido la lección. Y diría que ahora estamos a mano en esto de probarnos el uno al otro que, a veces, nuestra inteligencia no es superior a nada. —Una leve sonrisa acompañó la broma—. Lo único que necesito ahora es que uno de mis impresores haga una copia de la invitación para que yo pueda entrar al baile. Así, la semana próxima podré averiguar quién es la Voce en realidad.

Esas últimas palabras sonaron apagadas, más que triunfales.

Estaba claro que su informante la aterraba. Por eso, él no podía permitir que fuera sola a ese baile. Él había ido a buscar las transcripciones judiciales, sí; pero sin ella, él no hubiera sabido qué buscar.

Se dirigió a su escritorio y sacó una tarjeta.

—Yo tengo una invitación y dice "Monsieur March y acompañante".

—No podemos ir juntos —dijo, exasperada.

—¿Por qué no?

—Porque todos van a pensar que me acuesto contigo.

Lo dijo como si la Torre Eiffel fuera a derrumbarse antes de que Anthony y ella se convirtieran en algo más que socios. Y también como si pensara que la reputación de él era execrable. Anthony apretó los dientes por lo segundo y, muy en el fondo, tuvo consciencia de la desilusión que lo golpeó por lo primero.

En un momento, ella se le acercó.

—Perdona. Prometí que iba a dejar de tratarte como si merecieras tu reputación. Somos compañeros. Vamos a ir juntos. ¿Qué importa lo que diga la gente?

—Está bien. No tienes que hacerlo.

—Me da un poco de miedo preguntártelo, porque es casi como volver a romper mi promesa, pero ¿esta es la primera vez en tu vida que tienes que convencer a alguien para que vaya a un baile contigo? —Por fin, pudo recuperar una de esas sonrisas que eran su marca registrada.

Aunque era cierto que estaba rompiendo su promesa, él se rio.

—¿Qué te parece si pido unos french 75, acordamos lo del baile, te enseño dónde vamos a trabajar esta noche, para tratar de demostrarte que hasta el Ritz tiene algunos rincones secretos que pueden dejarte sin aliento, y olvidamos por un momento que la próxima semana vamos a ver a alguien del que hasta te asusta hablar?

—Esa —dijo ella— es una idea excelente.

—Entonces, ven conmigo.

Apartó las cortinas color blanco inmaculado que cubrían las ventanas, abrió la puerta que estaba escondida detrás y salieron a un balcón.

—Vaya —la escuchó decir, y ahora el que sonrió fue él.

—No es el Tabou, pero... —Señaló las columnas cubiertas de verdín en la plaza Vendôme, de la que se veían los últimos metros contra un cielo que no podría ser más espectacular si Anthony hubiera pedido la perfección. El resplandor dorado de la Ciudad de la Luz se extendía sin fin, y enviaba la oscuridad al exilio permanente.

—Estamos en el tejado. No tenía idea de que algunas de las habitaciones tuvieran terraza —dijo ella, mientras giraba el cuerpo de un lado a otro—. Ahora entiendo por qué tu suite tiene esos techos abovedados. Estás en el cielo, casi literalmente.

—Nop. En un lugar mejor. No hay dioses condenatorios.

Ella sonrió.

—Eso sí que es una mejora. Pero como dijiste la otra noche, si para lo que tenemos que hacer necesitamos semejante escenografía, entonces estoy deseando que llegue mi french 75.

Los cócteles llegaron en el momento justo, y Anthony señaló un montón de cajas.

—Ese —dijo— es el motivo por el que necesitamos este escenario.

Ella levantó las cejas.

—¿Un poco de lectura ligera? Mejor empecemos.

Él la vio abrir una caja, sacar un informe mimeografiado, hundirse en una silla, descalzarse y acurrucar las piernas como si fuera a leer una novela, no un informe sobre criminales de guerra. Mientras ella leía, él aprovechó para observar a esta mujer que se había instalado en su terraza como si ese fuera su lugar.

Nunca invitaba mujeres a su suite, aparte de Esmée y Anjelica; a una lo hacía por amistad, y a la otra, por negocios. Nunca había estado con nadie en la terraza. Encendió un cigarrillo y Alix levantó la mirada ante el chasquido del mechero, así que él se lo acercó y ella le sonrió —un poco—, pero con un indicio de la hermosa exuberancia que él había notado antes. Ella cogió el cigarrillo y fumó con tanto placer que él lo compartió dos veces más; en cada ocasión, recibió la misma sonrisa a modo de recompensa. Le gustaba que fuera pasada la medianoche y estar exhausto, para no tener que irse a dormir y tener pesadillas, porque ella estaba allí y tenían trabajo que hacer.

Y cuanto más estudiaba los informes judiciales, más contento se ponía de que ella no estuviera sola. Había leído las notas que Alix había pegado en la pared, así que sabía exactamente qué información le había dado a la Voce y, por lo tanto, qué nombres mencionados en el informe serían relevantes.

Había uno en particular mencionado solo unas pocas veces y no por el nombre, "el mayordomo de Wolff" eran las palabras usadas. "El mayordomo de Wolff pagaba nueve mil liras por cada judío o judía que le entregaban", decía el testimonio de un testigo. "Aprobó el uso de cámaras de tortura en Milán", decía otro, "incluida la de Pietro Koch".

En ese momento, tuvo que cerrar los ojos. El salvajismo de Pietro Koch traspasaba las fronteras de la pesadilla y entraba en los reinos del horror más profundo. Solo un monstruo aprobaría lo que pasaba allí. Como si tuviera que confirmar su pensamiento, leyó: "El mayordomo de Wolff envió a Auschwitz a los judíos por los que pagó. Llevaba la cuenta en la pared de cuántos morían. Llegaba casi a dos mil la última vez que la vi".

Anthony se puso de pie, y se dirigió al borde de la terraza, desde donde veía los que habían sido los *hôtels particuliers* que bordeaban la plaza. Fachadas color marfil, ventanas rectangulares amontonadas, todas exactamente a la misma distancia unas de otras. Tanta luz, que la plaza parecía pavimentada con oro.

Sintió que Alix se ponía a su lado, vio que paseaba los ojos por la vista que tenían debajo, como si también necesitara asegurarse de que el mundo sobre el que estaban leyendo ya no existía. ¿Había existido alguna vez?

—Es el mayordomo de Wolff, ¿verdad? —dijo él.

—Debe de serlo.

Había estado sentada a menos de dos metros de este hombre y había hablado con él. Y ahora quería seguirlo a un baile.

Alix apoyó la mano en la barandilla junto a la de Anthony y él sintió un impulso tan arrollador de cogérsela —como lo habían hecho durante unos segundos en el club la otra noche— que se resguardó, bruscamente, en la seguridad del paquete de Gauloises.

—Necesitamos saber su nombre —dijo ella, en ese momento más valiente que él—. ¿Cómo se averigua el nombre de alguien que se lo ha ocultado a todo el mundo? —le preguntó a la noche.

—No necesitamos su nombre —respondió aspirando tanto el humo del Gauloise como su propia inspiración—. En estos informes queda claro que con todo lo que sabía sobre la rendición de Italia, procuró escapar a algún lugar seguro con unos días de anticipación. Apuesto a que no se llevó su identidad con él. La cambió en alguna de las rutas de escape nazis y consiguió una nueva. Y también apostaría a que ahora no usa el mismo nombre.

Alix se volvió hacia él con el ceño fruncido.

—Tiene sentido —dijo lentamente—. Por eso, vamos a tener que usar el baile para descubrir qué nombre está usando ahora.

Anthony asintió, después formuló la pregunta que le estaba taladrando la cabeza como una maldita garrapata.

—¿Cómo sabe él que Becky también está resentida?

—No lo sé. Cuando Esmée estuvo haciendo averiguaciones sobre Becky, ¿no habrá alertado a alguien?

Alix se puso a mirar las estrellas y él vio cómo se le estiraba el cuello, la espalda erguida. A Anthony se le contrajeron todos los músculos, porque sabía que ella iba a decir algo que la asustaba.

—Él me vio la cara. Así que espero que sea un baile de disfraces —dijo, con indiferencia intencionada en la voz.

Anthony suspiró profundamente, ahora entendía por qué estaba tan nerviosa cuando llegó a la suite antes de lo acordado, con el rímel un poco corrido y el miedo, franco, en la cara. Fue como si estuviera preocupada por no demostrar ninguna debilidad, como si el mundo le hubiera enseñado demasiado sobre las distintas maneras de explotar la debilidad. Y un interrogante horroroso se caía por su propio peso: ¿qué le pidió la Voce que hiciera a cambio de la información que le había proporcionado?

Él vio su perfil: la piel color blanco crema, los ojos verdes deslumbrantes, la boca quizás era un poco más grande, pero le quedaba bien. Había una energía que emanaba de ella como un latido; si la boca fuera pequeña, se perdería en el rojo del pelo, el brillo de los ojos y la chispa de su presencia. ¿Cuánto de eso había visto la Voce? ¿Y cuánto había deseado?

Si se lo preguntaba, ella se marcharía, lo sabía.

Así que esperó, en un silencio diabólico, que ella hablara sobre el plan para encontrar a un nazi al que, Anthony pensaba ahora, estaría muy tentado de matar.

—Es un baile de disfraces —le oyó decir a Anthony cuando le pasó el cigarrillo, el acto que, según llegó a entender ella, era su modo de hacerla sentir mejor.

En vez de decir "gracias", las palabras que salieron de su boca fueron:

—¿Has matado a alguien alguna vez?

—Sí. —El gesto que hizo Anthony con la boca fue una respuesta más elocuente—. ¿Tú?

—No. —Ella dudó, se preguntó cuánta elocuencia había en su cara. Y la explicación se liberó por sí misma—: Pero he visto personas asesinadas. Asesinadas de modo horrible, salvaje.

Anthony rodeó la copa con los dedos y la hizo girar lentamente.

—Bueno, yo maté a quienes habían cometido asesinatos horribles, salvajes. ¿Eso me convierte en asesino a mí también? —Se encogió de hombros, levantó la copa y bebió un trago largo—. La semántica no tiene demasiada importancia. Aun así, se lleva parte de lo que te vuelve humano. Y nunca lo recuperas. —Otro trago.

—Creo… —empezó Alix, pero la desaparición de cualquier emoción del rostro de Anthony le dejó claro que él no quería su solidaridad ni su compasión. Lo dijo de todos modos—: Una persona que todavía piensa en nazis que se ríen de sus amigos muertos tiene algo más que brasas por alma.

Anthony apretó la mandíbula y ella se preparó para una respuesta, pero él apoyó la espalda contra la pared a la que no llegaba la luz; los ojos, se veían más oscuros que el cielo.

—Cuando lo encontremos, ¿lo entregamos sin más?

Era una pregunta profundamente personal, le estaba

preguntando por qué estaba hablando de matar personas. Y cuando apoyó la espalda en el borde de la barandilla, la impactó el hecho de que, en algunos aspectos, él la conociera mejor que nadie. No sabía de sus padres ni de sus años con Carmel, no conocía a su mejor amiga, pero conocía la sombra que había dentro de ella, sabía que trataba de ennegrecerlo todo.

—Ese es mi plan —dijo ella en voz baja—. Pero también sé que va a depender de lo que diga. La justicia puede tomar otro aspecto cuando estemos en una habitación con él y nos diga por qué en ocasiones me dio información que sirvió para liberar a otros hombres, pero no a esos, esa noche. Sobre todo, quiero que sepa que soy yo quien lo ha atrapado, que no me destruyó; después de todo, sé que ese fue su objetivo.

Siguió un largo silencio. Un reloj sonó dos veces, anunciando que eran las dos de la mañana. Se frotó los ojos.

—Lo único que podemos hacer es ir al baile y espiar la conversación entre Becky y la Voce; vamos a tener que pensar los detalles de cómo vamos a hacerlo una vez que estemos allí y podamos evaluar la cantidad de personas y los niveles de ruido. Con suerte, podemos seguirlo después y averiguar dónde vive.

—Y tal vez yo pueda encontrar otra fuente que se haga amiga de Becky y averigüe qué nombre está usando la Voce ahora.

Volvieron a entrar, y cuando ella vio los papeles que él había agregado a la pared, se dirigió a ellos.

—Tendríamos que investigar los nombres que tenemos aquí. Tal vez haya algún vínculo o alguna conexión. —Miró las páginas rápidamente, vio el nombre de Esmée y dijo, ahora con curiosidad—: Nunca me has contado cómo conociste a Esmée.

—Nuestras familias han sido amigas durante décadas.

Conocí a Esmée cuando yo tenía dos años y ella seis meses. Aparentemente, traté de tirarla a un lago, y estoy seguro de que —una sonrisa, no maliciosa sino pícara, se le dibujó en los labios— aun siendo bebé, se lo merecía. Es lo más parecido a una hermana que tengo.

—Entonces, no todas las mujeres con las que has crecido eran adornos inútiles y estúpidos.

—Supongo que no —dijo él—. Pero si conoces a Esmée, sabes que ella finge que lo es. Por eso me hace pasar por su pareja en las fiestas. Para no tener que llevar muy lejos su actuación y terminar casada con alguien que piense que se lleva un adorno por esposa.

—Y hacer el papel de pareja en las fiestas ¿no te complica encontrar una esposa ornamental para ti? —Esa, tal vez, era una pregunta demasiado personal, pero ahora, Alix sentía todavía más curiosidad. Los hombres como Anthony siempre terminaban con esposas.

—Me quedo en París solo hasta fin de año. Así que las esposas, ornamentales o de cualquier otro tipo, no están en mi agenda ahora. Me preocuparé de ello cuando vuelva a Nueva York —fue la respuesta indiferente de Anthony.

Alix estuvo a punto de poner los ojos en blanco, pero se controló. A diferencia de Esmée, que tenía la suerte de tener tanto dinero que, por ahora, se le perdonaba cualquier excentricidad a la hora de elegir no tener pareja, Alix —con veintisiete años y una clara preferencia por trabajar antes que por la vida de casada— se estaba acercando rápidamente a una escandalosa terquedad o a la soltería. La certeza natural que tenía Anthony de que el matrimonio estaría esperándole cuando estuviera listo era un recordatorio más de la inmensa distancia que la separaba de los ricos, quienes podían modelar la vida de la forma que les sentara mejor.

Para enmascarar su enfado, se puso a mirar el resto de los nombres que ella había anotado: "Allen, Mary, Sorella, Bacio".

Pero no Lillie. Tendría que agregarla a la lista. Aunque ¿y si al ver su nombre Anthony hacía preguntas sobre ella?

En ese mismo instante, Anthony señaló la lista.

—¿Estos son todos?

—Sí —dijo ella sin siquiera dudar.

—Bueno, cuéntame de Bacio —dijo él, con el mismo instinto infalible que, tal vez, lo había convertido en un buen agente—. Extraña coincidencia en los alias. Bisous y Bacio. "Besos" en dos idiomas diferentes.

Toda la habitación empezó a girar, en un desequilibrio nauseabundo.

—No fue coincidencia. —Ella no quería decir nada más, no quería pensar en aquel día tranquilo en el que Matteo estuvo en su apartamento de Berna, giró su hoyuelo hacia ella y le dijo que los besos italianos eran muy superiores—. Tú tienes las ocho almas de tus agentes de la OSE en la conciencia. Pero aquella noche, murieron nueve hombres. En mi conciencia, están todos ellos, los nueve.

Al día siguiente, la *maison* estaba llena de mujeres probándose vestidos para el baile de la Piscine Deligny.

—Ese baile va a ser el evento de la temporada —le dijo Suzanne a Alix triunfal cuando empezó a caer la tarde—. Un montón de mujeres usando Dior. Schiap debe de estar echando humo.

Alix se dio cuenta de que no tenía vestidos de fiesta.

—Va a ser una fiesta muy ostentosa, ¿no? —preguntó, bastante inquieta.

—Eso espero —dijo Suzanne—. ¿Algún problema?

—Voy a ir con Anthony March —soltó Alix con brusquedad en el momento exacto que Dior y madame Bricard entraban en la habitación.

La sonrisa de Suzanne fue de complicidad y madame Bricard arqueó las cejas sugestivamente.

Monsieur Dior habló.

—Necesita un vestido.

—Un vestido único —agregó madame Bricard.

—Tendría que ser una sorpresa —dijo Suzanne.

Salieron apresurados murmurando.

—¡No tienen por qué hacerlo! —gritó Alix, pero ellos la ignoraron.

Y, a decir verdad, estaba contenta. La expectativa de un glorioso vestido de Dior era lo único que podía ayudarla a no pensar en el miedo desgarrador de enfrentarse cara a cara con la Voce dentro de pocos días.

Se decidió que Alix se preparase para el baile en la Maison Christian Dior y que dispusiese del personal de maquillaje y peluquería que normalmente se ocupaba de los trabajos más delicados con las modelos.

—Tienes el pelo de un color poco común —declaró quien estaba a cargo del peinado al ver los rizos de Alix.

—Pffff —respondió madame Bricard con arrogancia—. Es mejor que ser una rubia entre miles.

Después llegó el turno del maquillaje.

—Tienes la boca grande.

Alix respondió con su sonrisa más grande.

Arriba, desde la plataforma que estaba sobre la *cabine*, desde donde los vestidos con las faldas más amplias y deslumbrantes se solían hacer descender de los talleres, Alix oyó el roce y los murmullos de las *petites mains*, que se habían quedado para ver a mademoiselle l'Américaine con la creación de Dior hecha a medida.

—Es el vestido más hermoso de todos. —Oyó un suspiro.

—Cosí un rizo de mi pelo en el dobladillo —susurró otra; esa era una tradición de los vestidos de novia.

—Yo lo cosí con el corazón —comentó una tercera, con melancolía.

—Perdón —dijo Alix a quien la estaba maquillando.

Bebió un vaso con agua para aliviar el dolor dulce que sentía en la garganta. Que para las mujeres su vestido fuera tan importante que hubieran cosido esperanzas y sueños y amuletos en él era conmovedor más allá de todo lo imaginable, y por un único y exquisito segundo sintió que la tela fantasmal de la prueba de costura entraba en la habitación de puntillas, se sentaba junto a ella y le decía. "Tú también puedes tener sueños y esperanzas". Esperanzas como la de encontrar una forma de rastrear a la Voce esa noche. Pero tal vez porque era alguien que nunca había estado en un baile de la alta sociedad parisina, también soñaba con una noche que combinara la audacia del Tabou, el esplendor de la terraza de Anthony y la maravilla del vestido de fiesta de Dior. Seguro que eso no era desear demasiado, ¿no?

—Veamos el vestido, *chérie* —dijo Suzanne inclinándose.

El vestido descendió desde lo alto.

Alix había esperado un negro profundo. Pero lo que apareció fue un azul plateado, un tono iridiscente que, tal vez, había visto antes una vez en la grieta profunda de un glaciar; era el azul de los hechizos y los encantos, y sin duda, de la magia.

Las costureras aplaudieron encantadas cuando se deslizó por la cabeza de Alix y Suzanne se dedicó a las cremalleras.

—Me parece que eso tendría que hacerlo yo —dijo Alix—, si no, no voy a saber cómo quitármelo cuando termine la noche.

—Cuando termine la noche le van a arrancar el vestido —resopló madame Bricard.

Ahora le tocaba a Alix resoplar ante el peso de la expectativa depositada sobre los hombros de Anthony March, que no tenía la intención de quitar siquiera un hilo flojo del cuerpo de Alix. Entonces, Suzanne la hizo girar para que quedara frente al espejo, y todo el mundo quedó en silencio.

Estuvo a punto de alargar una mano para tocar el espejo, porque la mujer que estaba allí no podía ser Alix.

El cuello, color blanco crema, se elevaba sobre un escote sin tirantes. El brillo de la tela se le reflejaba como un rayo de luna en los ojos y el cabello, los unos de un verde más oscuro que nunca y el otro de un rojo más brillante. El corpiño tenía una forma maravillosa —según explicó Madame Carré—, con pliegues que ondulaban sobre el busto y alrededor de la cintura.

Parecía que estaba envuelta en agua marina y que, con un tirón suave, el vestido se convertiría en un charco azul plateado a sus pies. Pero la arquitectura interna mantenía todo unido en secreto, para que eso que parecía agua, fijada temporalmente en su lugar mientras durara el hechizo, no terminara cayendo a medianoche en la vida real.

Con la punta de los dedos, Alix acarició las magníficas flores aterciopeladas que, de algún modo, eran parte de la tela.

—*Velours au sabre* —explicó monsieur Dior—. La gema de toda alta costura.

—Son de una belleza indescriptible —suspiró Alix—. Pero las flores no están estampadas. Da la sensación de que están floreciendo del… ¿satén? —arriesgó.

Dior asintió con un gesto de aprobación.

—Cuando decimos *velours au sabre* —explicó—, nos referimos a una técnica que crea la más excepcional de las telas. Las mejores *petites mains* usa un *sabre* para cortar, con extrema delicadeza, la capa superior del satén duquesa de doble urdimbre para crear un patrón, en este caso, rosas azules. Una vez que se cortan los hilos, ella los acaricia con un cepillo de pelo de jabalí, y así, se revela el terciopelo que está debajo. *Et voilá*, la imagen, sus rosas, aparecen en relieve en el vestido. Solo se pueden hacer unos pocos centímetros por día, y hay que hacerlo todo a mano. No existen máquinas que puedan hacer un trabajo tan *incroyable*.

—Es demasiado —dijo ella, casi demasiado asustada para moverse o hacer algo que pudiera estropear este vestido tan extraordinario... y tan caro.

La acallaron las *petites maines* con un coro de protesta. Monsieur Dior inclinó la cabeza hacia ellas.

—Sería una tragedia para este vestido que nunca se luciera. Y nadie más puede usarlo, porque, justamente, se confeccionó para sus medidas. Se llama Compiègne, un toque de realeza para mi reina del coraje.

No quedaba mucho por hacer más que abalanzarse sobre *le patron*, envolverlo en un abrazo y besarle las mejillas.

—*Merci* —susurró—. Es lo más maravilloso que alguien me ha regalado en la vida.

—¡Ya ha llegado! —Una de las costureras entró corriendo—. Estábamos esperándolo abajo.

Alix meneó la cabeza.

—De verdad, este no es un acontecimiento que merezca tanta atención.

—Si lleva un vestido como ese, lo es —dijo madame Bricard con firmeza—. *On y va.* —Hizo un gesto para que todos fueran hacia la puerta.

Y salió la procesión, Dior y madame Bricard al frente, seguidos por Carré y Raymonde. Después la multitud de costureras. Alix salió última, de la mano de Suzanne. El vestido se deslizaba, grandioso, por un salón que había albergado a tantos vestidos incomparables, pero, aun así, Alix creyó que había oído a la alfombra suspirar de satisfacción bajo sus pies.

En la puerta, todos se hicieron a un lado para que pasara ella. Allí, aparcado junto a la acera, había un vistoso coche art decó. Apoyado en el coche, fumando un cigarrillo y de esmoquin negro, estaba Anthony March.

CAPÍTULO 18

Alix tembló, pero no de frío. Sintió que el aire nocturno era seda que se deslizaba sobre los poros de la piel. Fue imposible contener la sonrisa que la rondaba.

Pero la expresión de Anthony permaneció inalterable. Hasta miró hacia otro lado, y exhaló el humo.

La sonrisa de Alix se desplomó. Sus pasos por la acera se hicieron más lentos.

Cuando llegó junto a él, Anthony dijo:

—Me parece que ese vestido será lo suficientemente lujoso. —Después, por fin, dibujó una sonrisa—. Ya sé que dijiste que no somos del tipo de los socios que se besan, pero vamos a desilusionar a nuestro público si, por lo menos, no te doy un beso en la mejilla.

Hizo un gesto con el cigarrillo y Alix se giró para ver que todos los de la *maison* estaban amontonados en la puerta. Los que estaban detrás de los pocos afortunados que se habían situado delante, estiraban el cuello para poder ver. Ahora tenía las mejillas incendiadas, lo que a Anthony le pareció muy entretenido.

Ella intentó modular la voz para infundirle una levedad despreocupada.

—Han trabajado tanto en mi vestido que no quisiera desilusionarlos.

Alix se puso de puntillas y él se agachó. Sus mejillas entraron en contacto y giraron a la derecha, después a la izquierda, después a la derecha. Mientras sus cuerpos estaban a pocos centímetros, y ella olía la colonia cítrica, especiada con ámbar del bosque y almizcle, Anthony le susurró al oído, el aliento tibio sobre la piel de Alix:

—No puedo decirte lo guapa que estás porque no se me ocurre ninguna palabra que pueda expresarlo.

A Alix se le ruborizó todo el cuerpo. No podía mirar más que al suelo, y lo agradeció cuando Suzanne interrumpió gritando:

—Se te ha olvidado la máscara.

Una fila de costureras bajó por las escaleras; otro objeto bello, también hecho con *velours au sabre*, con rosas azul oscuro que trepaban por uno de los lados.

Anthony le mostró una máscara que hacía juego, pero sin el volante femenino de rosas.

—Llegó al Ritz esta tarde, así que pensé que lo mejor era usarla.

Alix miró por encima del hombro y vio a Suzanne radiante y a Dior sonriendo y no pudo contener la risa.

—Está claro que soy tan anti-Cenicienta, que la idea de que alguien me lleve a un baile está tan fuera de la órbita de la actividad humana normal que genera más alboroto del que debería. ¿Vamos?

—¿No les estropeará la diversión? —dijo Anthony riéndose.

—No —dijo ella con firmeza, y pasó junto a él para subir al coche.

Pensó que nunca podría olvidar, por el resto de su vida, la visión de Alix St. Pierre en la puerta de la *maison*. Y no era solo el vestido; era esa sonrisa. Como copos de nieve a la luz de la luna contra un cielo negro, diamantes suspendidos por un momento antes de esfumarse. Sintió que le dolían los ojos, después ya no pudo mirarla.

Cuando bajó la cabeza, se dio cuenta de que su aparente indiferencia la había herido. Intentó resucitar el momento, pero era irrecuperable.

Permanecieron en silencio cuando el chofer cruzó el pont Royal y condujo por el quai Anatole hasta la Piscine Deligny. Desde fuera parecía una barcaza flotante de madera, pero una vez dentro, se revelaba como una piscina con aires teatrales, bordeada de balcones y adornos de finales del siglo XIX.

—*Mon Dieu* —dijo Alix, mirando alrededor.

—Nado aquí todas las mañanas —dijo él.

—¡Ajá! —dijo ella, triunfal—. Yo tenía razón.

Él levantó una ceja inquisitiva.

—No puedo dejar el hábito de crear expedientes mentales sobre las personas —explicó ella—. Estás bronceado, así que pensé que, quizás, nadabas.

—Me había olvidado de que me viste *déshabillé* —dijo él con picardía. Para escapar de ese recuerdo, dijo—: ¿Y si voy a buscar champán y tú vas a dar una vuelta? Dices que reconocerías su voz, así que escucha a todas las personas que puedas, a ver si puedes deducir quién es. Pero no te quites la máscara —agregó.

Ella asintió, pero parecía vacilante, como si no estuviera tan cómoda en una fiesta grande y lujosa como en la terraza de la suite de Anthony —lo que era un pensamiento absurdo—, entonces fue a ver las góndolas negras que traían y llevaban invitados de la piscina.

De camino al bar, Anthony pasó junto a las cascadas de luces de fantasía, su brillo superaba por poco el de las joyas de los invitados. En un extremo, se había levantado una fachada que imitaba la basílica de San Marcos y una bandada de palomas de atrezo reunidas en un grupo muy bien educado junto a ella. Cerca, el Puente de los Suspiros se arqueaba trágicamente de un balcón a otro.

Lo cruzaron Aly Khan, los Cooper y su *compagnon de chambre* Louise de Vilmorin. Cocteau, Élie de Rothschild, la *vicomtesse* de Noailles. Los diamantes, los escotes y las intenciones lascivas se paseaban en una fila de gente adinerada y mundana que hacía tiempo que había adquirido el tipo de urbanidad que solo se satisfacía con el exceso, un exceso que quedaría espléndidamente expuesto a la una de la madrugada, cuando el baile se convirtiera en lo que siempre pretendió ser, un club que haría sonrojar incluso al Moulin Rouge. No podía esperar a alejarse del bar, de la gente que lo besaba en las mejillas, y volver a Alix.

Tardó una eternidad en llegar a ella, que todavía estaba junto a la piscina, con los ojos bien abiertos. Le pasó una *coupe*.

—Es la versión optimista de Venecia, ¿no? —dijo, echando un vistazo al falso Lido—. Para los que tienen la ilusión pintada en los ojos. Que, supuestamente, somos todos esta noche. Excepto tú. Tienes los ojos tan verdes ahora mismo que parecen… absenta embotellada. ¿Sabes que los ojos verdes son una ilusión óptica? No hay nada de pigmento verde en los ojos, y aun así…

Se detuvo. Había tomado un sorbo de champán y estaba hablando como un borracho.

Por suerte, Alix siempre tenía un comentario ingenioso.

—Entonces, mis ojos también mienten —bromeó—. Perfecto para una espía.

—Lo que trataba de explicarte, por lo visto mal —dijo—, es que, si tu informante está aquí y te pareces, aunque sea un poco, a cómo eras cuando te vio por última vez, entonces no creo que una máscara vaya a camuflarte.

—Créeme —dijo Alix, señalando el vestido— nunca me ha visto así. —Pero tenía los hombros desnudos, así que él notó que los tenía arqueados hacia dentro, como si el miedo a la Voce le oprimiera el pecho.

Lo que, de pronto, también le hizo sentir el pecho oprimido, pero por ella.

Dijo sin pensar:

—Quizá deberías…, no sé, irte a casa. Puedo buscarlo yo. No deberías estar aquí si él sabe cómo eres. —¿Y por qué mierda no había pensado en eso antes?

Ella lo miró, con fuego en los ojos, un fuego dirigido, en parte, a él.

—¿Dirías eso si yo fuera uno de los hombres con los que trabajabas en Italia?

—No es justo.

Los dos se miraron con enfado, y él recordó haberle prometido que no la trataría como si fuera débil. Pero solo con verle el ancho de los hombros, delgados como espinas de pescado que se podrían partir con el meñique, se dio cuenta de que nunca debería haber hecho esa promesa.

—Te propongo que demos una vuelta —dijo ella fríamente— en lugar de quedarnos aquí discutiendo. No conozco a nadie, así que tendrás que presentarme.

Empezó a caminar y él la llevó hacia un grupo de conocidos. Una de las mujeres enlazó un brazo con el de él. Otra mujer, con la que una vez había salido de un baile, y a la que no parecía importarle que esa noche estuviera allí con otra persona, también lo abordó. Algo que, cualquier otra noche, no hubiera sido digno de mención; la persona con la que se llegaba a un baile no necesariamente tenía que ser la misma con la que había que retirarse. Pero esta noche no quería que tomaran su brazo de rehén ni tener que anticipar sus planes para irse.

Al otro lado del círculo, vio a Alix de pie, rígida, entre dos hombres que tenían los ojos clavados en su escote. Después de presentarse, uno de ellos exclamó:

—Dios mío, usted es la mujer que me cuesta una fortuna cada semana. Usted y ese Dior.

Pareció que Alix iba a pegarle y, Dios, Anthony quería que lo hiciera.

Él nunca hacía cosas así, ¿verdad? Tal vez había dormido con más mujeres de lo que podía ser bueno para él, pero no les hablaba a los pechos en vez de a la cara y no se burlaba de ellas. Salvo que sí se había burlado de Alix y su trabajo en Dior cuando la conoció.

Se le aceleró la mente, eso era algo que ella siempre le provocaba. Lo hacía pensar. Como pasó con ese artículo que había escrito después de su cena en la Brasserie Lipp. Se enorgullecía de saberlo todo sobre las noticias del mundo, pero nunca se había puesto a pensar que, si a una modelo le arrancaban el vestido, el problema no se reducía a una disputa sobre el largo de las faldas, sino que había algo mucho más profundo, algo que casi no comprendía.

Y ahora se había perdido en una maraña de pensamientos durante demasiado tiempo y Alix había desaparecido.

—Disculpen —dijo a las mujeres que tenía a ambos lados, recuperó el brazo y maniobró a través de la apretada multitud tan rápido como pudo. Un maldito asesino nazi estaba allí y Alix había desaparecido.

Un destello, de cabello rojo. Allí estaba ella, esperando para pedir una bebida en la barra. Cerca, vislumbró a una mujer sin máscara y con un andar exagerado. Anjelica.

Y recordó que Anjelica había estado involucrada en el robo del boceto y él había olvidado mencionarle a Alix que le había pagado a una prostituta ocasional para que la siguiera hacía unos meses, y que era la misma mujer que había ayudado a Becky para que despidieran a Alix.

"Mierda". Le hizo una seña con la cabeza a Anjelica para que se reunirse con él fuera, lejos de la multitud y lejos de Alix, que estaría a salvo en el bar por ahora.

Tardó otros diez minutos en llegar a la entrada, donde le dijo con tono de disculpa a Anjelica:

—Sé que va a parecer que tengo derecho a decirte lo que tienes que hacer. Pero me vas a hacer la vida más fácil si te vas.

Ella puso su mejor mohín.

—Eres una de las únicas personas en el mundo a la que me gustaría hacerle la vida más fácil. Pero sabes que me contrataron para después, por así decirlo.

Anthony meneó la cabeza; de pronto, odió vivir en un mundo donde, en los bailes a los que asistía, se ofrecían *de-mi-mondaines* —prostitutas de lujo— a los invitados junto con el champán. Y también odió querer decirle a Anjelica que, si se marchaba, le pagaría todo lo que habría ganado quedándose, temía que eso lo rebajara al nivel de los hombres que la contrataban para todo lo demás.

Ella debió de verle el conflicto escrito en la cara, porque se echó a reír.

—¿Qué tal si te facilito la vida y te tranquilizo la conciencia? Tengo información sobre Becky para ti. Voy a buscarme algo para cenar y paso por tu suite más tarde; allí podrás pagarme generosamente por esa información.

Antes de que pudiera agradecerle que le salvara el pellejo, ella se había ido.

Se apresuró a entrar. No había visto a Becky, no estaba más cerca de encontrar a la Voce, tenía un gran secreto que contarle a Alix, y daría cualquier cosa por volver a la exuberancia claustrofóbica del Tabou, donde solo había música y baile y risas y nada de esta mierda.

Alix no estaba en el bar. No estaba bailando. Se desplazó con dificultad entre la multitud, porque todas las putas personas que conocía querían salpicarle los oídos con bromas seductoras y los zapatos con champán, como aquella que le rodeó el brazo con la mano y dijo:

—Veo que te gustan las pelirrojas. Pelirrojas de la clase obrera, nada menos. Me han dicho que es costurera.

—No es… —empezó a decir él, bastante impaciente.

—¿No estará planeando darte algunas puntadas? —se burló la mujer—. Háznoslo saber cuando te canses de los talentos del proletariado.

Anthony le dio la espalda y conversó con varios grupos mientras seguía buscando a Alix, que tal vez no estuviera equivocada al decir que no tenía que haber ido al baile con él. Por algún motivo, le habían asignado el papel de *coquette* y la habían degradado a costurera. Normalmente, cuando llegaba a ese punto con una mujer, las personas simplemente se encogían de hombros. Pero… ¿cuándo había ido a un baile o a una fiesta con una mujer que trabajara como Alix y no con una que se dedicara exclusivamente a ser anfitriona de almuerzos de sociedad para patrocinar a alguna galería entre sus amigos ricos? ¿Y que además se entregara a su trabajo con tanto fervor que era capaz de recibir un golpe en la cabeza durante un día de trabajo?

Por fin encontró a Alix, sola junto a la piscina, y se detuvo un momento a observarla. Estaba mirando el agua, con un brazo cruzado sobre el torso, el codo apoyado en la palma de la mano, una expresión de aburrimiento; no, de soledad, en el rostro. Se dirigió a una tumbona en el extremo opuesto de la piscina y se dejó caer en ella con un suspiro. Y Anthony cayó en la cuenta de que, mientras él conocía a casi todos allí, ya fuera porque los padres de los invitados conocían a los suyos o porque había ido al colegio con algunos de sus amigos, Alix no conocía nadie, y nadie la conocía a ella.

Lo había mencionado al principio de la velada y él no entendió qué había querido decir: que el entorno de Alix St. Pierre no se parecía en nada al suyo.

Alix se sentó agradecida de que faltase poco para la medianoche. Entonces podría irse a casa.

No había oído ninguna voz que le sonara familiar, no había visto a Becky por ningún lado, había visto a Anthony con alrededor de un millón de mujeres diferentes rodeándole los hombros con los brazos, transformado en el libertino millonario para quien los rincones oscuros y las mujeres casadas eran meros aperitivos, anticipos del plato principal. Algo a lo que tenía todo derecho, pero era difícil imaginar que fuera el mismo hombre con el que había compartido confidencias. Se sentía como si estuviera de vuelta en la escuela de buenos modales, o en la casa de los Van der Meer, o en el Rainbow Room cenando con Bobby: una forastera perdida en un mundo al que no pertenecía.

Abrió su bolso solo para descubrir que se había dejado sus cigarrillos en la *cabine*.

—Toma. — Apareció un cigarrillo encendido frente a ella de la mano de Anthony. Lo aceptó, dio una calada y vio cómo la exhalación brillaba como cristal en la noche.

Anthony se sentó en la tumbona que estaba frente a ella y estudió su rostro. Ella intentó vaciarlo de expresión, solo movía la mano que sostenía el cigarrillo, mientras su sangre fría se desvanecía como el humo.

—Sé que la OSE reclutaba principalmente en la élite — dijo Anthony al fin—. Pero conoces a Esmée y conocías a Bobby, así que supuse que conocías a todo el mundo aquí. Pero no es así, y creo que he hecho un montón de suposiciones equivocadas sobre ti.

—Creo que ambos somos culpables de hacer suposiciones —dijo en voz baja. Luego sonrió—. Quiero decir, en realidad creí durante unos diez segundos que ibas en serio con lo del *ménage à trois* o *quatre* o el número que dijeras. Y asumiste que yo pertenecía a esos círculos sociales solo porque todos los que conoces vienen de allí.

Él no sonrió, no iba a permitir que ella se librara con un comentario sarcástico. Alix sacudió la ceniza del cigarrillo y le explicó con toda la naturalidad que pudo:

—Mis padres eran inmigrantes franceses y sastres de profesión. Murieron cuando yo tenía trece años y me acogieron unas personas que se movían en los mismos círculos sociales que la familia de Bobby. Como a Esmée casi se le escapa en la cena, yo era la única estudiante becada en Le Manoir, de ahí mi amistad con las asistentas. Volví a París el año pasado con, literalmente, tres trajes, una blusa, un pantalón y ningún vestido de fiesta —terminó, y arrojó el cigarrillo al suelo, las manos ansiaban otro—. Trabajo porque tengo que hacerlo, y a veces me encanta. Al menos aquí en París. —Se encogió de hombros—. Está bien si quieres buscarte otra compañera, ahora que sabes que pertenezco a la chusma.

—He trabajado con todo el mundo, desde prostitutas a… —Se interrumpió—. Eso no ha sonado bien.

Ella sonrió levemente.

—Pero me has hecho sonreír. Aunque fue una gran metedura de pata.

—Parece que, esta noche, esa es mi especialidad. Es que… —Hizo una pausa, como si estuviera buscando una frase que no fuera ofensiva—. Tu estilo, o tu andar, o algo… Pensé que habías nacido en esto. —Señaló el lujo que los rodeaba.

Ella levantó una ceja.

—Entonces, ¿cómo te explicas mi cuarto de la pensión?

—Creí que te estabas rebelando contra la riqueza de tu familia.

Alix se rio a carcajadas.

—Solo los ricos de verdad pueden permitirse rebelarse contra el dinero, Anthony.

Touché. Él hizo una mueca.

—Lo que me convierte en un imbécil, una vez más.

No era culpa suya si creía que todo el mundo era como él. Que alguien podía ir a vivir un año en París, alojarse en el Ritz y volver a Nueva York para retomar su vida cuando lo creyera conveniente, y colgarle los inevitables adornos de una esposa e hijos cuando llegara el momento de dejar atrás el papel de galán ocioso. Solo ella, siempre una intrusa, era capaz de ver las puertas cerradas del palacio que habitaba él, los muros construidos con dólares, demasiado altos para trepar por ellos.

—Quizás parezcas menos imbécil si me cuentas tu historia —dijo ella, con astucia, decidida a aprovechar al máximo su arrepentimiento—. Suzanne me contó que tenías dos hermanos.

Él se sentó a su lado, los pliegues del vestido parecían mercurio derramado a su alrededor. Anthony sacó otro cigarrillo, lo encendió y se lo pasó, esperando a que diera una calada antes de tenderle la mano para que se lo devolviera, en ese acto extrañamente íntimo en el que habían caído varias veces.

—Tenía dos hermanos mayores —dijo, inexpresivo, como si no le importara en absoluto o como si, en verdad, le importara demasiado—. Uno murió en Omaha Beach el día D. El otro murió el día después, por una herida de bala que recibió mientras su barco se acercaba a la orilla. Los dos murieron veinticuatro horas después de llegar a Francia.

Un estallido de risa procedente de un grupo que estaba junto a la piscina, un poco más adelante, lo sobresaltó. Ella le tocó la rodilla con una mano, un poco afligida por hacerle revivir algo que, evidentemente, era muy doloroso.

—Estoy siendo indiscreta. No tienes que contarme nada más.

Él se encogió de hombros, apoyó un codo en la rodilla y fumó tenazmente durante un minuto.

—Allí estaba yo, en Italia, haciendo el trabajo más

peligroso de todos, pero yo estaba vivo y mis hermanos no. En ese entonces, me había incorporado a un grupo de la Resistencia, así que no podía viajar para visitar a mi padre para ver cómo llevaba la noticia de que el hijo que le quedaba, el que no había hecho la carrera de Derecho, imprescindible para ponerse al frente de un imperio periodístico, era el que iba hacerlo.

Sonrió sin gracia.

—Por eso estoy en París hasta fin de año. Estoy "aprendiendo el negocio", esa es la explicación oficial; la descripción personal de mi padre, probablemente más acertada, es que estoy deshaciéndome de mis irresponsabilidades. Teniendo en cuenta cuántas son, acordamos dieciocho meses. Entonces estaré listo para convertirme en el señor March Júnior, el hombre responsable del *New York Journal* y sus cabeceras asociadas.

—Te gusta escribir —dedujo ella, lo había deducido por el artículo que había escrito sobre lo ocurrido con Tania en Montmartre—, pero no te gusta…

—La responsabilidad —la interrumpió él, anticipándose a su censura.

—Sin embargo, todavía te sientes responsable por tu equipo de la OSE. Vas a tener que esforzarte mucho más si quieres que crea que eres un sinvergüenza irresponsable.

Anthony por fin sonrió de verdad.

—Esa es una oferta que casi no puedo rechazar. La oportunidad de demostrar que soy un sinvergüenza irresponsable en una fiesta como esta.

Justo en ese momento, se oyeron gemidos provenientes de algún lugar, bajo los balcones. Las cabezas de los dos giraron al unísono. El sonido se repitió, se miraron el uno al otro y estallaron en carcajadas.

—Si hay algo que demuestra este baile es que es mejor no ser de esas personas a las que invitan a estas cosas —dijo

Anthony sarcásticamente, y Alix le siguió la mirada por el área que rodeaba la piscina y vio que, sí, al llegar la medianoche, las inhibiciones quedaban démodé y la mitad de la fiesta se estaba portando mal a la vista de todos. Hasta el puente de los Suspiros se tambaleaba como un borracho y las palomas habían participado de un juego tempestuoso que las había desplumado.

Los fuegos artificiales estallaron en lo alto, y llovió una luz dorada. La brisa trajo consigo el aroma de cítricos, ámbar y especias con una nota grave de Vermut y Gauloises: el aroma de Anthony. Mientras se pasaban el cigarrillo, hubo un silencio repentino en el espacio de aire nocturno que los separaba, y se llenó de singularidades, como el calor del hombro de Anthony en contacto con el de Alix, el roce de los dedos de él cuando ella cogía el cigarrillo, el ansia inexplicable de enlazar su mano con la de él, de dejarse llevar por la vibración sutil de algo y que se convirtiera en lo que presagiaba.

Pero la reputación de una mujer trabajadora era tan fácil de perder como una moneda de un franco. Y más difícil de recuperar que los diamantes. Por eso, tenía que ignorar los estremecimientos y pasar a los motivos por los que habían ido allí.

—¿Cuánto tiempo tenemos? —preguntó.

Anthony consultó su reloj.

—Media hora. ¿Cuál es nuestro plan? He entrado en el salón. Está lleno de gente; sería lógico que él buscase la privacidad de las multitudes para hablar con Becky.

—¿Por qué no subimos al balcón, desde donde podemos ver todo?

El balcón les ofrecía una excelente vista tanto del interior como del exterior. Pero pasaron diez minutos y Becky seguía sin aparecer.

—Mierda —dijo Alix, dando golpecitos nerviosos con las uñas sobre la barandilla.

—Lo conoces —dijo Anthony, volviéndose hacia ella—. ¿Adónde iría?

—¿A algún lugar cerrado? —especuló ella—. Nunca lo vi al aire libre.

—Los vestuarios.

Pero estaban vacíos, salvo por juerguistas lujuriosos. Y ya habían pasado cinco minutos.

—¿Dónde narices están? —dijo Anthony con los dientes apretados.

Alix cerró los ojos, deseó que hubiera más silencio. Era imposible invocar a la Voce entre tanto ruido.

—¿Qué te dice tu instinto? —le preguntó Anthony.

Entonces, ella se concentró en sentir, dejó que la voz de él resonara en el tiempo.

"Piscine Deligny", le recordó su instinto. ¡Eso era! La dirección del baile ya estaba en la invitación, así que no tenía necesidad de anotarla, a menos que…

—Se van a reunir junto a la piscina —dijo—. Vamos.

En ese instante, se cogieron de la mano y corrieron hacia la piscina esquivando a los grupos de juerguistas que habían sacado sus impulsos a pasear.

Una vez allí, cruzaron las miradas, que reflejaban la misma pregunta: ¿dónde iban a esconderse?

—A la vista de todos —dijeron al unísono. Era la primera lección del entrenamiento de la OSE.

Alix subió los cinco escalones del trampolín, arrastrando a Anthony tras ella, él ya se estaba quitando la corbata, como si supiera exactamente lo que ella estaba pensando. En la piscina, parecerían simplemente otra pareja de amantes para los que la cama era algo pasado de moda.

—Tres minutos —dijo.

—Me estoy dando prisa —respondió ella, percibiendo la impaciencia de Anthony, pero también, contenta de que él supiera que no debía ofrecerle ayuda.

Él fue el primero en desvestirse, se quedó en ropa interior y se zambulló unos segundos antes de que ella se quitara el vestido, feliz de que su corsé rosa no fuera más revelador que un bañador. Luego fue su turno. Nadó bajo el agua hasta quedarse sin aliento y salió a la superficie jadeando, para encontrar a Anthony a su lado.

—Supongo que tenemos un minuto —dijo.

Ella se apartó el pelo de la cara y se apoyó en el borde de la piscina, se situó en una posición desde la que podía ver todo sin ser vista. Por suerte, Anthony era tan alto que su torso la ocultaría por completo. Y ahora era momento de jugar a estar en la *piscine* por motivos completamente distintos a estar vigilando. Había que recurrir a las sonrisas y a la conversación casual.

—¿Cuánto mides? —le preguntó, esbozando una sonrisa despreocupada.

—Un metro noventa. Unos treinta centímetros más que tú, diría yo. Aunque pareces aún más baja sin todo ese Dior, y no he tenido que convencerte de que te lo quitaras. —Anthony sonrió y se acercó más, ahora sin el bastión que creaba la falda de ella. Luego, con la sonrisa desplazada por una expresión seria, preguntó—: ¿Estás lista? Si no nos equivocamos, vas a oír su voz en unos treinta segundos.

Tal vez era parte del papel que estaba representando. Pero Alix sintió que se le encogía un poco el corazón al ver que, a pesar de estar a segundos de un gran avance, Anthony se preocupaba por cómo podría hacerla sentir oír a la Voce.

Era como si, ahí fuera, en la oscuridad, hubiera encontrado la sombra que ocultaba Anthony y esa sombra fuera suave como el terciopelo; la ternura escondida, como las rosas de *velours au sabre* de su vestido, que aparecen cuando se van retirando las capas exteriores, hilo a hilo.

Durante cinco largos segundos, en París no hubo más que Anthony March y Alix St. Pierre mirándose.

CAPÍTULO 19

El murmullo del satén de seda. Alix apartó los ojos de Anthony.

—Es Becky —susurró, porque Anthony estaba de espaldas y ella tenía que ser sus ojos.

—Llega tarde. —De entre las sombras, apareció un hombre, una voz que ella esperaba no volver a oír.

A Alix se le tensó todo el cuerpo, la adrenalina fluyó hasta la punta de las pestañas.

—¿Es él? —preguntó Anthony en voz baja, y se acercó aún más para protegerla—. Lo único que tenemos que hacer es escuchar. Y asegurarnos de que no te vea. Solo somos dos invitados que se han metido en la piscina. —Le colocó un mechón de pelo detrás de la oreja, para sostener la farsa—. Podría hacer un chiste malo sobre la felicidad de estar atrapado en una piscina con una mujer en ropa interior, pero me preocupa que puedas a pegarme.

El intento de ponerle humor a la situación la relajó un poco y pudo concentrarse en el hombre que hablaba con Becky.

—Dime lo que ves — preguntó Anthony.

—No mucho. Lleva esmoquin. Está de espaldas y tiene pelo castaño como casi cualquier otro hombre del mundo. Tiene las manos delante de él y no puedo verle la cara.

—Se le da bien ocultarse.

Habló Becky, la voz le temblaba un poco, ya no era tan valiente. ¿O todavía estaba actuando?

—No sabía dónde estaría usted exactamente.

—¿Y ahora qué? — preguntó la Voce a Becky y Alix recurrió a todo lo que había aprendido sobre reconocimiento de voz para analizar el timbre y la cadencia de sus palabras.

Oyó no solo un tono de pregunta, también de regodeo. También oyó, durante un breve instante, la vibración del triunfo. Seguía creyendo que había ganado. Brotó la furia. Se le tenía que haber dibujado en el rostro, porque Anthony apoyó una mano sobre la de ella, como si pensara que estaba a punto de salir volando de la piscina para arrojarse sobre la Voce. Era muy tentador.

—Bueno —dijo Becky con su vocecita chillona—, ha elegido un lugar muy público para nuestro primer encuentro. —Con los ojos, recorrió a los invitados reunidos en grupos bajo los balcones—. Usted quería que, esta noche, yo demostrara que podía seguir instrucciones y venir sola. Ya lo he hecho. Creo que, la próxima vez, deberíamos reunirnos en un lugar más privado para hablar de nuestros intereses en común. Sugiero el Parc des Buttes-Chaumont, mañana al mediodía. En la *passerelle suspendue*.

La Voce asintió y se marchó. Alix escrutó su andar con ojos desesperados, pero no tenía nada de particular. Era de estatura y peso medio. Completamente normal. Se le tensaron las manos en el borde de la piscina, lista para salir, lista para lanzarse sobre él.

—Déjalo ir —dijo Anthony con vehemencia—. Sabemos dónde va a estar mañana. Siempre es preferible asegurarse la victoria futura a la oportunidad inmediata pero mucho más arriesgada. No puedes correr tras él ahora; créeme, Alix St. Pierre ahí fuera, en corsé, va a llamar demasiado la atención.

Otra broma para tranquilizarla. Y Anthony tenía razón.

Si ella salía corriendo por el borde de la piscina en ese estado de agitación, él la descubriría y perdería cualquier ventaja. Dejó caer las manos a los lados y se oyó resoplar.

Becky volvió a entrar con gesto preocupado, parecía muy asustada por lo que fuera que hubiera evocado. "Te lo mereces", deseó ser capaz de pensar Alix, pero ni siquiera Becky merecía que la Voce la usara y se deshiciera de ella.

—¿Estás bien? —preguntó Anthony, cogiéndose el hombro derecho como si le estuviera doliendo una vez más.

—Lo siento —dijo ella—. Viste morir personas mientras los hombres de la Voce se reían. Lo único que hice yo fue… —Se interrumpió; nunca podría hablar de lo que la Voce la había obligado a hacer—. Tengo que expulsar el miedo, si no, va a condicionar mis decisiones. Mañana voy a hacerlo mejor. Lo prometo.

—Alix —interrumpió Anthony—. Estaría preocupado si no tuvieras miedo. Eso no te hace menos valiente. Piensa dónde estamos ahora en comparación con dónde estábamos hace tres meses. Nos odiábamos demasiado por lo que había pasado, pero estábamos demasiado jodidos para hacer algo al respecto. En estos últimos días hemos descubierto que, quizás, a él se lo conociera como el mayordomo de Wolff, pero era mucho más. Sabemos que se está aliando con Becky. Sabemos cuál es su motivación. Y sabemos dónde van a estar mañana. Lo único que necesitamos es el nombre que está usando ahora y con eso, seguramente, podremos averiguar dónde vive. Estamos tan cerca… Va a ser mucho más fácil vigilarlo en un parque, con menos gente alrededor. Si has podido hacer todo eso con miedo, entonces el miedo no te está deteniendo.

Lo dijo con mirada y actitud decididas. Tenía un hombro destrozado, y el nazi sanguinario responsable de eso había estado a poca distancia unos minutos atrás y, aun así, Anthony estaba tratando de hacerla sentir mejor.

—Gracias —dijo Alix—. Debes de haber sido un gran capitán.

—¿Estás diciendo que lo dudabas? —dijo él con una sonrisa, y ella se echó a reír.

—Dios, necesito un cigarrillo. —Alix, inclinó la cabeza hacia atrás para mirar al cielo, extendió los brazos sobre el borde de la piscina y soltó un suspiro prolongado.

—¿Y si en vez de fumar nadamos?

Volvió a reír.

—Ponte serio. Tenemos un encuentro mañana.

—Es difícil ponerse serio contigo en corsé rosa.

Lo que había empezado como una broma más no lo pareció tanto al final de la frase.

La música nocturna sonaba detrás de ellos: una risa provocativa, una balada de piano, el estallido de un corcho. Amainó la brisa.

Alix volvió a inclinar la cabeza y se encontró con los ojos de Anthony. Y de repente fue igual a esa fracción de segundo, antes de que apareciera Becky, en la que Anthony era lo único que veía.

Una clase diferente de adrenalina ahora. Apretó los dedos contra el borde de la piscina.

—Estás mirándome fijamente —murmuró Anthony, los ojos, muy azules de repente, como el corazón de la llama más caliente.

—Tú también —susurró ella, su faceta más despreocupada trataba de no parpadear, para que ese momento no terminara nunca.

—No hay ninguna posibilidad de que pueda mirar a otro lado en este momento.

La mente racional de Alix se impuso al fin, para recordarle que las palabras de Anthony no significaban nada. Ella no significaba nada. No para él. Se cruzó de brazos y apartó la mirada.

—Sé que estoy última dentro del rango de mujeres a las que quieres ver sin ropa, pero, aun así, me parece que voy a vestirme. —Empezó a darse la vuelta, pero él extendió una mano para detenerla.

—Alix —dijo lenta, cuidadosamente—, no hay nada en ti que pertenezca a ningún rango que yo haya experimentado.

¿Qué diantres quería decir eso?

Giró la cabeza hacia él. Sus ojos escaparon de la cara de Anthony hasta su torso, el torso bronceado y marcado de alguien que nadaba todos los días y se cuidaba mucho. Tenía una o dos gotas de agua en la piel, una de ellas rompió la tensión superficial y se deslizó como la punta de un dedo hacia el ombligo.

En aquel momento, solo había cercanía, calor, silencio y fuego. Anthony le abrazó la mirada con los ojos, que descendieron por un instante a los labios de Alix.

Luego parpadeó y meneó la cabeza.

Para Alix, eso fue la señal de que no se acercaría más. Las bromas que había hecho sobre su propia reputación implicaban que él no iba a tocarla a menos que ella hiciera el primer movimiento. Era muy tentador. Porque seguramente al besar, al tocar, olvidaría.

Pero nunca habría olvido.

Dios, ¿la vida seguía siendo esto?

Apoyó ambas manos en el borde y salió del agua.

—Me voy a casa —dijo.

Necesitaba aire, y dentro de un taxi no iba a encontrarlo. Le había prometido a Anthony que cogería uno, no se sentía capaz de soportar el viaje a casa en su coche, pero en cambio, caminó, solo para descubrir que el aire escaseaba en París esa noche, o que al menos, la tranquilidad de la madrugada no la serenaba. Había salido del baile con tanta prisa que no había planificado lo del día siguiente con

Anthony; ella tenía que ir a trabajar, no a vigilar en un parque. Y había algo en la conversación que habían escuchado que la había dejado preocupada, como una ampolla cuando aprieta un zapato.

¿Qué era?

La vacilación de Becky. El regodeo de la Voce.

Y entonces lo entendió. Había sido demasiado fácil. La conversación había tenido lugar exactamente donde podía oírla mejor, y se dieron todos los detalles. El espionaje nunca era tan simple, de lo contrario, todo el mundo sería espía.

Era una trampa, no un hallazgo.

Aminoró la marcha. En ese mismo momento, se detuvieron los pasos que se oían detrás.

Se agarró de la barandilla del puente de la Concordia y escrutó la noche con los ojos y los oídos. A su izquierda tenía la Torre Eiffel; a su derecha, el Jardin des Tuileries. El agua negra debajo, la corriente de la oscuridad fluyendo hacia delante. Una pareja se abrazaba mientras contemplaba la ciudad. Un hombre miraba a la nada. El cabello mojado de Alix goteaba sobre el suelo.

Alix pasó una mano por la chaqueta que Anthony había insistido en darle, y que ahora se alegraba de haber aceptado, porque su vestido era como un faro. Bien podría estar en lo alto del obelisco al otro lado del puente, gritando: "¡Aquí estoy! Aquí está Alix St. Pierre". Hay que provocar al oponente únicamente si se está preparado, si se conocen sus fortalezas y debilidades. Y ella no las conocía. Tendría que haber cogido un taxi.

Tal vez estaba exagerando.

O tal vez tenía razón. Si estaba en lo cierto, entonces la Voce sabía quién era ella y tenía la intención de verla cara a cara al día siguiente. Y tal vez, alguien a quien había contratado para hacer el trabajo sucio la estaba siguiendo en ese mismo momento.

Se apresuró a cruzar el puente y a llegar a su pequeña habitación, donde no se le ocurriría buscarla a nadie, sintiendo que sonaban las alarmas. Si conocían su identidad —y probablemente la de Anthony—, entonces, la Voce tenía información sobre ella. Por ejemplo, donde vivía.

Pasó por delante de la pensión, siguió escuchando. No había nada. A pesar de eso, dio la vuelta a la manzana, hasta la puerta de servicio, y esperó en la sala de mantenimiento, con los nervios a flor de piel. Recorrió la oscuridad con la mirada y se detuvo en un montón de sacos de harina que el propietario había almacenado allí.

Uno de ellos bastaría. Era lo bastante pesado para funcionar como un arma decente, pero no tan brutal como para causar daños irreparables.

Se quitó los zapatos, volvió a escurrirse el pelo, cogió un saco —Dios, cómo pesaba— y subió las escaleras. De pie, en la puerta de su habitación, esperó y escuchó.

Sin duda, había alguien dentro.

Oyó la respiración, el más leve de los movimientos, los pulmones que se llenaban, el pecho que se expandía, el más tenue crujir de un dedo.

Sostuvo el saco con ambas manos, apoyó el codo en el picaporte, de un empujón abrió la puerta, y arrojó el saco sobre un cuerpo. Un quejido, y un hombre que cayó al suelo.

Cerró la puerta rápidamente, sintió que el corazón le latía a toda velocidad y que la adrenalina la hacía pensar, en vez de ser presa del pánico. El pánico siempre debía reservarse para después, para cuando se hubiera limpiado el desastre.

Encendió una luz y observó al hombre que estaba en el suelo. No lo conocía.

No podía moverlo sola. Tenía que buscar sus bufandas más resistentes, atarle las muñecas y los tobillos por si se despertaba, también amordazarlo, cerrar la puerta, bajar las escaleras a toda prisa, encontrar la cabina telefónica más cercana, echar unas monedas y pedir a la operadora que la comunicara con el Ritz.

—¿Sí? —la voz de Anthony se oyó en la línea, ansiosa, impaciente.

—A fin de compartirlo todo con mi socio —dijo ella, tratando de desacelerar el corazón y controlar la respiración—, te informo que ahora hay un hombre en el suelo de mi pensión que está muerto, herido o simplemente inconsciente.

Una risa de mujer sonó de fondo. "Mierda, Anthony". Alix colgó el teléfono.

Volvió a la pensión a toda prisa, se hundió en una silla y se quedó mirando el desorden. "Piensa. Deja a un lado las emociones, vuelve al entrenamiento".

Si habían encontrado su refugio, tenía que recogerlo todo y largarse.

Alix bajó la maleta. Del armario, sacó el Chérie, el vestido con estampado de leopardo, el verde y los dos trajes que Dior había hecho para ella. En el cuarto de baño, metió los artículos de tocador y los cosméticos en estuches. Puso los sombreros en cajas, sin perder de vista al hombre. No se movía.

Se oyó un ruido detrás de la puerta. Metió la mano en la maleta y sacó su pistola Beretta reglamentaria. Apuntó. La puerta se abrió de golpe y apareció Anthony March.

Detrás de él estaba Fortunée.

El grito de sorpresa de Alix fue muy estridente. A Anthony se le desencajó el rostro por la culpa.

El hermano de Becky había ido a las montañas con Anthony. Luego Becky se había aliado con Fortunée para expulsar a Alix de París. Y ahora Anthony estaba aquí con Fortunée.

En ese momento, quiso decirle de todo, pero el miedo la había atravesado como unas tijeras a una pieza de gasa y se dio cuenta de que no podía hablar.

Anthony observó toda la habitación, y sin cruzarse con la mirada de ella, analizó la escena: el hombre en el suelo, la bolsa de harina, los papeles revueltos sobre el escritorio. Se detuvo en uno que ella guardaba desde 1944 y que ahora estaba encima de los demás.

Lo cogió.

Para Alix,
Bisous y bacio.
Con todo mi amor,
Matteo

—¿Quién mierda es Matteo? —vociferó Anthony.

Ella se quedó tan aturdida por la total incoherencia de la pregunta —¿acaso no se lo había dicho ya?—, que respondió:

—Matteo era Bacio.

—Durante esas últimas semanas en Italia —dijo Anthony, sombrío—, Bobby estaba buscando a un tal Matteo.

PARTE CUATRO

Suiza e Italia, 1943-1945

*Un agente de inteligencia tiene que ser libre
para hablar con el mismísimo diablo
si así obtiene algún conocimiento útil…*

Allen Dulles

CAPÍTULO 20

A LA TARDE DEL DÍA SIGUIENTE, LA EXPEDICIÓN TRANS-fronteriza de Matteo y Alix termina en el centro de mando partisano, una antigua fábrica de talco en medio de las montañas. Los vigías, dos hombres con adoración por Matteo y una enorme desconfianza hacia Alix en los ojos, los dejan pasar. Alix está exhausta. Nunca había andado tanto ni tan lejos con tan poco descanso. Ha bebido tanto café, que parece que los ojos no se le van a cerrar nunca.

Es un día soleado y los partisanos están sentados al aire libre, sobre las salientes y las rocas, como cabras montesas, disfrutando el sol. Al oír pasos que se acercan, las manos vuelan a las armas y vuelven a caer cuando ven a Matteo. Varios se acercan a recibirlo, uno con el rostro terso y que aún no conoce la navaja de afeitar; otro con zapatos demasiado grandes para él, como un hermano pequeño con los zapatos que ya no usa el mayor. Parece un extraño campamento de verano, hasta que se acerca otro grupo de hombres. Tienen edades más parecidas a la de Matteo y arrugas grabadas en la frente y alrededor de los ojos, y ella se pregunta, desconsolada, cuánto tiempo pasará antes de que el chico de los zapatos demasiado grandes tenga ese aspecto.

Todos se quedan mirando a Alix. Cuando Matteo dice que es estadounidense, maldicen.

—No le habléis así. —Ante las palabras de Matteo, parecen avergonzados.

—Escupidme dentro de un mes si no cumplo lo que prometo —dice ella—. Ahora, enseñádmelo todo. No puedo arreglar lo que no conozco.

La miran sorprendidos, no esperaban el dialecto: piamontés fluido, que aprendió de Chiara.

—Mira esto. —Matteo le indica el camino a Alix, pasan junto a un muro de silos y entran al gris acero de la planta de talco, un entorno sombrío, y ella entiende por qué los hombres prefieren estar fuera. Mateo señala a un hombre que lleva, inexplicablemente, un uniforme británico—. Este es el coronel Stephenson, el *cazzone* del que te hablé —dice.

Los más jóvenes que los han seguido sonríen, pero el hombre uniformado no se inmuta, no tiene idea de que se están burlando de él. Y, de pronto, Alix se da cuenta de que este debe de ser el agente que envió la OSE para apoyar a los partisanos, o el agente que los británicos le obligaron a enviar.

—Cree —dice Matteo, en un tono peligrosamente amigable—, que está aquí para dirigir y organizar a los partisanos. Pero su italiano es incomprensible, no quiere quitarse ese uniforme de mierda y ni siquiera tiene ni idea de cómo llegar a Turín.

El agente toma distancia del desprecio de Matteo y se dirige a Alix.

—¿Quién es usted? —Sus modales son majestuosos, como los de la señora Van der Meer.

Alix no ha tenido más ganas de soltar maldiciones en toda su vida. Meses de súplicas han dado este resultado. Qué puto desperdicio.

—¿Quieres que les ordene a estos hombres que te lleven a los Alpes y te abandonen a tu suerte? Quítate el uniforme. Los partisanos no deberían tener que protegerte a ti tanto como a ellos mismos —estalla ella.

—¿Cómo te atreves? —El agente avanza un paso.

Matteo también da un paso adelante, pero Alix levanta una mano para detenerlo. Esta es su batalla.

—No voy a pedir ningún otro equipo para ayudarlo a menos que siga las órdenes de los partisanos —le dice al agente, con voz endurecida—. Puedo atender su petición de más armas para protegerlo… o no.

Ahora es el turno del agente para maldecir.

Los partisanos se burlan de él cuando se marcha, y luego se vuelven para mirarla con algo que se parece más a la admiración que a la repugnancia. Ella capta la mirada de Matteo y de repente ve el lado ridículo de lo que acaba de pasar: un hombre en un país ocupado que lleva un uniforme enemigo, y es incapaz de entender hasta las palabrotas más elementales. Alix insinúa una sonrisa y Matteo le responde con una sonrisa de oreja a oreja.

—Estoy de mal humor desde anoche —le dice él. Sus ojos le recorren la cara antes de tocarle rápidamente las ojeras demacradas con un dedo —. Y has caminado durante horas solo para que te insulte todo el mundo. Lo siento.

Los chicos que están por ahí se ponen a silbar, pero los interrumpe el sonido de pasos que se acercan corriendo. Un joven se detiene ante Matteo.

—Otro *rastrellamento* —dice—. Los nazis están en camino a Susa.

El primer instinto de Matteo es volverse hacia ella.

—No te preocupes por mí —dice Alix—. Dime dónde puedo encontrar a Chiara. Me quedaré con ella.

Luego descienden hacia el valle.

Es fácil oír la palabra "*rastrellamento*" —redada— e imaginar que se refiere a arrojar una red para atrapar algo, tal vez, peces. Pero redada no significa nada de eso cuando son los nazis los que la llevan adelante.

En una cabaña de pastores más abajo, Alix encuentra a Chiara. El muchacho que la ha acompañado vuelve corriendo a reunirse con sus amigos. Alix y Chiara solo tienen tiempo para un abrazo rápido antes de mirarse y asentir. No se quedarán en la granja, a pesar de lo que les han dicho.

Se mantienen a salvo detrás de los partisanos, que tienen armas robadas y armas prestadas y armas anticuadas y las armas que Alix les suministró, y también determinación.

El Val di Susa, como el Val d'Aosta que ella y Matteo recorrieron antes, en condiciones normales debe de ser impresionante. Es una inmensa cuna cubierta de verde entre los Alpes, cuyos picos, en su espectacular intersección con el cielo, forman un diseño color gris orgullo sobre un fondo azul esperanza. Pero ahora hay humo donde debería estar el cielo, pozos donde debería haber casas, y en el paisaje hay fuego, no majestuosidad.

Llegan demasiado tarde. Los alemanes ya han descargado su venganza sobre las familias y los amigos de los partisanos.

Retazos carbonizados de cortinas estampadas caen al suelo donde antes crecían rododendros; un marco de fotos de plata derretido se apoya en una ventana destrozada; el sonajero de latón de un niño repiquetea en medio de un camino en el que nadie volverá a jugar con él.

Chiara y Alix alcanzan a Matteo en la plaza del pueblo. Los ojos le arden a Matteo como las llamas que desgarran las pocas casas en pie, mientras una mujer le dice:

—Intentamos escondernos en la iglesia, pero nos sacaron a rastras y nos obligaron a mirar mientras llevaban a los hombres a la plaza y… —La mujer solloza mientras señala una pila de —Alix lo comprende ahora— huesos humanos, chamuscados y sin carne.

El estómago se le sube a la boca y tiene que apoyarse en una pared para no vomitar. Se recuerda a sí misma que eso es lo que necesita, ver las pruebas con sus propios ojos.

—¿Conoces a alguien de aquí? —consigue preguntarle a Chiara.

Su amiga tiene los ojos húmedos y la boca, a la que Alix siempre vio riendo y desbordante de palabras, es una línea tensa que contiene las lágrimas.

—Mi hermana mayor vive aquí con su marido. Aún no la he encontrado.

Ese es el motivo por el que Matteo, con gesto sombrío, está registrando metódicamente todas las calles.

Alix traga saliva.

—Te ayudo a buscar —le dice a Chiara.

Es Alix quien los encuentra.

Son cinco, colgados de los árboles como en una exhibición de grotescos medievales. Alix se acerca, no está segura de lo que está viendo.

—No. —El sonido quiere ser un grito, pero casi no llega a susurro.

Cierra los ojos y se le revuelve el estómago. "Eres un testigo, nada más", intenta convencerse, pero es inútil. No está viviendo este horror a la fuerza. Pero incluso con los ojos cerrados, lo ve.

Cinco mujeres atadas a los árboles. Tres de ellas atravesadas por estacas. Hay dos cuyos cuerpos revolotean como mariposas trágicas. Tienen el estómago desgarrado, pero aun así es posible ver que estaban embarazadas.

Chiara cae de rodillas. Obscenidades y sollozos brotan de su boca como un rezo. Sobre ella, los restos del incendio iluminan el cielo, que tiene un tono anaranjado como si también se estuviera desangrando.

Los partisanos se acercan a las cinco mujeres, algunos llorando, otros dando alaridos, otros en silencio. Alix observa cómo Matteo tiende la mano hacia una de las mujeres. La besa. Y entiende que es la hermana de Matteo y Chiara. No solo está muerta, está destrozada, también su hijo no nacido.

No pueden volver a la fábrica de talco. Con voz entrecortada, Matteo les dice a todos que cree que incendiaron Susa porque está lejos del cuartel general de los partisanos, eso significa que los nazis sabían que los partisanos llegarían demasiado tarde. Y eso significa que los nazis saben dónde está la base de los partisanos.

—¿Crees que saben quién eres? —Alix oye que Chiara le pregunta a su hermano. —. ¿Y quién soy yo? ¿Que eligieron Susa porque…?

Él la interrumpe.

—Esto es culpa de los nazis. No nuestra.

Pero la desesperación que hay en sus ojos refleja que lo que piensa no concuerda con lo que dice.

Los partisanos se dispersan en grupos pequeños y silenciosos. Alix, Chiara y Matteo pasan la noche en una cabaña de pastores deshabitada en las montañas; allí hablan, no de guerra y muerte, sino del pasado, ese lugar adorable y seguro del que ya se conocen los resultados y las heridas sufridas.

—Chiara fue mi primera paciente —dice Matteo en voz baja, tragando un sorbo demasiado largo de grapa—. Casi le corto un dedo con una sierra.

Chiara también toma un trago medicinal y levanta la mano para mostrarle la cicatriz a Alix.

—Él estaba serrando leña y yo me metí a ayudar, pero puse la mano debajo de la hoja. Me envolvió el dedo con su camisa y me llevó al médico, y desde entonces quiere ser médico.

—Pensaba que curar era el poder más grande del mundo —dice Matteo—. Pero los *fottuti nazisti* sabían desde el principio que el poder más grande del mundo no es curar, sino matar.

Su taza repiquetea en el suelo cuando se levanta y desaparece fuera de la cabaña, la furia en el rostro indica a las claras que no quiere más compañía que su dolor.

Alix mira a Chiara, que tiene el rostro cubierto de ceniza y lágrimas.

—¿Desearías haberte quedado en Berna? —pregunta Alix en voz baja, de algún modo, se siente responsable de lo que había pasado aquel día, lo que tiene una parte de narcisismo y otra parte de verdad.

Chiara, que solía hacer camas para colegialas malcriadas y que ahora lleva mensajes por el norte de Italia esquivando alemanes asesinos, menea la cabeza.

—¿Que si desearía no saber cómo murió mi hermana? No. Porque saber de lo que son capaces los otros, esa es la fuerza más poderosa del mundo si te dejas llevar por ella.

La fortaleza de Chiara cede al fin y comienza a llorar en brazos de Alix. Cuando se le calma el hipo y se queda dormida, Alix sale de la cabaña sigilosamente y sigue el olor a cigarrillo que flota en el aire.

Es imposible imaginar que Matteo haya estado haciendo algo más que llorar, él también, cuando lo encuentra. Se le oprime el corazón por lo que este hombre, con solo veinticinco años, ha tenido que soportar.

—Háblame de tu hermana —le dice, y se sienta en una roca un poco alejada, para que sienta que está acompañado y que también tiene intimidad.

Le da una calada al cigarrillo y exhala el humo con un soplo melancólico.

—Siempre quiso casarse, tener hijos y ser completamente feliz. Solo Chiara y yo queríamos más. Todos los años nos preparaba tartas de cumpleaños y el invierno pasado subió a las montañas para traernos una tarta hecha con harina que había guardado todo el año. Me dijo que tuviera cuidado. Yo debería haberle dicho lo mismo.

Y Alix sabe que, a pesar de lo que le dijo a Chiara, Matteo se culpa de la muerte de su hermana.

—Ven aquí —dice ella en voz baja, y se pone de pie.

Él se acerca y la abraza con fuerza, aprieta su cuerpo contra el suyo como si no fuera a sobrevivir sin algo tierno, un segundo de belleza entre las ruinas. Ella levanta la mano para tocarle la mejilla y él apoya la frente contra la suya, su aliento cálido en la cara de ella, fusionados en una cercanía que sería más física si alguno de los dos se lo permitiera, pero ella sabe que no puede enamorarse de Matteo. Sus ojos, posados en los de ella, dicen lo mismo, que enamorarse le quitaría fuerzas. Tiene que darlo todo por la causa de Italia, sobre todo después de esta noche.

Regresan al granero cogidos de la mano y ella se acuesta con la cabeza apoyada en el hombro de él, acurrucada en su cuerpo, Matteo la rodea con el brazo. Por un momento, ella casi se echa a llorar otra vez. Lo más íntimo que ha hecho con un hombre alguna vez es esto, aquí y ahora, los dos completamente vestidos, sin besarse siquiera; solo el lento roce del pulgar de Alix sobre el pecho de Matteo y el dedo de él acariciando el brazo de ella, y fantasear con cómo sería todo si el mundo fuera un lugar diferente.

—Si este fuera otro tiempo… —murmura él.

Ella le da un beso muy leve y muy suave en la mejilla.

—Sí —dice.

A la mañana siguiente, antes de marcharse, Matteo le pone un papel en la mano. Dice así:

Para Alix,
Bisous y bacio.
Con todo mi amor,
Matteo

—A veces siento que ya no soy yo —le dice, muy bajito—. Como si me estuviera convirtiendo en Bacio y él no… —Se interrumpe, vuelve a intentarlo—. Intento dejar algo de mí fuera de todo esto, Alix. Tengo que evitar que Bacio se quede con todo, porque él tiene que tratar con nazis que no son más que salvajes. Ya casi nadie me llama Matteo. Así que te entrego a Matteo para que lo cuides hasta que todo esto termine.

Alix parpadea una vez, luego otra, y una tercera también, pero las lágrimas le resbalan por las mejillas de todos modos, lágrimas inútiles porque no hay respuesta física humana que pueda expresar el dolor que le provoca que le pida convertirse en quien custodie el alma de este hombre.

—Matteo —dice con la voz más temblorosa que nunca, y él sonríe levemente al oír su nombre—. Te lo prometo.

CAPÍTULO 21

DE VUELTA EN BERNA, DULLES LA ATACA CON VIRULENCIA por desaparecer sin avisarle hasta que ella le habla del supuesto agente secreto que lleva uniforme británico y entonces empieza a insultar a los británicos. El plan de Alix es provocar a la OSE de Bríndisi para que entre en acción, pero la espera una nota de Esmée.

> La otra noche estaba bebiendo un french 75 con una amiga del colegio. Hablábamos de los jardines que nos gusta visitar y luego hablamos de iglesias. Hicimos una lista de nuestras favoritas: la Sainte-Chapelle, el Mont-Saint-Michel, el Duomo di Milano, la Paroisse Française y la basílica de San Francisco de Asís. Me recordó que tenía que ir a confesarme este mes para rezar algunas oraciones. Salut ô Reine es una de mis favoritas; recuerdo que la tuya era Mère de Miséricorde. Estoy demasiado ocupada para ir el domingo y duermo hasta tarde los miércoles. Los viernes, podría ser, ya que los sábados son para cenar tarde.

La mención de Esmée a los jardines, su palabra clave para Italia, hace que, primero, valga la pena descifrar esta nota. "French 75" significa que Esmée estuvo en el Ritz hablando con Frank, quien está demostrando que es un miembro de gran valor de la Resistencia. Frank obviamente le ha hablado a Esmée de alguien que tiene información para Alix sobre Italia. Y esa información —¿o esa persona? — debe de estar esperándola en la Paroisse Française —la iglesia francesa— de Berna: la cuarta de la lista, según acordaron en el ascensor. No hay otro motivo por el que Esmée enviaría a la agnóstica Alix a confesarse.

Y el sábado, el cuarto día de la lista, debe de ser la fecha convenida. Quedan tres sábados más en julio, la carta ha tardado dos semanas en llegar. Alix ya sabe cuáles serán sus planes para el fin de semana siguiente y el que sigue también.

Quema la carta con cuidado, mirando cómo desaparecen las palabras, y espera que lo que encuentre en el confesionario sea algo que ayude a Matteo y a Chiara. Hasta entonces, tiene que intentar todo lo que esté a su alcance.

Empieza por enviarle un cable a Leone. CUMPLO MI PARTE DEL TRATO, escribe, y adjunta un informe completo de todo lo que vio en Italia y todo lo que le contaron los partisanos: cómo está la moral de los nazis, de los fascistas y del pueblo italiano; datos sobre el centro de tortura de Pietro Koch en Milán, conocido como Villa Triste; información sobre la Battagione Lupo, un grupo de seguidores de Il Duce pagados para cazar partisanos; las redadas, todo. AHORA, CUMPLE CON LA TUYA, concluye. BISOUS.

Leone responde en menos de una hora. Al leer su telegrama entre líneas, supone que él está tan frustrado con los británicos como ella y que ha utilizado el informe de Alix como munición de bienvenida para poner todo en marcha. Está enormemente agradecida por eso. Con los recursos adecuados de la OSE se podrá evitar otra masacre y levantar la moral de los partisanos, para que así, de una vez por todas, se conviertan en una fuerza con la que los alemanes teman meterse.

Una semana más tarde, Alix recibe una nota de Matteo confirmando que tiene hombres en las zonas de entrega listos para recibir los paquetes de la OSE. Le dice que sigue soñando con hombres con heridas que no puede curar. "También sueño que no vuelvo a verte".

Alix cierra los ojos ante esas palabras.

La nota que escribe en respuesta dice que sueña con estar en sus brazos, no en el suelo de una cabaña de pastores, después de una masacre, sino en una habitación sin nadie más. Los dos solos. Es para acercarle el futuro y, además, ella sueña con eso.

¿Significa que es infiel? Tal vez sí. Pero espera que Bobby tenga a alguien con quien soñar, alguna visión más extraordinaria y esperanzadora que la noche decepcionante que pasaron juntos.

El sábado a primera hora de la tarde, Alix se viste con su traje más recatado, se coloca su fedora en la cabeza para ocultar su cabello y se dirige a la iglesia francesa. Es un edificio extraño, alto y estrecho, con ventanas angostas, arqueadas, que se suceden a cada lado y un extraño chapitel en el medio, como una aguja que tiene prohibido crecer. Es la iglesia más antigua de la ciudad y Alix siente que el peso de su fe la envuelve como una mortaja, que las oraciones de siglos le susurran al oído. Un escalofrío le recorre la piel.

Entra en la iglesia por la puerta trasera, para que no la vean, en caso de que la estén esperando en la entrada principal.

En el interior, los arcos de piedra blanca proyectan sombras hacia todas partes, al igual que el entresuelo de madera que se extiende sobre el altar. Sobre él, los tubos dorados del órgano se elevan como reyes. Ella no pertenece a este lugar y, si no fuera por Matteo y Chiara, se daría la vuelta y saldría corriendo.

Se obliga a respirar. Se obliga a quedarse. Se obliga a pensar en la cara de Matteo cuando el primer avión estadounidense vuele mañana por la noche con dos agentes de la OSE, dos radios, pistolas, municiones, dinero, tabaco, dinamita, mechas.

Ya más tranquila, localiza el confesionario, que está a oscuras. Pequeño. Escondido de todas las miradas. Solo contará con un arma y su ingenio.

Al cerrar la puerta de la cabina, avisa a quienquiera que esté al otro lado que ha llegado y oye sorpresa en la voz cuando dice:

—*Salut ô Reine.* —Es evidente que esperaba que le anunciaran su llegada, entonces, hizo bien en buscar la entrada trasera.

—*Mère de Miséricorde* —dice ella en respuesta.

—*Une femme.* —La sorpresa en la voz ahora es mayor.

—*Oui.*

Hay algo en esa voz que le hace agradecer a Alix que él no sepa quién es ella. Es una voz de whisky que araña las consonantes y delata su condición de hablante no nativo, por mucho que se esfuerce. Hay un entrechocar de hielos en sus erres, una fricción exagerada en la parte posterior de la garganta. Un cóctel arruinado de champán y aguardiente en partes iguales, con hielo. Peligroso.

Habla en francés porque no quiere que ella identifique su lengua materna. Ella sospecha que es alemán, ese entrechocar lo delata. Se pregunta cómo sonarán sus propias consonantes con acento de Los Ángeles, y desea que suenen a burbujas de un french 75 y no a resaca. Piensa que acaba de hacer un último intento por resucitar su sentido del humor. Pero tiene los puños cerrados delante de ella como una penitente, como si intentara aplastar la aprensión hasta que desapareciera.

Uno de los bancos cruje al dilatarse la madera. Una brisa

entra silbando por debajo de la puerta. La devoción en el aire es sofocante.

—Usted tiene interés en Italia —dice él, por fin.

Ella espera, quiere que su interés se exprese en el silencio.

—Varios comandantes alemanes están interesados en acelerar el final en Italia —continúa—. Me han dicho que usted puede ponernos en contacto con alguien que podría considerar una negociación para…

¿La rendición? ¿De eso se trata todo esto? El corazón de Alix se acelera tanto que puede oírlo latir. Si los alemanes se rinden en Italia, caerá la moral de los soldados alemanes en todas partes. La guerra va a terminar por fin. Cierra fuerte los ojos y casi sonríe.

—Una concesión —termina el hombre.

Conceder equivale a rendirse en lo que respecta a Alix.

—¿Por qué? —pregunta ella.

—No creo que nadie dude ahora de quién perderá la guerra, solo es cuestión de cuánto tardará.

—Tendrá que probar que esto no es una trampa.

—*Bien sûr.*

Le dice el nombre de un guardia de la prisión de Le Nuove en Turín que tiene los papeles de liberación de cinco prisioneros partisanos. Ella puede elegir a quién liberar. Volverán a hablar una vez que los prisioneros estén libres y su poder y cooperación hayan quedado demostrados.

Es muy delicado. Se trata de una transacción, y la falta de emoción del hombre la asusta más que su voz. Si no tiene el corazón sobre la mesa de negociaciones, entonces es él quien tiene el poder. No tiene nada que perder, Alix sí. No puede permitir que él lo descubra.

—Déjeme cualquier comunicación en el quinto libro de cantos del montón, contando desde arriba —dice bruscamente—. Página ciento dos. *Ciao.*

Es la señal de que se retira.

De inmediato, Alix envía un cable a Leone para confirmarle que Peach —la entrega de suministros a los partisanos— seguirá adelante la noche siguiente. Tiene que ponerse en contacto con Chiara para hablarle de los partisanos, y la única forma de hacerlo sin dilatarlo demasiado es a través del nuevo operador de radio que llegará al día siguiente a Val di Susa. Recibe una respuesta afirmativa.

Es imposible dormir esa noche, tampoco la siguiente, así que espera en el despacho y besa el cable cuando llega casi a las cuatro de la madrugada. BISOUS, PEACH UN ÉXITO. CONTACTO POR RADIO ESTABLECIDO. LEONE.

NECESITO QUE SORELLA VUELVA A DRUM CUANTO ANTES, le devuelve el cable, deseando que Berna —o Drum, como se dice en clave— tuviera un receptor para mensajes de radio.

LO PASARÉ.

Chiara llega dos noches después y se alegra al saber que Matteo puede elegir a cinco prisioneros para liberar.

—Podría ser una trampa —advierte Alix—. No envíes a Matteo a Le Nuove o podría acabar dentro.

—Irá, diga lo que diga yo —responde Chiara, y Alix sabe que es verdad. Esta es una misión que Matteo no dejará que nadie ejecute por él.

Cinco días llenos de nervios después, llega el mensaje de Leone: TRANSMISIÓN DE RADIO RECIBIDA DE BACIO: CINCO PRISIONEROS LIBERADOS. TODOS A SALVO.

Alix añade un nuevo nombre en clave a la National Gallery, la lista maestra de criptogramas de Berna: la Voce.

Pero no es suficiente para Dulles.

—Nunca se confía en nadie después de una oferta exitosa —dice. Y ella está de acuerdo con él.

Al día siguiente, Dulles se sienta frente a ella y dice:

—Es posible que todo termine a finales de este mes. Esta guerra depende de un hombre, y si él no está...

Los latidos del corazón de Alix se aceleran. El único hombre del que Dulles podría estar hablando es de Hitler y la única manera de que no esté es que esté muerto.

—¿Los aliados o los alemanes? —pregunta, quiere saber quién está detrás de este golpe o asesinato.

—El agente de la Abwehr. Gisevius.

Esa noche, Alix se acuesta radiante. La muerte de Hitler es inminente. Salvará a Italia de que las bombas la sigan destruyendo. Matteo y Chiara van a sobrevivir. Y Matteo volverá a ver a Alix.

Y así avanza julio, con un Dulles optimista, que espera la noticia de la muerte de Hitler todos los días. Alix trabaja hasta tarde todas las noches coordinando el envío de suministros a los partisanos, que van ganando pequeñas batallas contra los alemanes.

Le está enviando un cable a Leone cerca de medianoche, hacia finales de mes, cuando Mary aparece desde las habitaciones privadas de Dulles.

—Supuestamente me iba a encontrar con Allen aquí a las ocho para cenar. —El tono es amable; la mirada, triste.

—No sé dónde está. —Alix le prepara un martini a Mary y dice, para animarla—: Es bueno que haya venido Gisevius. —Supone que Mary, que se estuvo dedicando al agente de la Abwehr junto con Dulles, sabe lo de la conspiración.

—¿Sí? —pregunta Mary, con los ojos entrecerrados, y Alix se da cuenta de que no tiene ni idea, pero si alguna vez pensó en pasar un fin de semana con Gisevius, entonces debe de sentir algo por él que va más allá de lo que una agente debería sentir por un informante.

Alix se deja caer en una silla. Un marido. Un amante. Un informante con el que Mary también pensaba acostarse. Qué desastre.

—Sabes que si Dulles no te lo ha dicho, yo no puedo hacerlo. Lo lamento —es todo lo que atina a decir Alix.

Mary se encoge de hombros, un gesto pequeño e impotente, y también se deja caer en una silla.

—No lo lamentes. La reserva de Allen es una exigencia del trabajo, no es personal. Lo que sí es personal es cuando… —Por primera vez desde que Alix la conoce, Mary se detiene antes de soltar la verdad brutal que estaba a punto de pronunciar.

—¿Sabes? —dice Alix en el repentino silencio, preguntándose si esta vez, lo que Mary no dice es algo que debe decir ella, y si es Alix la que tendría que ofrecer aunque fuera consejos, o sentido común o tan solo consuelo.

—Tú eres la única persona que me ha hablado de las complicaciones reales del matrimonio y de los hijos y de la fidelidad. Supongo que aprender a pasar mensajes clandestinos a Italia va a servirme para mi vida después de la guerra, pero tengo la sensación de que lo que me dijiste tú va a servirme más. —"Porque tengo la intención de hacer exactamente lo contrario", agrega, pero solo para sí.

—Bueno, entonces creo que no debo perder la oportunidad de seguir iluminándote. —La voz de Mary se tensa tanto que está a punto de romperse—. Tú piensas que mi marido es mejor porque él es el engañado.

Alix hace una mueca, no era consciente de que la opinión injusta que tenía de Mary se le notaba tanto en los ojos.

—Poco antes de casarme con Jean —continúa Mary con frialdad—, me mostró un montón de cartas que mi criada le envió por orden suya mientras él estaba de viaje, en las que le informaba sobre mi comportamiento, mis visitas. Así que le dije a Jean que ya no quería casarme con él. Me pegó tanto que me dejó inconsciente. Eso no es una dificultad; eso es la vida y el amor, de frente, y esa es la razón por la que lo que Allen haga o deje de hacer no me afecta.

—Eso no es amor —protesta Alix, lamentando haber permitido que esa conversación continuara. Amor es lo que una defendería con la vida, no lo que la destruiría. Pero si eso no es amor, ¿es la vida? Siente escalofríos. Si lo es, entonces es casi tan malo como la guerra.

Mary prepara otro martini; obviamente, todavía no ha terminado la lección de esa noche.

—Ayer, Allen entró a toda prisa en mi habitación del hotel. "Rápido", dijo. "Necesito despejarme". Entonces me lo hizo en el sofá y en menos de lo que dura esta historia, había terminado. Cuando se fue, me dijo que eso era justo lo que necesitaba. Ni siquiera pensé: "¿Y lo que necesitaba yo?". Dejé de pensar en cosas como esas hace tiempo. Que es como decir: el amor no existe. Solo hay transacciones. El banco de una mujer nunca está vacío para el hombre que quiera comerciar con ella.

Alix se pone de pie, acaba de ver un futuro que no quiere ver: Bobby y ella en un apartamento propio, con el poder de golpearla —"*Él* nunca lo haría, ¿verdad?"—, con el poder de poseer a otra mujer cuando necesitara despejarse. Alix sería como la esposa de Dulles, consciente de la infidelidad, pero fingiendo que no lo sabe; o como Mary, tendría su propia revancha insatisfactoria. Y ¿qué hay de las otras transacciones en las que Alix está involucrada, con hombres que se ocultan tras ventanillas de confesionarios y negocian con prisioneros, con vidas humanas? ¿Qué va a tener que ofrecerle a la Voce a cambio de esas vidas?

Mary termina la lección diciendo, ya no con un hilo de voz, sino con tono pragmático:

—Allen me dijo desde el principio que no podía casarse conmigo. "Pero", dijo, "te deseo". Se suponía que era una oferta conveniente. Seguramente lo fue. La acepté.

Antes de que Alix pueda contestar, la puerta se abre de par en par y entra Dulles, el fuerte olor a alcohol que lo acompaña es peligroso en una habitación con el fuego de la chimenea encendido.

—Mary —grita—. ¿Dónde está la cena?

Alix desea tirarle la cena por la cabeza en nombre de Mary.

—Todavía está vivo.

Unos días después, Dulles insulta como un blasfemo y está encorvado sobre su escritorio, es un hombre con esperanzas frustradas. Alix nunca pensó en Dulles como un hombre con esperanzas, solo con exigencias. Pero ni siquiera él puede ordenar la muerte de Hitler. La bomba que los cómplices de Gisevius pusieron dentro del búnker de Hitler explotó, pero el Führer tiene mil vidas. Y usó solo una, escapó casi sin un rasguño.

Las repercusiones son inmediatas. Los conspiradores son arrestados en Alemania. Gisevius desaparece y se lleva con él la conexión con el núcleo nazi. El futuro glorioso que ha estado esperando Alix da marcha atrás. Mary necesita una semana de martinis. La presión por un triunfo en Italia se intensifica.

—Necesitamos una puta victoria —dice Dulles casi todos los días.

Así que Alix trabaja más que nunca con Chiara y Matteo para extender el servicio de mensajería a Milán. Equipa a los partisanos con entregas de suministros que organiza a través de Leone. Y esas entregas aéreas, finalmente, cosechan la victoria que quiere Dulles.

"Bisous", dice la nota que Matteo le envía a Alix, "hay más de seis mil hombres en las montañas en este momento. Hemos volado setenta y cinco puentes y hemos dejado veinte vías ferroviarias fuera de circulación. Los nazis se rindieron ante nosotros en Domodossola, Cannobio,

Piaggio Valmara, Creola, Varzo y todo el valle de Formazza. Necesitamos armas y provisiones para resistir, ya que esperamos represalias. Bacio, *bacio*".

Matteo siempre termina sus mensajes de la misma manera: su nombre en clave con mayúscula para que ella sepa de quién es, luego la palabra repetida, un beso solo para ella. Cada mensaje suyo es precioso porque confirma que él también debe de tener mil vidas. Y este mensaje es más valioso que de costumbre porque los resultados del trabajo de Alix y de Chiara y de Matteo y de cada *stafetta* y los partisanos son indiscutibles: ¡una docena de ciudades bajo control partisano en la Italia ocupada!

Ahora nada puede salir mal. Los partisanos están ganando batallas. Solo tienen que retener los pueblos que ganaron hasta que los aliados puedan atravesar la Línea Gótica y avanzar sobre el norte. Seguramente, eso sucederá pronto.

CAPÍTULO 22

En un esfuerzo por precipitar el final, Alix deja una nota para la Voce en el libro se salmos. Lo va a probar una vez más y, después, Dulles y ella van a concertar esa reunión con el mando aliado para conversar sobre rendiciones. París está liberada ahora, así que ¿por qué no Italia? Casi va dando saltitos hacia la iglesia francesa el día de su reunión, sonríe ante el frío vigorizante del invierno que se acerca y le roza las mejillas; la perspectiva de la libertad para todos ellos, tal vez a finales de 1944.

Pero aminora el paso cuando entra en la iglesia. Lo huele. La colonia cara tiene una pesadez que perdura o sofoca, según lo que se sienta por quien la lleva. Tiene que pensar conscientemente en respirar cuando entre en el confesonario.

—¿Cuál es su lugar preferido de París?

Sus palabras la pillan con la guardia completamente baja y su precipitado "¿Qué?" delata su sorpresa. Tiene que dejar de pensar en la libertad y recuperar la lucidez.

—El Ritz —dice ella, recordando lo que le había dicho Mary: hay que compartir algo personal para que el otro también lo haga si de verdad está del mismo lado. Y eso es lo que Alix necesita averiguar ahora: ¿puede confiar en la Voce?

Él se ríe.

—¿Y el suyo? Algún sitio donde no se note su acento alemán, supongo —presiona, sabe que esas palabras lo van a irritar y espera que él también baje la guardia—. Tendría que ser un sitio ruidoso. ¿Un bar? ¿Un burdel?

—El Ritz —responde él con frialdad.

—Mentiroso.

El roce sobre la silla. Se va a marchar.

Ella sigue presionando.

—No tendrá miedo de una mujer, ¿verdad?

Ella puede oír que está de pie, muy quieto, al otro lado de la pared.

—Solo quiero una prueba más —dice ella—. Entonces organizaré su reunión con los aliados. Ambos tenemos jefes a quienes complacer.

Ha formulado su oferta dando a entender que quiere algo de él, así, le devuelve un poco de poder. Lo deja saborearlo antes de volver a pedírselo:

—¿Qué tienen preparado los nazis para los partisanos?

Su risa es falsa y sonora. Alix cree que se ríe para disimular su sorpresa. Él esperaba que le exigiera algo más difícil de conceder. Maldita sea. Se siente expuesta.

—Operación Nachtigall —dice, el crujido de la madera le indica que vuelve a sentarse—. El otoño de fuego. Cuatro mil soldados, también tanques, van a avanzar pronto sobre los valles que rodean Turín para barrer a los partisanos.

Ella se ha armado de valor antes de que él empezara a hablar, así que, a pesar de la conmoción que le provocan esas palabras, responde con tono desenfadado.

—¿Cuál es su lugar favorito de París? En serio.

Él se queda callado un momento y dice:

—Una *brasserie* parisina que no se parece a ningún otro restaurante de ninguna otra ciudad. No es solo la comida, es la sensación de ser... complacido. Pienso volver cuando todo esto termine.

Cuando él se levanta, ella no intenta detenerlo. Ambos tienen lo que necesitan. Pero entonces él dice:

—Espero que sus partisanos entiendan cuánto los quiere.

La malicia suena en sus palabras, como una espada que se desenvaina y vuelve a envainarse con la respuesta.

—Es la Brasserie Lipp. —Tres palabras pronunciadas con la nostalgia de la verdad.

"No, no, no", piensa Alix el 13 de noviembre, mientras escucha *Italia Combatte* en la radio, sabiendo de antemano lo que el general Alexander, el comandante de los ejércitos aliados en Italia, va por decir. Los aliados no han avanzado lo suficiente en Italia; están estancados en Bolonia, detrás de la impenetrable defensa nazi. El barro y la lluvia son sinónimos de condiciones de combate mortales y eternas, así que los aliados se están preparando para pasar el invierno manteniendo sus posiciones en lugar de avanzar. Alexander les dice a los partisanos que a pesar de haber sobrevivido al otoño de fuego —en parte, gracias a la advertencia de la Voce—, tienen que hacer una tregua durante el invierno.

Pero ¿qué implica una tregua para un ejército partisano? No pueden volver a casa: los nazis van a matarlos. La única opción es esconderse en las montañas heladas todo el invierno, congelados, con poca comida, confiando en la *staffette* para que les traigan provisiones. Van a perder todos los pueblos y valles por los que han peleado; sin entregas aéreas de los aliados, van a agotar las armas y municiones. Lo peor de todo es que los nazis oirán esta transmisión, está en la emisora pública, por amor de Cristo. Alexander bien podría ordenar que los partisanos salgan de sus escondites con las manos en alto. A Matteo no le van a alcanzar las vidas para sobrevivir a esto.

Alix hace lo único que está en sus manos. Toma el tren a Zermatt y espera en el cobertizo de la cabaña de Nina, sabiendo que Chiara y tal vez un grupo de partisanos furiosos cruzarán la frontera, y probablemente apuntarán con sus armas a Alix y le dirán que el general acaba de firmar su sentencia de muerte.

La puerta del cobertizo se abre después de medianoche.

—¿Qué coño pasa, Alix? —Es Matteo, furioso; eso es peor. Ella hubiera preferido un grupo de partisanos armados.

No tiene palabras. Es ella quien metió a Matteo y a Chiara y al resto en este desastre, ella es Ariadna y su hilo es letal.

Le ofrece el único plan que tiene, de pie en la oscuridad del cobertizo, iluminada por la única lámpara de aceite que le da un brillo dorado a la rabia y el dolor que hay en los ojos de Matteo.

—La fuente que me alertó sobre Nachtigall puede decirme dónde va a ser el próximo ataque nazi —dice ella—. Haré que me avise con antelación de todas las redadas y los ataques posibles, para que, al menos, vosotros estéis preparados.

La rabia muere en los ojos de Matteo, la reemplaza algo más duro de ver: el agotamiento. Alix no puede imaginar qué hará Matteo para mantener en alto la moral de miles de partisanos que acaban de oír que los aliados van a darles la espalda. Ni siquiera puede imaginar cómo se mantiene en pie ahora.

—Necesitas dormir —dice—. Al menos, siéntate.

Él desliza la espalda por la pared y se sienta en el suelo, apoya los codos en las rodillas y mira a la nada.

Alix aprieta los labios por el dolor punzante en la garganta. Se sienta en cuclillas y con dulzura, apoya una mano sobre la de él.

—No sé qué tipo de hombre voy a ser cuando esto termine —dice Matteo, de pronto, con voz ronca—. Si todo terminara ahora, podría mirar atrás y decir que hice lo que tenía que hacer. Pero si esto se prolonga meses o años, entonces… —Menea la cabeza y Alix le aprieta aún más la mano.

—Antes, yo curaba personas —dice, la mira a la cara y desvía la mirada enseguida—. Ahora, soy el responsable de que necesiten un médico. O peor.

—Matteo —susurra ella, y se acerca, tratando de sostenerle la mirada—. Nunca quemaste vivo a un hombre. Tal vez, hayas tenido que matar, pero nunca fuiste un asesino. Lo sé.

Él apoya la frente en la de ella.

—Pero ¿cuánto falta para que me convierta en uno?

¿Cómo es posible no echarse a llorar cuando se escucha a un hombre que está luchando por la libertad reprocharse lo que la guerra lo obligó a hacer? Ella le acaricia el rostro y Matteo gira la cabeza para besarle la palma de la mano.

Esa noche, Alix se queda con la marca de los labios de Matteo en la palma de la mano. La sostiene contra el pecho, y quisiera llevarle esa mínima prueba al general Alexander y obligarlo a mirarla y hacerle entender que la guerra también es la sangre y las cicatrices en el corazón de los hombres, invisibles, pero tal vez, más difíciles de soportar que las heridas que matan.

En el camino de vuelta a Berna, Alix lee en el periódico lo que dijo el CLN a los partisanos en respuesta al general Alexander. *Durare*. Resistid. No desfallezcáis.

Tampoco Alix va a desfallecer. Negociará lo que sea necesario con la Voce.

Va directamente a la iglesia francesa, localiza el libro de cantos y lo abre en la página 102. El canto se llama *Cuando llegue el novio*. Al dejar su nota dentro, presta atención a las palabras:

> **Cuando llegue el novio,
> debemos aparecer todos,
> alrededor de su trono y oír su sentencia;**

¿oirás su bienvenida
a la luz eterna?
¿O partirás, maldito, a la noche infinita?

Tiembla al volver a salir a la noche.

Todos los días revisa el libro de cantos en busca de una respuesta. Todos los días hace planes y organiza cosas con Dulles.

Una semana después, llega esa respuesta. Vuelve a la iglesia por la noche, según las instrucciones, y atraviesa la puerta principal. Le dice a la Voce:

—Se está organizando una reunión en Lugano para que hable usted con quienes tiene que hablar sobre la rendición en Italia. Pero la reunión solo seguirá adelante si nos da información sobre el próximo ataque nazi a los partisanos.

Eso fue todo; ese fue el momento en que se puso en riesgo. De hecho, Dulles la despedirá si se entera de que le ha dicho a la Voce que la reunión está condicionada. Se confirma la reunión y se decide la fecha y Dulles es un gallo que cacarea porque, quizás, él sea el responsable de ponerle fin a una parte de la guerra. Va a llevar a cabo esa reunión sin importar lo que diga la Voce.

Estar en deuda con un informante del que no se sabe nada es la situación más precaria a la que se puede llegar. Pero Matteo también está en una situación precaria. "¿Cuánto falta para que me convierta en uno?". Esas palabras resuenan durante el sueño de Alix todas las noches, acompañadas por la imagen de Matteo con un cuchillo en la mano y un cuerpo a sus pies.

—Ya he probado que soy una fuente fiable —dice—. No voy a darle nada más.

—¿O es que no puede? —pregunta ella; sabe que está yendo demasiado lejos.

Pero él no pierde el control, a diferencia de ella.

—Voy a darle la fecha y la ubicación de la próxima redada contra los partisanos cuando los comandantes lleguen a Lugano para la reunión. No voy a darle nada más gratuitamente.

Ella accede. No hay alternativa. "Nunca confundáis lo bien que les cae alguien con la calidad de su información", les dijo Dulles a Mary y a ella. Que Alix le tenga miedo a la Voce, no quiere decir que no sea útil.

Regresa a Herrengasse y le insiste a Dulles para que adelante la reunión, argumenta que los superiores de la Voce se están acobardando.

El día de la reunión, aparece una nota dentro del libro de cantos con los datos de la próxima redada. Alix casi no tiene tiempo para telegrafiar a Leone y pedirle que se comunique por radio con los partisanos. Logran trasladarse a otra posición y se esconden, y también esconden a los vecinos sin que nadie sufra más que un rasguño.

Dulles regresa de Lugano más gallito que nunca. De todos los que podían llegar a asistir, justo tuvo que venir el *Obergruppenführer* Karl Wolff. La Voce ha cumplido con creces. Debe de tener algún cargo bajo el mando de Wolff, ya que es el hombre en el que confió para llevar a los aliados a la mesa de negociaciones. Y, reflexiona Alix, si Dulles y los aliados están negociando con Karl Wolff, es poco probable que tenga que volver a pedirle algo a la Voce alguna vez.

CAPÍTULO 23

The New York Times, 1 de marzo de 1945

La tensión crece en Europa a medida que llegan informes de que Hitler y la élite de las tropas nazis, las SS y la Gestapo planean replegarse a una fortaleza alpina en el límite con Suiza, Italia y Austria para la batalla final. Los pronósticos de un enfrentamiento sangriento que prolongará la guerra aún más, tal vez meses o años, tienen en vilo al presidente y al comandante supremo aliado. Expulsar a las fuerzas alemanas fanáticas de esta zona fuertemente custodiada sin sacrificar miles de vidas es, quizás, una de las misiones más complejas en lo que va de la guerra. Las tropas de élite seleccionadas por Hitler para constituirse en la defensa principal de esta fortaleza son tan temibles que se las conoce como los hombres lobo.

El refugio de montaña, conocido como el Reducto Nacional, comprende un sistema de grutas climatizadas y abastecidas con agua, equipo militar y comida suficientes para albergar cómodamente al ejército alemán durante al menos doce meses. Casi todas las tropas disponibles en Italia podrán replegarse al Reducto Nacional sin obstáculos por parte de los aliados, ya que hay un sendero abierto y claro desde el norte de ese país hacia los Alpes.

—Hombres lobo de mierda —gruñe Dulles cuando deja con un golpe el informe sobre el escritorio de Alix.

Alix le sirve una copa, aunque son solo las nueve de la mañana.

—Bacio me dijo que no estaba seguro de que el Reducto exista en realidad.

—Bacio de mierda —vuelve a gruñir Dulles, y Alix entiende que hoy todos son un exabrupto más que seres humanos. Le sirve un whisky doble, después se sirve uno para ella.

Ella había conseguido que los partisanos pasaran casi intactos el invierno gracias a la información de la Voce y a su propio ingenio. Se están preparando para pelear como corresponde junto a los aliados, al fin, con la creencia de que el desenlace está muy cerca. Pero si hay un refugio de montaña en el que las tropas nazis se pueden esconder, y extender la guerra un invierno más, y tal vez otro...

No va a sobrevivir nadie.

—¿Y si solo es propaganda bien pensada? —pregunta ella, enterrando en lo profundo de la mente ideas que no quiere considerar—. Leone también oyó rumores de que, tal vez, el Reducto no sea real. —Pero hasta ella oye la duda en su propia voz.

—Investígalo —le ordena Dulles, como si ella no lo hubiera hecho ya—. No hay una puta tropa aliada en el norte de Italia, nadie, excepto tus partisanos, para detener a todas las divisiones nazis refugiadas en una fortaleza donde quizás resistan durante años. Pregúntale a la Voce. Usa tus putos informantes.

Alix no quiere preguntarle nada a la Voce. Pero entonces, llega otro cable del Cuartel General de las Fuerzas Aliadas que le hace cerrar los ojos.

ULTRA INTERCEPT DETECTÓ INFORMES DE

QUE EL ALTO MANDO ALEMÁN EN PLENO ORGANIZÓ LA ZONA DEL REDUCTO. NUEVAS FOTOS AÉREAS MUESTRAN ZANJAS ANTITAN-QUES, FORTINES DE TRONCOS, TRINCHERAS Y BUNKERS EN LOS ALREDEDORES DE REDUCTO. PISTAS DE ATERRIZAJE EN CONSTRUCCIÓN. SE REQUIERE MÁS INFORMACIÓN. URGENTE.

Alix quiere tirar el cable contra la pared. Esto no puede estar pasando. ¿Cómo va a decirle esto a Matteo y los partisanos? ¿Cómo puede mantener los ánimos en alto y mantenerlos vivos a todos durante otro período de tiempo indeterminado?

Va a su apartamento y, de su armario, elige un vestido Vionnet que la casa le regaló cuando trabajaba en *Harper's Bazaar*. Es tan blanco que sus pliegues casi tienen reflejos azules y está hecho de punto de seda, tan flexible que es muy poco lo que oculta al caer sobre sus curvas.

Así ataviada, va con su vestido al hotel Belleuve Palace y coquetea con todos los hombres del bar, para investigar lo que Dulles le ordenó. Pero solo oye los mismos rumores que ya conoce sobre el escándalo del Reducto.

Es casi medianoche cuando uno de sus correos aparece con un mensaje: Matteo está esperando en el cobertizo de la cabaña de Nina. Solo puede querer decir que ha sucedido algo terrible.

Alix pide un coche, conduce a toda velocidad hasta la frontera y allí encuentra a Matteo, con los ojos vacíos de toda esperanza.

—Chiara está en Villa Triste.

"No, no, no".

Villa Triste, en Milán, está bajo el mando de Pietro Koch, un hombre para el que asesinar es algo que está muy bien. Es un carnicero, y la aldea es su cámara de tortura. Obligan a los prisioneros famélicos a mirar a través de los barrotes cómo Koch y su banda esnifan cocaína, beben champán y luego eligen una cantidad de cautivos para romperles los huesos, para arrancarles los dientes. Hay una mujer semidesnuda que danza maniáticamente a un lado todo el tiempo, y transforma la tortura en algo tan depravado que para Alix es casi imposible concebirlo siquiera.

Ahora, la Voce es su única esperanza.

"No voy a darle nada más gratuitamente".

Alix tiembla. ¿Qué querrá? Y se pregunta, con repugnancia repentina, si la Voce habrá sabido siempre que, finalmente, ella iba a necesitarlo.

—Quédate aquí —le dice a Matteo—. Tal vez tarde un par de días, pero voy a volver. Nina te cuidará.

Conduce a demasiada velocidad hacia Berna, donde va a la iglesia y de pronto —Alix, la agnóstica— está de rodillas y solloza, mientras intenta escribir una nota para la Voce. Oye un ruido —pasos— y se gira rápidamente. No hay nadie. Pero, cerca de la puerta, hay un libro de cantos abierto, con una nota depositada entre sus páginas.

"Usted quiere a la hermana de Matteo Romano", dice, y el corazón se le paraliza de miedo. La están siguiendo, o están siguiendo a Matteo, o los están siguiendo a los dos. Es el único modo en que la Voce puede saber qué quiere ella. De cualquier manera, los nazis, o al menos la Voce, saben quién es Matteo.

"Voy a liberar a dos partisanos de Villa Triste", dice la nota. "Se van a encontrar con usted en la Trattoria Joia, en la via Paolo Ucello, Milán, a las ocho de la noche, en dos días a partir de hoy. Van a transmitirle la propuesta de uno de mis subordinados. Si acepta, la chica Romano queda libre".

"Hijo de puta", quiere gritar Alix. Podría hacer su propuesta ahora. Pero quiere que Alix vaya a Italia a buscarla. Está jugando con ella. Y está segura de que alguien que trabaja para la Voce la acaba de ver llorando, es decir, que Matteo es su talón de Aquiles. ¿Cómo van a usarlo?

¿Será todo una trampa y está cayendo en ella? ¿La lealtad —o la culpa, tal vez— la está obnubilando y no ve las consecuencias?

Pero ¿cuántos dientes arrancados puede soportar Chiara antes de entregar a Matteo y al resto de los partisanos?

Alix sale de la iglesia en dirección a Herrengasse. Luego desaparece en la esquina dominada por la Fuente del Devorador de Niños y atraviesa las arcadas techadas, zigzagueando entre una y otra, escuchando y observando, segura de que quien la estuviera siguiendo le ha perdido el rastro.

Finalmente, llega a un hotel barato detrás de la iglesia, donde escribe cartas para sus mensajeros con instrucciones para trasladar a Matteo a una casa, cerca de otro cruce de frontera que todavía no han usado. Espera a que vuelva a oscurecer y coge un coche diferente de otra persona de su nómina y vuelve a la frontera. Matteo y ella solo cruzan algunas palabras, las indispensables para que ella pueda contarle su plan.

El cruce de la frontera es agotador, hay subidas más inclinadas que en la ruta anterior y el bosque es espeso y riguroso. Pasan más cerca del lago Como y de la sede del Partido Fascista, más cerca del peligro, después toman varios trenes indirectos, hacen varios trasbordos hasta llegar a Milán.

Solo cuando llegan a la estación central, Alix dice:

—No puedes venir conmigo. Te veo aquí en una hora.

Matteo menea la cabeza con vehemencia.

—Puede ser una trampa para arrestarte —dice ella.

—Puede ser una trampa para arrestarte a ti —replica él.

—Yo no valgo nada para los nazis —comenta ella—. La Voce sabe que las negociaciones para la rendición se cancelarán si me pasa algo. —No sabe si eso es así o si Dulles solo va a menear la cabeza y suspirar ante la molestia de tener que enviar sus propios cables.

Alix camina por la via Paolo Ucello, ha memorizado el camino, alertada de que sacar un mapa y parecer perdida es equivalente a enviarse a sí misma a prisión. Tiene que cubrir el pelo rojo con un pañuelo, se ha cambiado la ropa de montaña por la chaqueta de una de las *staffetta*.

Hace un gran esfuerzo para no mirar los carteles:

10.000 liras y diez kilos de sal por cada partisano entregado a Pietro Koch.

25.000 liras por información que sirva para capturar a un saboteador.

100.000 liras por un líder partisano.

Todos los carteles tienen la dirección de Villa Triste y se horroriza al descubrir que el lugar está en la misma calle por la que ella está caminando ahora, cuatro puertas más adelante, después dos, que está pasando frente a ella y que parece una casa común y corriente y que Chiara está del otro lado de la pared.

Los carteles son llamativos y brillantes y están intactos. El resto de Milán está en ruinas.

A su izquierda, una calle lateral ya no existe, enterrada bajo una montaña de escombros. El Duomo es una carcasa de piedras partidas y astillas. Paredes sin techo se alzan como reliquias arqueológicas antiguas, salvo por las personas que entran y salen de ellas, personas que también parecen ruinas.

No hay aire, solo polvo suspendido sobre la boca como una mano asfixiante. No hay cielo azul.

Cae una piedra desde una torre tambaleante de un edificio destruido y nadie se sobresalta, excepto Alix. Este es un lugar donde la muerte cae del cielo tan a menudo que se convierte en algo común y corriente.

Un poco más allá, ve, además de los carteles espantosos que ofrecen dinero a cambio de seres humanos, un cadáver. Lleva colgada una pancarta en el cuello que dice: "Los alemanes pagan con dinero, los partisanos con balas" y ella entiende que el hombre muerto es un fascista o un nazi y que los partisanos se han vengado.

Si se pone a llorar, las lágrimas van a dejar surcos en el polvo que le cubre la cara.

La *trattoria*, cuando llega, es un alivio. ¿Cómo puede ser un alivio entrar en lo que podría ser una trampa?

Los dos partisanos liberados son fáciles de detectar, están tan exhaustos como Matteo, pero tienen la cara coloreada con moratones y sangre y no tienen dientes. Son el augurio del futuro de Chiara, y tal vez también del de Matteo.

Ella pronuncia la palabra clave y ellos le contestan con otra. Hasta ahora, es lo que prometió la Voce, no hay señales de ninguna emboscada, pero no saca la mano del bolso, donde tiene el arma.

Los partisanos le dicen que tienen que volver a Villa Triste al anochecer con su respuesta a la oferta de intercambio o todos los internos de la prisión van a morir.

—¿Cuál es el trato? —pregunta Alix, segura de va a rebelarse contra lo que exijan los nazis.

—Pietro Koch quiere un paso seguro a Suiza. Sabe que los aliados van a ganar y no quiere quedar abandonado a su suerte. —Parece que el partisano va a escupir sobre el suelo de la *trattoria*, tanto asco le da la idea de que alguien permita que un hombre que dirige un campo de tortura huya a la libertad de Suiza—. A cambio, va a liberar a todos los prisioneros de Villa Triste.

Si antes Alix quiso gritar, ahora quiere ponerse a llorar. No es una oferta. Es una farsa.

Y ella no puede autorizar nada de eso. ¿Cómo puede ella, sentada en su trono seguro en Suiza, autorizar la salvación del asesino depravado que dirige Villa Triste? ¿Qué van a decirle las familias de los cientos de personas asesinadas y mutiladas por Pietro Koch si descubren que lo ha dejado en libertad a cambio de la vida de su amiga?

La Voce, comprende ahora, es el tipo de hombre que acecha en las sombras, detrás de los poderosos, listo para que lo convoquen cuando hay que llevar a cabo las tareas más sucias. Y ella decidió entregarle su destino. Ni con cien duchas va a volver a sentirse limpia, no después de esto.

No puede tomar esta decisión porque ella no va a tener que vivir con las consecuencias. Solo los líderes partisanos pueden decidir.

Les pide a los dos hombres que la esperen. No conoce ninguna palabra que describa la expresión de esos rostros. Es más que desesperación, no solo han olvidado la esperanza, sino la idea de la esperanza.

En la estación, Matteo se acerca rápidamente a ella y se detiene cuando le ve la cara.

—No… —empieza.

—No es Chiara —se apresura a tranquilizarlo.

Le cuenta lo que quiere Koch. Matteo le pega un puñetazo a la pared. Es Alix la que se contrae de dolor.

Ella le coge el puño lleno de moratones y se lo lleva a toda prisa, la sola presencia de Matteo en Milán ya es arriesgada sin necesidad de que llame la atención.

—Tenemos que comunicarle esto a Parri —dice Matteo, débilmente.

Alix asiente. Por ser uno de los líderes del CLN, Parri es el único que puede tomar una decisión así.

—La mujer de Parri… —Matteo se detiene y Alix sabe que, si no le estuviera sosteniendo la mano, golpearía otra pared hasta romperse los huesos—. Lisetta, la mujer de Parri. Se la llevaron con Chiara. También está en Villa Triste. Y está embarazada.

Cuando Alix vio a la hermana de Matteo colgada de un árbol con el estómago abierto de un tajo, pensó que eso sería lo peor que vería en su vida. Pero estaba equivocada. Hay horrores incluso más profundos que ese. Parri va a tener que decidir el destino de su mujer y del hijo que lleva en el vientre, va a tener que hacerle reverencias al demonio para salvarlos. ¿Qué hombre debe verse obligado a hacer algo así?

Caminan en silencio al apartamento donde se esconde Parri.

Él escucha con ojos inexpresivos. Atraviesa la habitación hasta el gramófono. Elige una grabación y dos explosiones de música hacen erupción en la habitación, seguidas del sonido lloroso de violoncelos. *La heroica* de Beethoven, una sinfonía para héroes.

Alix ya sabe lo que va a hacer Parri.

Los tres escuchan en silencio.

—Con hienas no negociamos —dice Parri cuando termina la música.

No tiene lágrimas en los ojos cuando habla, sus palabras firman la sentencia de muerte para su mujer y el hijo que lleva en el vientre —y también para Chiara— pero Alix las oye caer dentro de él, como la percusión de la sinfonía de los héroes.

Cuando dejan a Parri, Alix mira a Matteo y lo que ve le hace temblar el corazón.

—Cuéntame el sueño otra vez —dice él—. Ese que dijiste que iba a ser mi futuro.

—Dije —empieza, y se le quiebra la voz— que ibas a tener a tu propia *madonna* de pelo oscuro, una pandilla de hijos y también tu consultorio médico. Que todos en el Piamonte iban a hablar del guapo doctor que luchó con valor en la guerra y que dedicó su vida a curar. Y tú dijiste que a veces tu *madonna* tenía…

La voz se le vuelve a quebrar, desgarrada por las palabras que alguna vez fueron dichas con tanta esperanza y ahora son una plegaria desesperada para que Matteo no haga lo que denotan sus ojos.

—Que tu *madonna* tenía el pelo rojo —susurra ella.

Lo lleva hacia el rincón en penumbras de un edificio bombardeado y se quita el pañuelo.

—Pelo rojo como este. Y no dije, pero quise hacerlo, que ella te iba a besar así.

Él la abraza al mismo tiempo que ella y el beso no es como ningún otro del que haya oído hablar o que haya imaginado. No es de libro de cuentos; es fuerte y triste y penoso, una boca unida a la otra. Con la presión de los cuerpos, dolorosamente aferrados uno al otro, ella le suplica que no haga todo lo que ese momento con Parri lo volvió capaz de hacer. Y, a su vez, él le asegura que, de algún lado, va a sacar la fuerza para no hacer esas cosas.

—Te quiero, Alix.

Las palabras son aliento en su oído, tan leves y evanescentes que se van antes de que ella pueda estar segura de que las ha oído. Lo vuelve a besar, con más urgencia que antes, y él responde del mismo modo, y le entrega un amor que le rompe el corazón, el único amor que el mundo va a permitirle sentir por él.

Cuando se separan, las mejillas de Alix están mojadas con las lágrimas de él. No tiene ni idea de qué va a hacer ahora, si todavía es el hombre que le dio un papel con su nombre escrito porque pensaba que Matteo era alguien a quien valía la pena conservar, o si la Voce ha obtenido una victoria que no había imaginado.

Alix vuelve a Berna impulsada por una devastación violenta,

desgarradora. No se desliza junto a las paredes, ni camina de puntillas, ni mira por encima del hombro, quiere que la Voce la siga. Quiere este enfrentamiento.

Va directamente al confesionario, donde sabe que él la está esperando.

—Eso no era un trato —dice ella—. Para Parri, fue una agonía.

—¿Y para su amigo Matteo? ¿Cómo reaccionó a la noticia de que van a matar a su hermana? —pregunta.

Ella quiere abrir la puerta, dejar que entre aire, dejar que entre la luz y la esperanza que ella alguna vez creyó robustas e inquebrantables. Quiere expulsar al demonio, pero está por todas partes.

Pero... ¿hubo una leve tensión en la última frase que pronunció la Voce? Alix revuelve en su memoria, busca en su entrenamiento para identificar voces, la esquirla diminuta que le permita penetrar en su mente, y no estar todo el tiempo buscando a tientas y encontrando indicios con cuentagotas.

—Usted sabe que para él también fue agónico —dice ella por fin.

—Muy bien —concede él—. No fue un trato. Fue una provocación. Verá, quiero que todos ustedes busquen dentro de sí mismos, que lleguen a ese lugar aún más profundo que los lugares más sucios y oscuros, esos que fingen que no existen. Quiero que busquen la respuesta a la siguiente pregunta: ¿qué son capaces de hacerle a un hombre que es despiadado con alguien a quien aman?

Una pausa brutal. Las palabras de la Voce son el eco de lo que pensaba ella en ese edificio destruido por las bombas, mientras sostenía a Matteo entre sus brazos.

—Ahora Parri conoce la respuesta —continúa la Voce—. Pero no tengo interés en Parri. Estoy interesado en usted y en Matteo Romano. Su hermana sigue viva, por ahora.

Quiere aplastar la cara contra la ventanilla y gritar: "¡Haré lo que sea! ¡Dígame qué tengo que hacer!". Luego clava los dedos con fuerza en el puño. ¿Alguna idea? ¿Podría ella ser despiadada? Y sabe la respuesta. No. No está hecha de ese material.

La revelación es, al mismo tiempo, un golpe amargo y un rayito de luz.

Hasta que la Voce vuelve a hablar.

—Mi trato es este. —Hace una pausa dramática—. La semana que viene, usted vendrá a mi habitación del hotel Bellevue. Y llevará su vestido blanco.

Ella tiene un solo vestido blanco, el Vionnet que llevaba en el Bellevue la noche que averiguó que Chiara estaba en Villa Triste.

La Voce sabe que ella tiene un vestido blanco. Eso solo puede significar que la vio.

Y le acaba de decir que vaya a verlo a su habitación. Eso solo puede significar que la desea.

Ahora entiende que este hombre no tiene interés en el poder tradicional que se conquista negociando con los que gobiernan naciones; quiere el poder que se conquista jugando con las almas. Y el alma de ella es el premio, o tal vez, el sacrificio. Ella es la vaca, ya no sagrada, sino enviada al matadero.

PARTE CINCO

París, 1947

No era fácil trabajar en ese entonces… Trabajar estaba mal.

Nancy White, sobrina de Carmel Snow

CAPÍTULO 24

—Tenemos que salir de aquí —dijo Anthony.

Alix meneó la cabeza. Había un hombre inconsciente en el suelo de su habitación. Anthony estaba con Fortunée, la némesis de Alix. Y Bobby había querido encontrar a Matteo.

—Date prisa, Alix. —Parecía que Anthony iba a agarrarla del brazo y a empujarla por la puerta.

—¿Puedes limpiarlo? —le dijo a Fortunée.

—Déjame en Montmartre —respondió ella—. Voy a buscar a alguien que pueda ayudar.

Dios, hablaban como si estuvieran trabajando juntos. Anthony y la mujer que hizo que despidieran a Alix. No iría a ningún lado con ellos.

Entonces, ¿qué opciones tenía? Deambular por las calles de París, con la maleta y las cajas de sombreros en la mano —mientras, tal vez, la siguiera la Voce o alguien que trabajara para él— hasta encontrar una pensión o un hotel que le abriera las puertas a las tres de la mañana o... *Merde*. No tenía opciones. Suzanne haría preguntas y Alix no quería que este asunto invadiera su trabajo. ¿Esmée? No había ido al baile, tal vez, porque no estaba en la ciudad.

Volvió a menear la cabeza mirando a Anthony.

—Tú y Fortunée podéis iros. No necesito vuestra ayuda.

—Por Dios santo, Alix. —Por algún motivo, aunque

estaba claro que el que había mentido era Anthony, era él quien la estaba regañando. Entonces empezó a gritar—: Desde el principio estás esperando que yo lo estropee todo. Buscaste pruebas de mis defectos. Tengo muchísimos, no se necesita entrenamiento de espía para encontrarlos, con un par de ojos basta y sobra. Pero ¿sabes qué? Tú también tienes algunos defectos. No confías en nadie. Apuesto a que tienes un millón de buenas razones. Pero puedo explicarte lo de Anjelica, o Fortunée, o como mierda la conozcas, si vienes al Ritz. Tendría que haberte hablado sobre ella antes, claro que sí. Pero, ¿sería tan estúpido como para traerla aquí ahora si estuviera trabajando en tu contra? No. Así que vamos.

Pensó en muchas de las cosas que podrían pasar desde el momento en que Anthony y Fortunée aparecieron en su habitación, pero que él la reprendiera por sus defectos no era una de ellas. Solo era consciente de que tenía la boca abierta, pero que no había palabras dentro.

Anthony volvió a soltar improperios, y se pasó una mano por el pelo.

—Perdóname. Estoy furioso porque dejé que te fueras sola del baile. Tenemos que irnos. Por favor —agregó, después de otro segundo silencioso de Alix.

Era demasiado difícil confiar, joder. Pero si ella se iba y no dejaba que se lo explicara, iba a volver a no confiar en nadie. "Qué puta mierda de vida".

Así que cogió sus cosas.

Casi inmediatamente, estaban en el coche de Anthony. Se dirigieron a toda velocidad hacia la rue Pigalle, donde se detuvieron para que bajara Fortunée. Alix tuvo la nota de Matteo apretada en la mano todo el tiempo, la punta de los dedos apoyados en la tela de un vestido que había prometido otro tipo de noche.

—Vuelve al Ritz cuando termines, Anjelica —dijo Anthony cuando Fortunée puso un pie en la acera.

—Anjelica —repitió Alix, la única palabra que había dicho desde que salieron.

—Algunos hombres piensan que soy un ángel —dijo Fortunée antes de alejarse, contoneando las caderas exageradamente.

El coche volvió a arrancar.

—Para —le dijo Alix antes de doblar la esquina.

—¿Para qué? —exigió Anthony. Y Después—: Por favor, no te vayas, Alix.

—Voy a volver —fue todo lo que dijo, antes de bajarse y correr hacia una cabina telefónica que habían dejado atrás, rezando porque contestara alguien.

Después, hubo un viaje largo y silencioso hacia el Ritz.

Una vez dentro de la suite, Anthony encendió la lámpara y vio que Alix corría hacia la ventana y se ponía a mirar la place Vendôme. En el coche, había tratado de pensar un modo de explicárselo que le quitara gravedad al tema, pero no se le ocurrió nada. Así que empezó con los hechos.

—Conocí a Anjelica, o Fortunée, en Italia. Era una de mis informantes. Vino a verme aquí, en París, el año pasado para decirme que si necesitaba sus habilidades, solamente para el espionaje —agregó rápidamente—, me pusiera en contacto con ella. Cuando oí que tú venías a París, le pedí que intentara conseguir trabajo en Dior para vigilarte.

Lo sobresaltó un golpe en la puerta de la suite, pero era solo el café que había pedido antes de subir. Despachó a la camarera, sirvió dos tazas y dejó una en la mesa más cercana a Alix. Entonces, le dijo la verdad, que era lo que le debía hacer y lo que le había prometido.

—Cuando la vi en el baile, traté de convencerme de que había olvidado hablarte sobre ella. Pero la verdadera razón por la que no lo hice fue porque pensé que admitir que conocía a una prostituta y que le pagaba —¿por qué sonaba mucho peor dicho en voz alta que cuando lo pensaba?— iba a confirmar hasta la última de las sospechas y los preconceptos que tenías sobre mí.

—Pero ahora que lo he descubierto, ¿no ves que de todas maneras es una confirmación?

—¿Y no ves que eres una mujer con la que es difícil confesarse?

Otra vez había algo más que una nota de enfado en la voz de él, y Alix se volvió para enfrentarse cara a cara. Anthony se quedó quieto, a la espera de que ella lo atacara. Pero fuera cual fuera su expresión —si reflejaba algún sentimiento, debía de ser de mucha tristeza— hizo que el enfado se le cayera a Alix de los ojos.

En cambio, brotaron las lágrimas, y una se desbordó y rodó por la mejilla.

En ninguna de las conversaciones que habían tenido sobre los hechos terribles de sus respectivos pasados, ella había llorado. Y de pronto, él se sintió tan golpeado como lo estaba ella cuando atravesó el umbral de su cuarto con Anjelica.

El mundo había hecho todo lo posible para herir a Alix: la dejó huérfana a los trece años, permitió que la OSE la seleccionara para enviarla a la guerra, donde dejaron que se las arreglara con un nazi que, muy probablemente, tuviera el alma manchada con la sangre de miles de personas, y la mandó de vuelta a Manhattan, a trabajar para hombres que no iban a respetar su criterio o el hecho de que fuera totalmente distinta a cualquier otra mujer del planeta. Y ahora, también la hería él. "*¡Joder!*".

—*Merde*. —Ella también maldijo, y volvió a la ventana—. Perdón —dijo, y giró la cabeza para que él pudiera ver su expresión igual de triste—. Yo no era una mujer difícil. Una vez, Matteo me dijo que era un ángel. Pero finalmente, yo fui el demonio que lo llevó a la muerte. Por eso me endurecí.

Anthony volvió a maldecir y dio un paso hacia ella.

—No dije que fueras difícil. Dije que era difícil confesarse contigo. ¿Sabes por qué? Porque llevas tu integridad como llevas puesto ese vestido, como si fuera tu piel. Y yo hasta he olvidado cómo se escribe esa palabra. —"Mierda, ¿de dónde sale todo esto?" Tal vez, de la necesidad de ser la única persona que no la hiciera llorar—. En la calle de Montmartre, hace dos semanas —continuó—, sentías tanta pasión por Dior que pusiste el cuerpo delante de una modelo para protegerla. Y lo único que pensé fue: ¿hay algo en mi vida que yo defendería con el cuerpo? Y la respuesta fue "no". Por eso eres una mujer con la que es difícil confesarse.

Volvió al escritorio y se vació toda la taza de café en la garganta.

—Olvídalo. Esta noche ha sido, desde el momento en que me metí en la piscina contigo... —Deseaba acariciarle la curva de la cintura. Tomarle las mejillas entre las manos y besarla, y besarla y no detenerse nunca.

"Hostia puta". Se pasó la mano por la frente, volvió a poner la taza de café en su plato, respiró profundamente, para tranquilizarse y estabilizarse y volvió a empezar.

—Esta noche ha sido un poco como volver a Italia y me da vueltas la cabeza. Por eso...

Ella levantó los ojos, que se cruzaron con los de él y Anthony casi se desarma, porque la lágrima seguía allí, como si ella creyera que secarla y demostrarle que no quería que la viera llorar hubiera sido el signo de debilidad más grande de todos.

—Por eso, no tienes que disculparte —dijo él, con suavidad—. No tendría que haber dicho que tu falta de confianza en los demás es un defecto. Tendría que haber dicho que es tu cicatriz. Y mi cicatriz es... —dudó, no sabía si podía decirlo.

"Tiendo a los excesos", le había dicho ella una vez. No, ese era *él*. Mujeres, fiestas, bebidas. Todo lo fácil que hacía de coraza, para que nunca nadie viera más allá de la fortuna y los trajes caros y su bonita cara, y encontrara a Anthony, un hombre al que, quizás, ni siquiera valiera la pena encontrar.

—Cultivar una reputación como la mía significa creer que todos saben por adelantado qué van a encontrar —dijo rápidamente, deseoso de terminar con todo eso—. Puedo decirme que no es mi culpa si los demás deciden pensar que pueden cambiarme, o si terminan heridos porque sabían cómo era yo desde el principio. Pero eso es una gran excusa.

Volvió a detenerse delante del escritorio para estar más cerca de ella y se obligó a decir:

—Todo esto quiere decir que, tal vez, encontrar a ese hombre no valga la pena para ninguno de los dos. —"Para ti", quiso decir. Flexionó los dedos como si fuera a tender la mano y tocarla, pero los metió en el bolsillo.

Ahora, Alix se puso de espaldas a la ventana, apoyó la cadera contra el marco, la falda se derramaba a su alrededor, el espacio entre ellos dos era como un océano insalvable.

—¿Pero no vamos a odiarnos a nosotros mismos si dejamos de buscarlo?

Había algo parecido a la desesperación en sus palabras, un mensaje implícito que sonaba muy fuerte: "Estoy demasiado cansada de odiarme a mí misma".

Y a ese mensaje reaccionó él cuando contestó:

—Yo también.

Silencio. Aunque no como el del coche. Este era un silencio entre dos personas que sienten exactamente lo mismo, tanto, que sentirse comprendidas tan profundamente era doloroso y precioso a la vez.

—Anthony... —Se detuvo y, finalmente, se secó esa lágrima—. Eres mucho más que tu reputación. —Junto con esas palabras, le regaló una sonrisa dulce y ahora era él quien tenía ganas de llorar. Nunca supo, hasta ese momento, que esa ternura podía doler más que cualquier golpe.

Avanzó un paso, indeciso. No sabía por qué. Solo sabía que tenía que hacerlo.

Ella también.

El zumbido del timbre los detuvo en seco a los dos. Apartaron la mirada.

—Debe de ser Anjelica —dijo él, en voz baja y grave—. No sé si estabas escuchando en el coche, pero le pedí que buscara a alguien que pudiera llevar a tu potencial atacante al hospital estadounidense, donde van a custodiarlo hasta que yo pueda interrogarlo por la mañana.

Pero abrió la puerta y apareció Esmée.

—¿Qué haces aquí? —oyó Alix que decía él cansinamente, y aprovechó la oportunidad para dejar salir un suspiro silencioso, llevarse los dedos al rabillo de los ojos y secar cualquier humedad que todavía quedara allí y guardar lo que fuera que no había pasado entre ella y Anthony—. ¿Y por qué la recepción ya no llama para anunciar a las visitas? —continuó él.

—Charles sabe que no soy una simple visita —dijo Esmée.

Alix interrumpió.

—La llamé desde la cabina —le dijo a Anthony—. Tú le pediste a Fortunée que volviera. Yo también quería a alguien aquí.

Esmée se sentó en el sofá.

—Sabes que te quiero —le dijo a Anthony—. Pero esta noche, estoy de su lado.

—A veces desearía que mi madre me hubiera dejado tirarte al lago —dijo él, con exasperación cariñosa, al sentarse junto a Esmée—. ¿Por qué no fuiste al baile? Te estuve buscando.

Esmée se encogió de hombros.

—Esta tarde vi a la mujer que, sospecho, me denunció a su amante alemán; y por su culpa he pasado varias noches en prisión. Después de eso, tuve una tarde triste. Demasiado triste para un baile.

—No tendría que haber llamado —dijo Alix con remordimiento.

—Quizás tener algo que hacer sea mejor para mí que esconderme debajo de las sábanas. —Esmée le sonrió a Alix—. Por cierto, estás increíble, hasta para tus parámetros. ¿Disfrutaste el baile? —Esto último fue para Anthony.

—Sí, lo disfruté —dijo, y miró a Alix, como si no estuviera seguro de que ella fuera a decir lo mismo.

—Sí, lo disfrutamos —corrigió ella, y notó que el esbozo de una sonrisa sobrevolaba los labios de Anthony.

La puerta se volvió a abrir. A Fortunée no le importaba el timbre; entró como una actriz que sube al escenario y espera los aplausos.

Pero este no era el espectáculo de Fortunée. Era el de Alix.

Se quitó la chaqueta de Anthony, encendió otra luz, atravesó la habitación hasta la pared empapelada y dijo:

—Ni Anthony ni yo vamos a ir al Parc des Buttes-Chaumont mañana. Es una trampa. La que va a ir es Fortunée. —En ese instante, sintió que era más parecida a su yo anterior: estratégica, lista, y ni de coña iba a dejarse engañar por la Voce. Las palabras que siguieron fueron para Anthony—: Tú eres como Washington, por el dinero y los recursos, y yo soy como la informante poco prometedora que alguien encuentra en la calle y lo único que tiene es inteligencia, ingenio y vestidos hermosos, así que vas a ser tú el que le pague.

Esas palabras tuvieron como efecto hacerlo reír y Alix volvió a sentirse energizada, a pesar de que era tarde; todo volvía a la normalidad entre ella y Anthony.

—¿Nadie va a preguntarme si yo quiero ir a un parque? —interrumpió Fortunée.

Esmée resopló.

—Algo me dice que vosotras dos no sois amigas.

—Anj… —Anthony se detuvo y volvió a empezar—. Antes de que me llamaras —le dijo a Alix—, Fortunée, que se hizo amiga de Becky por un tiempo, me dijo que, esta noche, Becky creía que se iba a encontrar con un miembro de la Resistencia que tenía información sobre ti y que quería ayudarla a vengar la muerte de su hermano. Becky no le dijo el nombre de esta persona a Fortunée, solo que su padrino se había encargado de verificarlo y todo coincidía. Eso quiere decir que la Voce se está haciendo pasar por un puto héroe de la Resistencia. Esa es la identidad que ha adoptado.

—Eso —dijo Alix— es muy inteligente. Por eso no puedo ir con Becky, así como así, y decirle quién es la Voce porque no va a creerme. De todos modos, le voy a hacer una visita mañana. Esmée, ¿podrías seguirla después, para ver qué hace? Anthony, necesito que vayas al hospital y que interrogues al hombre que dejé fuera de juego, averigua quién le paga. Necesito que Fortunée vaya al parque y vea qué pasa cuando yo no aparezca. Y por último… para que la Voce haya organizado esa conversación en la piscina, debe de haber averiguado mi nombre. Sospecho que esa fue la moneda de cambio que usó Becky para conseguir la reunión con él.

"Y va a llevar su vestido blanco". Las palabras de la Voce en 1945, cada de ellas, era un alfiler puntiagudo que perforaba su confianza y permitía que el miedo se filtrara. Evitándolo en el parque al día siguiente, le estaba diciendo: "Voy a por ti". Era probable que eso no le hiciera ninguna gracia.

Le costó todos y cada uno de los átomos de su voluntad desviar la mente de la Paroisse Française y traerla de vuelta a la suite de Anthony.

—¿No podías llamarte Mary Smith en vez de Alix St. Hay-Que-Joderse Pierre? —le estaba diciendo él—. Tu nombre es muy fácil de rastrear.

Alix fue hasta el escritorio y se sentó en la silla de cuero, para escapar de su penetrante mirada.

—No me parezco en nada a una Mary Smith.

Anthony también fue hasta el escritorio, apoyó las manos, se inclinó hacia delante y fue como si se hubiera olvidado de que había otras personas en la habitación.

—¿Puedes dejar las frasecitas ingeniosas por cinco minutos? No puedes seguir caminando por las calles de París con un nazi asesino siguiéndote los pasos.

—Sin embargo, está bien que tú sí camines por las calles —dijo ella, tratando de enmascarar el miedo con enfado.

"Un nazi asesino siguiéndole los pasos". Un hombre con un aspecto tan común y con una identidad nueva tan bien construida que había sido capaz de integrarse en la vida cotidiana, fingiendo ser un humano normal, no monstruoso. Un hombre cuya presencia del otro lado de un confesionario había bastado para dejarla sin aire. Y ahora, sabía su nombre.

Ella sintió que estaba presionando la espalda contra el respaldo de la silla, vio que Anthony abría la boca para decirle algo más, pero que, de pronto, él le miró las manos, y vio cómo apretaban la parte superior de sus brazos y le estaban dejando marcas blancas, sin circulación, sobre la piel.

La Voce, qué hijo de puta por hacer que sintiese pánico. Alix aflojó los dedos y trató de relajarse, pero todavía sentía el cuerpo más rígido que el de un maniquí.

Anthony cerró la boca, cogió una botella de brandy y sirvió, al menos, cuatro medidas. Solo llegó a tomar un sorbo antes de que Esmée atravesara la habitación y le dijera:

—Tanto alcohol a las tres de la mañana te va a doler cuando amanezca, *mon cher*.

Durante un minuto, pareció que Anthony iba a arrojarle el contenido de la copa, pero sonó el teléfono.

—Probablemente, tu amigo del hospital —dijo Fortunée—. Me dijo que te llamaría para que le dieses instrucciones.

—Sí —Anthony atendió el teléfono.

—¿Puedo dejaros solas unos minutos? Tengo que deshacerme de esto —dijo Esmée cogiendo la copa.

Fortunée miró a Alix. Alix miro a Fortunée. Esmée no esperó la respuesta de ninguna de las dos antes de desaparecer en el baño.

Alix supuso que, si iba a confiar en Fortunée, tendría que averiguar un poco más sobre ella. Se levantó de la silla y se sentó a su lado en el sofá.

—¿Por qué fuiste a Italia durante la guerra?

Fortunée se estiró y tomó uno de los cigarrillos de Anthony.

—Yo estaba en Marsella cuando los alemanes invadieron la zona libre en 1942 y después de eso, ya no fue tan divertido —dijo, con pereza—. Cuando los aliados liberaron Nápoles, me fui para allá. Quería libertad, no ocupación.

—¿Y por qué volver a París después de la guerra?

Fortunée puso los ojos en blanco.

—A París le gusta fingir que sufrió. Pero nunca la bombardearon hasta convertirla en escombros. Está mucho mejor de lo que aparenta.

Fortunée demostraba que era más astuta que fastidiosa.

—Entonces tú persigues...

—Fortuna.

Alix no pudo evitar reírse del juego de palabras.

—Tal vez, pueda sentirme identificada con eso —admitió—. He estado persiguiendo..., no sé, fortuna, aventura, algo... toda mi vida.

Anthony colgó el teléfono al mismo tiempo que Fortunée le respondía a Alix.

—O tal vez, estés persiguiendo un sueño indefinido que nunca vas a alcanzar.

La mirada de Alix se cruzó con la de Anthony. ¿Era lo que estaban haciendo ellos?

Fortunée se dio cuenta de la mirada compartida y agregó, dirigiéndose a Anthony:

—La próxima vez lo voy a intentar en Estados Unidos. Solamente necesito un estadounidense millonario que me lleve.

—Entonces, estás mirando a la persona equivocada —la atajó Esmée, volviendo a entrar en la habitación—. Bueno, antes de que el teléfono sonara, creo que habíamos hecho nuestro plan. ¿El hospital se va a encargar de la víctima de Alix hasta que puedas interrogarlo mañana?

Anthony asintió.

—Bien —continuó Esmée—. Entonces, si la Voce o su secuaz esperan que Alix vaya mañana al parque, ella estará completamente segura en la Maison Christian Dior. Vamos a volver a evaluar el nivel de peligro para ella mañana, después de que se concrete el encuentro con Fortunée.

Anthony y Alix la miraron, Anthony con algo de enfado en los ojos y Alix con admiración por el hermoso modo en que Esmée había desestimado la preocupación controladora de Anthony.

Al fin, Alix sonrió.

—Mientras tenga un saco de harina a mano, no voy a correr peligro.

Anthony intentó mantener su actitud intratable y casi lo consigue, pero entonces, una sonrisa le alteró la comisura de los labios.

—No puedo creer que, llevando ese vestido increíble, hayas dejado fuera de juego a un hombre con un saco de harina.

Alix se rio.

—Nunca lo hubiera hecho vestida de pandillera. —Entonces, un bostezo incontenible; la hora se hacía sentir—. ¿Nos volvemos a reunir mañana por la noche?

Esmée asintió, se despidió de todos con un beso y se las ingenió para llevarse a Fortunée con ella. Al cerrar, Anthony dejó una mano apoyada en la puerta.

—Tenemos que hablar de Bobby.

—¿Por qué narices mi vida tiene que ser tan desastrosa? —dijo Alix, y, cansada, volvió a su nido en la silla de cuero de Anthony—. ¿Sabes? En estas dos semanas, cada poco me dio por pensar en lo que voy a hacer con mi vida cuando todo esto se termine. Que, en vez de saltar de trabajo en trabajo, de durar en cada uno de ellos solo el tiempo que me lleve exasperar al hombre que está a cargo, voy a pensar qué quiero hacer de verdad y voy a hacerlo. Entonces, pasa algo como esto y pienso que ese momento nunca llegará.

—Llegará —dijo Anthony—. Tal vez no te sientas especialmente afortunada porque no tienes una familia con expectativas, pero al menos, puedes imaginarte eligiendo lo que querrías hacer. Y apuesto a que harás lo que te propongas.

Había algo de frustración en la voz de él, por eso Alix dijo:

—Un hijo March no elige, supongo.

Él se encogió de hombros.

—No si es el único que queda. Podría decirle a mi viejo que no quiero ponerme al frente de su empresa de mierda; que quiero escribir. Pero hay que ser un hijo de puta para hacerle tanto daño a un padre. —Se volvió hacia la luz dorada que emanaba de las lámparas del rincón y que atenuaban la noche y la convertían en anochecer.

—Pero estábamos hablando de Bobby, no de mí —continuó—. Y siento que hay una pregunta que no hicimos.

Alix hizo un gesto de extrañeza.

—¿Te refieres a por qué Bobby estaba buscando a Matteo?

Anthony se dirigió hasta la pared que tenía los papeles pegados.

—No solo eso. Bobby aparece en muchas de estas preguntas. ¿Por qué quería conducir esa misión? ¿Por qué no una anterior o una posterior? Y la pregunta que no hicimos es —volvió a mirarla— si la Voce fue cruel en general cuando mató a esos hombres. ¿O hubo una crueldad dirigida? ¿Quería matar a todos esos hombres o solo a uno de ellos, por algún motivo en particular? Si fue así, entonces sabía quién iba a ir a la montaña aquel día.

Alix se puso de pie y fue hacia la ventana, los pensamientos le daban vueltas tan rápido como el hilo que se enrolla en un carrete.

—¿Estás diciendo que la Voce quería matar a Bobby? ¿O que Bobby le dijo a la Voce quién iba a estar en esa misión? Eso es un salto gigantesco.

—Lo sé —confesó, ahora no parecía tan seguro—. Porque, de todos modos, ¿cómo podría alguien comunicarse con la Voce? Pero, Alix, esa nota…

Alix apoyó una mano en la ventana y lo interrumpió.

—Yo introduje un operador de radio en el cuartel de Karl Wolff para que los alemanes pudieran comunicarse con Dulles por las negociaciones de la rendición sin tener que ir y volver por la frontera todo el tiempo. Tal vez alguien le transmitió quiénes eran parte del equipo al operador. Y tal vez, alguien en el cuartel de Wolff presenció la transmisión, alguien como la Voce.

Ninguno de los dos se movió. Se miraron; a ella, el instinto prácticamente le estaba gritando que sí, que había algo en esa teoría; el de Anthony, lo mismo, si se guiaba por su expresión.

Entonces, Alix levantó la barbilla hacia la franja negra sobre el cielo dorado oscuro, de modo que él ya no pudo verle los ojos y dijo:

—Matteo me dijo que me amaba. Yo también lo amaba.

Anthony no se movió ni habló. Tampoco Alix. Sus sentimientos más íntimos y sagrados estaban esparcidos por todas partes, como una máscara arrancada, las lentejuelas brillantes, como lágrimas sobre el suelo.

Pero necesitaba decir más. Trató de recuperar el control de sí misma para hablar sin que le temblara la voz.

—De todos modos, ese no puede ser el motivo por el que Bobby haya querido encontrar a Matteo. Bobby... No se hubiera peleado por mí. Te dije antes que era un buen tipo. Y lo era. Ni profundo ni superficial. Ni gracioso ni serio. Ni inteligente ni tonto. Era...

Claramente, hubo un tropiezo en sus palabras cuando recordó a la Alix que aceptó la proposición de Bobby en 1942, una Alix que no tenía idea de que la guerra podía matarla a una y seguir viva de todos modos.

—Él era todos los espacios intermedios y ninguno de los extremos alocados y apasionados —terminó, con mucha tristeza.

—Alix.

Ella giró solo la cabeza, y miró a Anthony, que dijo, muy suavemente:

—Como ya dije, Bobby podía ser un idiota.

¿Qué mensaje implícito tenía que desentrañar ella en esas palabras? No lo sabía. Lo que sí sabía era que nunca describiría a Anthony como únicamente un buen tipo. Pero eso no venía al caso.

Se volvió a concentrar en el problema que tenía entre manos.

—De cualquier modo, ¿cómo llegó Bobby a saber de la existencia de Matteo?

—No lo sé —dijo Anthony—. Pero lo sabía. Deja que le mande un telegrama a alguien que trabajaba en mi sala de teletipos de Bríndisi. Tal vez alguien viera algo. Y supongo que esa es solo una posibilidad. Tal vez, Bobby no sea la clave. Tal vez, lo sea la motivación de la Voce. Tal vez, hay una razón por la que quiso destruir esa misión en particular. Si podemos averiguarlo, el poder va a estar de nuestro lado cuando nos reunamos con él. Lo comentaré también con mi contacto en la sala de teletipos d. A lo mejor, en aquella época estaba pasando algo en el mando nazi de Italia.

Alix hundió la cadera en el marco de la ventana, el vestido maravilloso irradiaba reflejos plateados a la luz de la lámpara. "Bobby no es la clave". Se concentró en eso, porque no podía ser él. Era la última de las teorías de Anthony, no la primera la que iba a ser un paso adelante. Y si lograran avanzar, tal vez ganaran. Quizás pudieran encontrar a la Voce y enfrentarse a él por cualquier razón ruin que hubiera tenido para matar a esos hombres. Tenía que ser algo personal, no había otro motivo para la masacre. Le harían daño como él se lo había hecho a ella. Y después, lo harían encerrar para siempre.

Y Alix planificaría su futuro. Algo para construir con lo que había aprendido en Dior. Algo propio. Algo espectacular.

Le sonrió a Anthony. Él le sonrió a ella. Fue una sonrisa que la abrasó como el fuego.

Era momento de irse.

Caminó hacia el recibidor, aunque no tenía dónde ir.

Anthony se apartó de la pared y señaló la sombrerera con un ademán.

—No llevas otro saco de harina allí, ¿no?

Ella arqueó una ceja.

—No.

—Bien. Mi padre tiene una suite aquí, que usa siempre que viene a París. Ahora mismo está desocupada y es segura. Nadie puede llegar a este piso a menos que el personal lo permita… o al menos que seas Esmée —dijo con sarcasmo—. Nadie, ni siquiera la Voce, sabrá que estás aquí. Usa la suite el tiempo que quieras. Sé que odias que te diga qué hacer, así que… quédate una noche y búscate otro cuartito de pensión, si quieres, a pesar de estar corriendo un gran riesgo. O quédate un mes, hasta que lo resolvamos todo, y disfruta de vivir en un lugar con tazas de té iguales y sofás cómodos. Tú decides.

Antes de esa noche, hubiera rechazado un ofrecimiento

semejante de Anthony. Pero estaba agotada y asustada, y un lugar cómodo sonaba de maravilla. Además, necesitaba un lugar donde quedarse solo por dos semanas. Después, viajaría a Estados Unidos con Dior durante un par de meses.

Entonces, solo tenía dos semanas para encontrar a la Voce, o dos semanas para que él la encontrara a ella. Pero junto a Anthony —pasara lo que pasara—, sería ella la que encontrara a la Voce primero.

CAPÍTULO 25

A PESAR DE HABER DORMIDO SOLO DOS HORAS —AUNQUE, probablemente, hubiera sido el sueño más cómodo de su vida—, Alix decidió que a Becky Gordon, igual que al Bloody Mary, era mejor abordarla temprano.

—Y con mucha pimienta de cayena —masculló mientras se ponía la armadura de Dior.

En la sede parisina de *The Times*, se dirigió a las oficinas cuando la recepcionista se alejó de su escritorio, y, con la nariz, se puso a rastrear la fuerte dosis de perfume Old English Lavender que, generalmente, precedía a Becky.

Treinta segundos después de localizar el aroma, Alix atravesó la puerta de una oficina bien decorada —para quien le gustase el chintz— donde Becky estaba sentada leyendo el periódico y tomando té.

La taza de Becky se tambaleó.

—¿Cómo te atreves a entrar así?

—¿Así? ¿Cómo? —preguntó Alix. Se sentó en una silla, cogió la tetera y se sirvió una taza de té—. ¿Como alguien que va a estrangularte?

—Bueno, tienes mucha experiencia en acabar con la vida de otros.

Alix tuvo que recurrir a todo su autocontrol para que no le temblara la mano al oír ese comentario. El hermano de

Becky había muerto. Sí, Becky había sido vengativa al buscar su revancha, pero ¿no la merecía Alix? Era mucho más fácil montar un espectáculo unipersonal y ser descarada y ocurrente cuando las propias emociones no estaban en juego, pero esto… Esto era diferente.

—Lamento lo de tu hermano —dijo Alix.

Becky deslizó las manos hacia su collar de perlas y lo retorció hasta convertirlo en un nudo.

—Se suponía que iba a casarme con un vizconde como mi padre, era lo mínimo, pero ahora estoy trabajando aquí porque mi hermano está muerto y, por la ley de primogenitura, el patrimonio de mi padre está en manos de un tío odioso. No tengo nada, nada de nada. —El tono de Becky era desconfiado y frágil a la vez—. Si mi hermano estuviera vivo, tantas cosas serían diferentes…

—Arruinarme la vida a mí no va a mejorar en nada la tuya —dijo Alix en voz baja—. Aprende de mi experiencia, la revancha como estilo de vida es… —¿Qué era? Algo gangrenoso, dañino.

—Justo lo que mereces —terminó Becky—. Ahora, por favor, vete. No, primero lee esto.

Becky le arrojó la edición de ese día de *The Times*. El ejemplar estaba abierto en la columna semanal de Becky sobre la vida de la alta sociedad parisina. Generalmente, tenía un tono chismoso, sarcástico, por lo que Alix casi no la leía.

La columna de hoy se titulaba "La vendedora va de compras". Hablaba de cierta pelirroja no tan joven, de origen dudoso y sin un centavo a su nombre, que había embaucado a un modisto para conseguir un puesto que le permitiría codearse, y algo más, con el tipo de gente al que una huérfana con padres inmigrantes, de clase trabajadora, solo podría aspirar a servirle la cena en uniforme de sirvienta. "Ella está sirviendo algo", seguía el artículo. "A sí misma. Pero sabemos que la vendedora termina volviendo a la tienda en el último capítulo de la historia y el heredero del periódico se casa con la princesa".

Alix se puso de pie.

—¿Y dónde termina la Rosa Inglesa que ya no se va a casar con el vizconde? En los brazos de un…

Se interrumpió. No ganaba nada con decirle a Becky que había unido fuerzas con un asesino. La Voce ya habría tejido una historia muy convincente sobre la maldad de Alix y, sin duda, Becky ya estaría entregada al hombre responsable de su tristeza.

Así que se quedó mirando a Becky y trató de no pensar en todos los rumores que se estaban difundiendo en los probadores de Dior sobre la vendedora que se convirtió en la última diversión pasajera del heredero, ni en cuántos cotilleos estaría dispuesto a aguantar Dior antes de dejar ir a Alix. Así que preguntó:

—¿Con quién se supone que me voy a encontrar hoy en el Parc des Buttes-Chaumont?

A pesar de su gran talento para la actuación, Becky no pudo disimular el sobresalto.

Y Alix sabía —porque algo había aprendido sobre la Voce durante la guerra— que él también estaba manipulando a Becky. Él sabía que Alix estaba mirando y escuchando la noche anterior. Él sabía que Alix no iría al parque. Él quería que Becky se diera cuenta de que era incompetente para ahuyentar a Alix, porque así, Becky estaría en sus manos aún más.

No, la Voce todavía estaba planeando su jugada. Iba a haber una jugada en falso y después el gran final, exactamente igual que en Suiza. Y Alix tenía que dejar de perder tiempo con Becky y seguir adelante con la Voce para que esta vez, el gran final no fuera como el de Suiza.

—Vas a salir de esto menos herida si lo dejas ahora y no insistes. Pero supongo que también vas a ignorar este consejo —fue todo lo que le dijo a Becky.

Enseguida telefoneó a Anthony a su oficina.

—¿Qué pasó en el hospital? —preguntó.

—Dijo que una mujer le había pagado. Para darte un susto.

—Becky. Es lo que pensé. Bien, ¿puedes pedirles a todos que vengan una hora más tarde esta noche? Y dile a Fortunée que no se preocupe por ir al parque. ¿Podríais ella y tú... —Alix hizo una pausa. Estaba a punto de ponerse a dar órdenes como si fuera un general de división. Y estas órdenes eran personales, no estaban ligadas a ninguna campaña lejana, por lo que era más difícil darles voz.

Volvió a intentarlo.

—¿Podríais tú y Fortunée elaborar un pequeño informe sobre todos los hombres que subieron a la montaña aquel día? Concentraos en Bobby. En qué operaciones intervino, cómo podría haber conocido a Matteo. Necesitamos entender cuál era la conexión entre Bobby, Matteo y la Voce. Hay algo allí, lo sé. La Voce conocía a Matteo. También sabía que Matteo era mi... —"Mi fractura. Esa parte de mí que todavía está rota".

Oyó movimiento, como si Anthony se hubiera puesto de pie, se hubiera apoyado el auricular del teléfono en el cuello y estuviera caminando hacia la ventana, igual que cuando hablaban juntos en la intimidad de su suite.

—Sigue —dijo él, en voz baja.

Ella cerró los ojos. En ese momento, él no la estaba tratando como a una espía, estaba preocupado por ella como ser humano.

Así que continuó, como un ser humano vulnerable, imperfecto.

—Matteo era mi talón de Aquiles. Y la Voce era... —Otra pausa—. Un tirador entrenado.

"Las palabras no pueden hacerme daño", prometía una

rima infantil. Estaba equivocada. Las palabras que ella estaba diciendo le hacían mucho daño.

—Alix. —La voz de Anthony, otra vez, como si la cogiera de la mano—. Si pudiera encender un cigarrillo para ti en este momento, lo haría.

Entonces, ella lo imaginó, inhaló coraje y dejó salir las dolorosas palabras que quedaban por decir.

—Finalmente, cedí. No hay que valorar unas vidas más que otras, pero yo lo hice. Y la Voce lo sabía, como yo siempre supe que la Voce hizo lo que hizo por motivos personales; él quería que yo me sintiera tan culpable y avergonzada y miserable como me siento ahora, pero quizás, pasé algo por alto al pensar que fue solo por mí. Tal vez…

Tarda varios segundos en recomponerse.

—Tal vez no estaba usando a Bobby para llegar solamente a mí.

—¿Dices que… —preguntó Anthony con mucho cuidado, tratando de no hacer demasiada presión sobre esa herida abierta— estaba usando a Bobby para hacerle daño también a Matteo?

—Es lo que pienso. Y tenemos que averiguar por qué.

La siguiente parte del plan suponía llamar a Frank al Ritz y pedirle un favor, el más grande hasta ahora. Frank respondió que haría todo lo que estuviera a su alcance. Ahora, solo le quedaba esperar, y ponerse a trabajar.

En cuanto se sentó al escritorio, sonó el teléfono.

—¿Dónde pasaste la noche de ayer? —preguntó Esmée sin preámbulos.

—En el Ritz —dijo Alix sin pensarlo.

—Mierda, Alix.

Alix se apresuró a explicarlo.

—No estoy durmiendo con Anthony. Y no lo estoy diciendo en el sentido de que él no "duerme" con mujeres con las que tiene acuerdos que se sostienen en el tiempo y que van más allá de un encuentro. Me refiero a que yo no dormí con él. Punto.

"Olvida ese momento en la piscina", se dijo a sí misma. "Olvida el nudo en el estómago al ver esa gota de agua deslizándose sobre el pecho de Anthony y desear que fuera tu mano. Y también olvida ese momento en que estuvisteis a punto de acercaros en la suite anoche".

—Dormí en la suite de su padre —le dijo a Esmée con mucha firmeza—. Ignora la columna de Becky.

—Quisiera poder ignorarla. No necesitas que yo te lo diga, pero asegúrate de que nadie sepa que te alojas en la suite de March —dijo Esmée, ahora con un tono más dulce—. Sabes cómo te tratará París si lo averigua, especialmente con las provocaciones de Becky. No quiero que nadie olvide que conseguiste el trabajo en Dior por tus propios méritos. No quiero que nadie te llame "la amante de alguien". No quiero... —La voz de Esmée flaqueó.

—Yo tampoco quiero eso —dijo Alix con voz triste—. Así como no quiero que todos crean que no eres más que otra mujer rica que busca marido.

Se oyó un resuello apagado, y después la voz de Esmée volvió a la línea.

—Si no fueras tan pobre, joder, Alix St. Pierre. Si tuvieras dinero y familia y contactos, podrías salirte con la tuya.

—Y no tendría que depender de la caridad de Anthony, en primer lugar, —señaló Alix.

Esmée se quedó en silencio y también Alix, que casi cuelga el teléfono, porque ya tenía muchos asuntos que por resolver ahora, pero entonces, Esmée se puso a reflexionar:

—Hubo un momento breve y luminoso, ¿no es cierto?, en que pareció que el mundo iba a cambiar. Durante cuatro años espiamos, hicimos un esfuerzo tremendo y salvamos vidas y también marcamos la diferencia y a nadie le importó demasiado que fuéramos mujeres. Y después, todo terminó. Retrocedimos, incluso.

—¿Sabías —dijo Alix— que cuando volví a Nueva York me pidieron que hiciera carteles para convencer a las mujeres de que dejaran sus trabajos y volvieran a casa a cocinar ricas cenas para sus maridos? Les dije que ni siquiera sabía cómo se escribía "marido".

—Apuesto a que se los dijiste.

—Fuimos importantes por un instante, ¿no? —dijo Alix, sin poder evitar que la nostalgia le pesara en la voz—. A veces, me parece que lo imaginé todo.

La respuesta de Esmée fue feroz.

—Nunca permitas que las mujeres que pasan por los probadores de Dior encuentren la manera de clavarte las uñas. Si lo hacen, serán despiadadas. Te convertirías, así como así —Alix oyó un chasquido de dedos—, en la desfachatada estadounidense, el último capricho de Anthony March, que le paga los Dior, del que depende. Te van a reducir a nada.

Para Lillie,
desde París

Acabo de hablar con Esmée y me ha dejado con muchas preguntas. Preguntas como ¿alguna vez creíste que casarte con Peter era te proporcionaría la mejor vida? Creo que sé la respuesta: para conservar tu lugar, incluso antes de que tu padre lo perdiera, tenías que casarte.

Pero ¿qué necesito yo para conservar el mío? ¿Y cuál es mi lugar? Es un espacio que no existe, que está entre mundos: conocer a gente del mundo del dinero, pero no venir del mundo del dinero. Ser una trabajadora, pero no tan de la clase trabajadora como para interesarle a un camarero, por decir algo, o a un contable. ¿Cómo va a conservar su lugar Esmée? Solo casándose con algún otro aristócrata millonario que va a serle infiel… igual que ella. Una farsa de matrimonio para hacerle creer a la sociedad que están jugando el mismo juego.

Pero ¿qué juego jugaré yo?

Todo mi amor y *bisous*,
Alix

Alix arrugó la carta. Necesitaba estar en el presente el resto del día y concentrarse en la cantidad de papeles que se iban amontonando: correspondencia con Neiman Marcus por el premio que iba a ir a recibir Dior en Estados Unidos, y también cartas a las tiendas que *le patron* iba a visitar allí. El tiempo hasta la fecha de partida corría. Dos semanas para atrapar a la Voce… o para que él la atrapara a ella.

Ignoró el teléfono, que sonaba con un timbre muy estridente. Estaba trabajando tanto que, al principio, pensó que estaba alucinando con el sonido de una voz de pesadilla. Pero la volvió a oír, alterada, porque no estaba dentro los confines de un confesionario. Se apresuró a salir de su oficina, y se encontró con un muro impenetrable de costureras que sostenían vestidos cubiertos por fundas.

—*Bien sûr, mon ange*, puedes escoger tantos como quieras —dijo la voz en ese momento, clara, inequívoca, y casi sin duda, con un volumen suficiente para asegurarse de que ella lo oyera.

—Permiso —dijo a la multitud de costureras, solo para provocar una conmoción más grande porque una o dos, por complacerla, giraron hacia los lados, un movimiento que las hizo chocar contra los vestidos que estaban por delante y por detrás. Todas las portadoras de vestidos se tambalearon, lo que hizo tambalear a la siguiente costurera de la fila, y ahora Alix se enfrentaba una pista de obstáculos de vestidos que se balanceaban hacia delante y hacia atrás como cuchillos de seda.

—Será más rápido si vosotras seguís hacia delante y yo voy detrás —dijo, tratando de disimular su impaciencia.

Cerca de la puerta, vio la cara pálida de Esmée. Y Alix entendió por qué había estado sonando el teléfono. Esmée, a quien le había pedido que siguiera a Becky, había estado intentando alertarla.

Para cuando Alix la hubo alcanzado, lo único que pudo hacer Esmée fue menear la cabeza.

—Se ha ido —dijo—. Intenté retenerlo sin que fuera obvio, porque no queremos que averigüe quién te está ayudando. —Volvió a menear la cabeza—. Estuvo aquí con Becky. Le vi la cara, Alix. Sé cómo es.

Alix no podía moverse. La Voce había venido a su lugar de trabajo con Becky. Se quedó solo el tiempo necesario para asegurarse de que ella supiera que él estaba allí. Esta era su jugada. Quería hacerle saber que ella era el ratón y que él era el gato.

Pero había llegado el momento de que Alix se convirtiera en leona.

La primera llamada a la puerta de la suite del señor March sonó con impertinencia y Alix supo que era Fortunée. Entró como una tromba; el escote del vestido, desbordante. Recorrió la habitación con la mirada y dijo:

—Pensé que habría bebidas.

—Pensaste mal —dijo Alix con tono apagado. Una mirada rápida al menú le hizo saber que no podía permitirse ni comida ni para ella misma. Después se obligó a sonreír, a recordar que hoy, Fortunée había pagado su deuda, que tal vez, las dos eran aventureras que habían usado sus recursos de la mejor manera posible—. Tal vez, deberíamos bajar las armas. Sería más fácil.

—Pero no tan divertido.

Que Fortunée se sirviera agua del puto grifo del baño.

Otro golpe en la puerta, suave, íntimo, y hasta un poco sensual: tenía que ser Anthony. Lo primero que hizo él fue descolgar el teléfono y pedir unos french 75, un kir, champán, y Vermut con hielo, también una selección amplia de platos, y pidió que todo se cargara a la cuenta de la habitación.

En medio de la llamada telefónica llegó Esmée y así quedó conformado el variopinto grupo de Alix. Se alegró de que el jefe de espías Dulles no estuviera ahí para ver en quiénes tenía que apoyarse.

Esmée besó las mejillas de Anthony.

—Espero que me hayas pedido un kir.

—Por supuesto —dijo él, sonriente.

Esmée se sentó en el sofá, Anthony se sentó junto a ella y Fortunée, que había estado mirando los besos y la sonrisa con los ojos entrecerrados perspicazmente, y le dijo a Anthony:

—No es el tipo de mujer que un hombre como tú necesita como esposa. No tiene interés en manejar la vida de ningún hombre. Yo sé de esto.

Esmée tuvo convulsiones de la risa y se dirigió a Anthony.

—Por favor, no la escuches y no rompas nuestro compromiso.

Anthony también se rio, con la cabeza apoyada en el sofá, relajado y sin llevar, en apariencia, ninguna máscara.

—Pero tú lo prometiste.

El escote de Fortunée se desinfló aún más.

Esmée le lanzó una sonrisa conciliatoria.

—Tienes razón. A pesar de lo que le prometí, vivir para ser anfitriona de las esposas de sus colegas no es para mí. Además, *mon cher* —le dijo a Anthony—, cuando vuelvas a Manhattan, van a sobrarte mujeres que son como el agua: esperan derramarse en tu vida para cobrar su forma.

"Mujeres que son como el agua".

Era una manera dolorosamente acertada de describir la crianza de Lillie, la crianza de las compañeras de escuela de Alix, la crianza de su sexo en general, una crianza cuyo objetivo era educar mujeres para adaptarse a la vida de los hombres. Y del mismo modo, Anthony era un hombre criado para creer en el casamiento con una chica sin forma, que fuera feliz solo por existir como señora March.

Alix sintió una pena pasajera por él, porque ese hombre inteligente, que probablemente, sería mejor persona si se casara con alguien como Esmée, iba a hacer exactamente lo opuesto porque la tradición y la sociedad tenían un camino trazado para él y no se le iba a ocurrir desviarse de ese camino. Y entonces se enfadó consigo misma por sentir pena por él, cuando debería sentir pena por la mujer que iba a existir como señora March, porque tal vez, podría ser mucho más que eso.

—Yo... —Anthony le puso cara de enfado a Esmée, cuyas palabras parecían más una acusación que una promesa de futuro.

Los interrumpieron los golpes llamando a la puerta. Alix dejo entrar a Michel, el botones, lo saludó con una sonrisa y algunos francos, que él retribuyó manifestando que ella era su clienta preferida. Sirvió las copas: Vermut para Anthony, champán para Fortunée, un french 75 para Alix. Luminosa, en el centro de todo, había una tarta de chocolate de un tipo que Alix no había visto nunca; miró la tarta y después a Anthony.

—Eso es increíble —dijo ella.

—Me alegra que al fin haya podido impresionarte —dijo él con picardía.

Equipada con un trozo de tarta, Alix se quitó los zapatos, y ajustó el cinturón que ceñía la cintura del vestido Jungle, con falda tubo y estampado de leopardo que madame Bricard le había llevado diciéndole que estaba demasiado estropeado para ofrecérselo a *les femmes* y que Alix podía quedárselo…, pero no estaba nada estropeado. Para cuando madame Bricard lo descubrió, no hubo forma de que Alix se lo devolviera.

Alix levantó su copa.

—Por todos vosotros. Gracias —entonces, dijo—: Hoy la Voce estuvo en Dior.

Los dedos de Anthony empalidecieron sobre la copa.

—Por Dios, Alix, ¿por qué no ha sido eso lo primero que nos has dicho?

—Me distrajo la tarta —dijo ella con desenfado—. Y antes de que te pongas despótico y me digas que no haga chistes, escúchame.

Él se quedó mirándola, taciturno y no muy convencido.

—La Voce ha evadido todos los radares desde el final de la guerra, ha tenido contactos tan importantes que le garantizaron una nueva identidad como excombatiente de la Resistencia. Eso quiere decir que se ha hecho una vida aquí en París y no quiere que nadie la destruya exponiendo quién es en realidad. Eso es lo que le importa, su identidad. Siempre fue lo que le importó, incluso en Italia. Así que tiene que echarme de París sin montar escenas y sin alborotos que después puedan vincularse con él. Esa es su debilidad. Y que hoy haya venido a Dior es su modo de decirme que está preparando la jugada final.

Anthony, que estaba a su lado, terminó el Vermut de un trago.

—Eso significa que quiere que te preguntes cuándo y cómo va a pasar. No me estás haciendo sentir menos despótico, para nada, Alix.

Esmée interrumpió.

—Ni a mí. Hoy estuve con un contacto de la red de mi trabajo anterior. Es un viejo fotógrafo que, durante la guerra, tuvo la tarea de encontrar nazis y sacarles fotos con el objetivo de montar una biblioteca, por así decirlo, para que tuviéramos fotos si necesitábamos dárselas a los agentes. Estuve revisando su archivo y encontré esta. —Levantó una fotografía—. No tengo dudas de que este es el hombre que vi en Dior. La foto tenía una hoja con anotaciones. Se llamaba Friedrich Weber, un nombre que también está en la lista que te dio Frank. Las anotaciones lo señalan como a uno de esos asesinos con el que es mejor no enfrentarse si se valora la propia vida.

—Me has quitado las palabras de la boca —dijo Anthony.

—No voy a esperar aquí, en la seguridad de mi torre, a que él haga el próximo movimiento. Nunca se gana estando en posición defensiva. Vosotros lo sabéis. Y... ¿había un negativo? —le preguntó a Esmée, que asintió—. Eso sería muy útil.

Alix encendió el cigarrillo y exhaló el humo —junto con el terror sutil de volver a oír la voz de la Voce— antes de continuar.

—Mi plan es que la confrontación tenga lugar donde podamos controlarlo, usándome a mí como señuelo. Si quiere evitar la exposición, la Voce o Weber, o el nombre que esté usando en este momento, no va a atacarme en la calle o en un lugar público. Querrá hacerlo en un lugar discreto. Querrá averiguar dónde vivo y hacerlo allí. Por eso, si Becky descubre que Alix St. Pierre se aloja en la suite del padre de Anthony March, en el Ritz, se lo contará a todo París —continuó Alix, estoica; se retiró a la ventana; ahora podía culpar al humo por su tono de voz—. Entonces, la Voce sabrá dónde encontrarme. —No agregó: "Y mi reputación quedará destruida", porque ¿acaso no lo estaba ya?

—Alix —dijo Esmée, con desesperación.

El Ritz. Alix recordó haberle dicho a la Voce que ese era su lugar preferido en París. Era como si el destino hubiera planeado todo.

Entonces, llamaron a la puerta. Esta era la única parte del plan capaz de despojar de su rugido a su espíritu leonino. Si solo eran una o dos personas, el enfrentamiento iba a ser imposible de controlar. ¿Había logrado Frank que los milagros se hicieran realidad? ¿O Alix iba a tener que repensarlo todo?

—¿Quién es? —preguntó Anthony, irritado.

La puerta se abrió y entró el milagro.

Estaba Charles, de la recepción; Jean-Luc, el conserje; Michel, el botones; Agnes, la camarera; Benoît, del Little Bar. Y detrás de ellos, al menos una docena de pares de ojos y oídos de personas con las que Alix había conversado y reído y a las que había agradecido todas y cada una de las veces que entró y salió del Ritz. El último de todos era Frank.

—No estás en el bar —dijo Alix, desconcertada.

—Imaginé que esto era más importante —dijo él con una sonrisa—. Y hay, al menos, seis más que están de turno y no pudieron venir, pero se lo contaré después. Ya hemos soportado demasiado a los nazis durante la guerra. Algunos de estos chicos —Frank señaló al personal del Ritz con un gesto— todavía están de duelo por las madres y los padres que los nazis les quitaron. Por eso estamos aquí para ayudar.

Aunque pestañeara mil veces, no podría ocultar que tenía los ojos inundados de lágrimas.

—Tengo la sensación de que lo único que he hecho hoy es hacerte esta pregunta, pero ¿qué está pasando? —preguntó Anthony, mirándolas alternativamente a ella y a las personas que se amontonaban dentro de la habitación.

—El encuentro solo funcionará si ocurre como queremos que lo haga —dijo ella, alisando la parte delantera de su vestido con estampado de leopardo, que estuvo muy bien elegido, y sintiendo que había mucho más de Alix St. Pierre que valía la pena conservar que lo que valía la pena olvidar—. Solo funcionará —repitió— si sabemos cuándo está llegando nuestro oponente. Aquí hay personas más que suficientes para mirar la foto de la Voce y avisarme a mí, y a ti también —dijo a Anthony rápidamente, que tenía cara de que iba a matarla él mismo si no lo hacía parte de ese encuentro—, cuando llegue. También pueden llamar a las autoridades en cuanto lo necesitemos. Si tenemos alertas, y estamos preparados y las autoridades están listas para movilizarse, entonces tendremos más posibilidades de ganar. Y claro que voy a ganar esta vez, joder. Los dos vamos a ganar —le dijo a Anthony que, por fin, sonrió.

Cuando el ejército de ojos y oídos se fue, todavía quedaba parte de la logística que organizar, y Anthony no iba a permitir que se fuera nadie más hasta que esa logística hubiera fraguado en una obra maestra. Él sabía que estaba caminando de un lado a otro como un novato antes de su primera misión, pero no podía quedarse quieto.

—Tú vas a seguir a Alix —le dijo a Fortunée—. Te pagaré lo que quieras. No me importa que digas que él no va a atacarte en la calle —dijo, los ojos fijos en Alix—, necesitas a alguien que te esté protegiendo. Y alguien que siga a Becky —se oyó decir a sí mismo, casi gritando, a Fortunée—. Todavía hay que seguir vigilándola.

—Yo la sigo —interrumpió Esmée—. No olvidemos que pasé toda la guerra siguiendo a peores personas que Becky.

Anthony asintió.

—Y las dos me mandaréis un aviso en cuanto lo oláis cerca de Alix.

Las dos asintieron, seguramente porque, por el tono de su voz, nadie se atrevería a contradecirlo en ese momento. No le gustaba ni un poco usar a Alix como señuelo, pero su plan era sólido y era posible que ella le arrojara la tarta de chocolate, o algo peor, si le decía, sin ninguna razón lógica, que no quería que lo hiciera.

Pero él tenía un motivo muy ilógico para detestar la idea. Se detuvo junto a la ventana, incapaz de seguir paseando. Sentía miedo por ella. No; miedo, no. Terror.

Tal vez, la furia en su voz se lo estuviera comunicando. Ahora, con una mano estaba aferrado al marco de la ventana junto a ella, y vio que Alix tendió un dedo vacilante y le tocó la mano solo un momento, como si tratara de decirle "Estaré bien". Él levantó el pulgar y le acarició el dorso de la mano y dijo en voz tan baja que solo ella pudo oírlo:

—Deja que me preocupe por ti.

Por un segundo, cruzaron las miradas y algo intenso lo atravesó. Entonces, ella volvió la cabeza y se puso a mirar por la ventana. Pero dejó la mano donde estaba, apoyada junto a la de él, una brasa lista para encenderse.

Ojalá estuvieran solos en la habitación. Ojalá los nazis nunca hubieran existido.

Se obligó a apartar la mano antes de decirle lo que Fortunée y él habían descubierto ese día.

—Bobby pasó casi toda la mañana, antes de salir a esa misión, enviándole cables a alguien —dijo.

Ella se irguió; su postura era perfecta, caminó hacia la mesa de café y tomó su *coupe* de champán.

—¿Sabemos a quién le estaba mandando esos cables?

Anthony dijo que no con la cabeza.

—No. Pero quizás yo haya descubierto cómo se enteró Bobby de la existencia de Matteo. ¿Tú dijiste que habías estado dos veces en Italia?

Ella asintió.

Entonces, Anthony le explicó que cuando Bobby estaba en el terreno, casi siempre había sido en ubicaciones más al sur que el Piamonte. Pero que su última misión anterior al 10 de abril de 1945 había sido un poco más al norte, no cerca de Matteo, pero...

—¿Pero qué? —preguntó, aprensiva.

—Se oyen historias cuando se está en el terreno —dijo él—. Yo oí más de una y —señaló a Fortunée con la cabeza— ella también las oyó cuando estuvo en el norte, un par de veces. Una de las historias hablaba de un líder partisano y una pelirroja estadounidense que un día habían bajado de la montaña y le dijeron a un agente británico uniformado que ella... —Anthony carraspeó, pero la verdad es que ya había dicho muchas groserías frente a ella—. Que ella iba a arrancarle las pelotas si no se quitaba el uniforme y mostraba algo de respeto por los partisanos. Y que entonces, el líder partisano besó a la dama pelirroja de un modo muy... —vaciló—. Muy impresionante —terminó.

Increíblemente, Alix empezó a reírse.

—Ay, Dios mío —dijo—. Ni siquiera mencioné las pelotas de ese británico idiota. Fue Matteo, creo. Y no hubo ningún beso, no en ese momento. Pero me parece que tu historia es mucho mejor para contarla en los campamentos, alrededor de una fogata y a altas horas de la noche. No veo —dijo todavía ahogada de risa— qué tiene que ver eso con Matteo y Bobby.

—Yo nunca oí esa historia con nombres —dijo Anthony, mientras llevaba la mano al omóplato, que se quejaba como su padre—. Pero...

—Yo sí —dijo Fortunée—. Yo oí una vez que el líder partisano se llamaba Matteo.

—Y si Bobby sabía que tú trabajabas para la OSE... —empezó a decir Anthony.

—Y claramente sabía que eras pelirroja —continuó Esmée.

—Entonces debió de pensar que yo andaba revoloteando por Italia besando líderes partisanos llamados Matteo —concluyó Alix—. ¿Y ahora piensas que aquella tarde, Bobby estuvo mandando cables al operador de radio que yo había introducido en el cuartel general de los nazis para asegurarse de que Matteo muriera en la montaña en venganza porque me besó? Bobby nunca hubiera hecho eso —dijo exaltada—. No le importaba tanto.

—Entonces Bobby... —Anthony se interrumpió cuando estaba a punto de decir "Entonces Bobby era un gran idiota"—. La guerra cambia a las personas —dijo, en cambio—. Les lleva a hacer cosas que no harían en otras circunstancias.

—Sé lo que es eso —dijo ella, y lanzó una mirada penetrante en dirección a Anthony—. Pero lo único que hace esa teoría es traspasar algo de responsabilidad de la Voce a Bobby. Yo me senté en un confesionario con la Voce —dijo, la furia le ardía en cada palabra—. Y sé que él tiene toda la responsabilidad por lo que pasó aquella noche. Toda la responsabilidad —repitió—. Bobby es una cortina de humo. Algunas pistas no llegan a ningún lugar, como esta. Probablemente, nunca sabremos a quién le estaba mandando cables y quizás tampoco importe. Olvida a Bobby. Concentrémonos en la Voce. Todavía no sabemos cuál era su motivación. Y estoy segurísima de que no fue un cuento de hadas sobre una pelirroja que le arranca las pelotas a alguien.

—Bueno —cedió y aprovechó esa última oportunidad para tener el control sobre algo de lo que iba a suceder después—. Espera unos días antes de contarle a todo el mundo dónde estás viviendo, Alix. Incluso si él te ve entrando al Ritz, pensará que solo has venido a cenar o a tomar algo. A nadie que sepa algo del lugar donde vivías antes —le dedicó una sonrisa breve— se le pasaría por la cabeza que puedes pagar por vivir en un lugar como este. Los cuatro vamos a usar todas las conexiones que tenemos para averiguar todo lo que podamos sobre Friedrich Weber, hasta cuántas putas pecas tiene en la nariz. Tenemos que saberlo todo antes de que venga a buscarnos al Ritz, cuál fue su logro personal ese día, además de la muerte de nueve hombres. Y nadie va a dormir más que unas pocas horas por la noche hasta que podamos dormir nosotros.

CAPÍTULO 26

Cuando Alix despertó a la mañana siguiente, lujosamente arropada, por poco se da la vuelta y sigue durmiendo, tan tentadoras eran una almohada suave y una colcha de seda. Si dejaba los ojos cerrados, podía concentrarse en la esperanza de que, en pocos días, iba a hacerse justicia, y no en la experiencia de que, para llegar a tener esperanza, primero tenía que sentarse en una habitación con la Voce.

Quedaban pocos días antes de que el mundo creyera que ella era la amante de Anthony March y las consecuencias iban a caerle encima como una letra escarlata. Si los rumores crecían mucho —si las mujeres de París decidían que no querían comprar sus vestidos en una tienda que alojaba a una pelirroja seductora—, Dior no iba a tener más alternativa que dejarla ir. O ella se iría primero, para que él no tuviera que tomar esa decisión. No había otra manera. Y pensó que ya había saltado de un trabajo a otro antes y le había ido bien. Podía volver a hacerlo.

Salvo que esta vida, incluso a pesar de la Voce, era una vida que había llegado a adorar. Le encantaba trabajar con personas creativas, inspiradoras, como Dior y Suzanne y madame Bricard, hasta con la cabrona de Fortunée. Y le gustaba mucho trabajar con Anthony. Él la hacía pensar, la hacía reír y la hacía sentir unas cuantas cosas. Pero después de todo esto, no iba a volver a verlo. Si una reputación quedaba arruinada por un hombre, no había que seguir arruinándola, frecuentando clubes de jazz con él. Las clientas de Dior no le daban importancia a eso cuando las amantes provenían de su mismo entorno y dormían con alguien de su mismo estatus social. Pero a una mujer como Alix, que trabajaba por necesidad, no se le permitía ninguna otra transgresión.

Ya tenía los ojos bien abiertos. Saltó de la cama y descorrió las cortinas. El sol le dio un baño de oro y esperanza. Así que decidió que, simplemente, se vestiría con seda verde y saldría a caminar entre las multitudes para ir a trabajar —con Fortunée siguiéndola disimuladamente— y se deleitaría con el olor de París en verano: una combinación de rosas y expreso y el último aroma de las lilas de mayo más tenaces.

Hacia el final del día, Dior fue a buscarla.

—He tenido que adelantar nuestro viaje a Estados Unidos —dijo—. Salimos el lunes.

—¿Este lunes? ¿Una semana antes?

—*Oui.*

Ya no podía darse el lujo de esperar unos días mientras todos buscaban información sobre Friedrich Weber. Tenía que forzar el encuentro para que se produjera antes de viajar a Nueva York.

Fue un esfuerzo silenciar el grito de sorpresa.

Dior seguía hablando.

—Hay algo más —anunció—. Acepté algo en su nombre, porque deseo profundamente que lo haga. Esta vez va a sentarse de este lado de la mesa, para variar. Un periódico quiere entrevistarla.

—¡A mí! *Mais non* —dijo con contundencia.

—*Mais oui* —contestó Dior—. Usted nunca permitiría que yo dejara pasar semejante oportunidad. Es un artículo central con fotografías. Diseñé un vestido para usted.

—¿Para qué periódico es? —preguntó Alix, extrañada de que el editor hubiera recurrido a Dior y no a ella.

—El *New York Journal*.

—*Mais non* —repitió Alix.

Dior se puso de pie.

—Solo le pido que piense, como siempre hace, qué es mejor para la *maison*. Si es mejor rechazarla, que así sea. Le dejaré la decisión a usted.

Entonces salió y Alix quiso gritarle: "¡Eso es muy tramposo!". Porque si lo planteaba así, ¿cómo podía decirle que no?

¿Pero cómo podía enfrentarse a una entrevista con Anthony? Había visto demasiadas entrevistas antes. Eran asuntos íntimos, llevaban mucho tiempo, durante el que el periodista escarbaba sutilmente los pliegues ocultos de un alma y excavaba el hielo azul que acechaba, escandalosamente desconocido, bajo el blanco. ¿Y si Anthony hacía eso con ella y no encontraba nada?

En ese momento, salió de la *maison*. Vio que Fortunée empezó a seguirla a una calle de distancia cuando se encaminó hacia el río. Atardecía, el mejor momento para ver los hilos de hierro de la Torre Eiffel bordados en el horizonte y pensar en todo lo bueno que había pasado en los últimos nueve meses: había encontrado a un mentor como Dior, había puesto una casa de alta costura en el centro de la atención mundial, había visto a mujeres que llevaban la cabeza bien alta con los vestidos del *New Look* susurrándoles a sus pantorrillas.

Y se hizo una pregunta diferente, ¿y si, cuando la entrevistara, Anthony encontraba algo que valía la pena?

Se quedó donde estaba mientras el anochecer hacía una reverencia ante la noche verdadera. Nueve meses atrás, ni se hubiera imaginado que estaría pensando sobre todo lo bueno que había hecho, y sobre lo bueno que todavía había dentro de ella. Por eso, pasara lo que pasara, no iba a permitir que los rumores la redujeran a nada.

Fuera, en el mundo, había otras mujeres como ella. No muchas, pero sí algunas. La guerra la había ayudado a encontrar unas pocas, pero ¿cómo harían las mujeres que crecieron sin una guerra para encontrar espíritus semejantes?

Sonrió, algo parecido a los *petites gravures* que bosquejaba Dior cobró forma en su mente con palabras e imágenes y aliento y consejos. Una revista, tal vez. No una *Harper's Bazaar*. No una *Vogue*. No sabía qué exactamente, pero sería suya, y para todas las mujeres como ella, ahora y en el futuro.

Hasta entonces, tenía una deuda consigo misma: terminar, por fin, lo que había empezado en una anodina habitación en Washington hacía cinco años.

En el Ritz, evitó a Carmel y a Christian Bérard en el Little Bar. Les brillaban los ojos por los opiáceos, o por el alcohol y la malicia, insensibles a la belleza del salón y a la delicada cristalería y a la luz que rozaba las botellas de champán y las convertía en oro líquido, los dos, desesperados por escaparse de la vida y entrar en un estado de insensibilidad que confundían con la felicidad.

Buscó a Frank y le dijo:

—Ha llegado el momento. ¿Puedes pedirle a uno de los botones que le diga a Becky que estoy alojada en la suite del señor March padre? ¿Y que lo haga mañana por la noche? Para darle tiempo a Anthony de saber qué está pasando.

—¿Está segura de que sabe lo que hace?

Ella sonrió. En algunos aspectos, era más fácil cuando trabajaba para la OSE, porque el dinero y los recursos eran casi infinitos. Pero estaba comprobando que los amigos y los conocidos eran los recursos más valiosos de todos, más que los materiales, en muchísimos aspectos.

—Me llevó un tiempo averiguarlo, pero sí. Estoy segura.

Anthony pensó en la posibilidad real de que ella lo matara. Pero primero, disfrutaría de este momento. Miró su reloj. Poco más de las siete de la mañana. Volvió a llamar a la puerta.

Se abrió de par en par. Alix, descalza y con un *¿pijama?* muy poco común pero increíblemente sexy, se quedó mirándolo. Lo que fuera que llevaba puesto —pantalones de un color marrón rojizo unidos a un top que dejaba descubiertos los brazos con toda su sinuosa desnudez— le hacía arder el cabello como el fuego, también hacía arder algo dentro de él.

Ella pestañeó y se frotó los ojos. Él sonrió de oreja a oreja.

—Ay, Dios, me la estás devolviendo, ¿no? —dijo ella, mientras él entraba y ella lo seguía hasta el sofá, donde se desplomó de espaldas.

—Sé cuánto te gusta madrugar. —Se sentó en el otro extremo del sofá y encendió un cigarrillo, todavía sonriendo—. Y sé que vas a evitar darme una respuesta sobre la entrevista, así que he venido a buscarla yo mismo. Ya he pedido café, por supuesto.

Alix bostezó con la boca muy abierta.

—Bien, soy una persona horrible. Ya puedes irte, ahora que has dejado claro lo que querías decir.

—Pero todavía no tengo una respuesta.

—A nadie le interesa una entrevista sobre mí. —Lo que él pensaba que diría ella.

Anthony se inclinó hacia delante, con los codos sobre las rodillas, y las manos entrelazadas frente a él, necesitaba que ella lo escuchara.

—Carmel Snow me dio la idea. Pensé en una mujer estadounidense que, sin ayuda de nadie, se había convertido en la responsable de lo que llevan puesto casi todas las demás mujeres estadounidenses. ¿Quién más, qué hombre, tiene ese poder? Así que decidí hacer una serie de entrevistas con distintas mujeres que, de algún modo, le dan forma al mundo. Cuando le pregunté si podía entrevistarla a ella, me dijo que tú también debías ser una de esas mujeres, ya que eres responsable de lo que usa casi todo París y medio Estados Unidos. Carmel no querrá que la entreviste a menos que tú también aceptes, así que… —Se encogió de hombros con despreocupación—. No querrías costarme la entrevista con Carmel y estropear la oportunidad de que todos conozcan más sobre tu exjefa y buena amiga, ¿no es cierto?

Alix se echó a reír.

—Me has vencido por completo, ¿no?

—Yo no quise decir que… —Él trataba de no sonreír, pero era imposible. La risa de ella era siempre tan, pero tan contagiosa.

—Lo has dicho —aseguró ella, riéndose todavía—. Y ¿sabes? Ayer estuve pensando en lo que podría hacer cuando… —Se detuvo, aparentemente, para repensar sus palabras—. Tal vez esté loca, pero estoy pensando en fundar una revista orientada a chicas huérfanas y pobres que entran en los bares con pantalones y se olvidan de casarse y a las que les gusta trabajar de verdad y que son autosuficientes hasta la obstinación y más allá. Como puedes ver, tiene garantizadas tres lectoras, más o menos, pero quizás la haga de todos modos. Y quizás esta entrevista sea la oportunidad perfecta para empezar a hablar sobre lo que esas chicas necesitan oír.

Había querido hacer un chiste para que se riese, él lo sabía, pero no era gracioso. Era perfecto, él conocía exactamente a otras dos mujeres que, como Alix, eran independientes hasta la obstinación y más: Esmée y Fortunée. El mundo tenía que cambiar mucho, pensó, y quizás esta fuera una manera de cambiarlo.

Antes de que pudiera decir nada, ella agregó, en voz baja:

—Me voy a Nueva York el lunes, con Dior. Estaré lejos un par de meses. Así que tiene que pasar antes. Becky descubrirá esta noche que yo estoy alojada aquí. Frank tendrá personas vigilando todo el Ritz para el anochecer.

Era tentador empezar a maldecir. Anthony dejó salir una larga exhalación, estaba buscando un punto de apoyo en medio de lo peligroso e inesperado.

—Eso todavía nos da un par de días. No va a venir a buscarte a los cinco minutos de saber dónde te alojas. Querrá tener un plan sólido. Y Fortunée tiene una pista sobre un tipo que alguna vez conoció a Weber, así que puede ser que sepamos qué lo motiva antes de eso.

Todo parecía un montón de monedas de un centavo inútiles, arrojadas a un pozo con la esperanza de que alguna concediera un deseo.

—¿No es una pérdida de tiempo entrevistarme a mí si no vas a poder publicarlo hasta después de lo que pase con la Voce? —dijo ella, como si, por algún motivo, el tiempo de Anthony fuera más importante que el hecho de que un nazi supiera dónde vivía ella.

Él no respondió. En ese momento, solo quería meterla en un coche y llevarla al puerto más cercano y subirse a un barco con ella, con destino a algún lugar lejos de los nazis y el pasado. Pero la mirada de Alix decía que iba a enfrentar a la Voce, pasara lo que pasara, y no había nada que él pudiera hacer para evitarlo.

Salvo estar allí cuando sucediera.

Encendió otro cigarrillo y, finalmente, ella lo miró con los ojos verdes muy serios, el dolor, que era el telón de fondo de su corazón, era evidente en el borde oscuro de obsidiana que rodeaba el verde.

Así que él le confesó otro motivo, que no era el de asegurarse la entrevista con Carmel.

—Tengo que creer que todo va a salir bien —le dijo—.

Por eso, necesito planificar un futuro en el que no exista la Voce y en el que yo pueda publicar una entrevista contigo y la única consecuencia sea que más personas se enteren de cuánto del éxito de Dior se debe a ti.

Él la miró parpadear lentamente.

—Yo también quiero creer en eso —dijo ella.

Anthony quería prometerle que, efectivamente, iba a pasar, que él se encargaría. Por ella. Ni siquiera por él, esta búsqueda... ya no.

—Voy a hacer la entrevista —dijo, y él pensó que era muy probable que cada átomo de su ser estuviera sonriendo desmedidamente por la noticia. ¿Cuándo fue la última vez que una mujer lo había hecho tan feliz?

Pero ella era la única mujer en todo París a la que nunca tocaría, sin importar lo feliz que lo hiciera. Había prometido tratarla como a una socia y ella por fin había depositado su confianza en él y perdería toda su integridad si rompía esa promesa. Así que apagó el cigarrillo y se puso de pie.

—¿Podemos hacer la entrevista mañana? ¿Alrededor de las dos de la tarde en tu oficina?

Ella asintió.

Al salir, Anthony vio dos vestidos en el respaldo de una silla. Ahora ya conocía lo suficiente a Alix —"Volví a París el año pasado con, exactamente, tres trajes, una blusa, un pantalón y ningún vestido de fiesta", había dicho— como para saber que no iba a dejar sus Dior tirados por ahí sin ningún motivo.

—¿Hay algún problema con el ropero de la suite? —preguntó—. Puedes pedir que lo arreglen.

Ella hizo una mueca y él estuvo por decir —no sin cierta incomodidad— que no tenía que pagar los arreglos cuando ella dijo:

—Los voy a vender.

—¿Por qué narices vas a hacer eso? —Uno era el vestido

deslumbrante que se había puesto para el baile, y Anthony no podía creer que ella renunciara a él a menos que tuviera los motivos más apremiantes.

—Tengo que pagarles a los botones y al resto del personal que está vigilando a la Voce —dijo en voz baja—. Tú le pagas a Fortunée, así que… —Se encogió de hombros—. No voy a necesitar un vestido de fiesta si estoy muerta. Prefiero invertir el dinero en seguir viva.

—Alix. —Se agudizó su necesidad de soltar juramentos. Si creía que decirle que no tenía que pagar los arreglos del ropero de la suite de su padre era una metedura de pata, esto sería meter la pierna entera. Y había prometido no decir nada, pero revelar esta confidencia no iba a hacerle daño a nadie, y hasta podría ayudar—. No le estoy pagando a Fortunée. No aceptó más dinero.

Ella se quedó mirándolo, sin palabras.

—¿Por qué no? —pudo decir al fin.

—A pesar de lo que pasó con ese boceto del vestido, le gusta pelear con fuerza por las víctimas de la injusticia.

Otro parpadeo largo, lento, pero él vio el brillo en sus ojos antes de que llegara a esconderlo.

—No puedo pedirles a todos que hagan eso por mí —dijo, un poco desesperada—. Esmée. Tú. Fortunée. Todos tenéis muchas otras cosas que hacer.

—Tú no nos estás pidiendo nada, Alix. Nosotros nos ofrecimos. Además… —ahora estaba sonriendo, quería que ella se quedara con el vestido y que se olvidara de pagar a los botones, porque él tenía una tonelada de dinero inútil a la espera de ser gastado—, ¿quién te dijo que Fortunée está haciendo algo de esto por ti? Yo pensaba que lo hacía por mí.

Ella sonrió, pero solo un poco, después miró los vestidos.

—Son vestidos, nada más —dijo ella.

—Muy bien —dijo él, sabiendo que lo único que podía herir su orgullo era ser condescendiente. Pero vaya si no iba a llamar a Esmée en cuanto saliera de ahí para decirle que mandara a su criada a comprar los vestidos, que le volvería a regalar a Alix cuando todo terminara.

Alix abrió la puerta, pero antes de que él saliera, le apoyó un brazo en el hombro.

—Gracias —dijo ella, mirando el suelo con atención—. Pensé que ibas a sacar la cartera y a comprar los vestidos, y si lo hubieras hecho, me sentiría... —Se encogió de hombros—. Mortificada.

"Mierda". Lo único que él quería en ese momento era rodearla con los brazos y abrazarla. Conocía su cara, había estudiado sus contornos y sus expresiones; conocía sus manos, cómo se movían en el aire cuando hablaba, pero él no tenía ni idea de cómo era atraerla hacia él, usar algo más que palabras para decirle que lamentaba que el mundo fuera un lugar desastroso y que haría todo lo que pudiera para que no se pareciera tanto a un circo de tres pistas.

—Alix —dijo, tratando de que no le temblara la voz, deseando que ella lo mirara—, solo recuerda que no estás sola.

En ese momento, ella lo miró y, por un largo segundo, el dolor se le cayó de los ojos.

—No. Tenemos a Fortunée y a Esmée en nuestro equipo de inadaptados. Y nos tenemos el uno al otro.

El modo en que dijo esas últimas tres palabras las hizo sonar repletas de todo lo que él siempre había querido para su vida. El resto del día lo sorprendió con cigarrillos sin fumar quemándole los dedos, mientras se quedaba mirando las paredes y lo único que veía era el pelo rojo y los ojos verdes de la deslumbrante Alix St. Pierre.

CAPÍTULO 27

El de la entrevista fue un día de locos. Faltaban tres para viajar a Estados Unidos y la agenda de la gira de Dior estaba sin terminar. Alix descolgó el teléfono varias veces para decirle a Anthony que iba a tener que reprogramarla. Pero de pronto, se hicieron las dos de la tarde y era demasiado tarde para cancelarla.

Casi no tenía tiempo para despejar el salón principal de modelos y maniquíes y *arpettes* antes de que llegara Anthony, con el mismo traje azul marino, la camisa blanca y la corbata con estampado de diamantes que le habían llamado la atención la primera vez que se vieron en la oficina. Tan guapo estaba que daba dolor de estómago, un pensamiento que le hizo difícil mirarlo a los ojos. ¿Cómo narices iba a hacer una entrevista con él si ni siquiera podía mirarlo?

Bebió un vaso de agua para tratar de tranquilizarse.

No funcionó.

—Vamos a empezar la entrevista mientras el fotógrafo monta el equipo —le dijo Anthony, tan seguro de sí como siempre—. Haremos una interrupción para hacer las fotos y después continuaremos. Hacer la entrevista en varias partes será mejor para todos. Si no te molesta.

Ella se sentó en una de las pequeñas y delicadas sillas Luis XVI que siempre utilizaban las clientas. Anthony también se sentó, pero no funcionó. Era demasiado alto para la silla y parecía incómodo y ella también empezó a sentirse rara.

—Ven conmigo. —Lo condujo escaleras arriba, hasta su escalón favorito, colocó la falda a su alrededor y le dejó la pared para que apoyara su cuerpo más grande—. Espero que no te moleste el tránsito. Me parece mejor aquí arriba.

—Quiero que estés relajada, un estado en el que no te he visto demasiadas veces, salvo cuando tienes una tarta de chocolate en la mano. Así que si lo que hace falta es una escalera... —Hizo una pausa, luego preguntó—: Antes de que empecemos, ¿ha pasado algo que yo tenga que saber?

—Todavía no he oído que Becky haya empezado a hacer correr sus rumores. Así que pienso que, por ahora, estoy a salvo.

—Bien. —Anthony abrió su libreta y dio golpecitos con el bolígrafo sobre ella—. He pensado en empezar por el principio. Me dijiste que tus padres murieron jóvenes, pero nunca me contaste cómo eran. Tu madre, ¿qué recuerdas de ella?

Alix sintió que los párpados se le cerraban y aparecía una imagen de su hermosa madre con un vestido ceñido de pedrería hecho por ella misma, que la actriz Louise Brooks le pidió que le hiciera uno para ella también. Sus padres bailaron por toda la sala de su diminuto apartamento la noche que Louise Brooks encargó un St. Pierre original. Alix los miró con el mismo nudo en la garganta que sentía en ese momento.

—Siempre estaba contenta —respondió, las palabras llegaban lentamente mientras abría los ojos y contemplaba sus recuerdos—. No tenía motivos; la verdad es que no. Nuestro apartamento tenía un solo dormitorio. Ella confeccionaba la ropa que le ordenaba el estudio. Pero siempre estaba sonriendo cuando yo estaba allí.

Anthony levantó la mirada de la libreta.

—Eso debió de haber sido muy bonito —dijo, y si ella no se equivocaba, había un poco de melancolía en la voz.

—¿Tu madre no sonreía continuamente? —tanteó Alix.

Anthony vaciló.

—Éramos como la mayoría de las familias. Bañados y peinados por la niñera y formaditos para desfilar frente a los padres a las cinco de la tarde; entonces, examinaban a mi hermano mayor de los pies a la cabeza y lo regañaban simplemente por un rasguño en el zapato. Mi hermano mediano se salvaba de lo del rasguño, pero no si no tenía una opinión sobre el titular del periódico más importante del día. Yo me salvaba de casi todo si hacía algo que hiciera reír a mi madre, y si conseguía que se riera mucho, ella dejaba que me quedara algunos minutos más a su lado. Antes estaba muy contento de no ser ninguno de mis hermanos, pero ahora… —Se encogió de hombros—. No sé. Tal vez, hubiera sido mejor que me regañaran más.

Alix sonrió.

—No parece que tu crianza te haya perjudicado demasiado. Siempre llevas los zapatos brillantes, diriges un periódico, así que debes de saber cuáles son los titulares importantes, y me gustan mucho los comediantes precoces.

Esas palabras quedaron resonando como un coqueteo inconcebible. Ella se sonrojó. Los ojos de Anthony viajaron con el rubor, que se le extendió hasta la base del cuello.

—Si he logrado gustarte a ti en algún aspecto —dijo él, la voz más ronca que de costumbre—, entonces mi crianza no estuvo tan mal.

Y fue entonces cuando Alix se dio cuenta de que estaba completa y profundamente cautivada por el hombre sentado en el escalón junto a ella.

Subieron dos costureras riendo e interrumpieron la línea que trazaban las miradas de Alix y Anthony. Pero Alix aún sentía la turbación en el aire.

Cuando las *petites maines* terminaron de pasar, Anthony carraspeó y volvió a mirar su libreta.

—Entonces, cuéntame cómo llegaste de ser una niña que perdió a su padre y a su madre cuando tenía trece años a convertirte en la directora del Servicio de Prensa del modisto más famoso de Francia actualmente. ¿Qué te impulsó a trabajar tanto, en vez de tomar el camino del vicio y el fracaso, que era el más probable para una huérfana de Los Ángeles en la década de 1930?

—Tengo muchos vicios, como ya sabes —dijo alegremente, pero entonces, le cambió el timbre de voz—. Hubo una época en que casi se llevaron lo mejor de mí, pero...

Anthony abrió un paquete de cigarrillos, encendió uno y se lo pasó. Ella se acercó las rodillas al pecho, se envolvió las piernas con los brazos, cogió el cigarrillo, inhaló agradecida y se lo devolvió antes de seguir.

—Estar en deuda con alguien por todo es... Tal vez, parezca desagradecida..., en realidad, los Van der Meer fueron mucho más allá de su obligación cuando me acogieron. Pero si debérselo todo a alguien es romántico y adorable en las películas, la realidad es que es un terreno delgado y transparente, y basta un chasquido para que se rompa en pedazos y te quedes pataleando en el aire, a la espera de otro salvador. Yo no podía vivir de esa manera. Así que no tenía otra alternativa que hacer todo lo que pudiera para forjar y darle forma a mi propia vida.

Estas últimas palabras fueron impetuosas, había mucho de Alix en ellas, y todo lo que ella había temido —que él la abriera por la mitad y mirara dentro— estaba sucediendo. Pero ya no estaba asustada; no con los ojos de Anthony, más oscuros que nunca, diciéndole: "Cuéntamelo y tal vez duela menos". Y quizás, tuviera razón.

—¿Cuánto de esto se va a publicar? —preguntó ella en voz baja.

—Te prometo que voy a respetar el límite entre la Alix pública y la mujer íntima que estoy conociendo. —Él le devolvió el cigarrillo y le tocó la mano fugazmente, igual que la otra noche en la suite del Ritz.

Esta vez, la tensión en el estómago fue enorme. Ella no debía, no podía, enamorarse de Anthony March. Pero lo único que deseaba era apoyar la cabeza en el hombro de él y sentir sus brazos envolviéndola. Mirar el azul medianoche de sus ojos y zambullirse en ellos.

—¡Monsieur March! *Quel plaisir.* —De pronto, madame Bricard apareció junto a Anthony y, con su risita gutural, empezó a compartir una anécdota sobre la *chérie* Alix: que había puesto nombre a todas las telas de la primera colección como si hubiera nacido en el mundo de la alta costura.

Madame Bricard aún no había terminado de ponerse de pie cuando Suzanne tomó su lugar, para contarle a Anthony que había conocido a Alix antes de la guerra, cuando trabajaba en publicidad.

Suzanne casi ni había terminado cuando ya se sentaba madame Carré, quien describió solemnemente que a menudo ella entraba en los talleres y las costureras estaban probando puntadas nuevas para una manga o un escote en Alix.

—Por eso todos los modelos le quedan tan bien —concluyó madame Carré—. Las costureras saben sus medidas de memoria.

—También es un modo muy ingenioso de sumar vestidos a tu guardarropa —dijo Anthony, y Alix se rio al verse descubierta, entonces notó que el fotógrafo estaba en cuclillas, varios escalones más abajo, tomando fotografías de ella riendo con Anthony.

—Tenía pensado cambiarme… —Se pasó las manos por la falda arrugada y se puso de pie.

—Está bien. Después terminamos con las preguntas —asintió Anthony.

Alix se fue rápidamente y encontró a Dior en la *cabine* con el Diablesse, un vestido de tela de lana escarlata, con falda plisada, mangas largas y un cinturón color esmeralda que hacía juego con sus ojos.

—Me encanta —suspiró, y extendió una mano para tocarlo—. La mujer independiente que hay dentro de mí quiere decir que debería dejar de darme vestidos, pero...

Por primera vez, Dior la interrumpió.

—Un publicista auténtico querría que las mujeres más hermosas de París llevaran vestidos de Dior. Solo estoy haciendo de publicista por unos momentos.

—¿Eso significa que puedo ser diseñadora por unos momentos? —preguntó Alix con descaro.

—Lo que puede es ponerse el vestido. El fotógrafo está esperando —dijo Dior riéndose.

Cuando lo tuvo puesto, Dior le dijo:

—Es un mito que las pelirrojas no deben usar rojo. —La hizo girar para ponerla frente al espejo, donde ella vio que el rojo era como una cinta de corrección magnífica, que enmendaba todos los rasgos levemente imperfectos y realzaba los mejores. Sus mejillas resplandecían, el pelo resplandecía, los ojos también.

—Hablar con monsieur March la vuelve aún más bella, y no lo estoy diciendo como diseñador ni como publicista. —Dior alisó los hombros del vestido—. Lo digo como amigo.

Y como un amigo de verdad, no esperó la respuesta a esa frase perturbadora, sino que se retiró, para que ella volviera al rellano con el temblor en el corazón y sin cuestionamientos de nadie, más que los de ella misma.

Cuando volvió a la famosa escalera, el fotógrafo silbó y tomó su cámara.

—No me habías dicho que era tan hermosa —le dijo a Anthony.

—Creo que quieres decir "deslumbrante" —respondió él, en voz baja, y clavó la mirada en la de ella y fue como volver al baile de la Piscine Deligny, y Anthony March fue lo único que Alix vio.

Durante la siguiente media hora, mientras el fotógrafo le pedía que girara hacia aquí y hacia allí, Alix no dejó de mirar los ojos de Anthony, no podía dejar de mirarlos, estaban atrapados, como si fueran a quedarse allí para siempre.

Sintió que las mejillas se le ponían más coloradas y se le aceleró la respiración. Casi no era consciente de que el fotógrafo gritaba:

—¡Preciosa! Justo así.

Le costó entender que el fotógrafo había terminado en tiempo récord, que se iba para que ella y Anthony terminaran el reportaje, y que ella se estaba dirigiendo con Anthony a la soledad del salón principal.

Allí, sentados uno frente a otro, ella le contó muchas cosas: la noche terrible en Manhattan cuando salió con Carmel y trató de ahogar sus miedos y sus penas, pero eran tantas que casi se ahoga ella. Le contó que esa era la razón por la que había vuelto a París, y por la que ahora trataba de tomar una sola copa. Le contó que Christian le había enseñado lo que era el orgullo de verdad.

Le habló sobre Matteo.

—Solo besé a Matteo una vez —dijo en voz baja—. Tal vez durase un minuto, pero lo recordaré el resto de mi vida. —Se encogió de hombros—. Tal vez fue inolvidable porque lo que había entre Matteo y yo era imposible. Tal vez solo lo que no se puede tener es tan hermoso que conmueve hasta los huesos.

—Tal vez eso sea cierto —dijo Anthony. Sus ojos descendieron al cuello de Alix, y aterrizaron allí como un beso que se da después de medianoche, y Alix se conmovió hasta las entrañas—. Pero tal vez, no. Tal vez, algunas veces, durante una vida, hay momentos en los que se da todo lo que uno quiere y resulta que era lo único que se había deseado.

Un momento que duró tanto que el sol cayó del cielo y la noche hizo su entrada con elegancia, envuelta en damasco azul oscuro, como los ojos de Anthony. Lo que había empezado a las dos de la tarde continuaba hasta casi las siete.

La voz de Dior irrumpió en la reverberación del silencio.

—Espero que la describa como la estrella que es.

Anthony le habló a Dior, pero miraba a Alix.

—No hay otro modo de describirla.

Ella se acercó a la ventana, apoyó una mano en el cristal y oyó cómo se fundían las voces de Anthony y Dior. Entonces, *le patron* salió y Anthony fue a su lado. Ella se acercó un poco más; mucho más, en realidad, todo lo que había entre ellos estaba desencajado y brillaba, el pulso en la garganta de él era palpable.

—Anthony —susurró ella, después se detuvo, se le habían perdido las palabras en un torbellino de nervios.

—¿Qué? —preguntó él, con la voz más ronca que nunca, tan ronca que supo que no se lo estaba imaginando.

—¿Esta noche puedo ir a tu suite después de que termine aquí?

—Pensé que nunca ibas a pedírmelo.

Era demasiado difícil asentir y apartarse, pero ella oyó que alguien se acercaba.

—Tengo algunas cosas que hacer. Iré tan pronto como pueda, pero quizás tarde un par de horas.

—Puedo esperar —dijo él, y le dedicó una sonrisa y Alix le delineó el contorno de los labios con la mirada y siguió por la línea de la mandíbula y más abajo, hasta el primer botón de la camisa, un botón que deseaba, más que nada en el mundo, desabrochar—. Alix —ahora era él el que susurraba su nombre—. Tienes que dejar de mirarme así o no va a haber forma de que me vaya.

—Perdona —se disculpó, ensanchando la sonrisa—. Pero puedes ser muy encantador cuando te lo propones.

—Todavía no me lo he propuesto —aseguró él, ensanchando también la suya.

¿Por qué esta noche, de todas las noches, había tanto que hacer? Alix estaba segura de que no podría irse nunca de la oficina porque todo lo de la gira estadounidense había aterrizado en su escritorio: un millón de cables transatlánticos de compradores, pedidos de entrevistas para revistas e incluso para radios. Y mesdames Bricard, Carré y Raymonde, muy nerviosas por permitir que su mascarón de proa partiera en tres días, pasaban constantemente por la oficina de Alix para recordarle las preferencias de Dior: "Necesita tiempo para estar solo; prefiere la comida inglesa; asegúrate de que siempre haya flores frescas en su habitación".

Todavía había clientas en la *maison*, a pesar de lo tarde que era, porque las citas de último minuto se amontonaron antes de que Dior se fuera, no porque él atendiera las pruebas de ropa. Pero era como si todos pensaran que la *maison* iba a paralizarse sin su mascarón de proa y si solo quedaban mujeres al mando, dijo Suzanne cansada.

Alix le llevó un café, porque sabía que Suzanne no iba a tener tiempo para comer o beber nada. Pero se arrepintió enseguida cuando, antes de entrar al salón probador, oyó su nombre pronunciado por una clienta que tenía el inconfundible acento inglés de Becky Gordon.

—Lo que se cuenta es que se aloja en otra habitación, no en la de él, pero quién se lo cree. —Le siguió un coro de risitas nerviosas.

A Alix se le heló la sangre, aunque ella misma había puesto en marcha el rumor. El botones había hablado con Becky. Y la Voce se estaba asegurando de que Alix se enterara de que él sabía dónde se alojaba.

Habló otra clienta.

—Al menos, ya sabemos cómo hizo para pagar el vestido que se puso para el baile del conde. Los bolsillos de los March no tienen fondo.

—Pero el capricho de Anthony March sí lo va a tener. Siempre es así.

—Siento pena por ella —El tono de la clienta indicaba que no sentía ni una pizca de compasión—. Pertenece a esa espantosa clase de mujeres que están atascadas en el medio. Demasiado independiente para los hombres burgueses; demasiado educada para el proletariado. Y demasiado pobre para los ricos. Su única opción es convertirse en una de esas mujeres con las que se acuestan los hombres, pero con las que nunca se casan.

Y aunque ella ya la conociera, la sentencia de Alix quedó pronunciada.

Se retiró a su oficina con el café de Suzanne todavía en la mano y se quedó sentada un largo rato. Pero enseguida llegó otro cable y tuvo que concentrarse en su trabajo, no en enfrentarse a la Voce o en el hecho de que no había modo en que pudiera ir a la habitación de Anthony ahora. Era difícil no pensar en el calambre en el estómago que sintió cuando Anthony dijo "Pensé que nunca ibas a pedirlo". Difícil dejar de oír el ansia en su voz.

De pronto, alzó la cabeza. ¿Por qué estaba permitiendo que la Voce le quitara esto también? Le había quitado demasiado y no le iba a entregar esto, el único hombre en el mundo que sabía quién era ella, que le acarició la mano con el pulgar y dijo que quería preocuparse por ella; era mucho más que simple deseo.

Cogió su bolso y trató de no pensar en que era medianoche y había pocas posibilidades de que Anthony la estuviera esperando.

Cuando llegó al umbral, dudó. Porque también estaba

el problema de llegar a salvo al Ritz. Pero justo en frente, el chofer de Dior bajó del convertible Citroën 15 y le hizo señas para que se acercara. Dior le había mandado el coche para esperarla.

—*Merci*, monsieur —susurró a la noche.

Se detuvo un momento en el Little Bar y Frank meneó la cabeza. Todavía nada. Esta noche, al menos, estaba a salvo. Cogió el ascensor, se detuvo al salir. Anthony debía de estar dormido, seguramente pensó que ella había cambiado de idea. ¿Le habría dolido? ¿O simplemente se habrá encogido de hombros?

Giró hacia la izquierda para ir a su propia habitación.

Podía llamar despacito a la puerta de Anthony. Si estaba dormido, no lo despertaría.

"No va a estar esperando", se decía a sí misma a medida que se acercaba. "Así que no te desilusiones". Llamó muy suavemente, se esperó varios segundos antes de darse la vuelta, incapaz de evitar el movimiento descendente de los labios.

—Alix.

Giró sobre sí misma. Anthony estaba de pie en la puerta, solo llevaba unos pantalones pijama azul marino.

—¿Vas a entrar? —preguntó, con un leve matiz de vulnerabilidad en la voz, como si, lejos de encogerse de hombros, su tardanza lo hubiera desconcertado.

—Perdón —dijo ella—. Había mucho que hacer. No quería despertarte…

—No estaba durmiendo. Leía. Puedes entrar. Si todavía quieres hacerlo. —Se hizo a un lado para dejarla pasar y ella fue hasta la ventana.

Anthony se quedó de pie en el otro extremo de la habitación.

—Siempre vas al mismo lugar. El extremo más alejado de la habitación, como si entraras queriendo volver a salir.

Se volvió hacia él, a este hombre que conocía sus hábitos

y el lado oscuro de su alma. Tenía que contárselo. No importaba que estropeara lo que, supuestamente, debía pasar.

—Ya lo sabe. Becky estuvo en Dior cotilleando al respecto en el salón probador.

Anthony apoyó los brazos en el respaldo de la silla.

—Tienes un arma, ¿no?

—Sí. ¿Ha averiguado algo Fortunée?

Él meneó la cabeza.

Alix miró la noche negra por la ventana y vio la luz dorada reflejando el brillo de las balaustradas. Las ramas de los castaños se desplegaban como encaje contra el cielo de terciopelo y, enfrente, los balcones de piedra blanca, curvados con elegancia, colgaban como vestidos de fiesta en reposo. París era tan pero tan bella a veces. Y la vida también.

Se volvió hacia Anthony y sonrió. Era momento de dejar de pensar en la Voce por una o dos horas.

CAPÍTULO 28

AL VER SU SONRISA, ANTHONY DIO UN PASO ADELANTE. La luz de la lámpara se reflejaba en la curva de la cadera que emergía bajo los pantalones, en los músculos de los brazos, en el rastro leve de barba, y ella deseó, con una desesperación perturbadora, recorrer todo ese cuerpo con los labios.

Pero... lo que ocurriría a continuación sería algo que ella no podría fingir. Un hombre como Anthony se daría cuenta.

Frunció levemente el ceño y vio como Anthony hacía lo mismo como respuesta. Tenía que dar una explicación o irse.

—Vas a reírte cuando te lo cuente —dijo ella.

En un instante estaba junto a ella.

—No voy a reírme —dijo él, con dulzura.

Alix necesitaba un french 75, un cigarrillo y una tarta de chocolate para armarse de valor, pero tendría que decirlo sin ninguna de sus defensas.

—Sé que no te gusta hablar de esto, pero es un hecho que tienes muchísima más experiencia que yo. Y... —suspiró—. Solo me acosté con Bobby una vez y él... no es que quiera entrar en detalles, pero... —Inhaló aire y decisión, y las palabras salieron como un torrente—. Yo tenía la falda levantada, pero no me la quité, y él se había bajado los pantalones, pero no se los quitó y todo pasó así. Él fue el único antes de la guerra. Y después de la guerra, de vuelta en Manhattan, fue igual con otros hombres. Mis jefes, sobre todo. No es que hayan sido muchos, pero siempre pasaba rápidamente en una oficina, a oscuras, vestidos casi por completo. —"Basta". Se agarró al marco de la ventana como si eso pudiera ayudar—. Lo único que quiero decir es que nadie me ha visto desnuda hasta ahora. Y...

Volvió a tomar aire, al terminar, las mejillas le ardían de vergüenza o culpa o ambas cosas.

—Tampoco he visto a ningún hombre desnudo. Y tengo la sensación de que lo que vaya a pasar contigo va a ser diferente y pensé que tenía que decírtelo porque tal vez preferirías no...

Alix cerró los ojos, mortificada, cerró las manos en dos puños protectores. ¿Por qué no podía simplemente fingir? Tal vez él no se habría dado cuenta.

—Alix.

Ella abrió los ojos muy lentamente.

Anthony estaba de pie frente a ella, mirándola con los ojos oscuros entrecerrados, exactamente la misma mirada que tenía antes en la *maison*, y se oyó a sí misma inspirar.

Entonces, él la rodeo con los brazos y la atrajo hacia sí, ella apoyó la mejilla en su pecho, y él la envolvió con todo el cuerpo. Recorrió la espalda de ella hacia arriba y hacia abajo con tacto suave, dulce, y ella cerró los ojos con fuerza al sentir cómo ese momento único de ternura le iba colmando los sentidos.

Nunca la habían abrazado así, como si fuera muy querida.

Pasaron varios segundos en ese abrazo silencioso. Alix casi no respiraba, se resistía a moverse para no interrumpir ese momento de belleza silenciosa, inmóvil. Pero era imposible no notar que, bajo las manos de ella, los músculos de la espalda de Anthony estaban tensos.

Esperándola.

Alix giró la cabeza hacia él, un movimiento repentino y necesario; entonces, lo único que sintió fue el calor de su propia expiración que llenó, por un momento, el espacio insoportable entre su boca y el cuerpo de él. Arrastró el labio inferior por el pecho de Anthony.

Anthony dejó de mover las manos, ya no había tanta dulzura en la punta de esos dedos.

—Alix. —Tenía la voz muy ronca. Ella levantó la cabeza y lo miró—. Esta noche puedes hacer todo lo que quieras y no tienes que hacer nada que no quieras —dijo él.

Por fin, a Alix se le dibujó una sonrisa en los labios.

—Ni siquiera sé por dónde empezar con una invitación como esa.

Los ojos de Anthony se oscurecieron aún más.

—Tal vez empiece por aquí —murmuró ella, y empezó a acariciarle el pecho, con las puntas de los dedos, subió por las clavículas y después bajó al estómago, firme y tonificado, un lugar donde, estaba segura, podría pasar horas jugueteando con la boca. Le dio un beso ligero en el pecho. Después otro y otro, cada uno, menos suave que el anterior.

Empezó a hacer un círculo alrededor de él, lentamente; la boca guiaba, las manos seguían.

—Alix.

El modo en que dijo su nombre la hizo temblar. Pero ella mantuvo el ritmo lento, dejándole un rastro de besos en la espalda, de puntillas para alcanzar la suave y deliciosa curva de los omóplatos y la cicatriz de aquella noche.

La acarició con un dedo.

—Si no fueras tan alto, podría besarla mejor —dijo ella, con una sonrisa sutil—. Tendré que reservarme para cuando estemos tumbados.

Sintió que los músculos de él se tensaban aún más, como si la idea de acostarse junto a ella fuera un tormento placentero. Él la hizo darse la vuelta, quedaron frente a frente.

—Y ahora ¿qué? —susurró Anthony.

Ella bajó las manos hasta la cintura de los pantalones.

—Creo que no los necesitas.

La respiración de Anthony era claramente irregular.

—Me estás matando, Alix —dijo, y ella volvió a sonreír, inclinó la cabeza, sabiendo que él no iba a besarla, no todavía; que se estaba conteniendo porque una vez que sus labios se encontraran, la intensidad sería insoportable y esta tortura lenta y exquisita tendría que terminar.

Le bajó los pantalones del pijama y retrocedió, presa de un impulso incontrolable, hizo con los ojos lo que acababa de hacer con los labios sobre el cuerpo de Anthony, y desapareció cualquier rastro de duda. Lo miró a los ojos.

—Bueno, hasta la rue Pigalle se sonrojaría con eso.

Él se rio.

—Eres… —empezó—. Ni siquiera sé cómo terminar la frase. Eres la mujer más sofisticada y con menos mundo a la vez que conozco, y no cambiaría nada de eso. Ven aquí. Es injusto que lleves tanta ropa puesta.

—Yo lo haré —dijo ella—. Hay tantos corchetes que no voy a terminar nunca…

—Alix —interrumpió—. ¿Crees que mi capacidad de atención es tan corta que no aguanta unos pocos corchetes? He estado esperando que te lo quitaras durante horas. —Por el énfasis en la última palabra, se dio cuenta de que había estado esperando que llegara con tanta impaciencia como ella—. En realidad, vengo pensando en eso desde hace días. Semanas, incluso.

Ella volvió a sonrojarse.

—Mis corchetes y mis botones son todos tuyos.

Él le acarició la línea de la mandíbula con el dorso de la mano, siguió por el cuello hasta el primer botón, que desabrochó lentamente, subiendo y bajando con la punta de los dedos por la "V" de piel desnuda. Concentró la atención en el siguiente botón y en el siguiente; antes de llegar a la cintura y quitarle el cinturón, retrocedió y también dejó que sus ojos deambularan por su cuerpo, aunque había quedado muy poco al descubierto: las clavículas, el corpiño, el ombligo. Aun así, inspiró hondo y dijo:

—No te haces una idea de lo que me cuesta no salir corriendo a la cama.

—Pero yo pensaba que era ahí donde…

Él la interrumpió.

—No. Vamos a hacer algo mucho más divertido.

"Ay, Dios".

—Anthony… —ella pronunció su nombre por primera vez desde que había entrado en la habitación, y extendió la mano hacia él, sin saber si podría resistir la tentación de besarlo mucho tiempo más, una sensación que se intensificaba mientras él le acariciaba los labios con el pulgar.

Por fin se quitó el vestido, pero quedaba tanto por quitar…, fajas y medias, ropa interior…

—Quisiera chasquear los dedos y hacer desaparecer todo esto.

Él sonrió.

—No tan rápido. —Solo estaba jugando.

—Anthony —repitió ella, las manos treparon por su espalda, volvieron a recorrer el pecho y empezaron a bajar—, me vuelves loca.

—Créeme —dijo él, con los labios sobre su sien, la mano enredada en su cabello—, es mutuo. Vayamos cerca de la cama.

Cuando entraron en la habitación, Alix se sentó en el borde de la cama y él se arrodilló entre sus piernas; le soltó una media, después la otra, y fue enrollando la seda hasta quitárselas. Entonces, le rodeó los tobillos con el pulgar y el índice, le pasó los pulgares por la parte interior de las pantorrillas, de las rodillas, de los muslos.

Si él no le quitaba pronto el corpiño y las bragas, ella se moriría. El ritmo y el sonido de su respiración de él, acompasada con la de ella, fue la señal de lo que venía después.

Pero él solo cogió el tirante del corpiño, acarició la seda. Ahora, ella había dejado de respirar, él también, sus miradas enhebradas una con la otra, la intensidad se concentraba en ver el juego de expresiones en la cara de él, el cambio de claro a oscuro de los ojos, el latido del pulso de su sien.

Nunca había deseado a nadie como deseaba a Anthony March.

—Ven aquí —dijo ella con un susurro urgente al rodearlo con las piernas. Lo oyó gemir, los ojos eran de un color lapislázuli brillante—. Tengo que besarte ya, si no...

De pronto, estaba de espaldas sobre la cama, su cuerpo sobre el de ella. Y el beso, cuando llegó, fue tan suave y lento y juguetón como todo lo anterior, el cuerpo se le arqueó buscando el de él.

En respuesta, Anthony siguió besándola casi imperceptiblemente en el cuello y la garganta, pero nada era suficiente, y todavía había demasiada ropa entre ellos, así que ella estiró el brazo, se desabrochó el corpiño y lo tiró al suelo.

El deseo que creció en los ojos de Anthony era casi excesivo.

—No sé cuánto más podré soportar —suspiró ella.

—Es una pena —sonrió él lánguidamente—. Porque todavía queda mucho más.

Incluso después de que hubieran terminado, él no podía dejar de mirarla, acariciándole el hueco de la cintura; ella, el hueso de la cadera. Normalmente, él estaría recogiendo su ropa, ansioso por evitar cualquier consecuencia, porque las personas quedaban heridas cuando las reacciones dejaban en evidencia que un acontecimiento no había sido igual para todas las partes involucradas. Pero Alix y él habían buscado esta consecuencia durante semanas, y en ese momento, él quería el epílogo silencioso de lo que había pasado antes. Quería observarle la columna vertebral, la parte de atrás de las rodillas, la curva de la cintura; todos los lugares ocultos y secretos que hacían a Alix St. Pierre.

—Alix —dijo finalmente; necesitaba estar seguro—. Después de lo que dijiste al principio…, ¿estás bien? Hemos hecho muchas cosas y estás más callada que nunca.

—No, no estoy bien. Para nada…

"*Merde*". Anthony se puso tenso.

—Perdón, yo…

Entonces, ella sonrió y extendió los brazos, seductora, sobre la cabeza.

—Siento una plenitud lujosa y gloriosa. Tal vez, en media hora más…

Él no podía no besarla, unir su lengua con la de ella, todavía hambrienta. Si el resto de su vida fuera solo besar a Alix St. Pierre, sería totalmente feliz.

—Creo que no te lo dije antes de irme de Dior, pero gracias —susurró él—. Por hablarme sobre tu madre, y los Van der Meer y Carmel, y Dior. Sé que, probablemente, no fue fácil contarme algunas cosas. Pero me alegra que me lo hayas contado.

—A mí también —dijo ella—. Pero…

—¿Qué? —preguntó él, bajando la mano por su espalda para eliminar el espacio de centímetros que todavía había entre ellos.

—Me di cuenta de que, aunque hayamos hablado de lo que hicimos durante la guerra, todavía hay mucho que no sé de ti.

Él pensó que eso era verdad.

—¿Qué quieres saber? —Y pensó que, por primera vez en su vida, iba a permitir que alguien lo pusiera del revés, que comprendiera la infancia tatuada en sus huesos, que con la punta de los dedos siguiera el rastro de las cicatrices de su adolescencia, que leyera la historia escrita bajo su piel.

—No me has hablado mucho sobre tu padre y... Bueno, en el baile tuve la sensación de que, en parte, tus motivos para venir a París tuvieron que ver con alejarte de él. —Meneó la cabeza, y se apartó como si no estuviera segura de que estar desnuda en una cama con él le diera derecho a preguntarle cualquier cosa—. Quizá esté siendo indiscreta.

Él la atajó y la sostuvo contra él.

—No te muevas —murmuró—. Me siento demasiado bien para permitir que te vayas a ningún lado.

Una sonrisa le sobrevoló la cara a Alix. Él apoyó la cabeza en la mano y sintió que se le derretían los ojos cuando ella se acurrucó contra su pecho.

Pensó en cómo responder a su pregunta y se decidió:

—Volví a Manhattan después de que la OSE me licenciara. Intenté hacer lo que era correcto por mi padre, pero... —Se acercó a la mesita de noche para coger un cigarrillo, el método de siempre para hacer tiempo.

Sin embargo, ella no le quitó los ojos de encima, a la espera de que terminara.

—Ven aquí —dijo él, se recostó boca arriba y atrajo la cabeza de ella hacia su hombro, mientras aspiraba el humo del cigarrillo y se lo pasaba.

Se quedó en silencio unos segundos antes de continuar.

—A mí no me importan para nada los ingresos por publicidad, pero cuando se es el responsable, hay que ocuparse. Mi padre y yo tuvimos demasiadas conversaciones del tipo "Tu hermano no hubiera hecho eso" y "¿No puedes parecerte un poco a tus hermanos?" antes de darme cuenta de que tenía que irme, si no, iba a arrancarle la cabeza. Cuando el editor de nuestra edición internacional consiguió trabajo en otra parte, a mediados del año pasado, yo vine corriendo a Europa para pedir el trabajo para mí.

Ahora, él y yo hablamos, quizás, dos veces al año, para los cumpleaños y las reuniones de directorio y… Es mejor así.

Las palabras de Esmée, sobre ocupar su lugar como el señor March Junior a fin de año y buscar a alguien que tomara el cargo vacante de la señora March, le pasaron por la cabeza a toda velocidad. ¿Él también era como el agua, a la espera de tomar la forma de lo que, según creía, era el único futuro posible? Un futuro en el que un trabajo prestigioso y un lugar en la sociedad eran lo único importante, y una esposa, una adquisición necesaria: alguien que organizara cenas, tuviera hijos y también hiciera la vista gorda a la infidelidad. Al pensarlo así, se preguntó si solo estaba huyendo de su padre cuando llegó a París. En la vida que estaba prevista para él, dudaba que hubiera conocido a Alix, un pensamiento que le provocó algo más que una punzada en el hombro.

—¿En verdad crees que lo mejor para tu padre, que perdió la noción de futuro cuando murieron sus dos hijos, es que su único hijo vivo se convierta en un extraño? —preguntó Alix en voz baja, y él la abrazó con más fuerza, pensando en la niña de trece años que había visto a sus padres bailando el vals en el apartamento diminuto y que después perdió el futuro que esperaba cuando los dos murieron.

—A veces, cuando las personas están de duelo —continuó— no dicen lo que quieren decir porque hacerlo es demasiado doloroso: "Quiero hablar de tus hermanos, pero no sé cómo hacerlo". Tal vez, esos comentarios de tu padre no eran por ti. Tal vez, solo quería que respondieras: "Sé que mi hermano no hubiera hecho eso. Hubiera hecho esto". Y entonces, podríais haber hablado de él, juntos.

Después vino una pausa muy larga de la que Anthony se despertó cuando se consumió el cigarrillo que tenía en la mano. Frunció el ceño y lo aplastó en el cenicero.

Alix rodó y se recostó encima de él, con los antebrazos apoyados en su pecho.

—¿Te has enfadado? —preguntó, acariciándole la mejilla—. No fue mi intención.

—Lo sé —dijo él, enlazando los dedos con los de ella—. Es que nunca lo había pensado así. Si mi primer impulso fue decirte en un lenguaje muy expresivo que estabas equivocada, mi impulso ahora es… —dudó—. Acabas de decir que, al venir aquí, le hice un daño profundo a mi padre. Me odio por haberlo hecho.

Alix se llevó la mano de él a los labios y le besó los nudillos.

—Entonces, envíale un telegrama, escríbele una carta… Haz algún gesto para que sepa que todavía te tiene.

—Tal vez lo haga —dijo Anthony, y volvió a acariciarle el pelo—. Gracias.

—Un placer —dijo ella, suavemente.

—Hablando de eso —sonrió él—. ¿Hay algún otro problema que quieras resolverme?

—Sí.

Arqueó una ceja, perplejo.

—El problema es —dijo ella, y, serpenteando, subió por el cuerpo de Anthony— que estás demasiado lejos.

El otro problema era que besar a Alix no era algo que se resolviera rápidamente, así que el beso se prolongó, se profundizó y entonces, él la puso de espaldas y se acomodó sobre ella, y ella lo miró de un modo que la hizo tomarla con más fuerza, seguro de que esta vez no iba a ser lento ni juguetón ni dulce, sino feroz y desenfrenado y perfecto.

A las cuatro de la mañana, Anthony estaba durmiendo plácidamente junto a ella, y Alix desenroscó las piernas, que estaban entrelazadas con las de él. Las últimas horas habían sido sublimes y no quería estropearlas con mañanas. Si se iba ahora, podía conservarlas como lo que habían sido: la mejor noche de su vida. No esperaba nada de Anthony, sabía que ella era solo un pasatiempo en su camino a convertirse en un adulto responsable. Sin embargo, pensó con pesar, iba a ser muy difícil volver a dormir con otro hombre algún día después de esto.

Y aún más difícil fingir que no le importaba.

Ir a trabajar era la mejor distracción, aunque fuera sábado. Podía verificar que todo estuviera en orden para la partida del lunes, y tal vez, podría dejar de pensar, por un par de horas, en el momento en que llegaría la Voce.

Su teléfono sonó por la tarde.

—No puedo entrar en la *maison* por ese boceto robado —dijo una voz—. Estoy en la cabina telefónica que está al final de la calle.

—¿Fortunée?

—No, María Antonieta.

Alix eligió ignorar el sarcasmo.

—Un minuto.

Como era sábado, no había mucha gente allí, así que fue relativamente fácil meter a escondidas a Fortunée en su oficina.

—Se ha ido —dijo Fortunée, mientras analizaba las botellas de brandy de Suzanne y se servía una copa.

—¿Anthony? —la voz de Alix sonó conmocionada.

Fortunée sonrió con superioridad.

—Monsieur March está en su oficina. Hablo del hombre del que tenía una pista, el que pensé que me diría algo sobre esa Voce tuya.

—Mierda. Dame eso. —Señaló la copa de Fortunée.

Fortunée se la dio con reticencia.

—Probablemente ya no quieres oír más malas noticias, pero me he quedado sin pistas. No creas que conozco otra manera de ayudarte a explicar los motivos de Weber. —Fortunée recuperó la copa y terminó el contenido.

—Espera. —Alix se preocupó por concentrar toda su

atención en Fortunée—. Gracias. En serio. Hiciste más de lo que tenías que hacer y no lo voy a olvidar. Si alguna vez puedo hacer algo por ti, házmelo saber.

—Tú serías una buena *grande horizontale*. Y voy a necesitar una pelirroja si alguna vez abro mi propio local.

—Yo nunca… —farfulló Alix, y vio la sonrisa de Fortunée y se echó a reír. Fortunée también—. Tal vez, hasta te eche de menos, ¿sabes? —dijo, cuando se recuperó—. Nunca he tenido hermanos, pero he tenido la suerte de haber conocido personas que se han portado conmigo casi mejor que si fueran familia.

—Bueno, escucha bien, porque esta es la única vez que te voy a decir algo sentimental en mi vida. Monsieur March sabe que yo haría cualquier cosa por él. Así que, mejor, no le hagas daño. Porque entonces me voy a enfadar, y no soy nada agradable cuando me enfado.

Alix empezó a retorcer un botón de su vestido con demasiada energía.

—Tengo la sensación de que es muy posible que pase lo contrario —dijo, en voz muy baja.

Fortunée suspiró.

—Es muchísimo más fácil no darle ni un mísero sentimiento a ningún hombre —fue su consejo de despedida, pronunciado casi con delicadeza.

—Lo sé —le susurró Alix a la habitación vacía, recordando lo que había dicho Mary casi cinco años atrás. "El poder es lo contrario del amor". Y en ese momento, Alix se sintió impotente para hacer algo con sus sentimientos por Anthony. Eran inexorables, y eso era excitante y catastrófico a la vez.

Pero… el poder es lo contrario del amor.

—*Mon Dieu.*

"Haría cualquier cosa por él" había dicho Fortunée. "¿Qué son capaces de hacerle a un hombre que es despiadado con alguien a quien aman?" le había dicho la Voce a Alix. En ese momento, se preguntó si era más que una pregunta. Ahora sabía que esa era la última pieza del rompecabezas.

Enseguida llamó a la oficina de Anthony. "Por favor, que esté allí". Contestó una mujer, y le dijo que Anthony estaba en una reunión. Sobre un barullo de voces, oyó que Anthony preguntaba con impaciencia:

—*Qui est-ce?*

—Mademoiselle St. Pierre.

—Alix —llegó la voz de Anthony por la línea.

—Parece que estás ocupado. Puedo volver a llamar. Pero… —estaba hablando a una velocidad incoherente.

—Espera. Hay como diez personas en mi oficina, hoy se reúne el Comité Europeo de Cooperación Económica en París y vamos a cubrirlo, pero puedo liberarme un minuto —explicó—. ¿Qué ha pasado?

—La Voce —dijo, intentando hacerse entender—. Antes dije que pensaba que iba detrás de Matteo. Ahora sé que era así. No sé exactamente qué hizo Matteo, pero me parece que se lo hizo a alguien importante para la Voce, un hermano, tal vez, porque él no era hombre de amores. Una vez me dijo algo sobre qué hacer si alguien era implacable con un ser querido. Y por el modo en que lo dijo, fueron más que palabras. Sé que parece que estoy loca, y que estoy balbuceando, pero…

—*Monsieur!* —oyó que llamaba alguien. Anthony pidió que esperara, volvió a ella y se disculpó.

—Sabes que teníamos agentes infiltrados en los grupos partisanos —dijo él, en voz baja y ansiosa, evidentemente, no quería que lo oyeran en la habitación—. Les mandé telegramas a todos y uno de ellos vino con una historia sobre un rehén alemán, el hermano de alguien del alto mando de Wolff, al que un partisano apuñaló y mató poco antes de que te contactaras conmigo por la Operación Licaón. La persona con la que intentó hablar Fortunée era un nazi que estuvo como rehén junto a ese hombre. Fortunée iba a tratar de conseguir que el nazi le dijera algo sobre el hombre muerto a puñaladas. Y tal vez…

—Era el hermano de Weber y Weber planeó Licaón para vengarlo —contestó ella, en voz muy baja—. Y Matteo… —No pudo ponerle palabras.

—Fue quien lo mató —Anthony terminó la frase por ella.

—Bueno —dijo Alix, con la voz quebrada por la certeza de que no solo le había entregado el cuerpo de Matteo a la Voce, también le había entregado su alma—. Bueno, tenemos la motivación que queríamos. Pero es como si…

—"Como si no fuera una victoria".

¿Cómo podía obligarse a terminar la frase si volvía a sentir, desgarrándola, el amor desgraciado que compartían ella y Matteo?

—Alix —la voz de Anthony fue como una caricia dulce en la mejilla—. Lo siento.

—Yo también. Pero eso no ayuda a Matteo. No hay nada que pueda ayudarlo.

La memoria. Algo tan devastador. Ahora, sentía el olor de Milán en 1945, polvo, bombas incendiarias, la sal de millones de lágrimas. Oía el sudario, roto por el derrumbe de una pared. El roce áspero de la barba de días de Matteo en la mejilla. El susurro: "Te quiero, Alix".

Tenía el codo apoyado en su escritorio, la cara escondida en la mano, un millón de lágrimas la desbordaban.

—Perdóname, Matteo —sollozó.

Podría decir eso todos los días y nunca sería suficiente.

"Trabajo", pensó mucho tiempo después. Era lo único que podía hacer retroceder la memoria. Pero mira, en el suelo, justo ahí, había una bola de papel arrugado con la que había fallado el tiro a la papelera. Todavía le estaba escribiendo a Lillie. Lo que probaba que nada podía hacer retroceder la memoria.

Pero tal vez sí había algo. Los buenos recuerdos. Los valiosos. Porque no podía hundirse otra vez. Tenía que mantenerse fuerte el tiempo necesario para hacer lo único que podía hacer por Matteo.

Y ahora tenía recuerdos nuevos y valiosos, acababa de pasar una noche valiosa. "Piensa en eso ahora", se ordenó. *"Úsalo para concentrarte en el presente"*.

Anthony, el roce de sus labios en cada parte del cuerpo. El tacto de su boca sobre el cuerpo de él. Pero también, la certeza de que, probablemente, no volvería a pasar. Ella se iría a Nueva York en dos días. Y el encuentro con la Voce iba a consumir el tiempo que quedara para la pasión.

—Estás muy colorada. ¿Necesitas aire? —preguntó Suzanne, que entró en la habitación inesperadamente para cambiarse para el aperitivo—. ¿Cómo te fue en la entrevista con monsieur March? —Como si una observación no tuviera nada que ver con la siguiente.

—Bien —dijo Alix, pero hasta ella sintió que se ruborizaba.

Suzanne empezó a desabrocharse la chaqueta.

—*Chérie*, sé que piensas que esto no es para ti —dijo mientras movía las manos indicando la oficina de Alix—, igual que el amor para siempre, "para toda la eternidad". Pero no cortes el capullo antes de que pueda florecer solo porque piensas que la helada de mañana lo va a destruir de todos modos. Espera para ver qué pasa.

—No me parece que las metáforas botánicas sean tu fuerte —dijo Alix—. Anthony March no es un hombre "para toda la eternidad" si se trata de alguien como yo. Los herederos millonarios de periódicos necesitan mujeres que les hagan la vida más fácil, no más complicada.

Suzanne suspiró mientras se ponía su vestido de cóctel y, con un gesto, le pidió a Alix que la ayudara con los corchetes.

—Eso es lo que necesitan Anthony y todos los hombres como él —dijo con mucha dulzura—. Tengo mucha fe en monsieur March. Más, tal vez, de la que él tiene en sí mismo. —Se retocó los labios y salió.

Alix meneó la cabeza. Suzanne sabía que no era sensato hablar de un mundo donde importaran los deseos de las personas. Definitivamente, no importaban; y menos si se era mujer. Tenía que dejar de pensar en Anthony, si no, se volvería realidad lo que le había dicho a Fortunée: "Tengo la sensación de que es muy posible que pase lo contrario".

CAPÍTULO 29

En el Ritz, fue a ver a Frank, que volvió a negar con la cabeza. Entonces sería al día siguiente. Por supuesto, la Voce habría descubierto —por Becky— que Alix viajaba a Nueva York y, por supuesto, quería esperar hasta el último minuto atroz. Exactamente lo mismo que había hecho cuando los hombres partieron a las montañas en 1945.

Cuando el ascensor llegó al tercer piso, salió y giró a la izquierda, hacia la habitación. El sonido de movimientos llegó de más adelante. Se quedó inmóvil.

Tenía la pistola en el bolso. Deslizó la mano dentro y avanzó unos pasos, silenciosos, lentos.

Pero era Anthony, que caminaba de un lado a otro junto a su puerta, fumando.

Ella se detuvo en seco y trató de acordarse de respirar.

—Eh —dijo él suavemente, mirándola a los ojos, y eso fue todo.

Los dos empezaron a avanzar hacia el otro al mismo tiempo, ella le acarició la barbilla, él la tomó de la cintura, la atrajo hacia sí y la besó, más excitado, impetuoso y anhelante que la noche anterior.

—No puedo dejar de pensar en ti. —Se apartó lo justo para decirlo.

Ella abrió la puerta y entraron a dando tropezones,

llegaron a la pared donde ella lo apretó contra su cuerpo, deseando que pasara allí mismo, a medio vestir y deprisa, porque era imposible esperar.

Pero Anthony meneó la cabeza.

—Te quiero desnuda, siempre —dijo. Y agregó—: No era mi intención que pareciera una exigencia.

—No me preocupa que exijas cosas como esa. Y me has ahorrado tener que decir lo mismo —aseguró ella riendo.

—¿Qué estamos haciendo? —preguntó Alix más tarde, cuando estaban tumbados en su cama; ella con la espalda pegada al pecho de Anthony, quien tenía una mano ocupada recorriéndole la cadera de arriba a abajo y la otra, entrelazada con la de ella.

—Recuperarnos —dijo él, y ella oyó la sonrisa en su voz.

—Sabes a qué me refiero —dijo ella, suavemente.

Hubo una pausa.

—Sé a qué te refieres.

Pero ¿cuál era la respuesta a su pregunta?

—Alix —continuó él—. Si vamos a hablar de esto, tengo que verte la cara.

Ella se giró y Anthony apoyó la cabeza en una mano, la otra, seguía paseando por el cuerpo de ella.

—Dime por qué —preguntó él con voz suave y aterciopelada como una caricia— cuando murió Bobby y terminó la guerra y volviste a Nueva York, no tuviste una relación seria con nadie. Supongo que eso es lo que ocurrió, por lo que dijiste la otra noche. Pero no lo entiendo. Eres preciosa. No solo eso. Nadie me ha hecho reír tanto nunca. Eres inteligente y leal y desinteresada, y si le entregaste siquiera un cuarto de ti a algún hombre como te entregaste a mí anoche, no sé cómo te dejó salir de su cama.

—Necesito un cigarrillo —dijo Alix, poniéndose de espaldas y deseando no haber empezado nunca esa conversación.

Sus motivos tenían que ver con cosas que ningún hombre podía entender.

Carmel tal vez sí. Como bálsamo usaba tanto alcohol que era suficiente para curtirle el alma. Mary también lo entendía. Lo único que veía Alix en ese momento era la cara de Mary cuando le contó que su marido la pegaba y que a Dulles le gustaba irrumpir en su habitación antes de las reuniones para usarla como energizante.

En el silencio de su vacilación, Anthony encendió dos cigarrillos y le dio uno a ella.

—Tengo la sensación de que te apetece uno para ti sola —dijo él, acercándose, cerrando el pequeño espacio que ella había generado cuando se puso de espaldas.

Ella inhaló profundamente y miró el humo que subía flotando como las esperanzas y los sueños, y se esfumaba antes de alcanzar el punto más alto de la habitación.

—Tienes que entender —dijo, con la voz entrecortada— cómo es para las mujeres. Es… ¿Cómo explicarlo?

Volvió a intentarlo

—¿Sabías que, sin importar cuánto ganen, las mujeres tienen que llevar a un hombre con ellas como garante de cualquier crédito que pidan a un banco? Hace falta un permiso del marido para seguir trabajando, y eso si el jefe no te despide antes. No es común que las mujeres trabajen después de casarse, a menos que seas millonaria como Suzanne y que parezca que tu "trabajo" no es más que cotillear con otras mujeres millonarias. Carmel es la otra gran excepción a la regla, pero… —Alix se encogió de hombros—. Nunca ve a su marido. Casi ni vio a sus hijas cuando eran pequeñas. Lo único que ve es el fondo de su copa vacía, y solo por un segundo, antes de que se vuelva a llenar.

La ceniza del cigarrillo cayó sobre la sábana y Alix empezó a sacudirla y a maldecir. Anthony quiso mirarla los ojos, pero ella seguía mirando hacia la habitación.

Otro intento por contestar.

—Desde el momento en que volví a Nueva York en 1945, evité la intimidad porque hubiera tenido que enfrentarme a decidir a qué iba a poder renunciar y a qué no. Si me hubiera casado, no podría haber presenciado el espectáculo del primer desfile de Dior sabiendo que contribuí en algo. No habría caminado por la rue de la Paix ni vería que uno de cada dos vestidos es Dior o está influenciado por Dior, ni sabría que yo tuve algo que ver. En cambio, estaría caminando de un lado a otro dentro de un apartamento en una bonita zona de la ciudad, desesperada porque sonara el timbre para tener algo que hacer.

Anthony la abrazó con más fuerza, casi hasta la incomodidad, pero era lo que ella quería, sentir que él la estaba escuchando.

—¿A alguien se le ocurre pensar —Alix fluía suavemente de un tema a otro— que los hombres que estaban en las montañas de Italia hubieran muerto sin una *staffette* que les llevara comida y ropa y mensajes? Lo mismo con los hombres de hoy, que no podrían hacer lo que hacen si las mujeres no organizaran cenas y criaran a los hijos y administraran los hogares y la vida social que sostiene lo que ellos hacen. Nosotras hacemos que el mundo sea posible, pero el mundo hace que casi todo sea imposible para nosotras. Durante la guerra, uno de cada dos carteles mostraba a una mujer trabajando con el mensaje: "Usted puede hacerlo". Y claro que lo hicimos. Pero ahora, abres una revista y en todas las fotografías, las mujeres están en la cocina. Nadie nos quiere para nada, salvo para tareas domésticas y decoración ahora que se ha acabado la lucha.

Le dio una calada furiosa a su cigarrillo, dejó que el humo le picara los ojos y culpó a la humedad. Decirlo en voz alta no cambiaba nada. Pero de pronto sintió un enfado enorme, así que lo dijo de todos modos.

—¿Y si me casara y tuviera una hija? ¿Qué debería decirle? "Sí, mi amor, trabajar y tener éxito en tu trabajo es gratificante como pocas cosas, así que sueña y atrévete a hacer lo que quieras". Pero entonces, tendría que decirle: "Ay, perdón, me olvidé de decirte que cuando te cases, tendrás que meter tu sueño en una caja y no volver a sacarlo nunca más porque recordar lo que eras va a ser muy doloroso". Por eso, ni siquiera sé si quiero tener hijos, porque no tengo ganas de decirle eso a nadie que quiero.

Sintió que las lágrimas le bajaban por las mejillas y se las secó con rabia, levantó una mano para detener a Anthony, que se estaba preparando para decir algo, pero, si lo hacía, iba a ponerse a llorar de verdad. Y si ella se lo permitía, ¿cuándo iba a dejar de llorar?

—Un hombre puede hundir a una mujer con mucha facilidad, Anthony —continuó, con la voz tan tenue que era casi transparente, el cansancio se asentó al volver al lugar donde había empezado—. Aunque mi amiga Lillie y su madre no fueran responsables de que su padre perdiera toda su fortuna, ellas también lo perdieron todo. No tenían dinero ahorrado porque no está permitido que las mujeres casadas tengan una cuenta bancaria a su nombre.

Aplastó el cigarrillo en el cenicero, y se apartó un poco de Anthony, así que dijo las palabras que siguieron mirando hacia otro lado.

—Si no estoy casada, mi dinero y mis errores son todos míos. Como mujer, el mundo está lleno de portones y puertas cerradas y barreras y lo único que hace el matrimonio es sumar muchas otras. Así que me convertí en la mujer con la que nadie sale, y menos con la que se casa. La pelirroja que usa pantalones, la adicta al trabajo declarada, que intenta que sus vicios no tomen el control como le pasó a Carmel, y que solo tiene encuentros amorosos en esquinas oscuras que no resuelven nada y que solo me hacen llorar.

La garganta se le cerró por todas las injusticias contra las que no se podía hacer nada y también por la impotencia.

—Alix —dijo Anthony. Cambió de posición, se puso encima de ella y le besó la frente con tanta dulzura que el dolor en la garganta fue demasiado, las lágrimas en los ojos demasiadas para contenerlas—. Por favor, mírame —le pidió—. Sé que no quieres hacerlo porque estás sufriendo, pero, por favor…

Le acarició la cabeza y ella cedió, y por fin, lo miró a los ojos.

—Te miro —susurró él—, veo este maravilloso pelo rojo derramado por toda la almohada, los ojos brillantes porque no quieres llorar delante de mí, y yo mismo quiero llorar por lo que el futuro va a hacer contigo. No hay manera de que puedas quedarte encerrada en el apartamento de alguien organizando cenas. Eres extraordinaria. El mundo necesita gente como tú, no atrapada en un apartamento de Manhattan con reproches ocultos tras una sonrisa de anfitriona. Imagino todo lo que no podría suceder si tú no estás allí fuera haciendo que suceda y ese no es un futuro que yo quiera.

Había tanta empatía en su voz, y fue tan inesperada, que le alivió un poco el dolor de garganta y le dio el coraje para hacer el último comentario.

—A veces me pregunto —empezó, vacilante, pero los ojos de Anthony le suplicaban que continuara— de qué me voy a arrepentir más cuando tenga setenta años y esté sola. ¿Voy a lamentar la soledad, no tener marido ni hijos? ¿Voy a querer volver al pasado y decirme a mí misma en este momento que salga con cualquiera que me lo pida y que me someta a la vida que, en teoría, me corresponde? O, cuando tenga setenta años y cuatro hijos y quince nietos y haya organizado tres cenas por semana durante cuarenta años, ¿voy a querer pararme en el umbral y gritarme a mí misma en este momento que nunca jamás me someta? ¿Cómo puedo saberlo, si nunca tuve una familia de verdad, si vale la pena renunciar a tenerlo? ¿Cómo puedo saber qué va a tener más valor si esos tesoros nunca pasaron por mis manos?

Demasiadas preguntas imposibles de responder. No, imposibles de responder, no. Imposibles de formular. Porque no les corresponde a las mujeres preguntar ni soñar, les corresponde obedecer. Y quedarse dentro del puto hogar.

Anthony frunció el ceño, como si estuviera tratando de encontrar la respuesta correcta y dársela, el regalo más valioso de todos.

—Las cosas cambian, Alix. Sabes que es así. Quiero decir, hace veinticinco años, más o menos, las mujeres tenían prohibido votar. Pero ahora pueden hacerlo. Así que…

Titubeó, después le acarició las mejillas para secarle las lágrimas que se derramaban sobre ellas.

—Creo que… —susurró ella, sabiendo que estas eran las últimas palabras que podía pronunciar sin ponerse a llorar— una mujer sola no puede realinear las estrellas para cambiar el futuro que ya está escrito para todas las mujeres de hoy. Lo que ocurrirá dentro de veinte años ya está decidido, porque los hombres de hoy, que son los que toman las decisiones, han crecido en este mundo. Y querrán conservarlo pase lo que pase.

—Lo siento, Alix —dijo Anthony—. Quisiera…

Antes de continuar, ella se levantó y lo besó porque lo que necesitaba en ese momento era intimidad, con una intensidad que no había conocido, ni anhelado ni entendido nunca. El beso fue lento y profundo y triste y él le sostenía la cara con la mano, y atrapaba sus lágrimas.

Anthony March sería, si encontraba a la mujer indicada, un esposo leal, pensó de pronto, y la idea fue agridulce. Era lo que quería para él, quería que tuviese ese futuro y no uno en el que se casara con una mujer que encajaba bien en su vida, pero que no encajara bien con él, una mujer de la que se aburriría en un año y él se convertía en el esposo que coqueteaba con la *vendeuse* mientras su esposa y su amante compraban en Dior. No encontraría a la indicada si Alix ocupaba un lugar en su cama.

Y lo único que encontraría Alix si se quedaba así era lo que iba a darle la forma de una Alix que no quería ser. La voz de Mary la llamaba desde el pasado, repitiendo la historia de Dulles, que entraba deprisa para despejarse: "Pero te deseo" le dijo él. "Debió de ser una oferta conveniente. Seguramente lo fue. La acepté", había dicho Mary.

Pero Alix no podía aceptar que la desearan y nada más.

—Anthony —dijo, y se apartó del beso en el que era muy fácil quedar enredada—. No podemos seguir con esto.

Él apretó los dientes.

—Yo no puedo seguir con esto —corrigió—. La gente habla, gracias a Becky ya está hablando, y en situaciones como esta, de la que se habla es de la mujer soltera. Ya nada de lo que haga va a ser valioso ni voy a ser especialista en nada, porque a partir de ahora voy a ser conocida como "tu amante", y todos sabemos en qué se especializan las amantes. Así que esto, nosotros, sea lo que sea, tiene que terminar ya.

Con las manos sobre la espalda de él decía algo diferente a lo que decía con la boca. Con las manos decía lo que deseaba el corazón, que era quedarse allí para siempre. Pero los corazones, como había aprendido en Italia, solo estaban hechos para romperse.

Anthony dejó apoyada la frente sobre la de ella por un buen rato. Su silencio le dio a entender a Alix que comprendía. Que ella no encajaba —no podía encajar— en la vida que él y cualquier otro hombre como él estaban condicionados para creer que era la única posible. Y agradeció que no le hiciera falsas promesas, que no fingiera que no iba a volver a Manhattan en unos meses para ocupar su lugar como dueño de un emporio periodístico y casarse con una mujer que solo quisiera una gran casa, un guardarropa lujoso y discreción a cambio de eso.

—Muy bien —dijo él por fin. Pero la ferocidad con que la tomó de las caderas decía que no, que no estaba bien.

Pero tenía que estar bien.

El único argumento que ofreció Anthony fue otro beso, agridulce y pleno con la promesa de que, si esta era la última vez que estaban juntos en una cama, iba a ser inolvidable.

Con esa misma ternura, volvieron a hacer el amor. Los dedos de Anthony se entretuvieron sobre la piel de Alix como plumas eróticas, desde la frente hasta los pies; le susurró:

—Dime qué te gusta, qué quieres.

Y todo el cuerpo de ella respondió con un estremecimiento cuando le dijo al oído:

—Bésame todo el cuerpo.

Así lo hizo, los labios imitaban los movimientos de las manos, una caricia suave y sensual que nunca se quedaba en un mismo lugar demasiado tiempo, hasta que se quedó en uno, y ella sintió que no solo se le deshacían los huesos, sino también el corazón.

¿Qué acababa de pasar entre ellos? Algo había pasado, era lo único de lo que Anthony estaba seguro, y los ojos de Alix, todavía atrapados en los de él, expresaban lo mismo. Él dio por sentado que debía volver a su habitación, ella había dicho que se había terminado. Que ya no quería seguir con esto. Pero él sentía las marcas de las uñas en los hombros, porque lo había abrazado con demasiada fuerza —como si nunca fuera a soltarlo— al mismo tiempo que decía que debía dejarlo ir.

Entonces...

"Nunca volvería a hacer esto con ella".

La sola idea casi lo hace doblarse en dos. Buscó los

Gauloises, se tomó el tiempo para encender un cigarrillo, para inhalar y exhalar y volver a mirarla por encima del hombro, el pelo rojo derramado, como el corazón de él, sobre la almohada.

Él le dio el cigarrillo, salió de la cama y se vistió, porque no podía quedarse y permitir que corrieran rumores sobre ella. Alix no merecía que se atribuyeran todos sus logros a que él y su fortuna lo hubieran hecho posible. De pronto, deseó no tener dinero, pero ya sabía que solamente alguien con riqueza podía desear algo así.

La próxima vez que la viera —muy probablemente, la última— sería en una habitación con la Voce. Pero en lo único que podía pensar ahora era en todas las ocasiones en las que había compartido un cigarrillo con ella y los dedos de ambos se tocaron por un único y latente segundo. Y todo lo que habían hecho juntos: ir a un club de jazz y no compartir una pieza de baile, sino los contornos de sus penas; acostarse juntos en una cama y tocar los contornos del alma del otro.

"Eres extraordinaria", le había dicho Anthony. Lo supo desde la primera vez que la vio atravesar el bar que estaba tres pisos por debajo de ellos. Con ella, siempre sería hasta el fin de los tiempos, y si no, se quemarían hasta convertirse en ceniza.

Se puso de pie, se alejó caminando entre brasas.

Pero una fotografía en un marco sobre la cómoda le llamó la atención.

—¿Quién es? —preguntó.

—Mi amiga Lillie. ¿Por qué?

—Esta es la misma fotografía que Bobby llevaba con él.

CAPÍTULO 30

"Lillie, ¿qué hiciste?" fue lo único que pudo pensar Alix cuando Anthony se fue y ella se quedó mirando la fotografía, la que se habían hecho en la feria del condado. Bobby se la había llevado a Europa con él.

"Cuídala", le había dicho Bobby a Alix.

"¿Cómo está Lillie?", era lo primero que preguntaba cuando Alix iba a cenar con él en Manhattan antes de la guerra.

A Alix nunca le llamó la atención. Lillie era la chica de oro: rubia y rica y hermosa. ¿Por qué no preguntar por ella primero? Además, Bobby y Lillie eran amigos desde pequeños y no había motivos para sospechar, porque la señora Van der Meer había insistido mucho en juntar a Bobby y a Alix, y porque despreciaban su fortuna porque no la consideraban suficiente para Lillie.

Pero ¿acaso Lillie no tenía la misma determinación? Siempre andaba cuchicheando con Alix sobre Bobby y hacía lo mismo con él. Miró a Alix con lágrimas en los ojos la noche que Bobby le propuso matrimonio, casi como si le estuviera rogando que se casara con él. "¿*Por qué?*".

Porque si Bobby se casaba con Alix, el triángulo seguiría existiendo, su amiga en común, Lillie, siempre estaría en sus vidas. Pero si la esposa de Bobby era otra, podría querer borrar el vértice del triángulo llamado Lillie, por celos, por inseguridad, por alguno de los cientos de motivos que tenían las esposas para no querer que sus maridos tuvieran amigas mujeres. Y entonces, Lillie no volvería a ver a Bobby.

A Lillie se le habían llenado los ojos de lágrimas porque el compromiso de Alix con Bobby significaba el final de Lillie y Bobby. Solo se llevaba una foto a la zona de combate si era la de un ser amado. Eso solo podía significar que Lillie y Bobby estuvieron enamorados, y era muy probable que durante mucho tiempo.

Para Lillie,
desde París

Si giro la cabeza y miro por encima del hombro, veré una cama con sábanas de algodón blanco, las arrugas forman las siluetas de dos cuerpos. Pero mañana, en algún momento, vendrá una criada a cambiarlas, alisará todo el calor y la ternura que quedaron suspendidos en el aire y entonces, la cama se quedará plana y fría y vacía.

Siempre supe que Peter no era al que querías, como yo nunca quise a Bobby. Ninguna de las dos tuvo, con sus prometidos, esa comunión de dos personas —como un vestido y un cuerpo—, en la que uno encaja exquisitamente con el otro, en el otro y alrededor del otro. Yo había empezado a pensar que, tal vez, una encajaba así solo consigo misma. Pero tú y Bobby, ¿encajabais así?

Solo sé que Bobby y tú no deberíais haber permitido que, lo que fuera que pasaba entre vosotros, se convirtiera en un sueño nebuloso que ninguno de los dos llegó a alcanzar. Tendrías que habérmelo contado a mí, a tu madre, al mundo, tendrías que haber tomado la felicidad que había allí mientras podías.

Pero no lo hiciste y ahora no puedo evitar la pregunta:

¿explica eso cómo terminó todo, o estoy tratando de li-
brarme de la culpa y cargársela a alguien más?

Alix dejó el bolígrafo. "¿Explica eso cómo terminó todo?".
Un final había sido el de Manhattan, en mayo de 1945. El
otro, en abril, un mes antes, cuando una mujer con un vestido de seda blanco se sentó en un bar a esperar.

Y de pronto, Alix supo cuál iba a ser el gran final.

La Voce estaba sentado en los alrededores, con una sonrisa en la cara, esperando que ella lo resolviera.

Se levantó y se puso un vestido de seda, esta vez, con
estampado de leopardo. Levantó el teléfono, y aunque era
casi medianoche, marcó el número de la habitación de Anthony. Descolgó al primer timbrazo.

—Quiere que sea igual que antes —dijo ella, extrañamente tranquila—. También debe de tener su equipo de espías en el Ritz. Y no importa, porque yo tengo más. Así que
ahora voy a bajar al bar, donde voy a beber agua a sorbos
hasta que aparezca una llave frente a mí, luego voy a subir
en el ascensor hasta la habitación de la Voce.

—Alix, ¿qué mierda…?

—No pasa nada, todavía tengo ventaja. Solo espera a que
te llame Frank.

—De ningún modo voy a permitir que bajes allí y te
sientes en el bar, sola, mientras espero que me llame Frank.
Alix —repitió su nombre, desesperado, y ella quiso tomarle
la cara entre las manos, hacerle mirar su interior, lo más
profundo de ella, como lo había hecho hacía unas horas, y
que viera la extensión de satén de seda rojo, infinita, brillante, que era todo lo que sentía por él.

Pero lo único que pudo decir fue:

—¿Confías en mí?

—Más que en nadie, joder —gruñó—. Lo sabes.

—Entonces, confía en mí ahora. Espera que llame Frank.

Bajó al bar.

Cuando llegó, habló con Frank, que asintió con la cabeza y salió para poner el mecanismo en marcha. Volvió cinco minutos después y volvió a asentir con la cabeza.

Después de eso, pasó más de una hora. Por supuesto. Así eran los juegos que le gustaba jugar a la Voce. Pero ahora, ella los conocía todos y, pensó, había aprendido a jugar algunos de ellos mejor que él.

El reloj dio la una y media cuando llegó la llave.

Segundo piso. Habitación 207, como ella lo había planeado.

PARTE SEIS

Berna, abril de 1945

Durante varias semanas, recibimos información de que la intención de los nazis, la más extrema, era replegar las élites de las SS, la Gestapo y otras organizaciones que tenían una devoción fanática por Hitler, a las montañas del sur de Bavaria, al oeste de Austria y al norte de Italia. Allí, esperaban bloquear los tortuosos pasos de montaña y resistir a los aliados indefinidamente…

General Dwight D. Eisenhower

CAPÍTULO 31

"La semana que viene, usted vendrá a mi habitación del hotel Bellevue. Y llevará su vestido blanco", había dicho la Voce.

Ella no puede hacerlo.

Con los ojos fijos en el biombo del confesionario que la separa de este hombre, Alix dice:

—El precio que pide es excepcionalmente alto. —Ella no cree tener las agallas pero, en ese momento, tiene el poder. Él le acaba de decir lo más revelador de todo: lo que quiere. Y es algo que solo ella le puede dar.

—Voy a necesitar más que la liberación de Chiara Romano —dice, inexpresiva—. Cierre Villa Triste. Y quiero información sobre el Reducto. Si es real. Si me dice eso, iré a su habitación. Déjeme una nota cuando sepa si puede cumplirlo.

Él se ríe, pero ella oye el impacto que le provoca su temeridad. Había pensado que el viaje a Milán la habría intimidado. La intimidó, pero también le dio un tipo de fortaleza que no es una virtud, ella lo sabe, sino algo mucho más oscuro.

Alix está anormalmente silenciosa cuando vuelve a Herrengasse. Dulles la mira, pero no dice una palabra. Ella le mandó una nota mediante uno de sus correos para notificarle que estaba en Milán, y en vez de darle la información oralmente, escribe todo en un informe. Dulles lo lee y no hace comentarios. Después, cuando llega Mary, también mira a Alix, pero solo le concede su silencio.

El día siguiente es similar. Alix trabaja como una autómata.

Podría irse, piensa alrededor del mediodía. La frontera con Francia está abierta, ahora que Francia está liberada. Podría subirse a un tren en dirección a París, llamar a la puerta de Suzanne o a la de Esmée y dormir cien años. El odio que siente por sí misma al segundo de tener ese pensamiento es tan feroz que la hace resoplar ruidosamente, y de golpe, Dulles levanta la cabeza de su escritorio.

Chiara está en la cámara de tortura de Koch y Alix está pensando en escapar.

Se pone de pie, camina hacia la iglesia y encuentra una nota en el libro de cantos.

No voy a decirle nada sobre el Reducto, pero voy a darle una ruta sin vigilancia. Sus soldados pueden constatar por sí mismos si es real. Usted sabe qué tiene que hacer para conseguir la información.

Sale de la iglesia y deja la nota sobre el escritorio de Dulles.

—De la Voce —dice, antes de enviarle un cable a Leone.

PUEDO CONSEGUIR RUTA AL REDUCTO SI ORGANIZAN MISIÓN PARA VERIFICAR EXISTENCIA. BACIO PUEDE SER GUÍA.

—¿Qué quiere su informante a cambio? —Dulles está frente a ella con la nota de la Voce en la mano.

—A mí.

—¿Y está de acuerdo con eso?

La risa es aguda y también escéptica.

—Solo un hombre al que nunca se le va a pedir el cuerpo a cambio de nada preguntaría eso. —Coge su bolso y sale a tomar aire.

Vuelve a Herrengasse al anochecer. Sobre su escritorio está la respuesta de Leone.

SÍ. SI ES VERDAD QUE HAY UNA RUTA SEGURA PARA LLEGAR.

Aprieta los nudillos contra los ojos cerrados.

Está sentada en su oficina de Suiza, entre cuatro paredes y sin peligro de que la secuestren en la calle y le rompan los huesos. Tiene el poder de salvar a Chiara y a la esposa de Parri y a todos los que están en Villa Triste. Tiene la oportunidad de averiguar si el Reducto está ocupado por hombres lobo, si los aliados tienen que actuar ya para prevenir que una sanguinaria batalla alpina extienda la guerra y el recuento de cuerpos durante meses, o años, posiblemente.

La guerra tiene que terminar. Hay que salvar vidas.

Lo cierto es que es muy simple.

Hay demasiadas necesidades y prácticamente no se hace nada.

Irrumpe el sonido de un cable que llega. Lo arranca, ve que es del Cuartel General Aliado de Caserta y, después de leerlo, supone que es de Lillie.

PERDÓN, ESTO LLEGÓ AYER. SÉ QUE TENÍA QUE MANDARLO ENSEGUIDA. NO VOLVERÉ A HACERLO. ESTA VEZ LO PROMETO DE VERDAD. ¿PUEDES CUBRIRME?

Hay un mensaje adjunto del operador de radio que Alix había infiltrado en el cuartel de Karl Wolff. Como no hay receptor inalámbrico en Berlín, hay que mandar los mensajes del operador a Caserta, y después retransmitirlos a Alix. Este es sobre la reunión que el nazi quiere tener mañana. "Mierda".

Dulles va a desollarla viva a ella o a Lillie.

Acaba de llevarle el mensaje, y él está empezando a desollarla cuando otra voz pronuncia su nombre.

Se sobresalta y se gira, para ver al señor Puro, el hombre que la entrevistó en Washington, de pie, tras ella.

—Vengo de Francia —dice, con tono amigable—. Creo que le debo una copa por todo el buen trabajo que ha hecho.

Alix casi suelta una carcajada. No es una coincidencia que ella, una mujer con los nervios colapsados, sea el conducto a una misión al Reducto alpino y que el señor Puro esté allí. Debe de haberlo llamado Dulles. Alix está por cambiar una bronca por otra.

El bar del Bellevue está lleno con todos los sospechosos de siempre y varios hombres le hacen un gesto con la cabeza a Alix cuando entra, luego se dan la vuelta al ver que ya tiene compañía.

—No conozco su nombre —dice ella al sentarse.

—Coronel Dearborn.

Realiza la misma ceremonia con el puro que ella presenció casi tres años atrás y ahora mira con impaciencia. Un hombre que tiene tanto tiempo que perder encendiendo un puro no ha estado nunca junto a un líder de la Resistencia que está eligiendo entre la integridad y la vida de su esposa, y que luego deja que la música llore por él.

—Enhorabuena —dice él cuando, por fin, está listo—. La tarea que llevó a cabo es una de las historias más exitosas de la OSE. Un gran ejército partisano en el norte de Italia. Las negociaciones por la rendición están muy avanzadas.

—Me cuesta creer que me haya traído aquí con el objetivo de celebrarlo.

—Usted está en medio de un dilema —dice.

Ella no responde. Él no está aquí para ayudarla, sino para persuadirla. Tres hombres —Dulles, Dearborn y la Voce— contra una mujer. Así es la vida, allí mismo.

Él saborea la primera calada real de su puro y dice:

—Quiero que piense como pensó en aquella habitación, en Washington, en 1942. No quiero que piense como una mujer que se ha acercado a los partisanos más de lo que hubiera debido.

Alix coge su caja de puros. Él frunce el ceño y ella se alegra porque quiere herirlo como acaba de hacer él. Nunca antes se había fumado un puro, está casi segura de que su corte no es perfecto y se salta la calada preliminar. Tiene gusto a dinero y poder y orgullo, todo lo que no tiene ella. ¿Cómo volver con el pensamiento a esa oficina de Washington y rescatar del pasado a una Alix que ya no existe?

Dearborn insiste.

—A mujer, Italia no le despertaba ninguna emoción…, ninguna sensación de pérdida, ningún amor. Si le hubiera dicho a esa mujer que, a veces, la necesidad es tan grande que primero hay que actuar y después sentir, ella lo hubiera hecho así. Usted lo hizo al venir a Suiza, en primer lugar. Actuó según lo que le dije yo sin confiar en mí realmente. Y se preocupó después, cuando ya era demasiado tarde para cambiar nada.

Tal vez tenga razón. ¿Acaso no es, después de todo, demasiado tarde para cambiar nada?

Lo que será se puso en marcha en el momento en que Chiara fue capturada. Lo que queda es terminarlo, finalmente y para siempre.

CAPÍTULO 32

En un arranque de humor negro, ella la llama Operación Licaón. Los periódicos creen que los alemanes que se esconden en las montañas son hombres lobo, entonces, ¿qué mejor nombre para una operación para rastrear a esas criaturas que el de un rey al que Zeus convirtió en lobo?

Le envía el nombre a Leone y él contesta: EQUIPO LISTO PARA OPERACIÓN LICAÓN. ESPERAMOS ENVÍO DE RUTA SEGURA Y FECHA CONFIRMADA.

Poco después, recibe un cable de Lillie. EL CUARTEL GENERAL NO DEJA DE HABLAR DE TU OPERACIÓN LICAÓN. SEA LO QUE SEA. LO ÚNICO QUE SE OYE POR TODOS LADOS ES BISOUS, BISOUS.

La última parte del cable de Lillie hace reír a Alix, porque se imagina la profusión de besos franceses en el cuartel aliado. GRACIAS, le responde a Lillie. ME HAS HECHO REÍR Y NO PUEDO RECORDAR LA ÚLTIMA VEZ QUE ME PASÓ.

BOBBY ME HIZO REÍR AYER, contesta Lillie.

Por un lado, Alix no puede creer que Lillie todavía le esté enviando cables a Bobby ni que utilice su nombre en los cables. Por otro, está contenta de que Lillie tenga con quién reírse, los cables de Alix no suelen ser graciosos.

En ese momento, daría cualquier cosa por oír la risa de

Lillie. Siempre tan despreocupada; la risa de una persona que sabe que se le perdona todo.

¿Será Alix capaz de perdonarse por lo que tiene que hacer?

Deja el cable y abre la nota de Mary que está sobre su escritorio.

Hablé con Allen, y si bien no me lo contó todo, me contó lo suficiente. Y ahora hay algo que necesito decirte. "Perdón" es una palabra inventada por un hombre que lo quería para sí, pero no para darlo. "Supervivencia" es una palabra inventada por una mujer, porque así vive. Vas a sobrevivir, Alix. También yo. Y eso ya es algo.

Alix se sienta, con su vestido blanco, en el bar del hotel Bellevue y espera que la convoquen de arriba. Hacia medianoche, ya ha bebido más de lo que debería y tiene la mente dispersa. Quiere meter la cabeza dentro de una bañera.

Porque es demasiado tarde. No va a venir. Todo es un juego. Chiara morirá y tal vez miles de hombres también, en un Reducto alpino que los aliados conocen poco.

Entonces, llega la convocatoria con forma de una llave que le entrega el camarero. Sube en el ascensor a la habitación 434, abre la puerta y entra.

—¡Deténgase! —suena la voz de la Voce desde el interior de la habitación—. Siéntese en la silla.

Hay una silla junto a la puerta y ella se sienta, todavía está en el recibidor, no en la habitación propiamente dicha, con la mano sobre la pistola que lleva dentro del bolso.

Se oye el tintineo de cubitos de hielo, seguido del sonido que se hace al tragar. Ella se pregunta si eso lo excita, la idea de que ella no esté a la vista, o si en realidad, solo tiene que ver con ocultar la identidad de él.

—Sobre la silla hay un mapa con una ruta marcada a la zona del Reducto. Sus colegas pueden ascender por esa ruta, que estará sin vigilancia desde el anochecer del viernes hasta el domingo por la mañana.

—¿Cómo sé que no es una trampa? —pregunta, y arrastra las palabras un poco por el alcohol y el miedo a lo que pasará después.

—Hay un paquete esperándola en la frontera. Eso tendría que ser prueba suficiente.

Un paquete. Cierra los ojos con fuerza, tiene ganas de llorar. Sabe que es Chiara, que su amiga está libre y que Matteo sonreirá, no llorará.

Basta de rodeos. Alix tiene el mapa y tiene a Chiara, así que es hora de pagar. Se pone de pie.

—Esta noche no —dice antes de que ella siga hasta la habitación—. El viernes por la noche. Cuando sus hombres estén ascendiendo hacia el Reducto.

Se le revuelve el estómago y apoya una mano en la pared.

La Voce quiere que siga pensando en lo que va a hacerle, con el vestido blanco puesto, unos días más. Quiere poseerla mientras está preocupada por Matteo, que estará subiendo por montañas patrulladas por hombres lobo. Sabe que la tortura también puede estar en lo que no se sabe.

Pero en comparación con lo que la pandilla de Koch le habrá hecho a Chiara en Villa Triste, no es ninguna tortura.

—El mapa está sobre la silla —repite él—. Cójalo y váyase.

No es necesario que se lo pidan dos veces.

Le envía un cable a Leone: OPERACIÓN LICAÓN SIGUE ADELANTE. 10 DE ABRIL. RUTA ADJUNTA. Después conduce directamente a la frontera, donde espera Chiara. Tiene el cuerpo más que golpeado: está casi hecho jirones. Tiene los ojos muertos.

Alix está desesperada por hablar con Matteo, por mirarlo a los ojos y hacerle creer que es tan fuerte como para no hacer todo lo que los nazis lo volvieron capaz de hacer. Pero si viera a Chiara en este estado...

—Han cerrado Villa Triste —dice Chiara débilmente, cuando está a salvo en el apartamento de Alix—. Matteo me llevó hasta la frontera. Dice que debería quedarme aquí hasta que esté mejor.

Chiara se vuelve hacia la pared y Alix sabe que nunca estará mejor.

Esconde su navaja y también las bufandas.

El 10 de abril llega con un sol resplandeciente. Berna parece una ciudad de cuento de hadas a la espera de una boda de cuento. Las casas de jengibre bajo el sol, el chapitel del Zytglogge es todo romanticismo contra el cielo azul, y repican las campanas del reloj astronómico. El brillo en el ojo del ogro devorador de niños es el único indicio de que los cuentos de hadas solo tienen final feliz cuando se rebana el talón de un pie para que calce en un zapato, o cuando la cabeza de un caballo está colgada de una torre.

Leone y Matteo y el resto de los hombres de Leone ya deben de haberse internado en las montañas, piensa Alix, mientras se pone el vestido blanco.

Su cuerpo llega al hotel Bellevue, pero su mente está junto a los hombres que se están acercando a la ruta del Reducto, se los imagina alertas a una emboscada, con las armas preparadas; la mente entrenada para recordar todos los detalles de la fortaleza donde el mundo sospecha que Hitler quiere encontrar su final wagneriano.

Bebe, pero no siente el gusto, mientras la hacen esperar hasta medianoche, una vez más, para su transformación en una mujer que sobrevive, en vez de vivir.

Aparece una llave frente a ella. Esta vez, toma el ascensor a la habitación 407.

Dentro, hay una lámpara encendida. Las cortinas están corridas.

—¿Hola? —llama.

Su eco es la única respuesta.

Hay una nota sobre la cama. "Estoy en camino. Espéreme".

Se sienta en el borde de la cama y trata de pensar en todas las cosas buenas que tuvo en la vida, trata de reunirlas para ella como talismanes que la protegen del peligro. Pero no vienen. Se esconden en las sombras, detrás de la imagen de la cara de Chiara en el estado en que se hallaba esa mañana: una ruina.

Y de pronto, se da cuenta. Si la Voce estaba a punto llegar, entonces, estaba allí.

Su grito es fuerte y largo y fútil.

La Voce había demostrado que era el amo. Le hizo creer que ella valía tanto que entregar su cuerpo salvaría la vida de un grupo de hombres.

En cambio, los mandó a la muerte.

Coge el tren a la frontera y allí, con su vestido blanco, tiembla —tiene los ojos demasiado anestesiados para llorar; el corazón llora sin parar— y espera que aparezca alguien.

No viene nadie.

Cuatro días después, con los ojos vidriosos, el vestido sucio, el alma hecha pedazos, abandona su vigilia en la frontera y vuelve a Herrengasse. Sobre su escritorio hay un cable.

NUEVE HOMBRES PERDIDOS, INCLUIDO BACIO. UN AGENTE SOBREVIVIÓ CON DISPARO EN EL HOMBRO DERECHO. LOS ALEMANES ESTABAN ESPERANDO.

Dulles le grita, pero ella no tiene ni idea de qué le está diciendo. Los gritos se convierten en alaridos, así que sale de la oficina, todavía lleva su vestido blanco. En el apartamento, despierta a Chiara, que la mira a la cara y solloza.

Le ahorra a Alix tener que decirlo en voz alta: "Matteo está muerto".

Chiara patea y se retuerce. Insulta y, finalmente, aúlla.

—Voy a encontrar al responsable —jura Alix, una y otra vez, hasta que se da cuenta de que ella es la responsable.

Entonces, sale del apartamento.

Cuando vuelve, Chiara se ha ido y Alix sabe que no volverá a verla.

Alix prepara su maleta y coge el tren para ir al apartamento de Suzanne Luling en la Francia liberada. Suzanne no tiene ninguna conexión con la guerra y esas son las personas a las que Alix puede mirar a la cara.

Cuando el barco que salió del Havre llega a Manhattan, Alix llama a Lillie por teléfono, que también ha vuelto de Europa. Necesita —ni siquiera lo sabe— absolución, un oído atento en el que volcar el corazón. Pero Lillie dice incoherencias.

—Bobby está muerto —llora, y Alix entiende que Bobby ha sido otro de los hombres que mandó a la muerte.

"No". Bobby no. Bobby, el de cabello dorado, el hombre dulce como el pastel de manzana. El hombre que la consoló la noche de su fiesta de graduación; el hombre al que consoló ella la noche que le propuso matrimonio.

—¿Cómo puedes soportarlo? —solloza Lillie.

—Solo puedo soportarlo porque sé que nunca voy a perdonarme. Tú tampoco podrías perdonarte si fueras la responsable. —La voz de Alix se endurece, como si no le quedaran emociones, cuando la verdad es que tiene demasiadas. Algunas de ellas se desbordan cuando agrega, con un susurro—: Demasiados muertos…

—No me importa —aúlla Lillie—. El único que me importa es Bobby.

"Pero a mí me importan todos". Alix cuelga el teléfono.

PARTE SIETE

París y Nueva York, 1947

Hay que poner el alma y el corazón,
porque así, sin duda, lo hace todo el que quiere triunfar.

Christian Dior

CAPÍTULO 33

—Buenas noches, mademoiselle St. Pierre —dijo la
Voce. o Friedrich Weber, cuando ella entró en la habitación
207 del Ritz.

"Tu turno", se dijo Alix, tratando de lidiar con las necesidades físicas de respirar y moverse, tratando de anular el recuerdo de todo lo que les había hecho a Matteo y a Chiara.

Y a Lillie.

La necesidad de vomitar era insoportable. Pero esta era la única oportunidad que tenía y esos nueve hombres merecían que, esta vez, ella fuera la más fuerte en la habitación y no la derrotada.

—Ojo por ojo y dos personas quedan ciegas —le dijo ella; cada palabra, enunciada con una claridad letal—. Nueve muertes por una y su hermano sigue muerto. Usted mató a nueve personas para vengar a su hermano y al único que quería era a Matteo. El resultado es nosotros dos juntos en una habitación. La venganza no cambia nada.

Ella noto la reacción. Lo había sorprendido. Tenía la delantera. Él no sabía que había descubierto sus motivaciones. Pero esa ventaja se asentó pesadamente dentro de ella. ¿Cómo podía ser esto una victoria?

Él se recompuso y dijo con tono igual de medido:

—Usted averiguó que Matteo mató a mi hermano a

sangre fría, igual que cualquiera imagina que mataría un nazi. Pero me parece que usted no conoce todos los detalles.

Hizo una pausa y ella supo que lo que fuera a decir podría derrotarla. No quería oírlo. Pero este era el epílogo. Todo terminaría pronto.

—La noche que se llevaron a su hermana a Villa Triste —continuó Weber—, Matteo y sus partisanos tomaron como rehenes a cinco oficiales alemanes. Exigieron que devolviéramos cinco prisioneros a cambio, incluida su hermana. Nunca consideré someterme. Cuando Matteo recibió mi negativa, eligió a un hombre, sacó un cuchillo y lo apuñaló sin piedad. Ese hombre era mi hermano. Ningún hombre queda exento de salvajismo durante la guerra. Tal vez, tampoco ninguna mujer.

Matteo, con la exquisita piel morena y esa risa que le hacía inclinar la cabeza hacia atrás.

Matteo, que estaba perdido aún antes de estar muerto.

Ella se acercó al teléfono.

—Voy a llamar a las autoridades. En Estados Unidos, hay personas a quienes les gustaría llevarlo a juicio. —Ahora entendía que sí, que la justicia era así de simple. No había necesidad de hablar con él, solo había que encerrarlo.

Él se echó a reír. ¡Se echó a reír!

En ese mismo instante, se abrió la puerta oculta en los paneles de la habitación y entró Anthony. Ella le había pedido a Frank que se asegurara de que a la Voce le dieran una de las habitaciones con puertas ocultas que había visto en la habitación de Becky. Después de esa experiencia, le había hablado a Frank sobre ellas y él le contó que el hotel estaba lleno de pasadizos secretos que se usaron para esconder gente durante la guerra.

Anthony tenía todo el aspecto de no querer más que correr junto a Alix y degollar a la Voce. Se controló y no hizo ninguna de las dos cosas.

Y el esfuerzo de Weber por controlarse fue aún más visible que cuando ella mencionó a su hermano.

Esperaba solo a Alix. Ella tomó con fuerza el poder que había vuelto a sus manos.

La Voce se puso de pie. Pensaba que podía escapar. Pero no había escapatoria. Frank llamaría a la policía. La Voce iba a ir a la cárcel por fin.

Pero dijo:

—Monsieur March. Justo a tiempo. Por favor, tome asiento.

—No —fue la respuesta con voz de acero.

—¿Está seguro? Tal vez quiera estar sentado cuando les cuente a ambos que los estadounidenses saben exactamente dónde estoy. Y sabían dónde estaba cuando terminó la guerra, porque yo estaba trabajando con ellos. Ellos me dieron mi nueva identidad. Hasta me dejaron elegir quién quería ser. No van a arrestarme.

"No". Alix se oyó susurrar la palabra en el silencio turbado.

Sintió náuseas. Atravesó la habitación hasta la ventana, abrió dos hojas, pero el aire estaba caliente y quieto y no trajo ningún alivio. Anthony estaba junto a ella, quizás revelando demasiado, pero agradeció que le pusiera la mano en la espalda.

"Yo estaba trabajando con ellos".

Había oído hablar de otros nazis a los que se les había garantizado indulgencia y empleo con los aliados, nazis que habían colaborado con el espionaje de posguerra y habían limpiado los charcos de una masacre de la que habían sido responsables, solo porque tenían información valiosa sobre la ubicación de esos charcos y quiénes eran sus autores. Pero ella nunca habría imaginado que a un hombre como este se le concedería clemencia a cambio de información, esa cosa nebulosa que, durante algunos años, a principios de la década de 1940, fue más valiosa que el oro.

La Voce continuó, con tono suave y despreocupado, audaz, de hecho.

—Karl Wolff escapó de ir a prisión por prestarse a ser testigo de la fiscalía. Yo también hice algo de eso, pero mi contribución principal fue hacer algunas tareas para su exjefe, monsieur Dulles.

"No". Otra vez no. Eso era imposible. Dulles había empleado a un asesino. Y Dulles podría haberle dicho hace meses quién era la Voce y dónde estaba.

Fue como si Weber pudiera leerle los pensamientos.

—No se lo hubiera dicho —agregó con preocupación fingida—. Sabía que usted se molestaría.

Ahora había un salvajismo dentro de ella que la volvía casi incapaz de medir consecuencias, parecía que iba a arrojarse sobre él, a golpearle el pecho con los puños llenos de odio.

—¿Molesta? —La palabra fue un sollozo—. No estoy molesta. —"Me siento tan infeliz y destrozada como lo estaría cualquiera". Le corrían lágrimas por las mejillas, lágrimas que le mostraban a Weber que había ganado.

La había engañado magistralmente.

Ahora Anthony se acercaba a Weber con pasos largos.

—Usted es un…

Alix se puso frente a él, cortándole el camino. Si Anthony golpeaba a la Voce, no tenía dudas de que la Voce presentaría cargos y sería Anthony quien terminaría encerrado.

—No lo hagas —le pidió, sabiendo que, una vez más, se estaba exponiendo a la Voce. La última vez fue por Matteo. Esta vez, era por Anthony.

Estaba demasiado exhausta, demasiado vacía, para detener a Anthony solo con ponerse en su camino, así que, usó las palabras.

—Si tú le pegas, yo también lo haré y terminaré en la cárcel. Si no quieres que pase eso, no le pegues.

Se alegró de oír su propio tono inflexible, firme; el resto de su ser estaba naufragando.

Anthony le lanzó una mirada furiosa, pero se detuvo.

La sonrisa de la Voce era exultante. Y Alix supo que él nunca había tenido la intención de hacer algo tan amable como matarla. Quería que viviera para siempre con el dolor feroz de la culpa. Lo que él dijo equivalía a que ella nunca podría mirar a la cara a los nueve chicos muertos cuando la visitaran todas las noches en sueños. Nunca iba a poder decirles: "Se hará justicia".

Nunca habría justicia. Porque la Voce había quedado libre.

—Hice lo que había venido a hacer —dijo Weber, seco—. Pero mientras estoy aquí, vayamos un paso más allá. No me parece que usted tenga que seguir viviendo en París, mademoiselle St. Pierre. Me he construido una vida gracias a sus amigos estadounidenses, que me dieron un nuevo nombre, y no deseo que esa vida se vea perturbada porque alguien de mi pasado haga correr rumores sobre mí. Sé que la información está clasificada y que tiene las manos atadas por la Ley de Espionaje, así que no hay mucho que pueda hacer, más allá de cosas moderadamente molestas. Aun así, preferiría que se fuera, solo porque me parece que usted no desea hacerlo; a menos, por supuesto, que le guste recibir visitas nocturnas en su pensión y que la sigan por la calle. No voy a ser tan amable si vuelvo a verla. Y en cuanto a usted, monsieur March, tampoco puede publicar mi nombre en su periódico, tiene las manos tan atadas como ella.

"Cobarde hijo de puta", quiso gritar Alix, pero ¿qué sentido tenía? No importaba el nombre que llevara ahora, de todos modos, saldría limpio. Nunca se sabría que alguna vez fue un nazi llamado Friedrich Weber.

No había suficientes lágrimas, aunque hubiera guardado las de toda una vida para llorar ante esa certeza. Pero había dolor, mucho.

Entonces, oyó que alguien hablaba. Alguien que sabía todo lo que ella quería decir, eso que presionaba desde lo más profundo de su ser ante la revelación de que las personas con las que había trabajado y a las que les había dado su lealtad en Suiza la habían traicionado tan brutalmente.

—Tiene mucha suerte de que Alix esté aquí —le dijo Anthony a la Voce—. Ella es la única razón por la que no lo tiro por la ventana. Pero algún día lo haré. No físicamente, sino poco a poco y palabra por palabra. Porque usted tiene razón, no puedo escribir sobre usted. Pero puedo escribir sobre todos los nazis que escaparon de la justicia. Puedo hablar de lo que hizo usted. Puedo usar fuentes a las que no llega la Ley de Espionaje para contarle al mundo que se hicieron tratos que harían llorar al hombre más duro. Voy a seguir escribiendo cada puto día y voy a ganar un puto Pulitzer por esas palabras, y voy a hacer que todos miren, aunque sea con un poco más de atención, lo que pasó después de la guerra. A usted nunca lo juzgaron en un tribunal, pero puede suceder. Sus actos lo van a perseguir siempre, porque no puede deshacerlos. Y desde este momento, por todo lo que yo escriba, usted va a vivir mirando por encima del hombro para ver si la justicia está detrás de usted y lo va a atrapar.

A Weber se le borró la sonrisa del rostro. Anthony había abierto la diminuta grieta que Alix había estado buscando desde que se sentó en el confesionario con la Voce e hizo el peor de los negocios con él.

—No me preocupan demasiados las amenazas sobre palabras vagas que, en realidad, no pueden referirse a mí, amenazas que sé que muchas personas importantes harán lo posible por contrarrestar. —Pero el tono de la Voce era menos sereno que antes.

—No he terminado —lo interrumpió Anthony—. Usted vino aquí para destruir a Alix. Pero va a tener que irse sabiendo que nunca lo logrará. Ella es la persona más fuerte de esta habitación. Va a sobrevivir a todo, y aunque no viva en París, usted la verá crecer y volverse más excepcional, y esa será su cruz, el hecho de que nunca podrá destruirla.

Pero apareció la bola de demolición.

—Vamos a ver lo fuerte que es cuando le recuerde que ella podría haberlos salvado a todos. Hice que el operador de radio que ella había introducido en nuestra base de operaciones le enviara una transmisión justo antes de que partiera la misión hacia el Reducto —dijo Weber fríamente—. En esa transmisión se le decía que abortara la operación. Había tiempo suficiente, el tiempo justo, para impedir que los hombres se internaran en las montañas. Quería que se sintiera tan asustada como mi hermano al hacerlo. Quería que sintiera el mismo miedo que él habrá sentido. Ella ignoró el mensaje. Así que es la única culpable.

Entonces, salió de la habitación antes de que ella pudiera detenerlo, pasando junto al naufragio de su alma.

"*¿Hubiera podido salvar*los a todos?*". Pero es que nunca había visto el mensaje de Weber.

¿Cómo lo había pasado por alto? ¿Cómo pudo estar tan ocupada pensando en lo que la Voce le haría en su habitación del hotel en Berna, que había ignorado una advertencia y el resultado había sido una masacre?

Alix salió corriendo al baño, donde vomitó una y otra vez. Finalmente se sentó sobre el suelo de baldosas, con la cabeza apoyada en la pared, quedaron fragmentos de frases rebotando: "Transmisión". "Tiempo suficiente". "Ella ignoró el mensaje".

Toc, toc. Toc, toc. Toc, toc. Le llevó algún tiempo entender que los golpes en la puerta eran reales, que Anthony estaba diciendo su nombre. Le llevó aún más tiempo responder porque las palabras "Ella ignoró el mensaje" seguían repitiéndose, pero ahora cobraban un significado nuevo.

Esas palabras significaban que Alix también había traicionado a alguien. En parte, intencionadamente; en parte, por ignorancia.

Su omisión había sido necesaria para sobrevivir y no había comprendido, hasta ahora, que había consecuencias mucho más graves. Y la persona a la que había traicionado estaba al otro lado de la puerta y acababa de defenderla. No la defendería después de que le explicara lo que debió haber pasado, de eso estaba segura.

Abrió la puerta, y vio que Anthony le tendía una mano y la retiraba, mientras le observaba la cara.

—Necesitas whisky y un cigarrillo —fue su diagnóstico—. Y puedo abrazarte si me dejas.

No había nada que quisiera más, pero negó con la cabeza.

—Solo el whisky, creo. —En su propia voz, oyó el mismo estremecimiento que, dentro de ella, era un espasmo.

Él le dio un vaso, con gesto preocupado.

—Siéntate —dijo él, haciendo un movimiento para sentarse en cuclillas junto a ella, pero prefirió no hacerlo cuando se dio cuenta de que ella estaba evitando su mirada.

Primero Alix tomó unos sorbos, después un buen trago; tosió y finalmente hizo una mueca.

—Ten. —Anthony le tendió un cigarrillo encendido.

Ella meneó la cabeza. Debía decírselo ahora. Después, todo terminaría.

Pero Anthony habló primero.

—Nunca recibiste esa advertencia, ¿no es cierto?

Alix volvió a menear la cabeza.

—Entonces, se acabó, Alix —dijo él enfática y extrañamente sorprendido, como si, incluso después de todo lo que acababa de decir sobre la necesidad de creer que todo terminaría bien, no estuviera del todo convencido—. Puedes dejar de culparte. Hiciste todo lo que pudiste. Hicimos todo lo que pudimos. Quien sea que no pasó el mensaje carga con toda la culpa. Y voy a hacer todo lo que esté en mis manos para averiguar quién mierda fue, joder.

Alix tenía que interrumpirlo. Pero ¿cómo se hace para decir algo así? Algo que, en el mejor de los casos, va a herir al otro, pero que sabe de antemano que va a dejarlo destrozado. A ese otro que quisimos tener junto a nosotros en el peor momento de nuestra vida, ese otro que fue capaz de conmovernos hasta los huesos.

Él siguió adelante antes de que ella pudiera interrumpirlo. Se frotaba la mandíbula rápidamente, caminaba de aquí para allá frente a la ventana; las palabras aparecieron en una avalancha.

—Sé que parece una locura, acabamos de estar en una habitación con un hombre que es la peor escoria y me doy cuenta de que te ha dejado completamente aturdida, pero, Alix, estoy convencido de cada palabra que le dije. No te destruyó en abril de 1945 y no va a destruirte ahora. Eres mucho más fuerte ahora de lo que lo eras en ese momento, y no puedes castigarte a ti misma por una advertencia que nunca recibiste. Deja a ese hombre atrás, sigue adelante y sé extraordinaria. ¿Y sabes qué más?

Anthony meneó la cabeza y sonrió con ironía, como si no pudiera creer todo lo que la confrontación con la Voce había destapado dentro de él.

—Mientras estabas en el baño, en lo único que pensé es que tengo que crecer, joder. Tengo casi treinta años, por amor de Dios, y tengo más privilegios que la mayoría y ando lloriqueando por tener que hacerme cargo de una empresa periodística. Si estoy a cargo del maldito periódico, entonces puedo hacer exactamente lo que le dije a la Voce que haría. Empecé la guerra sabiendo categóricamente qué estaba bien y qué estaba mal, pero en el final, hasta esos que, supuestamente, estaban del lado del bien hicieron algunas cosas deshonrosas. Así que me fui de Italia pensando que si el mundo estaba tan jodido que la virtud implicaba hacer concesiones, entonces no había nada por lo que valiera la pena luchar. Pero eso me deshonra tanto como a cualquiera. Si nadie resiste, entonces tendremos el mundo que merecemos. Quiero un mundo mejor que uno en el que Weber sea un asesino impune, y como dueño de un puto diario, puedo combatir contra él y contra todos los que son como él hasta que ya no puedan respirar. Si quiero escribir y no tener que preocuparme por las finanzas y los anunciantes, entonces tengo que buscar a alguien que haga esas cosas, seguramente, con más pericia que yo. Y en realidad, puedo tener todo lo que quiera...

Se detuvo, resopló con fuerza, como si algo lo hubiera golpeado y Alix trató de sonreír porque estaba feliz por él. De verdad lo estaba. Escribiría sobre los criminales de guerra que todavía se codeaban con los parisinos cuando, en realidad, tendrían que estar arrepintiéndose en la cárcel. Iba a ganar un Pulitzer. Él iba a ser extraordinario. Y olvidaría rápidamente lo que ella estaba a punto decir porque tenía muchas otras distracciones para mantenerse ocupado.

—Todo lo que quiera, excepto a ti —dijo él, mirándola con esos ojos azul satén, mientras todo lo que sentía se desenredaba de su interior y se enrollaba alrededor de ella. Y Alix quería, por un momento, dejar que fuera así.

Pero...

Ahora, era el momento para que fuera ella la que empezara a desenredar.

Dejó el vaso, se puso de pie y le buscó la mirada.

—Mi amiga Lillie —dijo, vacilante—. Ella... murió en 1945.

Anthony hizo un gesto de extrañeza, tuvo que hacer un esfuerzo para desviarse por donde ella estaba llevando la conversación.

Alix encendió un cigarrillo, vio que le temblaban las manos al sostener la llama del mechero. Inhalar humo, exhalarlo dentro de la habitación, mirar la nube en el espacio que había entre ella y Anthony. Hablar.

—Lillie también estaba en la OSE. Trabajaba... —Otra calada larga al Gauloise—. Trabajaba en la sala de teletipos del Cuartel General de las Potencias Aliadas, primero en Argel, después en Caserta.

—Lillie —repitió él—. La persona de la foto que tenía Bobby. No... —Meneó la cabeza, tratando de convertir el sinsentido en sentido. Entonces la miró, incisivo—. Caserta. ¿La sala de teletipos?

Alix asintió.

—No teníais receptor inalámbrico en Berna —dijo él lentamente—. Y me estás diciendo esto porque... —Hizo una pausa, después maldijo—. Había una chica en Caserta a la que amonestaron dos veces por olvidarse de pasarnos mensajes.

"Ay, Lillie, ¿qué hiciste?". La pregunta volvió a formularse por sí sola, pero Alix estaba casi segura de que ahora tenía la respuesta.

Volvió a asentir.

Y ahora, parecía que Anthony también tenía la respuesta.

—Estás hablando de esto ahora porque la chica de Caserta... —Hizo una pausa, como si pensara en no decirlo; no podía ser verdad—. Esa chica era tu amiga Lillie. Por Dios, Alix.

Ella casi asintió por tercera vez porque, en realidad, ¿eran necesarias más explicaciones? Alix era una mentirosa, esa era la *única y verdadera* explicación. Ella no le había ocultado a propósito que Lillie trabajaba en la sala de teletipos, por la sencilla razón de que no soportaba hablar de Lillie. No porque pensara que Lillie tuviera alguna conexión con todo esto.

—No lo sabía —empezó a decir, y se detuvo—. Quiero decir, sabía que ella había olvidado pasarme mensajes antes. Dos veces. Pero no sabía que hubo otro mensaje que ella olvidó… —"Y tal vez, no fue Lillie", quería decir. Pero todas las pruebas apuntaban directamente a Lillie.

—¿Lo olvidó? —dijo Anthony. Cada una de esas palabras resonó con una conmoción ofuscada que también le desgarraba el corazón—. ¿Olvidó pasar un mensaje que hubiera salvado a las nueve personas que vi morir frente a mí? *¿Así como tú olvidaste mencionar que ella trabajaba para la OSE y que murió?*

—Ella no sabía lo que significaba… —Esa era la excusa más endeble de todas. Potencialmente, todos los mensajes que pasaban por la OSE llevaban vidas adosadas. Alix aplastó el cigarrillo en el cenicero.

Cuando Anthony volvió a hablar, lo hizo en voz muy baja.

—Supongo que la persona con la que Bobby pasó una tarde entera mandándose cables el día de la misión era Lillie. ¿Estaban enamorados? ¿También sabías eso?

—No…

Él no esperó a que ella terminara.

—Qué puta pérdida tiempo fue seguir esa pista. Tu amiga Lillie le mandaba mensajes de amor por cable a Bobby y yo estuve investigando fuentes, preguntándome si Bobby estaba metido en algo siniestro. ¿Y si hubieras agregado el nombre de Lillie a las listas de mi suite y si, a lo mejor, hubieras mencionado lo descuidada que era, joder? Tal vez, hubiéramos seguido al operador de radio, hubiéramos rastreado aquel mensaje y nos hubiéramos enterado de que la culpable era ella, no nosotros. No cargar con la culpa lo era todo para mí… tú lo sabías.

Anthony se clavó los dedos en el hombro como si estuviera furioso consigo mismo, pero Alix sabía que la depositaria de su cólera era ella, y con razón. Había tenido al menos media hora, sola en el baño, para procesarlo, mientras que él empezaba a enfrentarse a ello ahora.

—Recuerdo que estuve de pie, frente a ti, en mi suite y que te pregunté si habías anotado los nombres de todas las personas con las que habías trabajado —dijo, todavía con ese mismo tono de voz, bajo y escéptico—. Dijiste que sí. Me mentiste. La confianza era tu cicatriz, pero... Me mentiste —repitió él, había una astilla diminuta en esas palabras

"¿Confías en mí?" había preguntado ella unas horas atrás.

"Más que en nadie, joder. Lo sabes", respondió él.

Ella había roto su palabra, y ahora se había roto a sí misma.

—Puede ser que yo haya empezado como un mentiroso —dijo ahora, sus ojos la perforaban—, pero desde el momento en que me reprochaste mi hipocresía de mierda, no he dicho ni una sola mentira. Solo he dicho verdades.

—Pero... —empezó ella.

Se había olvidado de Fortunée. Al igual que él no había sido honesto con eso, ella no había sido honesta con Lillie. Y por las mismas razones. Remordimiento. ¿Cómo podía decirle que había otra muerte por la que se sentía responsable? Que la muerte de Lillie era por la que más se odiaba. Lillie había muerto porque Alix no había estado allí para ella, y esa era la verdad que no podía obligarse a decir.

Si pudiera concentrarse en la lógica, en la refutación. Pero lo que sentía por Anthony nunca había sido lógico. Una vez le había dicho que Bobby era todos los espacios intermedios y ninguno de los extremos alocados y apasionados. Anthony era el más alocado y apasionado de esos extremos. Nunca se tomaría la noticia de que ella le había mentido encogiéndose de hombros y con un sumiso "Ah, bueno. Qué pena". Estaba furioso porque le importaba.

Y en ese momento, estaba esperando que ella hablara. Cuando estuvo claro que ella no podía o no iba a terminar la frase, él cambió, como si no supiera si caminar de un lado a otro, gritar o darle la espalda. Brotó, feroz, un torrente de palabras.

—Alix, te he dado a ti más de lo que… —Se detuvo, y le dio la espalda y apoyó los brazos sobre el escritorio.

"Más de lo que le di a ninguna otra mujer". Ella sabía qué palabras estaba conteniendo.

Alix oyó un llanto y se dio cuenta de que era el suyo. Apretó los nudillos contra los labios, también vio el esfuerzo por controlarse en la mandíbula de Anthony.

—Lo siento, Anthony —dijo, desolada—. Lo siento mucho…

Él miró hacia atrás, por encima del hombro, volvió a maldecir, sacó un pañuelo del bolsillo y lo puso sobre la mesa.

—Ahí tienes —dijo con la voz áspera—. Sé que nunca tienes uno cuando lo necesitas.

Se frotó la mandíbula y se apartó de la mesa.

—Los dos estamos exhaustos. No deberíamos hacer esto ahora. Hagamos… No sé. Hablemos mañana. —Se dirigió a la puerta.

Pero cuando llegó, enredó los dedos en el cabello de ella, le buscó los ojos con la mirada y dijo, descreído y aturdido:

—Te quise, Alix.

Esa era la oportunidad para que ella lo reparara todo. Solo tenía que caer de rodillas y pedirle que la perdonara y volver a decirle cuánto lo sentía, y entonces, probablemente, tal vez, él la perdonaría. Y entonces, ¿qué? Nada.

Volverían al mismo lugar de antes, a no ser honestos. Porque él nunca le había dicho que la quería hasta ahora.

Así que las palabras que salieron de esa boca obstinada, con un temblor notorio, fueron:

—Lo que también te convierte en mentiroso.

Él echó la cabeza hacia atrás.

—¡Mierda, Alix! Acabo de decirte que te quise.

Era demasiado fácil para Anthony decirlo ahora que estaban cerca del final. Si le hubiera dicho que la quería cuando, en la cama, ella le había entregado su corazón, él hubiera tenido que hacer algo al respecto, haber aceptado que decir que la quería no cambiaba nada. Sentir amor por una amante no cambiaba el hecho de que fuera una amante.

—¿Quieres una medalla por eso? —preguntó ella, su voz también era más vacilante de lo que hubiera querido—. ¿Cuándo decidiste que me querías, Anthony? ¿Ahora mismo? ¿Ayer? ¿Esta mañana?

—No decides que quieres a alguien y tomas nota de la hora, Alix —replicó él.

—¿Piensas que no lo sé? —Se vio avanzando hacia la puerta, impulsada por la necesidad de hacerle entender que, al decirle en ese momento que la quería, también había omitido algunas cosas bastante importantes—. Ya estuve enamorada antes, ¿recuerdas? Sé cómo es el amor. Pero quiero saber por qué no me dijiste que me querías la última vez que estuvimos juntos en la cama.

—Porque la última vez que estuvimos juntos en la cama, me dijiste que no querías volver a verme.

—Te dije que no quería ser tu amante. Eso es diferente.

—No. Me dijiste que querías estar sola. Que el matrimonio era una puerta cerrada y que no querías la llave. Que ni siquiera sabías si querías tener hijos, por el amor de Cristo. Que no querías mi vida y que no querías compartir la tuya. —Ahora estaba gritando, igual que ella—. Pero no se trata de eso. Estábamos hablando de tu amiga Lillie, no de nosotros.

—Esto ya no tiene que ver con Lillie. Esto tiene que ver con decir la verdad o decir mentiras. Los dos mentimos.

—Pero tú…

—¿Qué? ¿Mentí más que tú? ¿Ibas a decir eso?

Ahora, ella estaba de pie justo frente a él, sentía la furia que irradiaba de ambos y, de pronto, supo que iba a terminar así siempre. Cuando dos personas se juntaban en medio de una tempestad que inflama hasta el aire que los rodea, entonces, el gran final solo podía ser darlo todo —cosa que él nunca había ofrecido— o nada.

—¿Piensas que no decirme que me querías es un detalle menor? ¿Que el amor es una emoción tan intrascendente que no vale la pena mencionarla? —Lanzó una carcajada escéptica, sin alegría—. ¿Y piensas que me diste a mí más de lo que le diste a cualquier otra mujer? Creo que estás confundiendo dar más con dar suficiente. Solo me diste lo que me dieron todos los hombres con los que tuve sexo. Si eso es más de lo que le has dado a alguien, pues lo siento por el resto de las mujeres.

Había ido demasiado lejos. El rostro de Anthony estaba muy quieto, los músculos tensos por la rabia. Y con eso, se desmoronó toda la indignación de ella y se oyó decir:

—Quiero ser el universo de alguien, Anthony. Quiero ser la persona con la que viajas a los extremos más apasionados y alocados, no con la que te sientas cómodamente en la mitad. Quiero ser el espacio que ni siquiera puedes imaginar. No solo una acotación pegada a una conversación que ya es penosa. ¿Y sabes qué? —continuó, oyendo que el dolor de dos años de llevarlas guardadas se quebraba en cada palabra—. Lillie era como mi hermana. Y ni te preocupaste por preguntarme si perderla… —Dios, ¿se podía llorar más de lo que estaba llorando ahora? Se pasó las manos por las mejillas y dijo lo último que tenía que decir—: No te preocupaste por preguntar cómo me sentía por haberla perdido. Era la única familia que me quedaba, Anthony.

Y ese era el núcleo frío, desdichado, de su pena. No tener familia era una herida en el centro de un corazón ya roto.

Silencio. Anthony se quedó mirando al techo. Alix, al suelo.

Ella no supo cuánto tiempo pasó antes de que él hablara.

—Siento lo de Lillie. De verdad. —También tenía la voz quebrada—. Pero supongo, como dijiste, que no tiene que ver con ella. Tiene que ver con un montón de otras cosas. Y todo se reduce a que somos dos personas lanzadas a órbitas diferentes. —Cerró la mano sobre el picaporte.

Ella miró hacia arriba y vio que, ahora, los ojos de él también estaban húmedos.

Y no se fue, todavía no. Dijo algo más, con palabras lentas y tranquilas y tristes.

—Te di mi confianza, Alix. No enseguida. Pero desde la noche del baile, te la di. Te la di porque era lo que querías por encima de todo lo demás. Nunca le había dado eso a nadie antes. Así que sí, te di más a ti. —Resopló—. Siento que no haya sido suficiente.

Y se fue, y lo único que sabía ella era que los dos tenían razón y que los dos estaban equivocados. Y también que no iban a volver a hablar al día siguiente. Ni al siguiente. Nunca más.

CAPÍTULO 34

AL AMANECER DEL QUINTO DÍA DE SU PARTIDA DE CHER-
burgo en el *Queen Elizabeth*, Alix, monsieur Dior y sus mil
maletas saludaron a la ciudad que emergía del agua, a los
pisos más bajos de los rascacielos de Manhattan, todavía
oscurecidos por los últimos restos de la noche, a las crestas
coronadas con el oro de los primeros rayos de sol. *Le patron*
sonrió y dio rienda suelta a su temperamento normando diciendo efusivamente que le encantaría conquistar la ciudad.
Alix se quedó mirando los malos recuerdos disfrazados de
edificios de oficinas donde alguna vez había trabajado y hacía intentos desesperados por no pensar en Anthony.

Había pasado la mayor parte del viaje en su camarote, le
dijo a Dior que el mar le provocaba unos mareos terribles,
lo que, en cierto modo, era verdad. Todo su mundo, todas
las nociones de sí misma, deambulaban de aquí para allá
frente a ella como una náusea mientras estaba recostada en
la cama, veía a una Alix vestida de blanco a la espera de un
destino, cuando en realidad, la esperaba otro peor; oía a Alix
decirle a Chiara que Matteo estaba muerto; recordaba a Alix
y a Anthony hiriéndose el uno al otro, y a sí mismos también.

Y, sobre todo, recordaba el brillo de las lágrimas en los
ojos de él cuando dijo "Te di mi confianza. Siento que no
haya sido suficiente".

"Era suficiente", quería explicarle. Esa confianza era más de lo que había tenido nunca, y no había sabido qué hacer con ella. Igual que él no había sabido cómo quitarse de encima treinta años de entender cómo funciona el mundo para poder dimensionar a Alix. Y habían hecho volar todo por los aires, igual que todo lo demás.

Había una sola posibilidad de salvarse.

Horas antes de entrar en Nueva York, Alix se forzó a concentrarse en eso: la transmisión que la Voce le había enviado. Cargar a Lillie con la culpa, como había hecho Anthony, no la hacía sentirse mejor. Necesitaba ver todas las transmisiones realizadas los días anteriores y posteriores al 10 de abril, necesitaba entender cómo Lillie pudo ser tan descuidada.

Si Alix iba a recuperar su vida alguna vez, entonces tenía que soltar esa otra culpa asfixiante que había cargado desde 1945 y que todavía llevaba encima, la culpa por la muerte de Lillie. Eso la había llevado, junto con lo demás, a buscar consuelo en todo lo que estaba mal: los french 75; el sexo ocasional y apresurado; las mentiras que contaba para ocultar su dolor; la falta de confianza en los demás, porque no confiaba en sí misma.

Tan pronto como terminara su misión oficial con Dior, iría a ver al coronel Dearborn para pedirle que le permitiera ver los registros de las transmisiones inalámbricas y de los cables. Tal vez hubiera algo allí que la ayudara a liberarse de la culpa que sentía por ella y también por Lillie. O tal vez, fuera otra hebra de esperanza que esperaba su turno de enroscársele alrededor del cuello.

Alix y Dior salieron de Manhattan hacia Dallas inmediatamente; allí, la presentación de los Oscar de la moda iba a celebrarse en la tienda Neiman Marcus. A la mañana siguiente, disimuló los ojos rojos con rímel, la tristeza con pintalabios y el corazón destrozado con un vestido de Dior.

Estaba allí para hacer un trabajo y dejaría todo lo demás a un lado y haría una tarea brillante, por Dior. Este era el último trabajo que haría para él, teniendo en cuenta el ultimátum de la *Voce*. Cuando *le patron* regresara a París, Alix no volvería con él. Pero esperaría a que terminara la gira para decírselo. Y también dejaría todo lo demás en espera hasta que ella también estuviera de vuelta en Nueva York.

La ceremonia empezó con un desfile de vestidos de Dior. Las modelos estadounidenses recorrían con largos pasos el salón central de la tienda. Un brillo cegador provenía del lamé dorado colgado de todas las superficies disponibles, como si eso fuera elegante. Alix hizo el gesto de ponerse un par de gafas de sol, en un intento de hacer que *le patron* cambiara la cara de disgusto y para relajarse un poco. Casi funcionó, pero, una hora después, se anunció un descanso.

—¿No hay nadie que pueda quedarse quieto dos horas? —se quejó Dior cuando le dijeron que era hora de las preguntas.

—Monsieur —preguntó uno de los reporteros—, hay una cierta cantidad de piel expuesta, ¿no es así?

—La hay —coincidió plácidamente Monsieur.

Alix se metió para salvarlo, consciente de que él no tenía idea del sesgo puritano de algunos de sus compatriotas.

—La línea depende de dos cosas: el excelente trabajo artesanal y las formas femeninas —dijo ella—. Sencillamente, los vestidos siguen los contornos del cuerpo femenino.

Señaló con un ademán la hilera de modelos, una llevaba el vestido de noche Maxim, con su generoso escote. Alix tuvo que tragarse la carcajada que le subió por la garganta.

—Pero los manifestantes…—tartamudeó el reportero, porque una delegación del Club Debajo de las Rodillas había ido a recibirlos a la dársena—. Quieren volver a las faldas más cortas y a los bustos… menos liberados.

Alix no se atrevió a mirar a monsieur Dior.

—Entonces, supongo que disfrutarán de la próxima parte del espectáculo.

Por la pasarela desfiló una modelo con la falda con el largo distintivo de Dior. Detrás de ella, una modelo levantó una pancarta, protestando por el largo escandaloso, por las pantorrillas cubiertas. La primera modelo tiró de una polea que Alix había hecho agregar al vestido y la falda se levantó al supuesto largo "por debajo de la rodilla" más aceptable. La modelo que simulaba ser manifestante sonrió satisfecha y abandonó el escenario; en ese punto, la primera modelo soltó la polea y la falda volvió a bajar.

El público rugió de risa y Alix supo que esa era la foto que iba a aparecer en los periódicos al día siguiente. Y pensó que, tal vez, todo saldría bien. Iba a quedarse en Manhattan y buscaría un trabajo que le gustara, un trabajo en el que su jefe la hiciera sentirse orgullosa de sí misma y no apareciera en su oficina a medianoche con una botella de brandy. Y encontraría algo en aquellas transmisiones por cable que la ayudarían a volver a confiar en sí misma.

Pero, por el rabillo del ojo, vio un cartel publicitario en la calle que decía: "Los cigarrillos son como las mujeres. Los mejores son delgados y ricos".

Y recordó cuando le dijo a Anthony "Lo que ocurrirá dentro de veinte años ya está decidido, porque los hombres de hoy, que son los que toman las decisiones, han crecido en este mundo. Y querrán conservarlo pase lo que pase".

Tal vez estaba equivocada. Debería haber dicho: "Lo que ocurrirá dentro de cincuenta años ya está decidido". El cambio era una fantasía, igual que sus esperanzas.

De allí, fueron a Los Ángeles, Chicago… Una ciudad tras otra hasta que volvieron a Nueva York, y llegó el momento de visitar a Dearborn, y también de avisar a *le patron* de que iba a renunciar a la Casa de Christian Dior. Decidió enfrentarse a Dearborn en primer lugar; el día que iba a reunirse con él, se había sentado a desayunar en el hotel, y hojeando los periódicos, una fotografía la hizo detenerse.

Era Alix, luciendo el Diablesse en la escalera de la *maison*, una sonrisa íntima le jugueteaba en los labios, los ojos brillantes miraban a un hombre que estaba fuera del encuadre, todo en ella estaba plenamente vivo, como nunca pensó que volvería a estarlo después de irse de Suiza. En la foto, obviamente, había una mujer que vivía, no una que sobrevivía. Era una versión de Alix a la que no estaba acostumbrada. Una a la que quería aferrar con las dos manos y no dejarla ir nunca, sin importar lo que pasara.

"*¿Vería Mary esa imagen?*", se preguntó. Y si así fuera, ¿se la creería?

La respuesta era demasiado triste para considerarla.

Dirigió su atención a las palabras de Anthony.

Con un nombre como ese, Alix St. Pierre está destinada a dominar el mundo. Y así lo hará. Empieza sus conquistas encantando a sus súbditos con sus graciosísimas ocurrencias. Cuando están riendo sin control, se prepara para el golpe mortal con un rollo de ideas brillantes que noquea a toda la competencia. Por último, desde lo alto de su trono de seda, sonríe. Y el mundo entero queda en silencio; acto seguido, se enamora de ella.

La taza de café volvió temblando a la mesa. Leyó el primer párrafo una vez más, pero no había ningún error.

—Parece que hemos conquistado a la prensa —dijo monsieur Dior al sentarse junto a ella—. Tanto usted como yo. Entre nosotros, casi no hay ni un centímetro cuadrado en las columnas que no mencione a Dior. Le debo un aumento de sueldo.

Ella lo miró, perpleja. Dior sonrió.

—*"Merci"* es la palabra que está buscando.

—Sí —dijo, tratando de concentrarse—. Gracias. Gracias —repitió.

—Usted está tan cautivada por el artículo de monsieur March como él lo está por usted.

Alix meneó la cabeza.

—No lo está… Anthony ya no se siente cautivado por mí. Ya no.

—Ah —dijo monsieur Dior.

No había dicho una palabra sobre los ojos rojos de ella, la actitud excepcionalmente sobria y silenciosa, ni sobre el hecho de que ahora casi no sonreía. Se había limitado a mirarla, serio y silencioso, y le permitió aferrarse a su pena, hasta ahora. Sacó una cajita del bolsillo y se la dio.

Ella la abrió en silencio. Acurrucada en el interior había una estrellita de oro con una cadena. Miró a Dior.

—Es hermosa. Pero…

—Yo no puedo usarla —dijo él—. Así que no puede devolvérmela. Además, no va a llevarla por mucho tiempo, esa es mi esperanza. Usted siempre miró hacia las estrellas por mí. Quiero que haga lo mismo por usted. Por eso, quiero que vuelva a poner esta estrella en el cielo cuando lo alcance y toque las constelaciones por sí misma.

Por supuesto, Alix se puso a llorar. ¿Cómo podía evitarlo?

—Gracias —lloriqueó mientras él la sostenía en sus brazos.

—También es un amuleto de la buena suerte, *ma chérie* —le susurró él al oído—. Me parece que usted necesita un poco de suerte en este momento.

—Usted, de verdad… —Se secó los ojos y aceptó agradecida el pañuelo que le tendía Dior. Tocó la estrella con un dedo —Usted cree de verdad en lo que dice madame Delahaye, ¿no es cierto? —preguntó, refiriéndose a la adivina de Dior—. Y en el poder de un símbolo para… ¿qué? ¿Cambiar el futuro? Pero si se puede cambiar el futuro, entonces ¿para qué pedirle sus profecías a una adivina? —Frunció el ceño, ni siquiera sabía qué estaba preguntando, la imagen de la sonrisa falsa de Friedrich Weber vino a sus pensamientos.

—Tal vez, saber que hay un futuro me da seguridad. Si solo existiera el pasado y el presente, entonces... —Se apartó un poco para que ella le viera la cara mientras hablaba—. Entonces, seríamos personas muy diferentes. Me parece que es Ofelia la que dice "Sabemos lo que somos, no lo que podemos ser". Tal vez, una adivina pueda predecir lo que va a sucederme, pero no qué tipo de hombre voy a ser cuando eso suceda. Intento ser el hombre adecuado para lo que venga, supongo.

Al ver los ojos brillantes por las lágrimas de Alix, otra persona hubiera tratado de levantarle el ánimo y de alegrarla con un "Y tú también serás la mujer adecuada para lo que te traiga la vida". Pero Dior no lo hizo y ella lo quiso aún más por eso. Lo quiso por decir que intentaba ser el hombre adecuado. Porque creía que, finalmente, solo se trataba de eso. Del esfuerzo por darse forma a una misma y de encaminarse a pesar de lo que pasara.

Por un momento, en París, había empezado a creer que todavía quedaba algo bueno dentro de ella. Había empezado a planear un futuro. Y entonces, permitió que Weber la convenciera de lo contrario. Eso significaba que tenía mucho en qué pensar.

—Usted es un hombre muy sabio —le dijo a Dior.

—Me hace feliz ser el hombre apropiado para este momento.

—Usted quiere ver registros ultrasecretos —le dijo Dearborn después de, como siempre, celebrar la ceremonia de encendido del puro en la comodidad de su sillón de cuero, detrás del antiguo escritorio en el despacho de un abogado que exhibía los adornos usuales: diplomas de Yale enmarcados, un decantador de whisky, una fotografía de una esposa y cuatro hijos.

—Sí —respondió Alix.

—Sabe que no puedo permitírselo.

—Puede si quiere. O si soy lo suficientemente persuasiva.

—No lo intente —dijo con brusquedad—. No imagine que soy alguien a quien se puede persuadir con los métodos convencionales.

Alix se rio.

—Créame, no tengo dinero para ofrecerle y está en mis planes que los dos nos dejemos la ropa puesta.

Esta vez, le tocó a él echarse a reír.

—Por supuesto. Alix St. Pierre no negocia, presiona.

Esa risa le endureció, mucho, la voz a ella.

—Entonces, que empiece la presión. Está en deuda conmigo. Por permitir que Weber trabajara para la OSE después de la guerra. Por no castigarlo por las órdenes que dio. Por mentirse a ustedes mismos con que era suficiente poner la Operación Sunrise y la rendición italiana sobre la mesa para expiar la culpa por la muerte de hombres y mujeres que ahora deberían estar vivos, disfrutando de la libertad por la que lucharon.

Pensó en Matteo, que tendría que estar asistiendo a un paciente en un hospital. Pensó en Chiara, que tendría que poder dormir serenamente sin soñar con torturas.

—Le debe demasiado a demasiada gente —concluyó.

—¿Y usted cree que su cruzada va a saldar las cuentas? —preguntó. Apoyó el puro en el cenicero y se quedó mirando a Alix buscar la respuesta precisa a su pregunta.

Había una sola posible. Su conversación con Dior, incluso su conversación con Anthony, por fin, la ayudaron a comprenderlo todo.

—Las cuentas nunca van a quedar saldadas —dijo ella—.

Pero necesito terminar esto, por mí. Así que, las cuentas son algo con lo que puedo cargar, y no algo que me defina. "Sabemos lo que somos, no lo que podemos ser" —citó a Dior, y a Shakespeare, frente a Dearborn—. Quiero ser la mejor persona que pueda ser, no la peor.

Un silencio contemplativo. Dearborn levantó su puro.

—Usted hizo muchas cosas buenas, Alix. Un desastre no tiene por qué definirla.

—Tal vez, no. Pero en este mismo momento, a pesar de todos mis intentos por creer otra cosa, me define.

Él le sonrió antes de soplar una voluta de humo, que nubló el aire entre ellos.

—Usted resultó ser más de lo que yo podía imaginar. Y el hecho de que haya venido hasta aquí es prueba de ello. Pocas personas pagan las deudas que les exigen sus almas.

Se puso de pie.

—Los archivos están resguardados en otro lugar. Tardarán varios días en llegar aquí. Vuelva el próximo lunes. Si viene alrededor de las siete de la tarde, pediré que la dejen entrar. Tiene que irse antes de que llegue la mañana y dejarlo todo en su sitio. Y sabe que, sin importar lo que encuentre... —Se detuvo.

Alix fijó los ojos en él, ahora muy serios, ya sin la expectativa de cambiar nada, pero necesitaba decirlo en voz alta por Matteo y por Bobby.

—¿Sin importar lo que encuentre, Weber seguirá cenando en Brasserie Lipp por el resto de su vida?

—Algo así.

—Exactamente así, y usted lo sabe.

Alix se dirigió a la puerta, sabiendo que, al menos, podía llevar la cabeza en alto, sin permitir que Dearborn dejara verdades a medias.

Él se giró y empezó a ordenar el ya ordenado estante de las fotografías. Antes de llegar a la puerta, dijo en un susurro:

—Tal vez yo pueda encontrar un modo de hacer que las autoridades de París revoquen el pasaporte de Weber y asegurarme de que vuelva a Alemania. Puedo hacer la vista gorda, más de lo que debería, a los artículos que publique Anthony March, siempre y cuando no infrinja directamente la ley. Puede llegar a suceder que un mal olor empiece a perseguir a Weber por todos lados. Si Weber no está en París, usted puede volver, sabiendo que, al menos, él habrá perdido la Brasserie Lipp, y que estará mirando por encima del hombro, a la espera de que el pasado le tienda una emboscada, lo que espero que pase algún día.

Alix asintió.

—Creo que ese podría ser un buen comienzo.

Cinco días después, allí estaba, caja tras caja, página tras página de intercambios de cables y de informes que ella escribió sobre cohetes V2 y campos extraños que se estaban construyendo en Auschwitz y sobre el número y tamaño de las brigadas de partisanos en las montañas de Italia.

Para las tres de la mañana, los ojos le resbalaban sobre las palabras, un mensaje se confundía con otro y no estaba segura de estar leyéndolos bien. Ya había revisado casi todo, cuando se encontró con una serie de mensajes extraños enviados durante semanas, habían empezado en 1944 y continuaron en 1945, salieron de la central suiza del Cuartel General de las Potencias Aliadas, en Caserta, donde estaba Lillie, y llegaron a la OSE Bríndisi, donde estaba Bobby.

TE ENCONTRÉ.

TE HECHO DE MENOS.

TENEMOS QUE CONTÁRSELO A ALIX.

LO SÉ.

DESDE LOS DIEZ AÑOS.

YO TAMBIÉN.

AMOR.

TANTO.

¿DESPUÉS DE LA GUERRA?

SÍ.

Después, una serie de mensajes intercambiados la mañana del 10 de abril entre las mismas dos personas.

VOY A DIRIGIR LICAÓN. SALGO A PUNTO DE ENCUENTRO EN DIEZ MINUTOS. TODAVÍA ESPERO ENCONTRAR HOMBRE QUE CONOCE A ALIX. TENGO NOTA PARA QUE LE ENTREGUE. NECESITO EXPLICAR ESTO. NO PUEDO OCULTÁRSELO MÁS.

VAS A LLEVARLOS A UNA VICTORIA. ALIX VA A ENTENDER. ES LA MEJOR DE NOSOTROS.

SÍ.

BUENA SUERTE.

QUISIERA QUE ESTUVIERAS AQUÍ CUANDO VUELVA.

¿ME DARÍAS UN BESO?

¿TE CASARÍAS CONMIGO?

SÍ.

Archivado entre el "¿TE CASARÍAS CONMIGO?" y el "SÍ", había un registro de una transmisión de radio. Fue transmitido por medio del operador de radio que Alix había introducido en el cuartel general de Karl Wolff. La transmisión estaba marcada como "Urgente" y le indicaba al receptor que lo enviara a Berna de inmediato.

MENSAJE DE CONTACTO PAROISSE FRANÇAISE, decía, ANULLARE.

Cancelar.

Alix cerró los ojos.

Quizás, hubo tiempo para cambiar el futuro. Salvo que la transmisión tenía el sello de "Recibido" de Caserta, pero no el de "Enviado".

Alix llevó la transmisión a la chimenea y le prendió fuego con una cerilla. No se quedó para verla arder.

Alix tomó el metro hasta Street Station, 157, salió y cruzó Riverside Drive. En la distancia, el puente George Washington se curvaba sobre el río, cruzando de un reino al otro. Como lo había hecho Lillie.

La tristeza empezó en cuanto Alix divisó la entrada, la tristeza porque terminara así, en un lugar solitario, con césped verde y cielo azul por compañía los días buenos y salpicaduras de lodo y lluvia los malos. Localizó la tumba y acarició la lápida, leyó: "Lillie Marie Van der Meer. Nació el 18 de julio de 1919. Murió el 10 de mayo de 1945".

Veintiséis años de vida. Solo eso tuvo Lillie.

Alix se agachó en el césped y dejó un ramo de lirios de los valles en la tumba. Después se apoyó en un árbol y cerró los ojos. Su última conversación con Lillie apareció detrás de los párpados, como una película a todo color, con el volumen demasiado alto.

El 10 de mayo de 1945, ella había telefoneado a Lillie que, llorando, dijo: "Bobby está muerto. ¿Cómo puedes soportarlo?".

Y Alix había respondido: "Solo puedo soportarlo porque sé que nunca voy a perdonarme. Tú tampoco podrías perdonarte si fueras la responsable".

Lillie volvió a llorar.

Lo que Alix sabía ahora era que Lillie no estaba llorando por su amigo Bobby, sino por Bobby, su amante, el chico con el que su madre no quería que se casara porque no tenía la fortuna suficiente. Y también estaba llorando porque había coqueteado con Bobby por cable, una de esas conversaciones intensas y agotadoras que tienen los amantes. Él le había pedido matrimonio y Lillie había dicho "sí", la palabra que, tal vez, había querido decirle durante tanto tiempo.

En el medio de su alegría, Lillie recibió una transmisión de radio que tendría que haberle pasado a Alix, un mensaje de la Voce abortando la misión. Pero Lillie estaba distraída, había sido descuidada, ignorante, eso seguro, del valor del mensaje y no entendió hasta después, que, por no enviarlo, habían muerto nueve hombres, incluido el que amaba.

Alix cargó con la culpa de esas muertes durante más de dos años. Pero no había nada que ella hubiera podido hacer para prevenirlas.

Era hora de dejar ir la culpa genuinamente, también la culpa por la muerte de Lillie, un dolor que casi la arrastra hasta el fondo. Porque ahora sabía, de verdad lo sabía, que la muerte de Lillie tampoco había sido culpa suya.

A Lillie se la oía desconsolada en la llamada telefónica de mayo. Y lejos de compadecerse, Alix habló con voz implacable sobre la responsabilidad y el perdón, palabras dirigidas a sí misma, no a Lillie. Lillie la había vuelto a llamar más tarde, pero Alix ignoró el timbre del teléfono porque estaba insensibilizada casi por completo por el whisky. Y así, aquella noche, incapaz de conciliar el sueño, esas palabras que le había dicho sin darse cuenta a su amiga —"Tú tampoco podrías perdonarte si fueras la responsable"— aterrizaron en la zona más recóndita y miserable del corazón de Lillie. Tomó píldoras para dormir del frasco de su madre. Tragó una o dos, según le dijo la señora Van der Meer a Alix. Pero cuando la propia señora Van der Meer estaba dormida, Lillie volvió a buscar el frasco. Y tomó algunas más. Y algunas más. Hasta que, finalmente, tomó demasiadas y ahora yacía dormida para siempre.

Desde entonces, Alix creyó que si hubiera respondido esa segunda llamada de su amiga, hubiera tenido alguien con quien hablar y habría podido dormir sin píldoras. Pero nada iba a hacer dormir a Lillie, porque sabía que era responsable por la muerte de Bobby. No podía perdonarse.

Y después de la noche del 10 de mayo, ya no tuvo que hacerlo.

Lo único que dejó al descubierto la búsqueda de Alix fue un descuido. Una chica y un chico tan atrapados en su amor que ella olvidó enviar un mensaje y el resultado fue una masacre. Resultado que nadie podría haber previsto, pero resultado al fin.

Ahora también entendía que Bobby había estado buscando a Matteo para que le dijera a Alix que era libre. Pero Alix y Matteo estaban tan condenados como Lillie y Bobby.

Alix se inclinó y apoyó las dos manos en la tumba.

—Para Lillie —dijo, medio sonriendo, medio sollozando—. Desde Manhattan. —Respiró hondo—. Te quiero. Espero que Bobby y tú estéis juntos en algún lugar. Quisiera que hubierais podido estar juntos aquí, en la Tierra. Quisiera que muchas cosas hubieran sido diferentes. Pero lo único que puedo hacer es vivir una vida mejor, una vida que no hubiera vivido si no fuera por todas las cosas terribles que sucedieron. Lo haré, lo prometo. Todo mi amor y *bisous*, Alix.

CAPÍTULO 35

Al mes siguiente, Alix volvió con Dior a París, a la pequeña oficina que compartía con Suzanne y a su trabajo como directora al Service de la Presse. Durante dos meses llevó la estrella colgada del cuello, porque, para la segunda colección de *le patron*, estaba generando expectativas aún más grandes que la de febrero.

Se reunió con los editores en su oficina, nunca en el Ritz. Si salía por la noche, iba al Café de la Paix o a Shéhérazade, que eran ruidosos y grandes y todo lo contrario del Tabou. Iba a cenar a casa de Suzanne al menos una vez a la semana —las cenas que organizaba eran legendarias—. Una vez, su amiga respondió al comentario malintencionado de una invitada que dijo que Alix iba a tener que buscarse otro galán, ahora que monsieur March se había cansado de ella diciendo: "Mademoiselle St. Pierre es la última persona a la que echaría de mi casa. Pero usted, madame, bien podría ser la primera"; después de eso, pocos se atrevieron a hacer comentarios malintencionados sobre la breve relación de Alix y Anthony. Sin embargo, Alix sabía que su mejor opción era llevar una vida monacal por un tiempo, lo que le vino bien, porque no tenía interés en aventuras de ningún tipo.

Sus círculos sociales eran diametralmente opuestos a los de Anthony, así que nunca lo veía. Tenía una asistente para comunicarse con Fortunée, a quien Anthony contrató como editora de moda de su periódico. Eso fue lo único que la hizo reír a Alix a carcajadas, la situación le resultaba muy divertida. También tenía que reconocer que era una jugada muy astuta. Sin duda, Fortunée iba a ser excelente en ese puesto.

Algunas noches, simplemente volvía al nuevo cuartito que había alquilado en otra pensión, y empezaba a bosquejar meticulosamente y página por página una revista que no iba a ser una *Harper's Bazaar* o una *Vogue*, sino algo más sincero. Escribió la palabra *Elan* en la tapa, porque iba a ser para mujeres inteligentes y vivaces y, sí, bastante testarudas. No sabía de dónde iba a sacar el dinero para hacer algo semejante, o si, en realidad, en el mundo había, más o menos, tres mujeres tan testarudas como ella, pero iba a seguir imaginando que podía hacerlo, iba a seguir dirigiendo el rostro a las estrellas.

Tal vez, Dearborn le había dicho al padrino de Becky —y tal vez, también a Becky— que enfundara las garras. Ella todavía estaba en *The Times* y de vez en cuando hacía comentarios sobre la coqueta pelirroja que seguía intentando dar un salto demasiado grande porque quería caer del lado de la ciudad que no le correspondía, y Alix todavía oía los murmullos en los probadores cuando pasaba junto a ellos, pero sabía que oiría murmullos y que se cruzaría con personas como Becky toda la vida por el camino que había elegido. Era mejor hacerlo llevando una blusa de Dior con estampado de leopardo y sin pedir disculpas.

Dearborn le había enviado un cable a Alix para avisarle que la Voce había sido enviado de vuelta a Alemania. Y él se aseguró de que circularan anónimos con rumores sobre su pasado en la ciudad que él había elegido para vivir; muy pronto le llegaría alguna forma de justicia.

Así que Alix estaba contenta, no era una alegría alocada

y apasionada, sino una apacible. Había mucho que decir a favor de lo apacible, pensó, mientras preparaba las tarjetas para la prensa antes del segundo desfile de Dior, e imaginaba las expresiones de sorpresa cuando el Diorama, confeccionado con tela de lana negra y la extravagancia de la falda de cuarenta metros de circunferencia, diera vueltas por la habitación. El único momento en que se le deshilachó esa sensación de satisfacción, fue cuando escribió el nombre de Fortunée en la tarjeta para *The New York Journal* y no el de Anthony.

Él iba a irse de París dentro de poco, para volver a Nueva York, y nunca volvería a verlo.

Cuando terminó, salió del trabajo, volvió deprisa a su pensión y se puso su vestido Chérie. Era el cumpleaños de Esmée y lo celebraba con un baile, al que Anthony no iría, según había jurado Esmée. A Alix no le quedaba ningún vestido apropiado para la ocasión, porque había vendido el celestial Compiègne para pagarles a todas las personas del Ritz que habían espiado para ella. Sin embargo, Chérie era un hermoso vestido, uno de los más hermosos que había tenido nunca, así que no importaba.

Fue caminando a casa de Esmée, a pesar del frío, y cuando llegó, una criada la hizo pasar. Vio a la anfitriona de inmediato, también llevaba un Dior, y lo lucía mejor que cualquier modelo. Esmée le estaba sonriendo al hombre que tenía al lado de un modo que delataba su profundo aburrimiento, así que Alix corrió a rescatarla.

Puso cara de horror, le dio unos golpecitos en el hombro y exclamó:

—*Mon Dieu!* Una rana acaba de saltar dentro de mi falda, lo juro. ¡Pero no puedo encontrarla entre tanta seda!

Y Esmée, que casi salta como el corcho de una botella de champán por la risa, le dijo al hombre que tenía al lado:

—Una verdadera emergencia. Debo ayudar a mi amiga.

Y las dos se escabulleron y se partieron de la risa al otro lado de la puerta hasta que Esmée dijo:

—No es en serio que tienes una rana ahí, ¿verdad? —Y Alix se rio aún más.

—Ven conmigo —dijo Esmée, y subió la escalera con Alix hasta su dormitorio—. Tengo algo para ti.

—Pero es tu cumpleaños, no el mío —protestó ella.

Esmée sonrió y la hizo pasar a una habitación completamente llena de vestidos. Allí, brillante como una constelación, estaba el Compiègne.

—¿Cómo…? —tartamudeó Alix.

—Anthony me dijo que lo vendías. La chica que te lo compró era una de mis criadas. Tengo la tradición de darles regalos a los demás en mi cumpleaños, así que es tuyo. De todos modos, no me queda bien. Eres más baja que yo. Y si dices que no, voy a mandar una plaga de ranas a tu podrida pensión.

Nadie discutía con Esmée. Y Alix no quería hacerlo.

—¿Puedo ponérmelo? —preguntó.

—Más te vale —dijo Esmée.

Esmée la ayudó a abrocharse los corchetes y la hizo girar frente al espejo, donde Alix vio a una mujer parecida a la de la foto que acompañaba la entrevista de Anthony. Pero esta Alix tenía una tristeza penumbrosa que se le había instalado entre el corazón y la felicidad. Dejó sus reflexiones de lado y pasó la mano sobre los *velours au sabre*, recordando que una vez pensó que había encontrado la sombra que Anthony tenía escondida, la ternura oculta como las rosas de su vestido, a la espera de que alguien quitara la capa superficial lentamente, con tacto y risa y confianza.

Cerró los ojos y los volvió a abrir.

Entonces, miró por encima del hombro a la Alix St. Pierre que había emergido de la orfandad y de la guerra y de Dior… y del amor.

—¿Trabajarías para mí? —le dijo de pronto a Esmée—. En la revista que estoy inventando, la revista que no tiene dinero y, probablemente, tampoco lectoras, pero sí mucha ambición.

Esmée se rio.

—Solamente si me prometes que no vas a volver a pronunciar la palabra "rana" frente a mí. Y yo tengo dinero, ¿recuerdas? Cuando estés lista, te haré un préstamo, sé que no vas a aceptar un regalo. Y seré tu corresponsal en París. —Levantó la cabeza e hizo un ademán ostentoso con la mano—. Esmée Archambault, corresponsal parisina. Sí —dijo—. Ese es un vestido que quiero ponerme, mucho más que el de Esmée Archambault, mujer aburrida de la alta sociedad.

Alix apoyó un brazo sobre los hombros de su amiga.

—¿Sabes que necesitaría todo lo que me queda de vida para devolvértelo?

—Entonces, mejor que te asegures de tener una larga vida, Alix St. Pierre —dijo Esmée—. Podemos robarnos a Fortunée. De todos modos, ella se aburrirá allí cuando Anthony vuelva a Manhattan.

—No sé si esa es una idea horrible o brillante —se rio Alix.

—Mis ideas siempre son brillantes —dijo Esmée alegremente—. Y tengo otra idea que no se queda atrás en genialidad.

Alix arqueó una ceja y sonrió de oreja a oreja.

—Tengo que oír eso.

—Tendrías que hablar con Anthony.

Alix retrocedió tres pasos.

—Eso está tan lejos de la genialidad como la lencería de hormigón.

Esmée se rio.

—Bueno, la verdad es que algo así nos mantendría en nuestro lugar, ¿no? Voy a enseñarte algo.

Desapareció en su dormitorio y volvió con un periódico, que le entregó a Alix. Estaba abierto en un artículo con la firma de Anthony March y contaba la historia de las mujeres que habían trabajado como *staffette* en Italia, y habían mantenido con vida a los partisanos durante cuatro largos años. Una de las *staffetta* que había entrevistado era Chiara Romano, quien dijo: "Hubo alguien en Suiza que también nos ayudó a sobrevivir. No es posible ayudar y tener el cien por cien de éxito en tiempos de guerra, pero ella hizo todo lo que pudo, por cierto, muchísimo más que la mayoría".

—Y esto —dijo Esmée, como si estuviera decidida a que Alix estropeara el vestido con sus lágrimas.

Era una nota escrita en italiano.

Bella, ven a pasar unas vacaciones en Italia. Soy una estudiante de medicina pobre, pero así y todo, vamos a divertirnos. Ti amo, Chiara.

Alix alzó la mirada, no tenía palabras.

—Anthony me pidió que te la diera —fue lo único que dijo Esmée—. Y ahora que estás llorando y eres vulnerable, voy a darte el golpe mortal. Tú hiciste algo que hirió a Anthony, eso es todo lo que pude deducir. Pero ¿te propuso Anthony algún modo de superar los obstáculos, que son muchos para alguien que tiene la vida que tienes tú? Por supuesto que no. Para él, irse era mucho más fácil y mucho, más difícil quedarse. Para él, era fácil culparte por algo que decidió que era imperdonable; más difícil era perdonarte.

Alix se desplomó sobre una silla.

—No me parece…

—No he terminado —dijo la reina Esmée, tan imperativa como cuando era una colegiala de diecisiete años—. Alguno de los dos necesita tener la valentía suficiente para darle a su amor —sacudió las manos, para desechar las protestas de Alix— otra oportunidad. Un intento serio, un esfuerzo genuino del alma. Haced el intento más extraordinario que podáis imaginar. Porque si funciona, lo valdrá con creces.

Alix cerró los ojos con fuerza. ¿Cómo sería estar acostada junto a Anthony todas las noches, contándole cómo había sido su día: sus problemas, sus triunfos, sus risas y sus pérdidas? ¿Cómo sería escuchar eso de él todas las noches? La felicidad.

—Ya le di una oportunidad y salió extraordinariamente mal —dijo, sin emoción.

Esmée meneó la cabeza con terquedad.

—No, Anthony y tú estabais enfadados. Eso no es lo mismo que intentarlo. Y te estoy diciendo esto a ti y no a él porque eres la persona más valiente que conozco. Y si él es un terco de mierda y no te escucha y esto no funciona, ven directamente aquí y llora todas las lágrimas que te queden y, entonces, le pediremos a Dior que haga un vestido con tu tristeza y lo quemaremos en una fogata. Además —dijo, ahora más tranquila—, si no funciona, es que él nunca fue bueno para ti.

Alix se levantó de la silla, el vestido se arremolinó alrededor de ella, era tan descontrolado y extravagante y tempestuoso como su relación con Anthony. Lo acarició, y recordó el momento en que Anthony se inclinó para susurrarle al oído, su aliento tibio sobre la piel, "No puedo decirte lo guapa que estás porque no se me ocurre ninguna palabra que pueda expresarlo".

Y cuando Anthony dijo "Te quiero".

Y cuando Esmée dijo "Para él, irse era mucho más fácil".

De pronto, Alix levantó la cabeza. Esmée aplaudió y sonrió de oreja a oreja.

Alix iba a hacer un intento extraordinario. Cuando estaban en la cama, en el Ritz, ella habló hasta por los codos con

Anthony sobre todas las dificultades que podían tener con su estilo de vida. Él la escuchó. Y eso fue todo. De hecho, ella hizo mal en acostarse con él. Pero ¿él no había hecho mal al no hacerle saberle que ella podía quererlo, que, con él, sería diferente?

Tal vez no fuera diferente. Tal vez, Anthony ni siquiera pudiera imaginar una vida en la que él no autorizara cuentas bancarias, ni administrara el dinero y ni volviera a una casa donde una mujer tuviera organizada una cena con invitados para él. Tal vez, cuando él le dijo que al ver lo que el futuro iba a hacer con ella sentía ganas de llorar, se refería a que sabía que él nunca podría ser parte del futuro que ella quería para sí.

Si ese era el caso, no iba a permitir que Esmée y Dior hicieran un vestido con su tristeza. Al contrario, lo harían con su coraje, y ella entraría con ese vestido al futuro, un futuro que iba a construirse para sí misma. Un futuro que iba a valorar, sin importar qué pasara con Anthony ahora.

CAPÍTULO 36

ALIX MARCHÓ CON SU HERMOSO VESTIDO AZUL HACIA EL Ritz. Ni se preocupó por preguntar dónde estaba monsieur March. Estaría en el bar, de eso estaba segura.

Atravesó rápidamente la Galería de las Tentaciones hasta el Little Bar. Él estaba sentado junto a una de las ventanas, con las piernas estiradas, una mano en el bolsillo, la otra ocupada con un puro y una copa casi vacía en la mesa, frente a él; dos mujeres en la mesa de al lado coqueteaban con la mirada.

Ella se acercó con determinación, diciendo, igual que la primera vez que se vieron:

—Alix St. Pierre. ¿Qué puedo ofrecerle para beber?

Anthony giró la cabeza. Aplastó el cigarrillo en el cenicero y dijo con mucha ironía:

—Alix St. Pierre. Suena como si usted fuera el nombre de una copa.

Casi se le dibuja una sonrisa por los recuerdos que movilizaron esas palabras.

Pero, no, se colocó la falda y se sentó en la silla de enfrente, se le ocurrió que tendría que haber ido con una estrategia y no haberse precipitado impulsivamente. Pero el amor no sabe de estrategias, solamente de falta de lógica y riesgo, de euforia y aflicción. Nunca se sabía de qué cara iba a caer el dado. Ella iba a tirarlo todo por los aires, extraordinariamente bien o extraordinariamente mal, pasara lo que pasara.

—Salvo que yo no soy tan simple —empezó a decir, vacilante—. Soy la mujer que te ama…

Él la miró, perplejo, y desvió la mirada rápidamente.

—Soy la mujer que te ama —repitió—. Pero también soy la mujer que quiere trabajar muchas horas, la mujer que, a menudo, no va a estar en casa a tiempo para la cena, mucho menos para organizar una cena con invitados para ti. Una mujer muy diferente a cualquier pareja de cualquier otro hombre que conozcas y que no aceptaría que, en un año, te buscaras una amante y le dieras dádivas en forma de joyas para tapar la culpa. Eso no quiere decir que quiera estar sola y no compartir mi vida con nadie. Quiere decir que quiero saber si puedo cambiar la órbita de un par de estrellas para que mi futuro sea como nunca creí que fuera posible, un lapso de tiempo glorioso en el que puedo casarme con alguien y conservar mi independencia y mi profesión.

Alix inspiró y trató de bajar la velocidad, para que él pudiera entender lo que ella estaba diciendo y que no se quedara mirándola desconcertado, como si nada tuviera sentido.

—No fui justa contigo —dijo, bajando la voz—, pero tú tampoco fuiste justo conmigo. Te fuiste sin siquiera hacerme saber que eras posible. Y todavía no sé si tengo que arrepentirme de esto porque todavía no sé si alguna vez fuiste una posibilidad, o si solo fuiste un sueño para pasar noches bajo las sábanas…

Ella levantó la copa de él y bebió el último sorbo.

Anthony se quedó mirándola un rato largo, muy largo. Ella intentó por todos los medios no desviar la mirada. El negro azulado de sus ojos decía que estaba reflexionando sobre todo lo que ella había dicho, que estaba decidiendo si estaba preparado para hacer ese esfuerzo extraordinario del alma, como lo había planteado Esmée con tanta elocuencia.

Entonces, él meneó la cabeza como si fuera a decir "no".

Un grupo de gente del mundo de la moda atravesó la entrada a toda prisa. La llamaron por su nombre, pero ella no se dio cuenta porque se estaba diciendo a sí misma que no llorara por esto, y que sostuviera su voto de coraje. Era mucho más difícil ser valiente en el momento en que, finalmente, se pierde algo valioso.

Alix apoyó las manos sobre la mesa, lista para ponerse de pie.

Entonces, Anthony sonrió, con una sonrisa repentina y luminosa, y dijo:

—Te debería mandar a la mierda, Alix St. Pierre, por tener siempre la razón. Me estaba sintiendo muy… feliz, no; pero sí honesto, me estaba regodeando en la autocompasión y el Vermut. Pero, por supuesto, vuelves a tener razón. Nunca te di un buen motivo para que creyeras que te amo tal como eres. Fue más fácil creer que lo de Lillie significaba que la equivocada eras tú. Y fue más fácil convencerme de que cuando me estabas contando tu vida y lo que querías, estabas diciendo que era imposible que estuviéramos juntos.

Un ataque de risa estridente casi ahoga las últimas palabras de Anthony y él se puso de pie.

—No quiero que hablemos de esto aquí. Podemos…

Él dudó y ella se preparó para que le sugiriera que subieran a su suite. Si era así, era el fin, de verdad, porque significaba que él no había entendido nada, que estar en su majestuosa habitación donde una vez habían hecho el amor ponía todo el poder en sus manos y se lo quitaba a ella por completo. Significaba que no dimensionaba la facilidad con la que podía volverla menos que él.

Él miró la mesa y tamborileó con el dedo.

—Tal vez, podríamos ir caminando a ese club de locos en aquel sótano adonde me llevaste una vez.

Ella respiró hondo. Era eso. Ese momento que le había

contado en una carta a Lillie, la comunión de dos personas —como un vestido y un cuerpo—, en la que uno encaja exquisitamente con el otro, en el otro y alrededor del otro. El delirante club del sótano era el lugar donde habían sido algo parecido a una pareja por primera vez; el lugar donde se habían entregado mutuamente su confianza.

Y Anthony sabía que era el lugar perfecto para desenredar todo.

—¿Sabes? —dijo con voz demasiado ronca para que ella no se estremeciera—, aunque hayamos ido juntos a un club nocturno y a un baile, no he bailado contigo ni una vez. Sueño con bailar contigo.

No se podía negar que la propia voz de Alix también sonó áspera cuando dijo:

—Eso debe de ser lo más hermoso y lo más insólito que me ha dicho nunca. —Y sonrió—. ¿Solo sueñas con bailar conmigo?

—Alix.

—¿Cuánto eres capaz de enamorarte?

—Pero…

La mirada de Anthony decía que la deseaba. Pero todavía no era suficiente.

Así que ella apartó los ojos bruscamente y caminaron junto al río y cruzaron el pont Neuf en silencio, un puente diferente al que había cruzado la primera vez que Alix estuvo en París en 1937. Durante solo un minuto, vio a la chica de diez años atrás con cabello rojo y reflejos dorados y una sonrisa exuberante. También vio a una mujer con los ojos verdes húmedos y un corazón sufriente. Pero la Alix que cruzaba el puente ahora era una diferente, una tercera Alix, quizás hecha con las otras dos, pero también con mucho más.

Dentro del club, la voz del cantante se filtró entre los bailarines y el humo, y redujo el espacio que había entre Alix y Anthony. La mesa que habían ocupado la última vez estaba libre y él la señaló con un gesto, pero ella dijo que no con la cabeza.

—Dijiste que querías bailar conmigo —fueron sus palabras, y al momento siguiente, estaba en los brazos de él, más cerca que nunca, porque la distancia no existía dentro del Tabou. Pero en vez de cogerle una mano y apoyarle la que le quedaba libre en la espalda, él la cogió por la cintura con las dos manos y ella le rodeó el cuello con los brazos.

—Ese vestido —susurró él, su aliento sobre la piel de ella—. Siempre quise quitaste ese vestido.

—Estás postergando cosas —le respondió con otro susurro, no podía dejar de sonreír.

Él meneó la cabeza con vehemencia.

—Te estoy diciendo la verdad. Y voy a decirte algunas más. —La llevó hasta uno de los recovecos más recónditos del club, y con una mano empezó a dibujar círculos sobre la piel desnuda de Alix, sobre sus hombros, círculos que la hicieron estremecerse de placer—. Tal vez, yo haya dicho que al ver lo que el futuro iba a hacer contigo, sentía ganas de llorar —empezó a decir, se puso un poco serio—. Era verdad. Pero fui un cobarde de mierda. Porque la noche que lo dije me di cuenta de que lo que siempre había visto en mi futuro (una esposa que se dedicara a organizar y ordenar todos y cada uno de los aspectos de mi vida, para que yo pudiese hacer lo que quisiera) nunca iba a pasar contigo. Y me dije que esto era lo correcto. Pero me hizo preguntarme si yo sería feliz volviendo a casa para estar con una mujer que se había pasado todo el día con sus amigas, que nunca había oído hablar del Plan Marshall. Una mujer que podría lucir de mi brazo y a la que, quizás tengas razón —suspiró él—, le sería infiel. La esposa que el futuro me destinaba. Pero ¿por qué nunca me puse a pensar si ese futuro valía la pena? Mierda, Alix, me hiciste pensar demasiado.

Él se apartó un poco, como si entendiese que la estaba

abrumando, que estaba hablando a toda velocidad y con mucho ímpetu.

—Lo siento —dijo, y ella lo volvió a atraer hacia sí, no quería que existiera ese pequeño espacio entre los dos que él acababa de crear.

Anthony siguió hablando, con palabras muy decididas y serias:

—Fui un estúpido, Alix. No puedo estar más arrepentido. Me dijiste que dormir conmigo no era lo único que querías. Y también me dijiste que el matrimonio era una jaula a la espera de encerrarte. Y yo pensé que eso era todo. El fin. Y entonces te dije que te quería y dejé que resolvieras todo tú sola. Pero no quiero volver a hacerlo. Quiero resolverlo junto a ti. No vuelvas a mentirme y yo haré incluso lo imposible para demostrarte que soy digno de confianza. No tengo ninguna estrategia pensada para todo esto, por eso, tal vez meta la pata cientos de veces. Vas a tener que perdonarme muchas. Voy a ser antiguo y tradicional y tonto y tal vez quieras rendirte conmigo como casi yo me rindo contigo. Pero ¿me vas a dejar intentarlo?

—Anthony —dijo ella, emocionada hasta las lágrimas por haber encontrado a ese hombre que la quería como la Alix St. Pierre que ella era en ese momento, no una mujer a su medida o a la medida del mundo—, por supuesto que sí.

Él le secó las lágrimas dulcemente, después descendió por la línea de la mandíbula, y con el pulgar le acarició el pómulo, y dejó los dedos enredados en su cabello. Hasta dejaron de fingir que bailaban; allí, apretados contra la pared del club, ardía entre ellos el calor de miles de fogatas.

—Te he echado mucho de menos —dijo él, con mucha suavidad—. Te quiero tanto. Te deseo tanto.

Entonces, se apartó de ella.

Y, a pesar de que no había espacio en el club para hacer algo así, se arrodilló.

El saxofón graznó de alegría y los bailarines hicieron lugar, la mayoría miraba mientras Alix reía y una sonrisa muy pícara atravesaba el rostro de Anthony.

—Alix St. Pierre, ¿quieres casarte conmigo? —gritó por encima de la música—. Prometo hacer todo lo que esté a mi alcance para que este sea un matrimonio de iguales. Prometo que voy a amarte siempre. Y prometo —agregó, y se le ensanchó la sonrisa, chispas de lapislázuli le brillaban en los ojos— que nunca voy a dejar que tengas ese vestido puesto más de cinco segundos antes de quitártelo.

—Ven aquí —dijo ella, entre risas y lo levantó mientras los tambores repiqueteaban su aplauso y los bailarines hacían alegres piruetas—. No hay nada que quiera más que casarme contigo —continuó, sonriendo y secándose las lágrimas mientras agregaba—: Y que de una vez por todas me quites este vestido.

Él la abrazó de nuevo, le rozó los labios con los suyos y le murmuró al oído:

—Entonces, ¡qué hacemos en este puto club y no en la cama? ¿Y eso quiere decir que vas a ser Alix St. Pierre March? Así, sí vas a parecer una verdadera princesa de las relaciones públicas.

Más risas, habría muchas en su vida a partir de ahora.

—Voy a permitirte que me llames princesa Alix, para abreviar —dijo ella—. ¿Y recuerdas que hablé de lanzar mi propia revista? Ya contraté a Esmée y estoy planeando robarte a Fortunée. Pero tú puedes ser el editor general y salir a buscar las historias que más te gusten, y yo seré la jefa de redacción, tu jefa, en otras palabras; y nos llevaremos muy bien.

Ahora le tocó a él reírse a carcajadas y empezó a recorrerle el cuello y el hombro con los labios.

—¿En qué me he metido?

—Con suerte, tendremos muchos años para averiguarlo —dijo ella, acercando los labios de Anthony a los suyos.

NOTAS DE LA AUTORA

CHRISTIAN DIOR, CREADOR DEL *NEW LOOK*, EL HOMBRE que en 1947 puso de cabeza el mundo de la moda, contrató a un estadounidense para manejar su Service de la Presse durante sus dos primeros años de actividad; un hombre, no una mujer. Esto siempre me intrigó porque, aparte de su gerente comercial, Jacques Rouêt, Dior siempre se rodeó de mujeres, incluida Suzanne Luling y las tres madres: mesdames Bricard, Carré y Raymonde. Así que decidí cambiar la historia y convertir a la primera persona que estuvo al frente del Service de la Presse de Dior en una mujer llamada Alix St. Pierre. Ella es un producto de mi —sin dudas hiperactiva— imaginación, como también lo es Anthony March (¡por desgracia!), pero todos los demás personajes de la Casa Dior, hasta Ferdinand, el portero, están basados en personas reales.

Hay muchísimas anécdotas graciosas que podría haber incluido en este libro sobre la vida en la Maison Christian Dior durante los primeros años, pero tuve que contenerme, ¡o el libro hubiera sido el doble de largo! El personal llamaba *le patron* a Dior y a él le gustaba trabajar en la escalera. Las adivinas y los amuletos eran esenciales para él. El discurso que Christian Bérard le dedicó a Dior la noche del primer desfile está relatado en *Dior by Dior*, la autobiografía de

Christian, así como la estrategia de hacer que fueran sus muchos amigos del mundo de la moda y del mundo editorial los que hablaran, y de ese modo, hicieran publicidad por él

El propio Dior cuenta la historia de varias mujeres de la noche que llegaron a la *maison* en respuesta a un aviso que pedía modelos, y él las entrevistó a todas. También fue uno de los primeros modistos en forjar conexiones con las actrices de Hollywood, y Rita Hayworth sí usó el Soirée para el estreno de *Gilda*, aunque en el libro sucede un tiempo después. También desplacé la fecha de la visita de Dior a Estados Unidos en 1947 para recibir el Premio Neiman Marcus por el Servicio Distinguido en el Campo de la Moda, el premio que Dior describe como el Oscar a la moda en su autobiografía, una denominación que conservé; fue ese mismo año, pero más tarde de lo que ocurre en el libro. La sesión de fotos en la rue Lepic, en la que parisinos atacaron a una modelo de Dior, fue un hecho real, como lo fueron también los debates en los medios sobre el escándalo de que las faldas llegaran hasta la mitad de la pantorrilla y no quedaran por debajo de las rodillas. Es gracioso pensar que hubo manifestantes que siguieron a Dior en su gira por los Estados Unidos ¡porque los enfurecía que las faldas fueran demasiado largas!

Christian Dior: The Biography de Marie-France Pochna fue fuente de varias anécdotas, entre ellas, la del Baile Veneciano en la Piscine Deligny. Otras fuentes a las que recurrí para recrear la vida en la Casa de Christian Dior incluyen las memorias de Suzanne Luling, *Mes Années Dior: L'Esprit D'Une Époque*, que leí capítulo a capítulo en francés (y sí, ¡a Suzanne le gustaba ir al club nocturno Tabou!); *Christian Dior: The Early Years* de Esmeralda Réty y Jean-Louis Perreau; *Working for Christian Dior: The Insights of a 1950s Fashion Model* de la exmodelo de Dior Jean Dawnay; *Dior: The Legendary Images*, editado por Florence Müller; *Talking*

About Fashion to Elie Rabourdin and Alice Chavane del propio Dior; *Dior and His Decorators: Victor Grandpierre, Georges Geffroy, and the New Look* de Maureen Footer y, *Christian Dior 1947-1957,* el magnífico volumen de Assouline, fueron extremadamente útiles.

No hace falta decir que todos los vestidos de Dior mencionados en el libro son reales, incluido el celestial Compiègne, aunque lo hice viajar hacia atrás en el tiempo, porque no fue creado hasta 1954; ¡diviértete buscando fotos en internet! Como siempre, publicaré muchas imágenes en mis redes sociales.

Todos los editores de moda que aparecen o se mencionan en el libro son personas reales. La vida increíblemente exitosa de Carmel Snow como editora de *Harper's Bazaar,* que contrasta vivamente con su tristísima vida personal, se narra en *A Dash of Daring: Carmel Snow and Her Life in Fashion, Art and Letters* de Penelope Rowlands, y esta fue la fuente principal que usé para darle forma a Carmel como personaje de mi libro y también *The World of Carmel Snow,* de la propia Carmel Snow, que ofrece una perspectiva más entusiasta.

Para ayudarme a recrear la vida de posguerra en París, recurrí a *Paris: After the Liberation: 1944-1949* de Antony Beevor y Artemis Cooper y a *To Marietta from Paris: 1945-1960* de Susan Mary Asop, una estadounidense casada con un agregado de la Embajada estadounidense en París. Da muchos detalles de las aventuras de varios hombres y mujeres de su entorno (pero no de las propias), de cómo funcionaba el matrimonio en general durante esa época y del papel tanto de maridos como de las esposas. Como Alix, también tengo una copia incansable de *So You're Going to Paris!* de Clara E. Laughlin, la guía de confianza para todas las jóvenes de la década de 1930. Fue esencial para verificar los nombres de las calles, la geografía y los lugares de la época.

La biografía de Carmel Snow de Rowlands también

pinta un cuadro bastante preciso (aunque deprimente) de cómo era la vida para las mujeres de esa época y cómo habría sido para Alix. Dice del marido de Carmel, Palen: "Él, como muchos hombres provenientes de familias de abolengo del este, casi no trabajaba, al menos para los estándares de hoy en día. En el caso de los Snow, como en el de muchos otros miembros de la clase dominante blanca, anglosajona y protestante —eran los que gobernaban en ese entonces, ¿recuerdas? —, ya habían amasado su fortuna mucho tiempo atrás, ya habían fundado clubes y ya eran miembros, las grandes mansiones ya se habían construido. La mayoría se casaba con mujeres para las que esa podía ser su razón de ser. Hacia finales de la década de 1950, incluso después, las mujeres estadounidenses que buscaban trabajo como una forma de realizarse, a menudo tenían que pedirle permiso a su marido para hacerlo. Y muchos hombres se lo negaban. Ay. La discusión que Alix tiene con Anthony sobre las cuentas bancarias de las mujeres y la exigencia de tener el permiso de un hombre está completamente basada en hechos reales. No fue hasta la década de 1960 cuando las mujeres de los Estados Unidos ganaron el derecho a abrir una cuenta bancaria, pero, según informa *The Guardian*, hubo que esperar hasta 1974 para que se aprobara la Ley de Igualdad de Acceso al Crédito. "Hasta entonces, los bancos exigían que las mujeres solteras, viudas o divorciadas estuvieran acompañadas por un hombre para firmar conjuntamente cualquier solicitud de crédito, sin importar sus ingresos. También les descontaban hasta un cincuenta por ciento del valor de esos salarios al evaluar cuánto crédito otorgarles. Doble ay. Y esa publicidad de cigarrillos sobre mujeres ricas y delgadas que ve Alix hacia el final del libro es real; pero se creó aún más tarde: en 1967, lo que solo viene a mostrar durante cuánto tiempo las mujeres han soportado esas cosas, y todavía lo hacen, en algún grado.

Como nota de color, te estarás preguntado por qué los telegramas que Alix le envía a Mary usan la palabra "stop" en vez del punto, mientras que en los cables de Mary para Alix es al revés. En esa época, la puntuación era más cara que las palabras, por eso se usaba "stop". Por supuesto, Mary tenía el dinero suficiente para no tener que preocuparse por esos asuntos, pero Alix, no. ¡Este es solo un ejemplo de los abismos en los que desaparecemos los escritores al investigar cuando buscamos precisión histórica!

En relación con la línea histórica de Suiza que está en el libro: Allen Dulles fue enviado a Berna a finales de 1942. Trabajó y se acostó con Mary Bancroft, que se hizo muy amiga de la esposa de Dulles, cuando Clover Dulles llegó a Berna después de la guerra. La historia de Mary es similar a la que describí en el libro: estaba en Suiza con su segundo marido, que mandó a su mayordomo a que espiara sus actividades antes de casarse con ella y que la pegó hasta dejarla inconsciente. Las palabras de Mary, cuando dice que el poder es lo opuesto al amor, salieron de su autobiografía, igual que muchas de las anécdotas relacionadas con ella, incluida la de que Dulles una mañana entró deprisa en la habitación de ella, tomó lo que quería y se fue rápidamente después de agradecerle el energizante.

Dulles es un personaje complejo: entre los que escribieron sobre él, hay quienes lo desprecian, y otros que lo consideran casi un héroe. Sospecho que la verdad está en algún lugar a medio camino y que podía ser detestable y posiblemente heroico, dependiendo de las circunstancias y de qué relación se tuviera con él.

Para ayudarme a crear su personaje y el de Mary para este libro, recurrí a *Agent 110: An American Spymaster and the German Resistance in WWII* de Scott Miller; *Autobiography of an Spy* de Mary Bancroft; *Max Corvo: OSS Italy 1942-1945* de Max Corvo; también leí cientos de los cables de Dulles, que mandó desde Berna con destino a Washington, Caserta, Londres y otros lugares intermedios, como se reproduce en *From Hitler's Doorstep: The Wartime Intelligence Reports of Allen Dulles, 1942-1945*. He usado algunas frases extraídas de sus cables en ocasiones puntuales, especialmente en relación con el Reducto alpino, que resultó ser un engaño. Pero, como se narra en *Ultra and the Myth of the National Redoubt* de Marvin Meek y muchas otras fuentes, los aliados temían que los nazis trasladaran sus tropas de élite a ese refugio de montaña y que de ese modo, la guerra se dilatara meses o años en una batalla alpina encarnizada y prolongada. En Estados Unidos, los periódicos ya publicaban información sobre el Reducto desde enero de 1945, aproximadamente, y llamaban "hombres lobo" a las tropas que, según se creía, estaban destacadas allí. He utilizado algunas palabras del informe de Harry Vosser para el *New York Times* titulado "Hitler's Hideaway" en el artículo periodístico de mi libro.

La idea de que pudo haberse enviado un equipo de reconocimiento integrado por agentes de la OSE y partisanos italianos a los Alpes en abril de 1945 para investigar el Reducto es un invento de principio a fin. Frente a cosas como esta, siempre me pregunto: ¿es posible? Y pienso que sí, que, en esa época, los aliados podrían haber contemplado, al menos, la idea de organizar una misión de ese tipo, teniendo en cuenta el temor que les provocaba esta fortaleza alpina. Tanto los cables que informaban las intercepciones del sistema de espionaje Ultra, como las fotos de reconocimiento del área del Reducto están basados en informes reales; lo que deja en evidencia el grado de preocupación que les producía la amenaza que representaba.

La situación de los partisanos italianos está basada, principalmente, en hechos, aunque tuve que cambiar algunos nombres y fechas porque los hechos históricos no siempre se atienen a las necesidades de la narrativa. También simplifiqué y comprimí algunos datos sobre el establecimiento y el funcionamiento del CLN y la OSE en Italia. Por ejemplo, hice que el Cuartel General de las Potencias Aliadas se trasladara a Caserta en junio de 1944, cuando en la realidad, este traslado tuvo lugar en julio de 1944. Otros lugares en los que he alterado los hechos incluyen las batallas entre los partisanos italianos y los nazis en 1944, a las que se llamó "el verano de fuego", no "el otoño de fuego" y tuvieron lugar, como lo sugiere el nombre, durante el verano y no en el otoño. En algunas ocasiones, el personal nazi cambiaba y oficiales como Kesselring y Veitinghoff ocuparon puestos de poder durante varios períodos, pero para evitar confusiones y detalles que solo complicarían la narración, concentré el poder de tomar decisiones en Karl Wolff.

La terrible historia de la brutalidad nazi en Italia —quemar curas, colgar y apuñalar mujeres embarazadas, incendiar poblados y las redadas— están narradas en *A House in the Mountains: The Women Who Liberated Italy From Fascism* de Caroline Moorehead y *Partisan Diary: A Woman's Life in the Italian Resistance* de Ada Gobetti. También se narran las atrocidades perpetradas en Villa Triste y el encarcelamiento de Lisetta, la mujer del líder del CLN, Vittorio Foa, y la posterior negociación para liberar a la mujer de Foa con Pietro Koch a cambio de un paso seguro a Suiza, una negociación que Foa rechazó heroicamente con las palabras que reproduje en mi libro: "Con hienas, no negociamos". Luego, Foa fue al apartamento de un amigo y escuchó la *Heroica* de Beethoven en el gramófono. Leer sobre eso me destrozó el corazón. Pero habrás notado que, en mi libro, reemplacé a Foa por Parri, porque el lector ya lo conocía y era difícil introducir otro personaje en la narrativa. Vayan mis disculpas a Foa. Como Chiara, Lisetta escapó de Villa Triste y sobrevivió a la guerra.

Tanto Chiara como Matteo son una amalgama de muchas *staffette* y partisanos extraordinarios sobre los que leí en los libros de Gobetti y Moorehead.

La OSE Berna y los partisanos italianos montaron una red de correos entre el norte de Italia y Suiza para pasar mensajes e información entre la OSE Berna y la región del Piamonte y el cuartel del CLN. Parte de la comunicación entre los partisanos y Suiza se concretó a través del agente de la OSE Donald Jones desde Lugano, pero, una vez más, en aras de simplificar, quité a Jones de la narrativa y mantuve esas actividades en Berna. Ocasionalmente, en esta parte, también tuve que alterar fechas, lapsos de tiempo y nombres en clave a favor de la simplicidad.

Es imposible escribir un libro como este y no sentir una profunda pena por los partisanos italianos. De hecho, los aliados los apoyaron menos de lo que habrían podido y, efectivamente, el general Alexander, a finales del otoño de 1944, los llamó a hacer una tregua durante todo el invierno a través de la radio pública. Es posible imaginar lo difícil que habrá sido escuchar esas palabras para quienes estaban en las montañas.

Hubo mucha politiquería entre la OSE y la DOE, el servicio británico responsable del apoyo a los partisanos, los sabotajes y la recopilación de información. John McCaffery, el enlace de la DOE en Suiza, efectivamente le dijo a Parri que los italianos eran los únicos culpables por su situación y que los partisanos deberían limitarse a operaciones de sabotaje. El papel que tuvo Dulles en el apoyo a los partisanos es más difícil de determinar; algunas fuentes sugieren que estaba más interesado en tener el control de todo lo que pudiera y en congraciarse con el poder real en Washington (el libro de Corvo es particularmente crítico con Dulles) y otras fuentes dicen que su influencia fue importante para convencer a los responsables de que Estados Unidos debía tener un papel más importante en Italia. De hecho, sus cables demuestran que solía pelear por entregas aéreas para los partisanos.

Dulles entró en negociaciones secretas con el comando superior italiano para provocar la rendición de las tropas italianas en la operación Sunrise, que finalmente se concretó el 2 de mayo de 1945. Y la estación Berna de la OSE incorporó un operador de radio en el cuartel de Wolff para facilitar las negociaciones. En otros lugares, simplifiqué ampliamente el funcionamiento de las comunicaciones y los teletipos de la OSE, para no sobrecargar la narrativa, pero es un hecho que los intercambios eran profusos entre la OSE Berna y Bríndisi y el Cuartel General de las Fuerzas Aliadas en Caserta.

También es cierto que Karl Wolff, *Obergruppenführer und General der* Waffen SS, o comandante en jefe de las SS y líder de la Policía, escapó al juicio por sus crímenes cuando terminó la guerra gracias su participación en la Operación Sunrise; aunque finalmente fue arrestado en 1962, lo liberaron seis años después. Muchos analistas dicen que el poder de persuasión de Dulles fue fundamental para permitir que Wolff, que fue responsable de miles de muertes, si no más, evitara su posible ejecución en Nuremberg. Varias de las fuentes previamente citadas cuentan que la OSE reclutó a nazis con, en el mejor de los casos, pasados dudosos durante los meses posteriores a la guerra por su valor como informantes. Tiempo después, como director de la CIA, a Dulles también se lo acusó de reclutar exnazis activamente para la organización de espionaje. A partir de esa historia, inventé al personaje de Friedrich Weber, o la Voce, y su negociación con la OSE por su libertad después de la guerra.

Para terminar, sé cuánto disfrutan mis lectores estas notas al final de mis libros; siempre recibo cientos de mensajes sobre ellas, y me encanta.

AGRADECIMIENTOS

¡Otro libro publicado! Si alguien me hubiera dicho cuando salió el primero, allá por 2010, que iba a seguir escribiendo y publicando y que iba a tener lectores más de diez años después, no sé si le habría creído. Escribir libros es lo que me gusta; soy muy afortunada por tener el trabajo de mis sueños, por levantarme todas las mañanas, ansiosa por ponerme a trabajar y crear historias. Pero en gran parte, puedo hacerlo gracias a muchas personas maravillosas.

Mi agente, Kevan Lyon, es una de las más maravillosas de esas personas. Le envié cinco capítulos de este libro junto con una vaga sinopsis y se enamoró de él (¡o al menos es lo que me dijo!). Cuando alguien tiene esa fe y esa confianza en el trabajo de una, es un regalo fabuloso. Gracias por ser la mejor agente del planeta.

Rebecca Saunders, mi increíble editora en Hachette Australia, tuvo una reacción muy similar. Recuerdo que recibí un correo electrónico en el que hasta usó signos de exclamación (algo muy atípico en ella) y dijo que era lo mejor que yo había escrito. Su fe en mí no ha tenido fin desde que se cruzó con el manuscrito de mi primera novela histórica y le estoy muy agradecida por eso.

Hay muchas otras personas en Hachette Australia a las que podría darles las gracias —¡de hecho, a todas!—, pero permíteme nombrar a Kate Taperell, que es la publicista de mis sueños, y a Sophie Mayfield y Emma Rafferty por su gestión del proceso editorial. Louise Stark, Fiona Hazard y Eve Le Gall también merecen una mención especial, cuyo apoyo incesante a mis libros es un regalo maravilloso.

Trabajar con una correctora nueva por primera vez, siempre genera mucha ansiedad, pero Dianne Blacklock demostró que es una correctora extraordinaria, ¡gracias!

Lea Hultenschmidt de Grand Central Publishing, Estados Unidos, también recibió este manuscrito con amor y entusiasmo y le doy las gracias por creer en mí para cumplir lo que prometían los primeros capítulos.

Quienes conforman el equipo que se encarga de mis derechos de autor internacionales, Sarah Brooks, Emma Dorph, Andy Hine y Kate Hibbert son personas extraordinarias y, honestamente, no me alcanzan las palabras para agradecer todo lo que hacen. Un gran reconocimiento a todas las editoriales que publican la traducción de mis libros. Es muy emocionante saber que hay lectores de todo el mundo que los leen.

Tengo muchos amigos escritores a los que darles las gracias, pero muy especialmente, a aquellas con las que tomo el té, converso y escribo todos los miércoles cada quince días: Louise Allen, Holly Craig y Polly Phillips. Chicas, sois las mejores y espero que nuestras reuniones sigan produciendo muchas risas y también algunas palabras por mucho tiempo. Sara Foster siempre es mi primera lectora, aparte de mi editora, y una vez más, demostró que es una parte inestimable de mi proceso de escritura.

A quienes conforman Lyonesse, el grupo de amigos escritores más solidario que se puede desear: gracias por las conversaciones de los viernes, el cariño y por compartir todas las novedades literarias, y la conmiseración o las celebraciones, según lo pida la ocasión.

Los libreros y los lectores son vitales para los autores y les doy mil gracias por todo su apoyo. Los mensajes que me llegan de los lectores son luces brillantes en los largos días de escritura, como también lo es ver mis libros expuestos y vendidos y recomendados en las librerías.

La última palabra es para los mejores de todos: Rusell, Ruby, Audrey y Darcy. Gracias por permitirme algunas escapadas a la playa cuando necesité perderme en el mundo de este libro. Preferiría perderme en vuestro mundo, pero de vez en cuando, ¡el deber llama!

NOVELAS HISTÓRICAS EN VIDIS

ÍTACA • CLAIRE NORTH

Ulises se ha ido con todos los hombres jóvenes de la isla. Penélope gobierna desde las sombras de un concilio de ancianos. Es hora que las mujeres cuenten su versión del famoso mito griego.

EL SECRETO DE PARÍS • NATASHA LESTER

Una novela sobre la resistencia en París que presenta a las primeras pilotos de guerra y el origen de la casa Dior.

LA ÚLTIMA ROSA DE SHANGHÁI • WEINA DAI RANDEL

Un amor apasionado entre una rica heredera china y un joven judío refugiado del nazismo, en el ambiente glamuroso del viejo Shanghái de los 40.

LAS BRUJAS DE VARDØ • ANYA BERGMAN

En una fortaleza noruega del siglo XVII, cuando las mujeres eran encarceladas y quemadas por brujas, dos valientes mujeres protagonizan una historia épica basada en hechos reales.

LAS TRES VIDAS DE ALIX ST. PIERRE • NATASHA LESTER

Una historia de amor, traición y búsqueda de redención envuelta en un glorioso vestido de Dior.

LAS CUARENTA LADRONAS • ERIN BLEDSOE

Inspirada en la historia real de Alice Diamond, la reina de los ladrones de Londres en 1920.